John Updike est né en 1932 à Shillington, en Pennsylvanie. Après des études supérieures à Harvard, puis à la Ruskin School of Drawing and Fine Arts d'Oxford, il collabore au *New Yorker* dès 1955 et s'installe dans le Massachusetts en 1957. Auteur de plus de cinquante ouvrages – recueils de nouvelles et de poèmes, essais, critiques littéraires et romans – il est un écrivain infatigable qui n'a cessé de voir ses œuvres récompensées depuis la parution de son premier roman en 1958. John Updike s'est éteint le 27 janvier 2009.

John Updike

TU CHERCHERAS MON VISAGE

ROMAN

Traduit de l'anglais (États-Unis)
par Claude Demanuelli

Éditions du Seuil

TEXTE INTÉGRAL

TITRE ORIGINAL
Seek My Face
ÉDITEUR ORIGINAL
Alfred A. Knopf, New York
ISBN original : 0-375-41490-8

Cette traduction est publiée en accord avec Alfred A. Knopf, Inc.

ISBN 978-2-7578-0806-1
(ISBN 2-02-061385-9, 1re publication)

Vous parlez à mon cœur et dites : « Cherche mon visage. »
Votre visage, Seigneur, je le chercherai.

Psaume 27

Les livres obéissaient encore à l'ancienne règle,
Engendrés de la croyance que la beauté visible
Est un miroir pour la beauté de l'être.

Czeslaw Milosz, *Traité de poésie*

Que diront de nos idoles artistiques d'aujourd'hui
Les enfants de nos enfants dans les années à venir,
Quand la paix chrétienne s'étendra sur les nations
Et que, comme au temps du soleil de la Renaissance,
La peinture sera superbe et, je l'espère, sacrée ?

Karl Shapiro, *Procès d'un poète*

Le présent ouvrage est une œuvre de fiction où rien n'est forcément vrai. Il serait pourtant vain de nier que nombre de détails sont empruntés à l'ouvrage, admirable et exhaustif, de Steven Naifeh et Gregory White Smith, *Jackson Pollock : an American Saga* (Clarkson N. Potter, 1989) et que certaines des déclarations placées dans la bouche de mes artistes de fiction ressemblent de très près à celles que l'on trouve dans *Abstract Expressionism, Creators and Critics*, remarquable anthologie éditée et présentée par Clifford Ross (Harry N. Abrams, 1990).

J. U.

« Si vous le permettez, j'aimerais d'abord vous lire, dit la jeune femme – silhouette élancée, vêtue de noir, raide et dressée comme un couteau sur le bord du grand fauteuil, recouvert de son grossier tissu écossais passé, doté de larges accoudoirs de chêne au vernis orangé, que Hope a d'abord connu dans la véranda vitrée de Germantown, occupé par son grand-père en train de lire son journal, la tête rejetée en arrière de façon à tirer le meilleur parti de ses doubles foyers, il y a bien maintenant soixante-dix ans –, une de vos déclarations tirée du catalogue de votre dernière exposition, en 1996. »

Enfant, Hope aimait à s'asseoir dans ce fauteuil pour voir à quoi cela ressemblait d'être adulte, appuyant ses petits coudes ronds sur les larges bras, étirant les doigts, dont les jointures s'ornaient chacune d'un petit bourrelet de chair, sur l'espèce de pièce de monnaie en bois incorporée au bras légèrement incurvé et rayée d'une bande plus claire, qui terminait le mécanisme permettant d'actionner le goujon. Les bras du fauteuil étaient trop écartés pour qu'elle puisse y poser les deux coudes et les deux mains en même temps. Elle devait avoir… voyons, dans les cinq ou six ans. Même neuf, dans les années vingt et peut-être avant, le fauteuil avait dû être un siège sans charme et déjà vieillot, pièce de mobilier d'été surchauffée dans la véranda aux multiples ouvertures, en compagnie du philodendron en pot et du pouf de guingois, dont le dessus en cuir était divisé comme une tarte en longues portions triangulaires de différentes couleurs. Quand, dans les années cinquante, la mort de sa grand-mère avait sonné le glas de la maison de Germantown, Hope avait convoité le fauteuil et, comme son frère aîné encore en vie s'en était plutôt amusé et n'avait pas fait d'objection, elle l'avait emporté avec elle à Long Island, pour l'installer à l'étage dans ce qu'elle appelait son atelier, où il lui arrivait de s'asseoir pour lire près de la fenêtre située côté nord, tandis que le vent qui soufflait de Block Island Sound s'infiltrait en sifflant dans les interstices du châssis à guillotine et qu'au rez-de-chaussée Zack passait ses disques de jazz – Armstrong, Benny Goodman, un Beiderbecke rayé –, le son à fond ; le fauteuil s'était ensuite retrouvé dans l'appartement de la 79e rue Est qu'elle avait occupé avec Guy et les enfants, dans la chambre d'amis aux murs brun foncé à l'arrière de la maison, près du radiateur qui cliquetait comme les chaînes d'un prisonnier atteint de démence, tandis qu'elle-même essayait d'imprimer son rythme au pinceau chargé de peinture ; avant de finir dans le Vermont, où elle et Jerry avaient acheté et restauré la maison où ils devaient passer leurs dernières années, et de terminer ainsi un périple qui l'avait amené de la chaude et humide Pennsylvanie dans une région plus froide et plus élevée, sans qu'il eût pour autant l'air incongru dans ce petit salon au plafond bas, coquet mais assez quelconque, les pieds de devant, ronds, reposant sur le tapis ovale avec ses mèches de laine dessinant une spirale, tandis que ceux de derrière, carrés, se trouvaient sur le parquet peint du rouge-noir brillant des cerises bien mûres, les bruns, les verts et les cramoisis de son tissu écossais dilués en un unique brun passé, ici dans la lumière de montagne rare et bleutée de ce début d'avril. Étrange, se dit Hope, à quel point les objets nous suivent à la trace d'un endroit à un autre, beaucoup plus fidèles en cela que les amis de chair et d'os, qui nous abandonnent en mourant. La maison de Germantown, dans les dernières années solitaires de Grand-Maman, s'était laissé envahir, ses épais murs de grès mangés jusqu'aux fenêtres du premier par une végétation aussi sombre que luxuriante, hortensias, houx, arbre à perruque dont les branches se cassaient à la moindre pluie verglaçante, à la moindre neige trop lourde, le blanc de chaux s'écaillant et les joints s'effritant au sol en longues aiguilles fragiles perdues au milieu des tiges des pivoines et des racines du houx. Toute petite, Hope avait adoré vivre dans cette maison, mais après le déménagement de ses parents à Ardmore les visites lui avaient toujours laissé une impression étrange, l'énorme sapin du Canada aux branches tombantes prenant un air de plus en plus sinistre, la cour et son herbe tendre évoquant maintenant l'atmosphère immobile et confinée d'une serre, la balançoire, que son alerte petit bonhomme de grand-père, la première personne dont Hope eût jamais appris la mort, avait suspendue à une branche du noyer, pourrissant lentement, cordes et assise, et laissée dans un état d'abandon qui l'épouvantait.

La jeune femme, tel un long couteau neuf dans le vieux fourreau rembourré du fauteuil, lit d'une voix crispée aux accents typiquement new-yorkais, une voix où perce l'anxiété mais qui semble quêter le soutien de Hope, avec ce que celle-ci pourrait facilement prendre, dans la lumière tremblotante d'une fin de vie, pour une forme d'affection filiale : « *Pendant longtemps, j'ai vécu en recluse, dans la crainte permanente des preuves de la non-existence de Dieu dont le monde regorge. L'idée m'est venue lentement que le monde n'est que l'habit de bouffon du diable, bigarré et impur. Dans mes toiles actuelles, je m'en tiens à des nuances de gris, toujours plus rapprochées, de celles qui précèdent l'aube, avant que la lumière commence à ourler les contours. J'essaie peut-être ainsi de peindre le sacré. Je suppose que je devrais me sentir flattée quand certains critiques disent de cette période qu'elle est ma meilleure – ils ont tendance à dire que je suis enfin sortie de l'ombre de mon premier mari. Mais j'ai cessé, par miracle pourrait-on dire, de me préoccuper de ce qu'ils pensent, comme de l'image que se font de moi les gens que je ne connais pas*. Fin de citation. C'était il y a cinq ans. Diriez-vous la même chose aujourd'hui ? »

Hope tente de freiner la jeune femme, ralentissant son propre débit, comme si elle réfléchissait. « Oui, pratiquement, même si je gommerais un penchant pour la dramatisation. "Crainte permanente" est peut-être un peu exagéré. "Terreur et dégoût face à" aurait sans doute été plus juste et… plus décent. »

Hope a la gorge serrée d'avoir en face d'elle cette intruse nerveuse et agressive, avec son visage blafard de citadine, ses longues mains aux ongles aubergine et sa tenue noire quasi réglementaire – col roulé noir, veste noire en similicuir munie d'une longue fermeture Éclair, cheveux noirs retenus derrière les oreilles par deux peignes argentés recourbés, et retombant dans le dos en un éventail soyeux largement déployé –, sinistrement complétée, si l'on peut dire, par une lourde paire de chaussures à bouts carrés, genre bottes de combat, dont le laçage passe par une bonne dizaine d'œillets et donne l'impression de deux petites échelles noires montant à l'assaut des pattes d'éléphant de son pantalon, lui-même fait d'une étoffe finement côtelée et légèrement brillante que Hope n'a jamais vue jusqu'ici, une étoffe anonyme. Les bottes en question, avec le genre de talons que l'on fait maintenant, larges sur les côtés mais étroits devant et derrière, ne sauraient être très confortables, à moins que tout ce qui est masculin ne soit systématiquement confortable de nos jours. C'est un siècle nouveau qui vient de commencer, pire encore, un nouveau millénaire. Phénomène qui, pour Hope, évoque le claquement soudain d'une grande porte aveugle, qui retient sa vie prisonnière derrière elle, comme un enfant condamné à étouffer dans un réfrigérateur débranché.

La voix de la visiteuse, insistante et quelque peu irritée, mais d'une flexibilité toute féminine, et capable de s'insinuer dans l'oreille de sa victime, affirme : « Vous avez été élevée dans un milieu quaker.

– "Élevée", si l'on peut dire. Mon grand-père était un "ancien", c'est vrai, mais mon père, surtout après notre déménagement à Ardmore, n'assistait au culte qu'une ou deux fois par an. Les Ouderkirk étaient des quakers hollandais ; ce sont les quakers hollandais qui ont fondé Germantown, en fait fort mal nommée, puisqu'elle aurait dû s'appeler Dutchtown, tout comme, à l'inverse, les Hollandais de Pennsylvanie devraient être rebaptisés Allemands de Pennsylvanie. Certains de ces quakers hollandais vivaient dans la vallée du Rhin ; les Ouderkirk venaient de Krefeld ; William Penn en personne leur avait rendu visite dans les années 1670 pour leur parler de sa belle colonie, son "expérience spirituelle" de l'autre côté de l'océan. À leur arrivée une dizaine d'années plus tard, certains avaient dû vivre dans des grottes jusqu'à ce qu'ils aient fini de construire leurs maisons. Ma mère, elle, était une épiscopalienne, assez peu convaincue, comme beaucoup, qui, pour autant, aurait refusé d'être traitée d'incroyante. Nous allions quelquefois à l'office tous ensemble, souvent même, il me semble, mais aux yeux d'un enfant "quelquefois" fait vite "maintes fois". Je me rappelle surtout la lumière, et le silence, tous ces adultes qui attendaient que Dieu s'exprime à travers l'un d'entre eux – raclements des pieds, craquements des bancs, toussotements réprimés. Au début ça me gênait, vous savez à quel point les enfants peuvent se sentir embarrassés pour les adultes. Et puis la qualité du silence changeait, il disparaissait à un coin de rue, comme un ange qui passe, et je compris alors qu'il s'agissait d'une sorte de *jeu* inoffensif. Les Amis, comme ils s'appellent, parlent de "silence vivant". En fait, quelqu'un finissait toujours par parler. Conformément à ce qui avait été décidé. Les quakers prévoyaient tout à l'avance, mais ménageaient la possibilité à Dieu, pour ainsi dire, de bouleverser leurs prévisions. Il y avait là une sorte de courtoisie calculée. Pendant un temps, il y avait eu un banc sur le devant réservé aux anciens et aux ministres patentés, mais à l'époque dont je me souviens, sans doute la fin des années vingt, le tout début des années trente, j'avais dix ans en 1932, les bancs étaient disposés en carré, si bien qu'il n'y avait de place d'honneur pour personne. Il reste que mon grand-père ne nous aurait jamais conduits à un banc de l'arrière. »

Arrête, se dit Hope. Parler, se livrer, flirter, essayer de plaire à tout prix, s'efforcer de séduire, tel a toujours été son péché mignon. Son grand-père utilisait une expression quaker, « chose charnelle », pour désigner le trop, tout ce qui était trop humain, trop de ce monde, trop égoïste et cruel. La guerre était chose charnelle. La luxure et l'intempérance également, bien entendu, mais aussi le raisonnement, les connaissances trop poussées et le goût de la controverse. Les arts – à l'exception de l'art édénique et domestique du jardinage et de l'art secret de gagner de l'argent – étaient choses charnelles, car simples tentatives pour attirer l'attention sur soi et affirmer sa singularité. Tout ce qui relevait de la chair était faible, sale et indigne ; une forme de bruit. Enfant, Hope bavardait trop, sentait son visage rond couvert de taches de rousseur rougir d'excitation, sentait son cœur sur le point d'éclater tant il battait fort, aspirant de tout son être à ce que tout en elle, de la tête aux orteils, du crâne à la plante des pieds, soit aimé, chéri, désiré. Aujourd'hui encore, alors qu'elle a presque un pied dans la tombe, à six semaines à peine de ses soixante-dix-neuf ans en mai prochain, elle essaie de charmer cette inconnue féline et vêtue de noir, elle qui est sans charme désormais, habillée qu'elle est d'un vieux pantalon en velours côtelé marron qui poche aux genoux, d'un pull jaune en coton dont le col roulé pendouille et d'une chemise de bûcheron en laine épaisse qui, censée dissimuler son ventre, ne fait qu'attirer l'attention dessus ; ce ventre protubérant, ces seins et ces fesses qui par contraste se sont creusés font d'elle, sous ses vêtements, une sorcière nue de Schongauer, avec pour compagnons les diablotins de l'arthrite, ou la Saskia rêveuse de Rembrandt, avec quelques décennies de plus en matière de plis, de rides et de bourrelets. Ses cheveux d'un auburn éclatant, son signe distinctif du temps de sa jeunesse, ne sont même plus gris mais blancs, et ils sont maintenant si rares, si secs et ternes, chacun pointant dans la direction de son choix, qu'ils ne sont plus que le lointain souvenir de ce qui lui recouvrait autrefois le front d'une cuirasse bombée, lisse et cuivrée. Ils étaient coupés court à l'époque, ramenés en pointe sur le haut de la mâchoire, cette large mâchoire délimitant le pentagone pâle qui, dans sa glace, la fixait avec un calme trompeur, le regard ferme des yeux noisette semés d'éclats plus clairs, le nez petit et droit, la bouche pas tout à fait pleine, mais bien ourlée et prompte à exprimer les changements d'humeur, à rire, à sourire, d'elle-même parfois, absorbée dans la contemplation de son visage dans la glace, une fossette se creusant tout en bas de la joue gauche. Enfant, elle se demandait où partait son reflet quand elle s'éloignait ; dans la maison de Germantown, les glaces étaient accrochées aux murs comme autant de tableaux changeant constamment de sujet. Les années soixante l'avaient libérée du rouge à lèvres et de ces permanentes frisottées des années quarante et cinquante, autant que des gaines et des jarretelles ; elle avait laissé pousser ses cheveux, qu'elle portait longs dans le dos, les ramassant à la hâte en queue-de-cheval pour peindre ou faire le ménage, elle possédait toutes sortes de pinces et de peignes ronds articulés, en écaille ou en ivoire, du temps où les éléphants n'étaient pas encore une espèce en danger. Le fantôme gris de cette queue-de-cheval est maintenant rassemblé à l'arrière de son crâne par un de ces élastiques aux couleurs acidulées que l'on trouve dans le « tout à dix cents » de Montpelier (l'un des derniers à survivre encore ; l'expression suffit à la dater elle – ce genre de magasin ne s'appelle plus comme ça, on n'a plus rien de nos jours pour dix cents), et aux pieds elle porte d'épaisses chaussettes couleur de pansement et de confortables Birkenstock bien enveloppantes, lesquelles ne laissent pas, elles non plus, de la dater. C'est avec gratitude, avec joie, qu'elle avait accueilli la libération des années soixante, même si à l'époque elle avait déjà dépassé la quarantaine. Les soucis d'argent, les problèmes sentimentaux étaient alors derrière elle, elle habitait Manhattan, possédait une ferme avec des chevaux dans le Connecticut, était mariée à Guy Holloway, le jeune prodige du pop art à la réussite éclatante, et, de façon encore plus amusante encore, était mère de trois jeunes enfants. Vêtue d'une minijupe en jean, cheveux auburn au vent, elle poussait son chariot où trônait, assise sur le siège pour enfant, la petite Dot en combinaison de velours côtelé (avec sur la poche un gros ours au regard fixe ou un canari à l'œil rond), suivie des deux garçons qui passaient leur temps à réclamer ceci ou cela, dans les allées du Gristede de Lexington Avenue, où toutes les couleurs débridées de la consommation se rassemblaient sous le plafond d'un blanc scintillant, oranges fluo, verts phosphorescents, jaunes acidulés… Les années soixante, faites d'arcs-en-ciel cuivrés, de tableaux scintillant d'or et d'argent, de trips psychédéliques chatoyants. Et pourtant, ces gens qui venaient l'interviewer ne cessaient de lui poser des questions sur les abominables, les épouvantables années quarante et cinquante, la première décennie d'un gris acier qui rappelait celui des fusils, la seconde de ce bleu pastel délavé et maladif que l'on voit encore dans les films de la même époque à la télévision.

« Comme les tableaux de votre premier mari, propose la voix, satisfaite du rapprochement. Attaqués de tous les côtés de la toile. Sans hiérarchie dans l'espace. »

Il faut une seconde à Hope pour se rendre compte que son interlocutrice fait allusion à la disposition des bancs dans le temple quaker. « Zack n'avait rien d'un quaker. La paix intérieure lui était complètement étrangère. Sa mère, après le départ de son père, avait essayé d'enrôler la famille dans une de ces sectes grotesques de l'Ouest américain, où les gens montent au sommet d'une colline et attendent que le Seigneur veuille bien descendre pour mettre fin au monde. C'était une des choses dont il n'aimait pas parler. Parmi beaucoup d'autres. Il en gardait un profond ressentiment.

– Parce qu'on lui faisait gravir la colline, ou parce que le Seigneur ne descendait pas ? »

Tiens, la remarque est amusante, se dit Hope. Peut-être qu'après tout elle ne devrait pas résister à cette jeune femme. La voilà qui enchaîne, d'une voix tout à la fois soyeuse et agressive. « Cette absence de hiérarchie évoque aussi pour moi vos tableaux à vous, les plus tardifs. Uniformes, sans rien d'appuyé. Chaque centimètre carré aussi important que son voisin.

– Je n'ai jamais fait ce rapprochement », dit Hope, catégorique. Le ton s'en serait trouvé adouci si elle avait ajouté le nom de la jeune femme. Son nom… Mais quel nom a-t-elle donc donné, d'abord dans les lettres et les e-mails que la galerie de Hope dans la 57e rue lui a fait suivre, puis au téléphone, et, pour finir, sur le seuil de sa porte ? Créature vivante, incongrue sur ce fond de montagnes éternelles, saisissante, haute silhouette à cheveux noirs, visage blafard de citadine, en manteau violet à grand capuchon, telle une personnification de la mort dans un film de Bergman. Hope revoit le « K » dominant la ligne, le « y » plongeant en dessous : Kathryn. Curieuse, cette orthographe, et maniérée. Maintenant qu'ils ont pris leurs distances vis-à-vis de leurs ancêtres et de la Bible, les gens arrivent à donner les noms les plus bizarres, des noms de leur invention, comme les mères noires célibataires bénéficiant de l'assistance sociale qui baptisent leurs poupées Luceen, Baylee ou Maryvonne. Il n'y a qu'à voir ses propres petits-enfants, cinq en tout, et pas un John ni une Mary parmi eux, ni même un Bill ou une Barbara. Non, c'est Barbra, maintenant. Dans le temps, Ardmore et Shipley étaient pleins de Barbara et de Mary Ann. Hope se demande si sa visiteuse est juive. Elle n'a jamais eu ce talent qu'ont les antisémites et les juifs eux-mêmes pour repérer les leurs. Dans les cercles artistiques, on part du principe qu'est juif celui qui fait montre de brio ou de présence, que le sont aussi ceux qui parlent vite en faisant sonner les consonnes et claquer le « g » final des mots, mais ces critères n'ont rien de systématique. À Philadelphie, les seuls juifs qu'ils connaissaient étaient leurs dentistes ; bien que les quakers et les juifs aient été les uns comme les autres victimes de persécutions et plus respectueux de l'enseignement de la Bible que, disons, les catholiques, ils avaient des cabinets juridiques différents, appartenaient à des country clubs différents. La famille de Hope fréquentait le Germantown Cricket Club, parce que, contrairement au Merion Cricket Club, il disposait d'une piscine, même si sa salle à manger était déprimante à cause de son plafond trop bas. Il y avait dans les environs des enclaves entières aux maisons Tudor entourées de pelouses impeccables et de grandes haies, d'où les juifs étaient exclus grâce aux bons soins d'agents immobiliers invisibles. Des juifs comme Bernie Nova, par exemple, avec son monocle prétentieux et sa petite moustache frisée aux extrémités bien cirées, qu'elle pensait être allemand ou même arménien, comme l'était effectivement ce dément génial de Korgi. De tous les concurrents de Zack, Bernie et Roger Merebien étaient ceux avec lesquels elle se sentait le plus à l'aise, et pour qui elle éprouvait des sentiments quasi fraternels ; sachant mieux s'exprimer que les autres et plus enclins à le faire, ils bombardaient de lettres les rédacteurs en chef, envoyaient aux journaux des déclarations hautaines, publiaient manifeste sur manifeste, s'attirant ainsi la condescendance des autres, celle de Zack, Phil et Seamus, qui les jugeaient trop bavards pour prétendre au sublime, et incapables de la vraie passion américaine, laquelle est proprement indicible. La peau de Kathryn a ce même éclat mat, cette même souplesse, mais le maquillage fait tellement de choses aujourd'hui, la jeune femme pourrait tout aussi bien être d'origine méditerranéenne ou venir d'Europe de l'Est. On est tous tellement assimilés. Pas plus tard que samedi dernier, Hope regardait le journal du soir à la télévision et, au lieu de l'habituel Tom Brokaw, le présentateur du week-end était une jeune femme superbe, yeux topaze très écartés, comme des yeux de chat, large bouche aux commissures bien nettes, au débit rapide et à la diction parfaite, le tout plus américain que nature, plus clair, avec quelque chose de ce staccato un peu sec typique des films de gangsters et des comédies sentimentales des années trente, et quand elle avait donné son nom en fin d'émission celui-ci n'était même pas grec, plutôt turc, simple collision de syllabes, comme un mot anglais prononcé à l'envers. La vieille souche américaine est en train de se diluer. Il serait d'ailleurs grand temps qu'elle le fasse, et il n'y a pas lieu de le regretter. Bien au contraire. Elle et Zack étaient de la vieille souche – quaker, yankee, pionnière de l'Ouest, protestante, tous les deux prêtres, chacun à sa manière, transfuges tous deux des brumes de l'Europe du Nord venus dans ce pays de soleil intense, générateur de cancers. « Kathryn, dit Hope, s'assurant une bonne fois pour toutes de ce nom, dites-moi, est-ce un article de plus sur Zack que vous projetez ? Vous ne croyez pas qu'il y en a eu assez comme ça ?

– Pas sur Zack, sur vous. Sur vous tous. Sur ce moment unique, historique, cette explosion, quand tout a fusionné et que l'Amérique a pris le relais de Paris, faisant pour la première fois de notre pays le leader de l'art dans le monde. Pourquoi ? Comment ? Voilà ce qui m'intéresse. » Elle a tout d'un présentateur de journal télévisé en train de lire le prompteur à mesure qu'il défile. Hope se sent soudain des membres de plomb, elle est lourde de la réalité à laquelle cette jeune personne la consigne – ne peut faire autrement que la consigner, ne serait-ce que pour justifier le temps qu'elle lui consacre, l'énergie dépensée, le long trajet sur la voie rapide Thomas E. Dewey pour arriver jusqu'au Vermont, avec ses fermes laitières en voie de disparition et leurs prés caillouteux, de plus en plus envahis par des lotissements de chalets à toits pointus, ses jolis *colleges* expérimentaux où les riches mettent leurs enfants difficiles en pension, ses stations d'essence qui font office de supérettes, ses petits restaurants familiaux que leurs rideaux blancs aux fenêtres s'efforcent de rendre accueillants et qui sont d'ordinaire fermés à cette époque de l'année et, pour finir, la nuit de sommeil agité passée au motel pour pouvoir être à la porte de Hope à neuf heures et demie ; car Hope lui a dit au téléphone que ses journées commençaient de bonne heure, les heures qui suivent l'aube se passant dans l'atelier, et se terminaient de même. La jeune femme a peur de ne pas en avoir pour son argent et ses kilomètres.

Ce « vous tous » n'en était pas moins gentil. Hope n'a

jamais été considérée comme un soldat d'avant-garde, mais comme une simple auxiliaire, au même titre que beaucoup d'autres, avant de devenir une épouse, statut rarement atteint par les auxiliaires. Sa peinture embarrassait Zack, qui y voyait une sorte de subversion de sa virilité, et cachait le peintre qu'elle était à l'étage, à la manière de Rochester séquestrant sa cinglée d'épouse dans le roman de Charlotte Brontë. « Eh bien, propose-t-elle en guise d'explication, pour faire simple, la guerre avait laissé les autres pays dévastés et ruinés. Ils étaient épuisés. C'est un peu de la même manière que nous avons dominé les Jeux olympiques de 48 – les autres nations, elles, ne mangeaient toujours pas à leur faim. »

Kathryn ignore ce commentaire, qui lui paraît futile, déplacé. Elle est incapable de concevoir que la faim et la pauvreté puissent constituer de réels facteurs culturels. Elle avance son visage d'encore quelques centimètres dans l'espace qui la sépare de Hope, l'une dans le vieux fauteuil moelleux de la véranda, l'autre dans son rocking-chair inconfortable, ce siège fabriqué par d'anciens hippies de Burlington et fait, c'est du moins ce que prétendait la petite brochure joliment imprimée (à l'encre verte) qui l'accompagnait, de cinq bois différents, dont les fibres se contractaient à des allures différentes, resserrant ainsi l'assise au fil des ans, toujours aux dires de la brochure. Elle avait fait cadeau du fauteuil à Jerry à l'occasion de son premier anniversaire dans cette maison, et ces dires attendent encore à ce jour d'être démentis. Le fauteuil la soutient parfaitement, tandis qu'elle se laisse aller en arrière pour maintenir l'inquisitrice à distance. La clarté impitoyable de la lumière matinale – pas un nuage dans le bleu du ciel, la terre dénudée luisante de boue devant la porte de la cuisine quand elle a rempli la mangeoire des oiseaux dix minutes avant l'arrivée si ponctuelle de Kathryn – enlève toute beauté au visage de la jeune femme et le fait apparaître chevalin et revêche, yeux prune à cheval sur un nez légèrement bosselé, lèvres tombantes dénotant un refus de se laisser distraire ou trop facilement séduire, des lèvres qui pourraient sans doute s'adoucir sous les baisers mais que les ambitions frustrées risquent de figer définitivement dans une moue amère. Kathryn jette un coup d'œil aux feuilles de papier en équilibre sur ses cuisses minces serrées l'une contre l'autre, des pages et des pages de questions tapées sur ordinateur et destinées à l'aider dans son interview, tandis que la bande défile dans le petit magnéto, un Sony en deux tons de gris, qui fait entendre son ronronnement vaguement métallique dans le silence, sur la table basse qui les sépare, pas vraiment une table mais une vieille malle en bois achetée par Hope vingt dollars à Riverhead dans les années quarante et poncée et vernie par ses soins, tout cela à l'époque de ses premières années avec Zack, quand ils ne pensaient tous les deux qu'à s'installer durablement sur la pointe ventée et baignée de lumière de Long Island, à des lieues de ce qu'il appelait l'« usure » de Manhattan, doux euphémisme destiné à camoufler ses tournées régulières dans les bars du coin. Kathryn s'empresse de dire, comme si Hope était particulièrement sensible aux questions de ce genre : « Je sais que le triomphe a été exploité sur le plan politique par les Rockefeller et la CIA, entre autres, mais personnellement je ne perçois pas le mouvement comme politique, à l'origine. Je le vois plutôt comme innocent, comme la dernière manifestation de notre innocence idéaliste.

– Dieu sait pourtant, répond Hope, que nous ne nous faisions guère l'impression d'être innocents. Nous pensions être extrêmement sophistiqués, voire un peu dépravés. Et les peintres ne se connaissaient pas tous aussi bien les uns les autres, peut-être devrais-je dire ne s'appréciaient pas tous également les uns les autres. Bon nombre d'entre eux, parmi les plus intellectuels et les mieux organisés, n'aimaient pas beaucoup Zack, surtout quand il est devenu célèbre et qu'il s'est remis à boire. Zack n'était pas quelqu'un de facile à apprécier, ou même, au bout d'un certain temps, à aimer. » Elle laisse ce dernier mot tentateur flotter quelques secondes, le ventre en l'air, désireuse d'amener l'autre à s'en emparer, mais Kathryn ignore la provocation, et Hope se voit dans l'obligation de continuer, d'expliquer, d'éclairer ce qu'il vaudrait toujours mieux laisser dans l'ombre. Les interviewers et les critiques sont ennemis du mystère, de ce flou indécis qui donne vie à l'art. Elle agite une main – noueuse, couverte de taches de vieillesse, imprégnée de l'odeur du diluant – au bout de la manche de sa chemise d'homme et dit : « De nos jours, tout le monde est censé se mettre à nu sur commande, comme des graines d'impatiens s'ouvrant au moindre contact, ou comme... quel est le nom de cette plante ?... le concombre giclet. Zack avait horreur d'être interviewé ; le principe heurtait chez lui ce sens de la dignité si typique des classes populaires, cette conviction qu'il y a des choses qui ne se disent pas. Tous autant que nous étions – moi, Clem, Peggy, Betty, Herbie Forrest –, nous avions pour habitude de lui faire répéter ce qu'il aurait à dire, mais le moment venu il refusait de s'exécuter ou marmonnait entre ses dents. C'était de l'orgueil en fait – il pensait qu'on ne devait pas chercher à se faire reconnaître, que la reconnaissance devait venir à vous sans qu'on la sollicite. Il la désirait ardemment, bien sûr, mais refusait de s'abaisser à jouer le jeu. » Il émerge lentement, comme à tâtons, des brumes du passé ; son visage carré de mauvais garçon, à l'air constamment étonné, lui revient, la chair bosselée en trois endroits, fossettes profondes qui semblaient la reproduction en plus affirmé de son unique fossette à elle, et en même temps que son visage lui revient l'image des rues de Manhattan à l'époque, avant l'arrivée des buildings en verre et des sacs-poubelle en plastique : les trottoirs de la 9e rue Est encombrés, les jours de ramassage des ordures, de poubelles en fer galvanisé toutes cabossées à force d'être jetées sans ménagement dans les mâchoires hydrauliques du camion, et le vacarme métallique qu'elles faisaient au milieu de la nuit quand les éboueurs prenaient leur revanche sur tous ceux qui dormaient au-dessus de leur tête. Les poubelles sentaient franchement les ordures en ce temps-là, et la lutte des classes s'étalait au grand jour, syndicats contre patrons, rouges contre riches. On ne cherchait pas à vous faciliter la vie ; Manhattan avait des immeubles en brique de quatre étages, comme n'importe quelle autre ville ; chaque pâté de maisons formait un petit village, avec son cordonnier, son coiffeur, sa mercerie tenue par deux sœurs, sa blanchisserie aux mains d'un Chinois, son vendeur de bois et charbon, son drugstore au comptoir en marbre. La 8e rue était une sorte de souk où l'on se faisait bousculer et pousser dans le caniveau, et tout le quartier s'étendant au nord et à l'est de Washington Square avait un air furtivement européen, Grace Church et son clocher gris et gaufré dominant Broadway, là où l'avenue s'incurvait légèrement à la façon d'une rue médiévale, Cooper Union semblant flotter sur sa place comme un palais vénitien. University Place n'était qu'une suite de bars, dont le Cedar, qui, lorsqu'on en ouvrait la porte, exhalait toujours une douce chaleur et paraissait suffisamment sombre pour pouvoir cacher vos défauts. L'endroit sentait la fumée et la sciure.

« Il était, dit Hope, qui s'interrompt, consciente d'être dotée, aux yeux noirs et hésitants de l'autre, d'un esprit usé, élimé, qui bat la campagne, tout juste bon à rassembler des lambeaux de souvenirs destinés à fournir la trame d'une histoire racontée par un autre, il était enclin à s'apitoyer sur lui-même, et il n'était pas vraiment autodidacte. Et, bien sûr, il buvait trop. Mais nous buvions tous trop, ça allait avec la guerre, le black-out, l'atmosphère désespérée dans laquelle nous vivions, l'omniprésence de la mort qui chaque jour envahissait les journaux, des morts par centaines, par milliers, chiffres qui feraient des manchettes énormes aujourd'hui. C'était un monde d'hommes. L'art était un monde d'hommes. C'est à peine si les femmes y avaient une place, même quand elles avaient le statut d'épouses. Il était dur, ce monde d'hommes. Vous traitez Zack et les autres comme les héros de ce moment historique que vous avez – comment dit-on maintenant ? – construit, vous les voyez comme des Titans maîtres des cieux, mais les Titans formaient en réalité une troupe assez pitoyable et ils ont connu une triste fin, si je me souviens bien du Bulfinch de mon enfance et de son histoire des mythologies. Si l'on excepte ce drôle de vieux Bernie, qui avait épousé une grosse fortune, Roger, qui disposait d'un fonds en fidéicommis, et Onno, qui a commencé à vendre avant tout le monde – il était doté de ce flair typiquement européen que les marchands et les galeristes étaient déjà capables de comprendre, si différent de nos pauvres tâtonnements d'Américains, issus des profondeurs de l'inconscient, Jung et tous ces archétypes –, tout le monde, absolument tout le monde était pauvre, et tous avaient subsisté pendant des années grâce au Project, le Federal Arts Project[1], avant la guerre, et même pendant, bien que les allocations aient été alors considérablement réduites. Au moment dont vous parlez, juste après la guerre, même après que la publicité eut commencé à faire ses effets, Zack ne vendait encore rien. Quelques gravures, quelques travaux sur papier, mais pas les grands tableaux. Il était sur la voie de la célébrité, mais, bizarrement, nous restions très pauvres,

1. Ou FAP, une des composantes de la WPA (Works Progress Administration), organisme d'aide mis en place par Roosevelt à partir de 1933 dans le cadre du New Deal *(NdT)*.

ce qui le mettait dans tous ses états. La galerie de Peggy a fait une avance à Zack, mais il a fallu qu'on lui emprunte l'argent pour acheter la maison, une maison et un terrain de pratiquement deux hectares pour quatre mille dollars, vous vous rendez compte, le terrain à lui seul en vaudrait un million aujourd'hui, étant donné sa proximité avec les Hamptons à la pointe est de Long Island ; comme Zack ne remboursait pas, la galerie a gardé ses toiles. Pendant des années. La plupart des gens n'avaient pas conscience de vivre quelque chose d'extraordinaire. Ils n'avaient pas l'impression d'un moment historique. Ils avaient encore dans la tête Picasso, Miró et les surréalistes. Mais pas Dalí, lequel était tout autant méprisé que Benton, parce qu'il incarnait tout ce que nous détestions.

– Bien sûr, murmure Kathryn, conciliante, sentant Hope prête à s'enflammer et désireuse de la voir continuer.

– Dalí était un saltimbanque, un spécialiste de la devanture. Il a d'ailleurs réalisé quelques vitrines pour Bonwit's, avant de passer à travers la vitre et de mettre tout l'étalage par terre quand la direction a voulu habiller les mannequins, lesquels, il me semble me souvenir, entraient dans des baignoires garnies de fourrure ou étaient étendus sur des lits de braises, au milieu d'une profusion de plumes et de mains flottant dans l'espace et tendant des miroirs. Tous les journaux en ont parlé, ce qui était évidemment le but recherché. Il était passé maître dans l'art de la publicité et n'avait aucun scrupule. C'est ce qui arrive aux Européens quand ils débarquent chez nous. L'événement s'était produit avant mon arrivée à New York, mais Zack, lui, en avait été plus ou moins témoin et racontait l'histoire en riant, même si, au-dedans de lui, il était profondément choqué qu'un artiste puisse renier ses principes de cette façon. Zack pouvait être en haillons et d'une saleté repoussante après une nuit passée dans le caniveau, mais il gardait son idéal de dignité, sa vision de l'artiste comme travailleur, et non comme homme de spectacle ou parasite de la société, un travailleur au moins aussi digne de respect qu'un pasteur ou un banquier. C'était un des traits que j'appréciais particulièrement en lui. » Hope sent l'excitation monter en elle, le rouge lui colorer le visage, les battements de son cœur s'accélérer, tant elle est désireuse de plaire et de ne pas paraître gâteuse ; elle n'est pas loin de ressentir, face à cette jeune intruse, les frustrations et le ridicule occasionnés dans le temps par les vannes régulièrement servies par des critiques d'art à la plume facile dans les colonnes des magazines *Time* et *Life* des années quarante. Mais le temps que ces publications commencent à leur accorder quelque crédit, le vent avait tourné. « Vous parlez d'un moment historique, Kathryn, mais tout l'intérêt porté au mouvement était le fait de quelques rares galeries, de quelques rares critiques, lesquels avaient en l'occurrence leurs propres chats à fouetter, en ce sens qu'ils cherchaient d'abord à se faire connaître, eux ; c'est ainsi que Clem s'est servi de Zack pour se faire un nom, et quand Zack a commencé à faiblir, il a été un des premiers à quitter le navire. Ces toiles, celles dont tout le monde, par la suite, s'est accordé à dire qu'elles étaient superbes, et qui ont atteint des millions – qu'est-ce qu'elles valaient à l'époque ? Elles étaient trop grandes. C'étaient des œuvres d'art publiques, sans public. Quand il avait un verre de trop, Zack – c'était à en pleurer – disait à qui voulait l'entendre qu'acheter ses tableaux serait un excellent placement, ce en quoi, bien sûr, il ne se trompait pas. Un homme qui habitait les Flats – un certain Jimmy Quinn, propriétaire de ce qui n'était guère qu'un éventaire de marchand de quatre saisons – a accepté un jour en guise de paiement un petit panneau d'aggloméré de 75 sur 100, œuvre de Zack, pour finalement le revendre deux millions de dollars il y a une dizaine d'années. L'homme continue à conduire son vieux pick-up déglingué. Zack aurait apprécié. »

Hope s'arrête, et la bouche de Kathryn s'ouvre déjà pour cracher une autre question dans le magnéto, mais Hope n'en a pas terminé de son long chapelet de confessions : elle souhaite mettre la touche finale à cette image de Zack, même si son souvenir menace de l'engloutir, de la faire chavirer, sombrer, comme ces vagues qui écumaient autour de ses chevilles sur une de ces plages éloignées et rocailleuses qui se trouvaient au-delà du promontoire et des vieilles conserveries de poisson, et où ils aimaient aller se promener à l'heure où la lumière de l'après-midi, perdant son intensité, virait au roux et où la brise se levait, sans rien en direction du sud que l'Atlantique pour borner l'horizon, sur lequel se détachaient quelques bateaux gris, pareils aux onglets d'un classeur. « Nous buvions tous, répète-t-elle, mais pour Zack c'était un véritable poison, qui déchaînait ses démons intérieurs. Comme bien des alcooliques notoires, il ne supportait pas la boisson. Je tenais l'alcool bien mieux que lui, et je n'étais pourtant pas épaisse à vingt-cinq ans. » Zack avait dépassé la trentaine quand ils avaient commencé à aller ensemble sur cette plage : ses hanches étroites, sa poitrine et ses épaules couvertes d'un duvet blond, même ses pieds nus étaient beaux, noueux et larges au niveau des orteils, la partie cambrée aussi blanche que l'intérieur d'un bras de femme. Debout à côté de lui, de l'eau jusqu'aux chevilles, elle sentait le reflux aspirer le sable sous ses pieds. Blancheur du bruit des vagues, odeur de plage pénétrante, avec ses relents de sel, d'iode et de cadavres marins en décomposition, taches rondes et ocre des poissons et des méduses abandonnés comme des flaques de vernis sur les rochers, et aplatis, incapables de retourner à leur élément, leur anatomie à peine visible dans la flaque, inutiles, atrophiés, dotés encore d'un semblant de vie malgré tout, pauvres créatures condamnées, comme nous tous. Elle appréciait que Zack ne soit guère plus grand qu'elle, contrairement à certains hommes, dont Ruk ; elle se faisait l'impression d'une Ève parfaitement assortie, comme dans ces merveilleux panneaux de Cranach au musée de Pasadena, ou dans les deux fresques de la chapelle Brancacci dans cette église de Florence, celle de Masaccio avec ses deux personnages angoissés et honteux et, au-dessus d'eux, l'ange rouge qui les chasse du paradis, et celle de Masolino où ils sont empreints de sérénité, d'une majesté hautaine, la petite tête sans malice du serpent femelle au-dessus de celle d'Ève, Ève elle-même, tranquille, cheveux blonds partagés par une raie, impénitente, avant la Chute, la fente de son sexe bien visible, tout comme le pénis d'Adam. Inutile de se le cacher : cette jeune femme, elle aussi, est belle. Hope imagine le corps nu de Kathryn – la hanche qui se fond dans la cuisse, les seins aux pointes vermeilles qui s'étalent sur la cage thoracique, le triangle du pubis d'un noir huileux comme dans un Corot, vision instantanée qu'elle écarte aussitôt : trop charnelle. Sa sensibilité à la beauté, Hope l'a toujours su, voilà ce qui l'a condamnée à rester une artiste mineure. Les grands, eux, ne s'arrêtent pas à la beauté, ils la rejettent comme les saints du désert repoussent les visions concupiscentes de vie facile, tentation de Satan leur offrant le monde en échange de leur renoncement.

Elle dit à son inquisitrice : « Le moment que vous décrivez, celui où l'Amérique a atteint la maturité artistique, les artistes ne cessaient de dire depuis l'Armory Show qu'il devait arriver tôt ou tard ; le Régionalisme n'avait pas d'autre but que de le faire surgir. Pensez à Benton et à ses semblables, aux murs peints de la WPA. Nous étions terriblement marginaux, l'abstraction était une chimère au même titre que le communisme. Les médias (qu'on n'appelait pas comme ça à l'époque) nous traînaient dans la boue, nous considérant au mieux comme de doux dingues. L'Amérique en était tout émoustillée. Ces photos de Zack parues dans *Life*, et puis le petit film réalisé par cet horrible Allemand si autoritaire, Hans je ne sais plus quoi – voilà ce qui l'a tué en fait. Il se haïssait d'être devenu une célébrité, une sorte de nouveau Dalí. Et supportait mal, j'imagine, d'être confronté au fait qu'il avait toujours voulu devenir célèbre. Il n'avait pas le dixième du talent que possède d'ordinaire un étudiant des Beaux-Arts, mais il avait une extraordinaire soif de gloire. Il aurait fait n'importe quoi pour être célèbre, et pas simplement bon. D'autres croyaient l'avoir aussi, cette ambition, mais ils ne s'y tenaient pas, détournés qu'ils étaient par leur talent. Zack, lui, ne se serait laissé détourner pour rien au monde. Il n'avait rien d'autre que cet… » Elle ne veut pas prononcer le mot « espoir ». Et enchaîne ainsi : « Il était terriblement malhabile avec un crayon ou un pinceau. Comme s'il avait de trop grosses pattes. Et, comparé à la moyenne des gens, il était très ignorant. Il s'était mis à fréquenter Benton à l'Art Students League ; celui-ci se retrouvait en Zack, je suppose, retrouvait son côté fanfaron, façon ouest du Mississippi, et il n'avait par ailleurs rien à craindre de son talent ; et puis, de retour en Californie, Zack avait rencontré Siqueiros, avait été séduit par la grossièreté du trait, les nouvelles peintures industrielles, la contestation sociale et je ne sais quoi encore, tout ce désordre lui avait paru révolutionnaire, et il était allé jusqu'à Pomona College pour voir un mural d'Orozco sur l'histoire de Prométhée ; par la suite, une fois revenu sur la côte Est, il s'était rendu à Dartmouth pour voir les Orozco, et avait adoré ces peintures, les terres de Sienne, le dessin grossier, et, comme tout le monde à New York dans les années trente, il avait baigné dans le surréalisme, mais sans avoir la moindre idée des théories psychologiques qui avaient présidé à sa naissance, conscient seulement du rapport personnel qu'il avait avec ce mouvement, lui le futur grand Zack McCoy. Vous avez fait allusion à la politique il y a un instant, mais je ne me souviens pas que le sujet nous ait beaucoup préoccupés, pas plus que tous ces trucs dont on parle aujourd'hui. Truman, le plan Marshall, la Chine passant sous la coupe de Mao, l'Europe au bord du gouffre, et toutes ces expériences, les exercices d'alerte, les discours sur l'apocalypse : tout cela n'avait rien à voir avec nous. Nous étions d'un égoïsme forcené. Même la guerre… si tout le monde ne se faisait pas réformer, nombreux étaient ceux qui échappaient au service. Les toubibs du conseil de révision les déclaraient fous ou homosexuels, même ceux qui étaient mariés. Je me souviens d'avoir été vraiment choquée, à vingt ans, quand je suis arrivée à New York : on n'entendait jamais personne parler de la guerre, même à son pire moment, quand tout laissait présager qu'on allait perdre la bataille et que Hitler et Tojo seraient les nouveaux maîtres du monde. Qui avait peint quoi et qui baisait avec qui, voilà à quoi se résumaient nos conversations.

– Et pourtant il y en avait beaucoup dans le groupe, objecte l'autre avec son impeccable savoir livresque, qui étaient *très* engagés. Très gauche des années trente. Surtout Bernie Nova et Jarl Anders. Quand on lit leurs manifestes d'après-guerre, ils apparaissent franchement… comment dire ?… apocalyptiques. À leurs yeux, ils faisaient œuvre de révolutionnaires. Anders a dit un jour – je n'ai pas la citation exacte ici –, il a dit qu'il allait mettre un terme à deux mille ans de fausseté et de trahison de l'esprit humain. »

Pourquoi cette jeune personne se mêle-t-elle de faire à Hope le récit de sa propre vie ? Tout en mettant à côté de la plaque, comme on dirait aujourd'hui. Bernie adorait les déclarations fracassantes, et plus elles étaient provocatrices mieux c'était, mais c'était aussi un homme adorable, extrêmement drôle, à l'accueil chaleureux, une sorte de gros nounours avec sa moustache cirée et son monocle clownesque de vieux monsieur, qui noyait son monde sous un flot de paroles et la revigorait de ses étreintes avunculaires quand elle était près de lui. Jarl, lui, était plus distant, plus limité, l'air gris et émacié d'un cadavre tout juste déterré, les mouvements empruntés, le regard fixe, des yeux de vampire de cinéma, soulignés de grands cernes noirs, hantés mais capables aussi d'une tendresse soudaine, d'une prescience de la femme qui restaient interdite à Zack. Celui-ci ne voyait dans la femme qu'il regardait, quelle qu'elle fût, qu'une mère, un ennemi intime, douceur menaçante, sable qui se dérobe sous le pied sur les plages rocheuses, où il improvisait des sculptures de rocher, surtout s'il y avait autour des enfants à amuser. Il aimait les enfants, c'est vrai, mais sans aucun sens des responsabilités. Il croyait qu'il pourrait se comporter avec les siens comme avec ceux des autres : plus un regard, plus une parole une fois la récréation terminée.

« Ils étaient tous plus âgés que moi, admet Hope. J'étais la benjamine ; eux avaient commencé leur métier d'artiste pendant la Dépression, et sans le gouvernement et le FAP ils auraient peut-être crevé de faim ou fait autre chose. À l'époque, vingt-trois dollars par semaine, c'était une fortune. Certains d'entre eux étaient carrément de la génération avant la mienne et, c'est vrai, il y avait pas mal de restes de l'ancienne gauche en eux. Ils croyaient en une société meilleure que celle que nous connaissions, où un tiers des hommes étaient sans travail et où les riches en chapeaux haut de forme traînaient Roosevelt dans la boue. La guerre a mis un terme à tout ça. Mais pas vraiment. Ce désir d'une révolution n'est pas mort avec la guerre. Il a survécu pour réapparaître dans l'art. La guerre était synonyme de privations, mais la vie artistique aussi. Rien ne pouvait nous atteindre en dehors de l'art. J'ai été tellement étonnée, à mon arrivée à New York, de voir que les écoles d'art étaient en pleine prospérité. Le rationnement, les emprunts de guerre, la propagande partout, les rues pleines d'uniformes, et pourtant…

– Bien sûr, s'interpose doucement Kathryn, croyant que Hope s'est interrompue parce qu'elle a perdu le fil, il y avait là tous les émigrés, Duchamp, Mondrian, les surréalistes, Breton, Ernst…

– Oui, la coupe brutalement Hope. Nous – en tout cas moi –, nous ne les voyions jamais (vous, vous auriez peut-être réussi à les approcher). Cajolés par les riches, ils hantaient le Connecticut et l'Upper East Side, Mondrian était le seul à ne pas regarder de haut le mode de vie américain, estimant qu'il avait peut-être quelque chose à en apprendre – mais ils étaient là, c'est vrai, de ce côté-ci de l'Atlantique, contribuant à mettre la barre de l'art plus haut, créant une "atmosphère". Il y avait des expositions. C'était d'ailleurs un de nos sujets de récrimination : les galeries accordaient tout leur espace aux Européens. Et bien entendu Barr, au MoMA, ne faisait pas exception. »

Qui était donc cette jeune femme, pour venir ainsi fourrer son nez dans sa vie (elle était juive, pas possible autrement) et la lui resservir à partir de ses studieux tirages papier ? À mesure qu'elle prend de l'âge, Hope trouve que les événements extérieurs de sa vie, y compris son mariage légendaire avec Zack, ont de moins en moins de rapports avec sa vie intérieure, une vie qui a commencé au moment où elle découvrait les peintures et les reproductions accrochées aux murs de la maison de Germantown, collection vieillotte témoin d'un goût quaker frileux – certificats de mariage ou de naissance rédigés en *fraktur*, avec leurs fines pattes de mouche et leurs personnages pareils à des poupées colorisés par endroits, chromos sous verre de piètre qualité du *Pinkie* de Lawrence et de la *Femme à la cruche* de Vermeer, d'autres représentant des visages aux joues roses encadrés de cheveux poudrés, peut-être des reproductions des portraits de Copley détenus par le grand musée de Philadelphie à la façade caramel si rébarbative qu'elle voyait de l'arrière de la Packard de Papa quand ils se rendaient à la grande ville en longeant la Schuylkill d'un noir de charbon. La maison de son grand-père renfermait aussi quelques originaux : muets dans leurs coffrets doublés de velours, des portraits ovales miniatures d'Ouderkirk depuis longtemps décédés et réduits en poussière dans leurs tombes, minuscules présences en pointillé dotées, quand on les regardait de près, de cils, de lobes d'oreilles et de frisettes, quelques aquarelles aussi, cascades de capucines ou rives de la Brandywine avec ces gros arbres en surplomb dont elle retrouvait les ombres réfléchies dans l'eau, œuvres de quelque cousine ou tante de ses grands-parents qui avait pris des leçons de dessin au début du siècle et que ses amies de bonne famille estimaient sans doute très douée, et des œuvres à l'huile dont la peinture durcie laissait voir des crêtes et des aspérités : une coupe de fruits posée sur une nappe à carreaux, dont Hope, même toute petite, avait bien vu qu'elle avait dû être difficile à exécuter, les carreaux devant monter et descendre le long des plis de la nappe froissée, des sous-bois jonchés d'arbres qui ressemblaient à des cadavres en décomposition, peintures plus grandes, celles-là, et sombres, mais puissantes dans la mesure où elles communiquaient à l'enfant cette impression de pénombre humide, et l'étrange certitude que ce fouillis moussu, ces débris éparpillés sur un lit brun-jaune de feuilles pourrissantes, ce coin de forêt à l'abandon, cette portion de la contrée sauvage et peuplée d'Indiens qu'avait connue Penn, existeraient de toute façon, avec ou sans peintre. La peinture avait bel et bien durci, Hope s'en rendait compte en passant le doigt (l'enfant était seule dans la pièce, sans personne pour lui dire de ne pas toucher) sur les petites aspérités. La peinture durcie ouvrait une échappée sur une radieuse éternité, en même temps qu'elle suggérait les hésitations comme les décisions de la main et de l'œil du peintre. Hope sentait à l'œuvre ici une magie puissante et infinie, et aussi ce mouvement de révolte qui amène les gens à vouloir fixer des morceaux d'un monde qui se dérobe sans cesse à eux ; le monde était une chaîne de montage qui ne cessait de déverser ses produits en un tas d'objets éphémères vite oubliés. La révolte s'accompagnait d'une certaine gaieté, celle que procurent les petits défis victorieux lancés au temps et qui préside à la création d'objets à garder.

C'était sa mère qui avait gardé ses dessins appliqués, sa mère aussi qui avait suggéré qu'un voisin d'Ardmore, où ils s'étaient installés après avoir quitté la maison des grands-parents à Germantown pour s'installer dans une grande bâtisse Tudor récemment construite et située dans une rue sinueuse et ombragée, vienne lui donner des leçons de dessin. Hope avait alors huit ou neuf ans. Elle avait beau regarder avec la plus grande attention, elle n'arrivait pas à voir ce que cet homme trapu, imprégné d'odeurs inhabituelles, tabac, sherry bon marché et dents gâtées, voyait, lui, dans les ombres, les verts dans les rouges, les bleus cachés dans les bruns. Son petit « don » menaçait de se flétrir sous les lourdeurs de cette attention masculine – il s'appelait Rudolph Hartz –, et ce fut pour elle un soulagement quand la famille se mit à louer une maison de vacances dans le Maine, mettant ainsi fin aux leçons d'été, qui avaient lieu sous le soleil brumeux et malsain de Philadelphie dans le jardin sur le côté de la maison ou à l'ombre du saule ou du noyer, feuillages grouillant des nuances subtiles que l'on voit aux couleuvres et aux crapauds. Les leçons qui se déroulaient à l'intérieur avaient lieu dans la bibliothèque ; des pages de l'*Evening Bulletin* étaient étalées sur la table basse, dont la marqueterie formait une longue chaîne de petites pièces de bois plus claires, en forme de triangles et de parallélogrammes. C'était alors comme si son père, non plus mince et discret mais épaissi et véhiculant une odeur de vice et de force brute typiquement allemands, se penchait sur son épaule, une main poilue s'emparant de son pinceau pour le tremper impatiemment dans le verre d'eau et l'écraser sur les godets de couleurs pures alignés sur le petit plateau pliant de la boîte de peinture, et obtenant après mélange une couleur brunâtre qui semblait peu prometteuse mais qui, une fois appliquée, donnait au sujet – vase, poupée indienne ou poivron jaune – une présence incontestable. La petite Hope se sentait trop fragile pour pouvoir résister à la passion de M. Hartz, avait l'impression de lui faire perdre son temps et, en même temps que les odeurs de tabac et de transpiration sous les bras, respirait sa médiocrité, ses frustrations ; il faisait partie de cette cohorte philadelphienne de tâcherons aigris, exécutant de temps à autre un portrait pour un ami ou un décor de théâtre pour une troupe de banlieue.

Les leçons prirent fin, même celles des week-ends d'hiver. Ses parents avaient sans doute parlé, poliment, comme savent le faire les adultes, à M. Hartz. Non sans un certain tact, Hope prit ses distances avec l'art et ses aspirations confuses – l'eau du verre qui se trouble au contact du pinceau, les petits ronds de la palette lisse en bois de tilleul qui deviennent uniformément gris à force de mélanges –, comme elle se serait éloignée d'un garçon qui, si fascinant qu'il fût, n'aurait jamais fait un mari convenable. Elle avait dix, onze ans. Elle visitait les musées, passage obligé d'une bonne éducation : le trésor en haut de Fairmount donnait l'impression, à l'intérieur, d'une grande banque tout en marbre, où quelques clients flânaient et murmuraient sous les hautes lucarnes, tandis que, hors de portée, une Diane nue et élancée se tenait en équilibre sur la pointe d'un pied ; l'Académie des beaux-arts de Pennsylvanie, qui, elle, suggérait plutôt l'atmosphère d'une église – Papa la qualifiait de « byzantine » –, était munie d'un grand escalier montant entre les deux grandes toiles assez effrayantes de Benjamin West, qui, tout compte fait, empruntaient leur sujet à la Bible, et conduisant à des salles remplies de statues blanches, nues parce qu'elles représentaient des déesses et non des personnes réelles, de vieux tableaux de falaises et de cascades et de portraits de Benjamin Franklin, avec ses petites lèvres malicieuses, ou de George Washington, les joues empourprées, l'air peiné ; dans les salles les plus reculées trônaient les travaux des élèves de l'Académie, dessins au charbon de visages de Noirs, monumentaux, maussades, l'œil fixe, et d'ouvriers devant des usines fermées, coiffés de grosses casquettes de toile dont la visière était rabattue sur des fronts humiliés par le chômage et plissés par l'injustice, la perspective en raccourci contribuant à tasser et à rapetisser leur corps, comme une presse industrielle invisible qui aurait exprimé du monde toute sa couleur ; dans la ville voisine de Merion, un certain Dr Barnes avait transformé les millions que lui avait rapportés l'Argyrol en une collection de tableaux et, pour l'abriter, avait fait construire une vaste demeure à colonnes doriques, où, après sélection soigneuse et prise de rendez-vous, quelques privilégiés, dont des groupes gloussants d'écolières de Shipley en pulls verts et chaussettes hautes assorties, pouvaient admirer des murs couverts, à raison de quatre rangées de toiles alignées les unes au-dessus des autres, de chair française et de soleil provençal, œuvres des enfants les plus indisciplinés de l'impressionnisme, avancées polychromes dans un nouveau paganisme, art débarrassé de ses obligations envers l'histoire et la piété, uniquement préoccupé d'exalter la gloire de chaque nouvelle journée et le chatoiement de son enveloppe de couleurs. Ces visites silencieuses, ces fréquentations dûment approuvées avaient entretenu chez Hope son émerveillement d'enfant face aux miroitements qu'on appelle l'art.

À Bryn Mawr, au cours des deux premières années de la nouvelle décennie, alors que la guerre en Europe obscurcissait l'horizon de l'autre côté de l'Atlantique, le département d'histoire de l'art, encore hanté par la récente disparition de Georgiana Goddard King, amie personnelle de Gertrude Stein, fit renaître l'intérêt de Hope pour la beauté des œuvres de l'homme – le raviva en tout cas suffisamment pour qu'elle comprenne que Bryn Mawr ne pouvait la satisfaire, qu'étudier et admirer ne suffisaient pas, et qu'il existait à moins de deux heures de train un monde où l'art était la vie, où son jeune corps virginal, doté d'un cerveau et d'yeux comme les siens, pouvait devenir un instrument, pouvait créer et exister, en quelque sorte, sur un mode que n'autoriserait jamais la sage et surannée Philadelphie. À la fin de sa deuxième année, alors que sa mère se noyait dans les préparatifs de leur départ pour une île du Maine, où, las de locations dispendieuses, son père avait fait l'acquisition d'une maison au revêtement de bardeaux dont l'entretien reviendrait plus cher que ne l'avaient jamais fait lesdites locations, Hope partit pour New York, au plus fort de la chaleur de l'été, bien décidée à devenir artiste. Ses parents eurent du mal à s'en remettre, mais c'était l'époque qui voulait ça, on était en 1942, et elle avait vingt ans. Son frère aîné se plia sans résistance à un appel sous les drapeaux ; son frère cadet, lui, s'était déjà engagé. Adieu le pacifisme quaker, adieu aussi la passivité féminine. Elle s'embarqua avec une panoplie, qui avec le recul apparaît totalement absurde, de bagages bleus soigneusement appareillés, y compris deux cartons à chapeaux cylindriques destinés à séduire la chair, la vie multicolore, ses pigments et ses pièges. Tout en marchant au hasard des rues semées de dangers, au milieu de regards qui enregistraient sa présence avec la rapidité d'un coup de pinceau, elle s'enivrait de liberté toute neuve.

La voix de Kathryn rattrape Hope sur le pavé nocturne de la grande ville ; elle suit les méandres de sa pensée. « Laissons les galeries et le MoMA pour plus tard. » Elle jette un coup d'œil aux pages imprimées sur ses longues cuisses noires. « Vous avez d'abord été élève à la Women's Art School de la Cooper Union pour la promotion des sciences et des arts.

– C'est exact. Ils n'étaient pas très chauds, mais ils m'ont finalement admise au vu de quelques esquisses que j'avais faites à Bryn Mawr et d'un autoportrait aux seins nus, à la peinture acrylique. Cooper Union, à cette époque, était très académique, très pragmatique. La formation était organisée en "alcôves". Dans la première alcôve, les élèves s'exerçaient sur des mains et des pieds en plâtre. Dans la deuxième, ces derniers étaient remplacés par des torses. Dans la troisième, on disposait de moulages du corps entier. Il fallait attendre la quatrième pour avoir des modèles en chair et en os. Je suis partie avant cette dernière étape. L'instructeur de la deuxième alcôve, j'ai oublié son nom, ne voulait déjà pas me laisser passer dans la troisième, sous prétexte que j'étais trop linéaire. Il ne l'a fait que pour se débarrasser de moi. J'étais indisciplinée, j'imagine. J'étais tellement excitée d'être à New York, au Village.

– Cet instructeur, c'était Leonard Wilton, le sculpteur, lui dit l'autre, après avoir consulté ses notes. Mais avant votre départ de l'école, vous êtes… vous avez eu une aventure avec un autre instructeur, le portraitiste Gregor Rukavishnikov.

– Ruk n'était en fait qu'un remplaçant, le titulaire

ayant été appelé sous les drapeaux. » Hope a soudain une envie folle d'être dehors, de se reposer l'esprit dans la fraîcheur incolore de l'air. Par la fenêtre, au-delà de la chevelure de sa geôlière avec ses peignes argentés, elle voit dans les buissons de forsythias qui s'élancent à l'assaut des appuis de fenêtre un groupe d'oiseaux commencer tout d'un coup à s'agiter et à voleter, traversés par quelque obscur courant : c'est le règne animal qui, le premier, ressent les frémissements du printemps, un écureuil solitaire, sorti de nulle part, qui déniche une noisette cachée par lui ou un de ses congénères à l'automne précédent ; installé sur une pierre plate et tiède, il la tient entre ses deux pattes à la manière d'un épi de maïs et jacasse à son adresse comme une minuscule machine à écrire électrique.

« Ce que je veux dire, c'est qu'il gagnait suffisamment avec ses portraits mondains, il faisait dans le chic, et, contrairement à beaucoup d'artistes, il n'avait pas besoin de donner des leçons. Il se débrouillait très bien, en fait, jusqu'à ce que l'alcool ait raison de lui. Pendant ses cours, il n'essayait pas de cacher son indifférence, mais il était gentil en tête à tête, plutôt charmeur mais jamais vulgaire… Nous étions folles de lui, cela va sans dire, toutes autant que nous étions, même si nous n'accordions guère de crédit à sa manière de peindre. Qui était commerciale et, dans les années quarante, avait quelque chose d'agréablement suranné – longs cous, beaux contours, chevelures sculpturales en bandes très stylisées, une allure de bas-relief Arts-déco. Très léché. Ses portraits avaient, comment dire, ce fini trompeur qu'on voyait à l'époque dans les caricatures de *Vanity Fair*.

– Le pastel qu'il a fait de vous, et qui se trouve maintenant au Corcoran, est très réussi.

– Oui, le profil. Vous voulez dire cette frange aux reflets métalliques, les tendons du cou. Mais, aux yeux mêmes de Ruk, cette facilité était une sorte d'imposture ;

il méprisait son travail et admirait les génies primaires – Soutine, Kokoschka, Picasso quand il ne faisait pas dans le néoclassique, le Monet de la dernière période, à moitié aveugle. Il pensait que Dubuffet, dont on commençait à parler chez nous, était sur une bonne voie. Il me disait sans arrêt de me laisser aller. »

Hope a l'impression très nette que Kathryn n'est pas satisfaite, qu'elle voudrait la voir mieux exploiter, pour ainsi dire, ce cher paumé de Ruk. Est-ce qu'elle voudrait savoir ce que c'était que baiser avec lui ? Ça n'était pas ce qui comptait avec Ruk – l'amour avec lui, ce n'était pas mal quand il était à peu près à jeun, mais il n'y mettait pas la fougue qu'il mettait dans la danse ; il fallait toujours qu'il soit en représentation, c'était sa grande faiblesse, et même s'il avait été le premier amant de Hope, elle n'avait pas tardé à se rendre compte que c'était elle la plus motivée au lit, la plus disposée à risquer de se retrouver affreusement gênée pour le plaisir de quelques sensations impossibles à passer au fixatif en vue d'être exposées, belles mais éphémères. « Il était beau, dit-elle, et c'est ce qu'il aurait voulu l'entendre dire. C'était le plus bel homme que j'aie jamais rencontré. Au moins un mètre quatre-vingt-dix, haut front blanc, yeux en amande typiquement russes, de ce bleu pâle des chiens de traîneau, pailletés autour de la pupille. Ses cheveux étaient aussi lisses et soignés que des cheveux de femme, et il adorait ses jambes, si longues, aux chevilles si fines. Il ne manquait jamais une occasion d'enlever son pantalon dans les soirées, non pas pour paraître sexy, mais à la manière dont un danseur classique montre ses jambes. Il disait être russe blanc, mais ça ne signifie pas grand-chose pour un Américain, tous les Russes qu'on rencontrait alors étaient blancs, par opposition aux rouges. Les rouges, eux, étaient en Russie, occupés à se taper dessus avec les Allemands. Ça vous va, comme portrait ? »

Kathryn lève son visage à l'éclat mat et, d'un battement de ses paupières luisantes, signifie à Hope qu'elle a saisi son hostilité et qu'elle s'en accommode. « Pas vraiment, reconnaît-elle. Vous l'aimiez ?

– Oh, bien sûr, aucun doute là-dessus. C'était tout naturel, voyons. Une jeune femme d'une vingtaine d'années, pleine d'idées romanesques sur l'art et les artistes. Le grand mérite de Ruk à mes yeux, c'est qu'il m'a fait découvrir pas mal de choses. New York, pour commencer. Il avait une Lincoln jaune, Dieu sait comment il arrivait à se payer son essence. Il m'emmenait partout dans Manhattan, dans les night-clubs de Harlem, les cafés “branchés”, comme on dirait aujourd'hui, les soirées. C'était lui qui m'habillait. Je me laissais faire, complètement soumise – il savait ce qu'il faisait. Un jour, pour une soirée costumée, il m'avait déguisée en bonne sœur, la tenue, il l'avait confectionnée lui-même, à moins qu'il l'ait volée. Peut-être à une vraie bonne sœur – il m'avait dit que ses sœurs étaient des Russes orthodoxes fanatiques, comme l'impératrice Alexandra. Il aimait me voir en robe noire, avec des bas en lamé pour mettre mes jambes en valeur. Mes jambes… il disait que j'avais de longues jambes, en dépit de ma petite taille. Il me bariolait le visage de bandes colorées et me plantait quelques plumes dans les cheveux ; il m'appelait sa Pocahontas quaker. Il avait fait de moi un des membres les plus en vue de notre petit cercle de Cooper Union. Il m'emmenait à des vernissages, et m'expliquait ce qui était bon et ce qui l'était moins : Picasso, pas si bon que ça, parce qu'il en faisait trop, un peu trop facilement. Matisse était bon, parce que tout était aux limites de l'extrême, obtenu à la force du poignet par un homme d'origine bourgeoise. Picasso, lui, était un bohémien, un bandit, un bolchevique. » Voilà qu'elle commence à entendre la voix de Ruk, à la fois légère et sonore, une voix de chœur russe, vibrante derrière l'écran de ses sophismes.

«Il disait que les surréalistes avaient raison pour ce qui est du rôle de l'inconscient dans les actes et la parole, mais qu'ils se fourvoyaient en étant trop littéraires et en ne cherchant qu'à jouer avec les mots et la politique. Dans le même temps, il produisait à la chaîne ces portraits de femmes du monde avec leurs jolis bambins, et parfois leurs jolis petits chiens. Ruk était excellent avec les chiens, certaines races en tout cas. Mais il buvait. Je n'avais jamais vu quelqu'un boire comme ça, mon grand-père ne buvait jamais, et mon père s'en tenait à quelques verres de vin lors des repas de fête ; les pères de mes amies avaient peut-être un verre de whisky à la main quand je jetais un œil dans la bibliothèque, mais je ne voyais dans cet objet qu'un instrument de sociabilité, et jamais je n'aurais pensé que la boisson puisse être une religion. Moi aussi, comme je vous l'ai dit, je buvais. Mais tant qu'on n'en fait pas une religion, on n'est pas un vrai buveur. Pour ce qui est de Ruk, il... J'étais trop jeune pour me rendre compte qu'il était déjà décati, le visage bouffi, les mains tremblantes, les doigts jaunis par la nicotine, torturé à l'idée qu'il n'était pas et ne serait jamais un de ces génies primaires, une de ces grandes forces brutes de l'art. Et puis, à l'époque, le fait de ne pas servir dans les forces armées faisait de vous un sous-homme. Beaucoup le ressentaient, même s'ils prétendaient s'en moquer. Ruk faisait du rhumatisme cardiaque, je crois. Du rhumatisme et du romantisme, aussi. Il y a beaucoup de choses qu'il ne me disait pas, ou à propos desquelles il mentait.

– J'ai lu, intervient Kathryn, un sourire prévenant aux lèvres, corrigeant d'un centimètre la position du Sony sur la malle vernie en bois clair, qu'il se vantait de coucher avec les femmes dont il faisait le portrait.

– Oui, il a en effet couché avec quelques-unes. J'étais au courant, même si je n'avais aucune envie qu'il m'en parle. Lui y tenait. C'était son truc, l'esbroufe. Mais je n'en faisais pas une affaire ; moi aussi, j'ai eu des aventures pendant les deux années que nous avons passées ensemble. Peut-être que j'essayais de le rendre jaloux. Ou peut-être que je voulais juste, comment dit-on maintenant… prendre mon pied. Le sexe, j'y étais venue un peu tard, et c'était pour moi un merveilleux jouet. C'était un jeu dangereux de domination et de soumission, une manière d'arriver à connaître l'autre et à vous faire connaître de lui. De tisser une sorte de tunique de secrets. N'est-ce pas toujours le cas aujourd'hui ? »

Kathryn aurait-elle rougi ? En tout cas, elle détourne légèrement la tête, la repositionnant comme elle l'a fait il y a un instant avec le magnétophone. « Oui, peut-être, dit-elle. Mais aujourd'hui il y a le sida, et je ne crois pas qu'il reste grand-chose de cette impression de merveilleux jouet. L'idée du sexe comme élément moteur d'une révolution a fait long feu. L'idée véhiculée par le film porno haut de gamme, le sexe comme cause à défendre, tout cela est dépassé.

– Certes, nous n'avions pas le sida, ma chère, mais nous n'avions pas non plus la pilule, dit Hope, qui, devant les objections de l'autre, contre-attaque d'un ton sec, légèrement agressif. Et nous avions la chaude-pisse, comme on l'appelait. On ne parlait pas tellement alors des morpions, comme on le ferait dans les années soixante. Mais il y avait aussi la syphilis, pour les plus malchanceux. Personnellement, j'ai toujours eu de la chance, parce que j'avais le cœur pur, c'est du moins ce que je m'imaginais. Et puis je ne couchais pas à droite et à gauche, comme le faisaient certaines des autres filles et des modèles. Il fallait que j'aie un certain respect pour l'homme avec lequel je couchais. Il fallait que je puisse le prendre au sérieux, au moins comme peintre. Bref, pour en revenir à Ruk, auquel vous semblez attacher tant d'importance… Il était gentil avec moi, aussi gentil que peut l'être un alcoolique infatué de lui-même. Il m'a élargi l'esprit, il m'a fait connaître le monde. Dieu sait ce qu'il me trouvait.

– S'il sombrait, comme vous le dites, propose Kathryn, vous étiez le fétu de paille auquel il s'accrochait. Vous étiez Hope, la bien nommée. » Nouvelle plaisanterie ; ses yeux, lourds et opaques comme des prunes, s'écarquillent et brillent, guettant la réaction de la vieille femme. Les plaisanteries de Kathryn sont gâchées pour Hope par l'impression qu'elles lui donnent d'être calculées, au lieu d'être le fruit de cette rencontre spontanée, désintéressée, avec l'absurde, que devrait être l'humour. Lors des soirées abondamment arrosées de champagne et de vodka, Ruk et elle n'arrêtaient pas de rire ; tout le monde leur apparaissait ridicule et pathétique, et la voix de Ruk, cette voix de basse aux consonnes mal articulées, lui glissait à l'oreille caricature sur caricature. « Le portrait qu'il a fait de vous montre bien ce qu'il vous trouvait. Vous donnez une impression de vie et d'assurance. »

L'intimité de la rencontre – la présence dans la pièce d'une autre personne qui respire, comme un humidificateur sifflant doucement – met Hope mal à l'aise. Elle est habituée à la sécheresse et au silence de la solitude, aux jours d'hiver roides de pureté. C'est pour rétablir une certaine distance qu'elle dit : « C'est par Ruk que j'ai fait la connaissance de Korgi et d'Onno de Genoog.

– Et comment étaient-ils ? »

Ces chers disparus, pourquoi la voix de Kathryn se fait-elle plus chaleureuse, moins tendue et plus évasive, comme si elle envisageait de se les approprier ? « Semblables, sur bien des points. C'étaient tous deux des immigrants, dotés de cet élan typique du continent européen ; ils partaient du principe que le monde était fait pour le plaisir de l'homme, conception épouvantablement snob et barbare, bien sûr, qui pourtant les rendait attirants ; ça leur donnait du panache et les libérait suffisamment pour leur permettre de peindre avec ces belles couleurs claires qu'ils affectionnaient. Curieusement, ils avaient le même âge, même si on a tendance à penser que Korgi était de la génération d'avant. C'est lui qui est arrivé le premier. Oh, bien sûr, il y avait déjà eu Kandinsky, Malevitch et Mondrian, qui faisaient de l'abstrait, mais ils avaient l'éclat de fusées éclairantes perdues en pleine mer, signaux solitaires empreints d'une religiosité excentrique qu'on ne pouvait guère s'attendre à voir imiter par qui que ce soit – enfin quoi, pensez à la théosophie, à Mme Blavatsky, aux sornettes qu'on nous demande d'avaler ! Tout cela remonte à Kandinsky – ses essais, et le groupe Der Blaue Reiter, le spiritualisme comme seul salut face au matérialisme et à l'épouvantable Renaissance avec sa religion de la perspective, etc. Vous savez sans doute tout ça mieux que moi, puisque vous venez tout juste de l'étudier. Mais tout ce à quoi cela a conduit Kandinsky, c'est à une sorte de géométrie instable et plutôt inesthétique, alors que l'endroit où s'est retrouvé Korgi s'est révélé être une île, une grande île pleine de fleurs fantastiques et tout à fait consommables. Tout le monde pouvait s'en nourrir, et grandir et croître grâce à elles. Après le suicide de Korgi – c'était… voyons, en 48, juste au moment où son influence commençait vraiment à se faire sentir –, Onno aimait à raconter sa première visite à son atelier d'Union Square, dans les années trente. Il disait que l'air y était tellement saturé de beauté qu'il en avait eu le vertige, qu'il prononçait *“vertiche”*. Une révélation dont il ne s'était jamais vraiment remis. Et dont témoignent les couleurs utilisées par les deux hommes – ces roses corail, ces bleus layette, les coups de fouet du pinceau entre des formes ovales aux allures d'amibes ou de feuilles de nénuphar, flottant à travers la toile comme, comme quoi ?… ces formes qui dansent devant les yeux, dans l'humeur vitreuse, quand on regarde un mur aveugle – sauf que chez Korgi tout devient transparent, alors qu'Onno essayait de tout épaissir, dans un fouillis féroce de touches appuyées, les couleurs n'en restant pas moins enjouées, voire enfantines. Korgi, comme Ruk, était très grand, presque anormalement grand, et son anglais ne manquait pas d'humour. Il disait de l'école régionaliste que c'était "une pauvre peinture pour les gens pauvres". »

Hope rit, au souvenir de l'accent de velours, de la cape et du chapeau à larges bords, de l'indignation hautaine, de la lueur inquisitrice qui s'allumait dans les yeux mélancoliques de l'Arménien quand il scrutait respectueusement le visage de Hope, à l'affût de ses chances. La relation parasitaire qu'il entretenait avec l'Art Students League lui permettait de faire d'amples moissons dans les blés mûrs des entichées de l'art. Il disait aux filles : « Viens dans mon atelier, et tu seras ma *vâmme*. » Mais Hope se contentait de rire. Elle n'avait jamais été tentée. Korgi, c'était simplement un autre Ruk, sauf qu'il possédait un génie naïf et difficilement exploitable qui faisait défaut à ce dernier, et elle devinait en lui un nihilisme fondamental, menace à laquelle la nature insouciante de Ruk ne risquait pas de l'exposer. Elle était trop jeune, pensait-elle, pour s'attaquer à un homme aussi tourmenté, et pourtant, quelques années plus tard, elle s'attaquerait à Zack.

« Et c'est Ruk, dit-elle à Kathryn, qui m'a fait connaître Hermann Hochmann et sa petite école, là où ça bougeait vraiment. Je ne pense pas qu'on disait d'un endroit qu'il "bougeait", à l'époque. On ne parlait pas non plus d'individus "à la pointe" de la recherche picturale. Qu'est-ce qu'on disait ? "À l'avant-garde", peut-être. Par analogie avec le domaine militaire. Hochmann avait installé son affaire dans une unique grande pièce située au deuxième étage d'un immeuble de la 9e rue Ouest. Le jour où j'y suis allée pour la première fois, je trouvai la classe entière, une vingtaine d'élèves devant leur chevalet, rassemblée autour de la plus bizarre des natures mortes : des fragments de poterie, un Kleenex froissé, une carte à jouer, et un peloton de ficelle provenant de la quincaillerie voisine et encore entouré de sa bande de papier, le tout sur un fond de papier Cellophane éclairé par une lumière rasante qui faisait de l'ensemble un agrégat de reflets et d'ombres fragmentés à l'infini. Pratiquement impossible à regarder, encore plus à peindre. Et pourtant tout le monde peignait dur, et je dois dire qu'après un an de dessins de moulages à la Cooper Union, l'odeur de la vraie peinture était divine. Comme le vent qui vous gifle la figure quand vous faites du patin à glace.

– À quoi ressemblait Hochmann ?

– Kathryn, vous allez penser que je suis idiote de répéter toujours la même chose, mais il était bel homme. Que voulez-vous, tous les hommes que je rencontrais à cette époque, je les trouvais beaux. Hochmann devait bien avoir la soixantaine à ce moment-là, mais il était grand, large d'épaules, portait ses cheveux longs comme un musicien et avait des traits extraordinairement accusés – une bouche merveilleusement sensuelle et impérieuse. Il restait toutefois très germanique, très solennel, et il était très difficile à comprendre. Pas seulement à cause de son anglais, mais en raison aussi de ce qu'il avait à dire. Il avait déjà cinquante ans à son arrivée dans le pays, et s'était installé sur la côte Ouest. C'était une sorte de missionnaire venu apporter la bonne parole du modernisme à une peuplade forcément très "art américain" – Benton et ses ouvriers agricoles dans le style du Greco, Grant Wood et Rockwell Kent, et toute cette stylisation burlesque. Le muralisme à usage de l'homme du peuple. Et vive la démocratie. Bon, tout n'était pas à jeter là-dedans, et John Steuart Curry, les frères Soyer n'ont pas si mauvaise presse encore aujourd'hui, ils font partie de l'histoire de l'art, mais à l'époque nous les tenions dans le plus grand mépris. Ce qu'il y avait de bien chez Hochmann, c'est qu'alors que beaucoup parlaient en termes très vagues de l'abstraction comme de la seule façon vraiment éthique de peindre, lui proposait du concret. Il disait des choses absolument étonnantes – en tout cas pour moi. Il disait que quand vous tracez un seul trait sur une feuille de papier, il n'y a aucun moyen de savoir dans quelle direction il va. Mais si vous en tracez un plus court en dessous du premier, celui-ci se met à aller dans un sens, et l'autre va dans le sens opposé. À ce stade, la feuille de papier est devenue un univers à elle seule, un monde en mouvement. Ses bords deviennent eux aussi des lignes, disait-il. Ajoutant que – ceci devait sortir de Hegel ou de Kant, thèse, antithèse et le reste – quand il y avait un troisième élément, comme en musique lorsque deux notes se combinent pour former un troisième son, celui-ci était d'ordre spirituel, au sens de non-physique, de surréel. Il voyait là une sorte de magie. Les deux traits se déplaçant dans des directions opposées instauraient entre eux une tension, qui en faisait un objet doué de vie, ce qu'il appelait une "unité vivante". Avec la couleur, ça se compliquait. La couleur, d'après lui, induisait des états d'esprit, des humeurs différentes – la gaieté, la tristesse. Certaines couleurs se fondaient dans la toile, d'autres au contraire s'en détachaient carrément. Il parlait à ce propos d'un mouvement de *push and pull*, *"poo-oosh und pool"*, comme il disait. »

L'anglais lent et laborieux de Hochmann, les mots comme autant de paquets de mortier malaxés dans une bétonnière, le grand et beau visage si manifestement éclairé par l'espoir, renaissant jour après jour, d'arriver à communiquer à ses élèves la profondeur spirituelle de la peinture, élèves vêtus de blouses sales, beiges ou saumon, d'où dépassaient des chaussettes blanches, des mocassins bon marché ou des chaussures basses bicolores, les garçons appuyés, cigarette à la bouche, contre les murs sales de l'entrée, les filles coiffées à la mode hollywoodienne des années quarante, coupe au carré, frange droite juste au-dessus des sourcils, ondulations raides réalisées avec ces fers à friser à long nez dont les branches s'ouvraient comme des becs d'oiseau pour prendre les mèches : toutes ces jeunes têtes attentives bourdonnantes d'espoirs, toutes aussi incertaines de leur passé que de leur avenir, et les rues, dehors, brunes et grises, aussi chaotiques dans leur architecture que celles d'un village de Chagall ou de Kirchner, jusqu'aux flèches du centre de Manhattan – le Chrysler Building, l'Empire State – qui étaient prises dans la suie, les nuages toxiques, et, au milieu de tout cela, Hochmann, s'évertuant à transmettre son message salvateur : «*Begrenzung*. Comment dites-vous en anglais ? Limitation. La toile est un espace délimité, fini. Sans conscience de la limite, pas d'expression possible de l'infini. *Unendlichkeit. Ewigkeit*. Beethoven crée l'éternité dans les limites physiques de la symphonie. Toute limite peut être subdivisée à l'infini. Ce qui soulève le problème du temps et de la relativité. Une unique étoile aperçue isolée dans l'espace ne nous dit rien de l'espace. Il faut que l'espace soit vivant et actif. L'espace de la toile doit être animé de la vie de l'esprit, la vie d'un esprit créateur. L'espace pictural n'existe qu'en deux dimensions. Quand le bidimensionnel n'est pas respecté, le tableau tombe, comment dites-vous, en morceaux – il produit un effet d'espace naturaliste, devient un cas à part, un fragment d'univers en trois dimensions, et se trouve ainsi être une expression incomplète de l'expérience de l'artiste. La démarche est donc à rejeter. Le profane a beaucoup de mal à comprendre que la création plastique sur une surface plane doit s'attacher à ne pas détruire, je dirais, la planéité de la surface. L'impression de profondeur est créée par la récession des objets apparents vers un point de fuite, comme dans la perspective de la Renaissance, mais ici, en opposition directe à cette doctrine, l'effet est obtenu par la création de forces de surface progressives et récessives, d'un mouvement de *push and pull*. Il ne faut en aucun cas tenter de créer l'illusion de la profondeur par le recours à la gradation tonale, pas plus qu'on ne songerait à la créer en pratiquant un trou dans la toile. Pour obtenir l'effet *push and pull* sur une surface plane, il faut bien comprendre que le plan d'un tableau réagit automatiquement dans la direction inverse à celle du stimulus reçu, à condition bien sûr qu'il en reçoive un dans le processus de création. C'est dans le rôle du *push and pull* en termes formels que réside le secret du génie de Michel-Ange. Pour Cézanne, c'était la couleur qui était l'élément premier du *push and pull* ; dans ses tableaux, il a créé une incroyable impression de volume, un espace qui respire, palpite, se dilate, se contracte grâce à l'utilisation qu'il fait de la couleur. Laquelle est un moyen plastique de créer… *Abstände*, des intervalles. Les intervalles sont des harmoniques chromatiques produits par des relations particulières, des tensions entre couleurs. Nous ne faisons l'expérience du monde qu'à travers l'écran mystérieux de la couleur. C'est elle qui nourrit notre être tout entier. De la même façon, c'est elle que l'œuvre d'art devrait se charger d'exprimer. La force qui donne vie à une œuvre d'art est profondément enracinée dans sa substance qualitative. C'est le *Geist*, l'esprit d'une œuvre qui en fait la qualité. Le réel dans l'art ne meurt jamais, parce qu'il est de nature essentiellement *geistig*, spirituelle. » Et il pouvait prêcher ainsi pendant des heures, s'interrompant chaque fois qu'un mot allemand ou un concept kantien lui venaient d'abord, qu'il lui fallait ensuite traduire, péniblement et maladroitement.

« Toujours est-il, dit Hope à Kathryn, qu'il arrivait à nous convaincre que faire de l'art, c'était l'activité humaine la plus noble et la plus pure, c'était approcher Dieu au plus près, le Dieu qui se crée lui-même dans ces tensions entre couleurs. »

Et pourtant ses sermons, sa belle prestance, sa ferveur avaient quelque chose de creux. Il refusait de montrer son travail à ses élèves. Il était timide, l'entreprise était tellement démesurée, l'Idéal un maître tellement exigeant. Avec l'âge, et alors que d'autres récoltaient la gloire qu'il avait prédite, son œuvre à lui se retrouva pratiquement asphyxiée sous le poids de la théorie : carrés et rectangles de couleur brute qui faisaient penser à des échantillons de tissu, sans aucunement suggérer son fameux *push and pull*. À l'époque où il l'avait comme élève, ses formes étaient encore organiques, bulbeuses comme dans les premiers Kandinsky, mais sans ce vagabondage typiquement russe, ces égarements vagabonds du pinceau, toutes les couleurs en même temps, comme une décoration paysanne. « Reste *plate*, disait-il, en se penchant sur son épaule. Garde ta surface plane. Ne la creuse pas comme ça. Pas de trous, s'il te plaît. Fais chanter les couleurs. » Comme Beethoven, avec ses accords à l'éclat lugubre, impossibles à rendre en peinture, en rectangles découpés dans la palette. À la fin des années soixante, après sa mort, Hope s'était rendue à une rétrospective géante de son œuvre, un étage entier du Whitney, et elle avait eu l'impression que les peintures accrochées autour d'elle n'avaient aucune existence. Comme si elles s'étaient évaporées, transformées en simples attrape-poussière. Zack ne s'était pas évaporé ainsi, même si Hochmann l'avait méprisé, le considérant comme un vaurien américain, un ignare irrécupérable. Un bandit, pour parler comme Ruk.

« *Push and pull*, répète Kathryn, poliment perplexe. Vous vous sentiez… euh, proche de l'homme en lui ?

– Vous voulez dire, est-ce qu'on a couché ensemble ? Voyons… Il avait plus de soixante ans, et moi… combien à l'époque, vingt-deux ? Et pourtant, vous n'avez pas tort, je l'aurais fait s'il me l'avait demandé ; je l'aimais. Il nous avait fait découvrir quelle noble occupation était la peinture. Quelqu'un de votre génération aura sans doute beaucoup de mal à comprendre à quel point cet art semblait, à ce moment-là, important, énorme, crucial. Autant que le sexe, vous n'avez pas tort, effectivement, de faire le rapprochement. Il n'avait pas encore été domestiqué, ni rangé à sa place, sur le rayon des activités humaines, avec une tape amicale sur sa petite tête frisée. »

Sa compagne éclate de rire, si fort que son long nez blanc laisse échapper une coulée de liquide. Kathryn baisse les yeux et fourrage dans son sac à main, une espèce de fourre-tout posé grand ouvert à côté du fauteuil écossais, à la recherche d'un Kleenex. Son embarras fait que Hope se sent plus proche de son interlocutrice. La morve, c'est humain, c'est une de nos sécrétions. Il reste que Hope n'apprécie pas chez elle sa propension au rire, ni le fait qu'elle la trouve trop amusante, cette vieille dame qui apparaît à l'interview comme une personne un peu creuse, chez qui le moindre accent d'impertinence, le moindre signe d'espièglerie produit un effet de surprise qui n'est pas sans drôlerie. Une telle disposition au rire trahit une jalousie nerveuse. Hope a vécu pleinement, d'une manière naïve, directe, fructueuse qui est refusée à cette jeune femme ; Hope s'est aimée, ayant été élevée dans l'illusion d'un Dieu aimant, a trouvé stupéfiante la révélation de son corps, quand celle-ci a enfin émergé des couvertures et du silence quaker qui recouvrait toutes ces choses. Elle caressait sans retenue son corps nu et soyeux, laissant l'empreinte ovale et jaunâtre de l'extrémité de ses doigts sur sa peau rose tachée de son, debout, au sortir de son bain, devant les glaces embuées de l'appartement de Jones Street qu'elle partageait avec Cindy Jasinski, dans la salle d'eau exiguë, envahie de cafards, avec son sol fait de minuscules carreaux hexagonaux, son étroite fenêtre toujours entrouverte de quelques centimètres comme une bouche aspirant l'air du Village, ses odeurs matinales de café et de poubelles vidées, sa rumeur nocturne sur fond de musique de jazz et de klaxons de taxis. Au début de chaque nouvelle journée, elle se demandait quelle merveille celle-ci allait lui apporter. Le monde de Kathryn, lui, est à l'épreuve des merveilles, prétraité, toutes les émotions, toutes les envies analysées et discréditées avant même d'arriver à terme, consignées dans des guides pratiques et des émissions de télé, il n'y est question que d'impulsions électroniques, de bits, d'information, une information de plus en plus dénuée de sens à mesure que les cerveaux deviennent trop petits pour l'emmagasiner, le traitement se faisant en dehors de l'esprit, du cœur, au moyen de machines froidement silencieuses. Kathryn a roulé son mouchoir en boule et le remet dans son grand sac noir ; ses narines semblent un peu à vif. Elle a cet air maladif des citadins : métros, ascenseurs, miasmes des autres, fatigue chronique, les New-Yorkais traînent des rhumes tout l'hiver, comme Hope dans le temps, quand les enfants ramenaient des microbes de l'école, mais aujourd'hui, à vivre seule dans le Vermont, dans le froid sec de la montagne, cet air antiseptique riche en rayons ultraviolets, c'est à peine si elle éternue de temps en temps, son vieux système est une réserve d'anticorps délivrée de la fertilité et de ses tempêtes hormonales. Kathryn a introduit dans ce chaste salon les souillures, le déséquilibre de la fécondité – la libération mensuelle de l'ovule, l'hystérie des rapports avec le mâle. Comme c'est bon, songe Hope, d'être débarrassée de tout ça.

C'est ce moment de la matinée, aux environs de onze

heures, où la lumière plongeante du soleil au-dehors engendre un sentiment de soulagement, de satisfaction devant le travail déjà accompli, et c'est l'heure où elle a coutume de se refaire une tasse de thé, avec le sachet déjà utilisé et soigneusement conservé dans l'évier en inox, où il l'attend, posé bien droit comme un minuscule sac à main à côté de l'écoulement. Depuis l'heure du petit déjeuner, sa concentration a eu le temps de s'émousser et le sachet réutilisé permet de faire redémarrer la machine, d'essayer d'en tirer encore quelque chose, avant que midi ne la ravale au niveau du commun des mortels en la rappelant aux tâches grossières de la réalité quotidienne, courses, rangements, coups de téléphone qui la rattachent encore au monde extérieur, ses correspondants étant pour l'essentiel des représentants des professions médicales. Son dentiste n'arrête pas de lui dire que ses dents de devant, les rares à ne pas avoir encore été couronnées ou dévitalisées, seraient bien plus brillantes sans ce bain quotidien de thé, mais chaque matin il y a cette attente, ce désir de la première tasse qui va la faire décoller, puis ce besoin de la seconde, un peu plus pâle, une ou deux heures plus tard, qui va lui permettre de contempler son travail encore frais avec cette autoadmiration béate qui alterne si étrangement avec la conviction que rien de ce qu'elle fait n'est satisfaisant ni n'a une quelconque valeur. Elle est souvent saisie de terreur à la pensée qu'elle a gaspillé sa vie jusqu'à maintenant, la terreur, à bien y regarder, d'avoir mécontenté Dieu, qui n'est pas là ou n'est là que sous la forme de la lumière, phénomène qu'elle assimile de manière parfaitement rationnelle à une pluie de protons tout à fait gratuite, un univers de particules qui s'est brutalement mis à exister à une époque fort lointaine, et sans aucune raison. Mais elle a derrière elle une longue vie qu'elle ne peut effacer d'un trait, cinq petits-enfants qui ont un peu d'elle-même enraciné en eux, des œuvres exposées au Hirschhorn et au Whitney, à Tokyo, Zurich et São Paulo, et un classeur à tiroirs rempli d'articles critiques dont certains sont très flatteurs, voire dithyrambiques. Le pauvre Zack n'a jamais rien eu de tout ça ; elle le revoit, lors des premiers hivers passés à Long Island, aller dans la petite grange, dont les planches mal jointes laissaient échapper la chaleur aussi vite que le poêle à bois la produisait, incapable d'y travailler plus d'une heure avant que le froid lui engourdisse définitivement les mains, pourtant protégées par les gros gants de travail dont il avait coupé les extrémités ; il n'avait pour le soutenir que cette fièvre créatrice désespérée, cette soif de quelque chose qui allait au-delà de la gloire et de la richesse, aussi aveugle que l'instinct qui pousse un animal malade à venir rechercher l'isolement sous la véranda. Il buvait moins à cette époque – il voyait comment elle réagissait à sa sobriété et cherchait encore à lui plaire –, mais sa toux de fumeur ne le laissait pas tranquille avant plusieurs heures le matin.

Hope, qui sent la jeune femme sur ses gardes, se laisse aller à dire : « Vous comprenez bien, j'espère, que pour qu'il y ait un vrai progrès dans l'art, il faut non seulement des individus au courage peu commun mais aussi – comment dire ? – un état de corruption généralisée des choses que seuls quelques initiés sont capables de subodorer. J'ai parfois tendance à penser que c'est cette capacité à flairer le corrompu qui exige sensibilité et courage. » La peur lui nouait l'estomac avant chacun des cours de Hochmann – avant que son esprit se perde dans la peinture, s'abandonne à cette transe d'oubli de soi-même qui accompagne le moment où il commence à se passer quelque chose sur la toile, *dans* la peinture elle-même, comme le disait Zack. Le *push and pull*. Comme Kathryn, penchée en avant pour inspecter son magnétophone, ne fait pas montre d'avoir entendu cet oracle brutalement asséné, Hope lui demande, un peu plus gentiment : « Prendriez-vous une tasse de thé si j'en faisais ? »

Kathryn jette un coup d'œil impatient sur le petit appareil gris qui ronronne sur la malle avec ses rangées de têtes de clou en laiton. « Est-ce qu'on pourrait continuer, insiste la jeune femme, jusqu'à ce que la bande soit finie ? Quel souvenir gardez-vous de votre première rencontre avec Zack ? »

Se sentant poussée dans ses retranchements, et convaincue que l'autre est restée sourde à la subtilité de ce qu'elle lui a dit, préférant laisser l'appareil se substituer à elle pour écouter, Hope dit : « J'aime bien la manière dont vous formulez ça. Le souvenir que l'on a d'un événement a tendance peu à peu à remplacer la réalité. Comme des fossiles. » Estimant qu'elle n'est pas claire, elle développe sa pensée : « De la même manière que des particules minérales remplissent l'espace primitivement occupé par un corps qui s'est décomposé... selon un processus analogue, dans mon idée, à celui d'un moulage à la cire perdue. Zack... reprend-elle, agacée à l'idée que cette fille ne va voir en elle qu'une vieille idiote en train de gâcher de précieuses minutes de bande. Si je me souviens bien, c'était à un des bals du samedi au local de l'Artists Union, situé au coin de la 16e rue et de la 6e Avenue. Un type complètement ivre s'accroche à moi et me demande si je veux baiser, oui, c'est le mot qu'il a employé, et qui, à l'époque, était très grossier, même dans les milieux soi-disant bohèmes. Faisant semblant de danser, il se presse contre moi pour me faire sentir qu'il a une érection, et moi je le gifle. Ce qui semble le réveiller, parce qu'il se fait tout à coup très poli, comme un petit garçon. Après quoi il n'arrête plus de me demander pardon, et je n'arrive pas à m'en dépêtrer. Il était bien trop soûl, ce soir-là, pour se souvenir de moi par la suite, mais moi je me suis souvenue de lui et je le voyais de temps en temps au Cedar Tavern, où Ruk avait pour habitude de m'emmener avant de quitter New York un beau jour, sans crier gare, pour aller rejoindre sa famille à Minneapolis, où ils avaient fini par retomber sur leurs pieds. Ou plutôt sur leurs bottes. Leurs bottes de Russes blancs. Est-ce que je vous ai dit que je n'avais jamais compris comment sa famille avait réussi à sortir son argent de Russie ? C'est vrai, quoi, cette Lincoln jaune avait dû coûter une fortune. Des bijoux, je suppose, cousus dans leurs vêtements. Vous avez entendu parler du Cedar, bien sûr – c'était un bar sans aucune originalité, peint à l'intérieur d'un vert affligeant, qui, de l'extérieur, ressemblait à une dizaine d'autres établissements du même acabit disséminés le long de University Place, mais qui pour une raison ou une autre avait la faveur des peintres, peut-être parce que les murs étaient vierges de tableaux, ou parce que la direction avait décidé de s'accommoder des caprices des artistes. Ils se retrouvaient au fond du bar, dans les box mal éclairés aux banquettes en similicuir, et discutaient art à n'en plus finir.

– Qui y avait-il, exactement ?

– Ça dépendait. Ceux qui aimaient le plus discuter, qui étaient le plus doués dans ce domaine, c'était Bernie Nova et Roger Merebien. Et Mahlon Strunk, même s'il était moins rompu à la discussion et semblait plus âgé, sans doute à cause du fait que les critiques et les galeries lui accordaient une réelle attention, alors que les autres étaient encore pratiquement inconnus. Mahlon était celui qui prenait le plus au sérieux les théories des surréalistes, même s'il venait des confins de l'État de New York, menait une vie sans histoire et était, tenez-vous bien, marié, ce qui avait, en soi, quelque chose de surréaliste. On pouvait les voir, lui et sa femme Myrtle, déambuler bras dessus, bras dessous dans le Village, en pardessus gris assortis, comme un couple d'ouvriers faisant sa promenade du dimanche. Il ne sortait jamais sans son parapluie, c'est dire à quel point il était prévoyant, mais c'était un fervent partisan de l'automatisme. Masson était déjà dans le pays à cette époque, et exposait ses œuvres à la Buchholz Gallery, le seul surréaliste qu'on pouvait prendre au sérieux, contrairement à Dalí, lequel, comme je l'ai dit, représentait techniquement tout ce que nous méprisions, quoique aujourd'hui, après l'hyperréalisme, je me demande bien pourquoi on se sentait tous si supérieurs. C'était un Espagnol très différent de Picasso, même si, chacun à sa manière, tous les deux avaient le sens de la mise en scène. Je suis désolée, ce n'est pas le genre de choses que vous attendez, n'est-ce pas ?

– Oh, mais je suis ouverte à tout ce que vous pouvez avoir à dire. Tout contribue au tableau d'ensemble.

– C'est tellement difficile de se souvenir avec honnêteté. Après plus de cinquante ans, presque soixante. Mahlon était très gentil avec Zack, ça, je m'en souviens bien, et, bien entendu, Zack, qui était le désordre même, ne pouvait qu'être séduit par l'idée qu'en laissant le hasard s'exprimer sur la toile on pouvait faire parler son inconscient. Même dans les années trente, il dessinait directement sur la toile avec le tube. Passant et repassant sur une peinture jusqu'à recouvrir totalement l'image de départ. On était pauvres, mais on ne lésinait pas sur la peinture. Ce qui nous intéressait, c'était moins la technique ou le produit fini que ce qu'était capable d'accomplir l'acte de peindre pour l'artiste. À l'époque, on ne parlait que de ça: exprimer le *moi*, le transférer sur la toile. C'est pourquoi on ne jurait que par l'abstraction, pure expression du moi de l'artiste. Je me doute que tout ça doit vous paraître terriblement naïf, à vous et à votre génération, vous qui ne croyez plus au moi, ne le considérez que comme une entité sociale, de même que vous pensez qu'il n'y a pas d'écrivains, seulement des textes qui s'écrivent tout seuls et peuvent signifier n'importe quoi. » Se sentant coupable d'une résistance excessive face à son enquêtrice, Hope fait un réel effort pour repartir en arrière, se replonger dans les brumes opaques du passé.

Dans la pénombre reculée des box en similicuir, le visage luisant de sueur, rond et bouffi de Roger Merebien, qui faisait plus jeune que son âge, avait des allures de lune blafarde, s'affirmant obstinément à travers la brume des fumées de cigarette et des vapeurs de bière. « Le terme "esthétique", proclame-t-il de sa voix haut perchée et affectée, affinée par des années d'études à Stanford et à Columbia et semée de quelques voyelles anglaises récoltées au cours d'une année de troisième cycle à Oxford consacrée non à l'art mais à la philosophie, retour aux Grecs et à l'ontologie, renvoie simplement à l'aspect sensible du monde – ce n'est pas pour l'art une fin, mais un moyen, un moyen d'atteindre, appelons-le ainsi, l'arrière-plan infini de la sensation afin de le condenser en un objet de perception. Objets de perception qui sont, fondamentalement, des structures relationnelles et qui, de ce fait, peuvent se passer de représentation. L'impulsion qui vient de l'inconscient, le moment de l'automatisme, n'est qu'un moment, une façon de déclencher l'acte de peindre... de mettre l'esprit sur la voie de l'exploration, des découvertes, de l'exécution. Le collage est une autre façon de mettre le hasard à contribution, mais la manipulation et la disposition des fragments sont de l'ordre du sentir, et ici entre en jeu une incroyable subtilité, une tentative proprement stu-pé-fiante (sa tête ronde semblant pivoter sur son cou comme le rayon d'un phare, comme s'il défiait son auditoire de contester un mot aussi galvaudé) du corps-esprit pour se libérer des stéréotypes sociaux, et devenir du même coup éminemment moral, en minant, voire en renversant un ordre social américain bien établi, profondément inhumain dans ses besoins et ses réactions. Notre forme à nous de fascisme, pourrait-on dire.

– Exactement ! intervient Bernie Nova. Le Régionalisme est une peinture fasciste ; comme le nazisme, il s'adresse aux classes populaires, il stigmatise toute autre forme d'art comme dégénérée, il flatte l'orgueil blessé et le patriotisme perverti. Il déteste les Français, tous les immigrants, c'est l'Amérique rurale – la fourche, le bétail gros et gras, les champs de coton, le paysan de l'Oklahoma dans sa vieille guimbarde, les bonnes gens de la campagne, si simples, si probes, nom de Dieu, les rangées de maïs bien alignées, l'ouragan qui menace à l'horizon – l'Amérique rurale dans toute sa splendeur isolationniste, antinègre, antijuive, antiurbaine. La guerre, bénie soit-elle, a balayé l'isolationnisme ; elle en a fait autant de l'école de la scène américaine, même si celle-ci, avec ses caricatures populistes, constitue une bonne propagande de guerre. Et aussi une bonne propagande de gauche.

– Pas de la propagande, de la simple expression, objecte timidement Mahlon Strunk, qui, pour être barbant, n'en était pas moins un socialiste doctrinaire. Ce qu'ont dépeint les représentants de la scène urbaine existait bel et bien. La pauvreté, la promiscuité, les taudis. Il faut leur reconnaître ça, Bernie. »

Plusieurs peintres commencent à protester, à ironiser, mais la voix saccadée de Bernie, une voix de natif du Bronx impossible à couvrir, les réduit au silence ; remettant son monocle en place d'un mouvement de sourcils, et faisant aller et venir sa moustache d'un pincement du coin des lèvres, il poursuit d'un ton péremptoire : « Les usines de Pittsburgh, les files d'attente devant les soupes populaires, les nègres aux longues jambes arpentant la 125e rue… reconnaissez-le, c'est une peinture de genre de troisième ordre, Benton et Grant Wood débarrassés de leurs bleus de travail. L'art américain est devenu une usine à cartes postales. Tous les pays ont leur art commercial, s'empresse-t-il de poursuivre, voyant que d'autres voudraient prendre la parole, mais même les nazis ne prétendent pas avoir contribué à l'histoire de l'art avec ce genre d'artistes. La réalité américaine ne fera jamais une bonne peinture américaine ; non, l'ambition américaine, dit-il en retirant son monocle et en agitant cet emblème désincarné de la vision, est de créer les conditions nécessaires à l'émergence de grands peintres – de grands esprits, de grands visionnaires. Il est temps que les artistes refusent les succès faciles, refusent l'argent du chauvinisme philistin, répudient les marchands d'art et les conservateurs de musée ; il est temps que nous cessions de penser au succès. »

Le tout proclamé haut et fort, la dernière phrase rappelant les accents grondants du président Roosevelt lors de ses allocutions radiodiffusées, devant un auditoire dont les membres jusqu'ici n'avaient guère connu le succès. Leurs tableaux – pâles et maladroites imitations à dimensions réduites de Miró et de Mondrian, avec application de pigments épais, technique empruntée aux muralistes mexicains – ne témoignaient alors que d'un désir d'action révolutionnaire, et non d'une révolution en action. C'est maintenant Jarl Anders, décharné, le teint terreux, fils d'un pasteur du Minnesota, chaman sans humour, dont Hope entend la voix rauque de colère résonner dans le Cedar Tavern de ses souvenirs : « De la merde ! Depuis l'Armory Show, ce n'est que tradition synthétique, irrécupérable corruption ! L'Armory Show était de la merde, le fruit avarié de la décadence de l'Europe de l'Ouest, déversée sur ces bouseux d'Américains avec toutes ses dérobades labyrinthiques… Depuis, c'est la confusion la plus totale. Ce ne sont pas les exaltations de l'individualisme ni les manipulations de recettes d'école ou de techniques fétiches qui apporteront une quelconque libération. Jeux littéraires, automatisme ridicule, idées stériles du Bauhaus, titres pseudo-religieux, basses flatteries à l'adresse des beaux parleurs gardiens de l'ordre social, rien de tout cela ne permettra jamais d'atteindre ne serait-ce que l'ongle du gros orteil du sublime.

– Seigneur ! ne peut s'empêcher de s'exclamer Myrtle Strunk, assise tassée contre son mari. “Le gros orteil du sublime”... Jarl, à ton avis, tu as atteint quel niveau, toi ? La cheville ? La rotule ?

– Tu te moques, hein ! rétorque l'autre, le torse aussi rigide que les silhouettes de chamans sombres et presque abstraites omniprésentes dans son œuvre, mais je gratifierai ton manque de courtoisie d'une réponse honnête. Depuis 1941 – année dont l'importance pour moi n'a rien à voir avec ces événements de Pearl Harbor autour desquels on a fait tant de battage –, l'espace et le personnage dans mes toiles fusionnent en une entité psychique unique, qui me libère des limites de l'un et de l'autre pour devenir un instrument qui n'a, lui, pour limites que celles imposées par mon énergie et mon intuition. Mon sentiment de liberté est aujourd'hui absolu et infiniment exaltant. Un seul coup de pinceau, Myrtle la moqueuse, un seul coup de pinceau émanant d'un esprit qui en comprend la puissance et les implications, peut rendre à l'homme la liberté perdue au cours de vingt siècles de renoncements et de procédés picturaux propices à l'asservissement. L'imagination, émancipée des lois de la peur, ne fait plus qu'une avec la Vision. L'Acte, intrinsèque et absolu, est à lui-même son sens et porte en lui sa propre passion. »

L'extase inspirée d'Anders soulève un murmure, puis un déluge de commentaires plus terre à terre, dont une nouvelle commande au serveur, mais tous, c'est du moins l'impression de Hope dans la fraîcheur de sa jeunesse, se sont mis à croire, telle une assemblée de fidèles dont la foi vacille, dans la possibilité d'un tel absolu. C'est alors que Bernie, sémillant dans son costume de rabatteur à petits carreaux rouge et noir, reprend la parole. « Juste. L'image reconnaissable... morte. La sensation, la plasticité... mortes. La beauté est morte : l'impressionnisme avait commencé à la tuer, et la redécouverte de l'art primitif et archaïque l'a achevée. La beauté et la comédie relèvent du même mensonge judéochrétien. C'est Nietzsche qui l'a dit : "La vérité est laide." Il a dit : "Nous ne possédons l'art que par peur de périr de la vérité." La seule vertu qui nous reste aujourd'hui, c'est le courage devant l'irrémédiable. Le seul art, celui dont les symboles retiendront la vérité fondamentale de la vie, à savoir sa tragédie. L'art primitif est magique parce qu'il est façonné par la terreur. L'homme moderne a sa propre terreur, et nous...

– Il y a plus, Bernie, objecte Strunk. Il y a toutes les émotions, comme l'a dit Roger, et parmi elles, la joie. Il y a tout un monde au-dedans de nous, que la peinture exprime. Dans ce que Jarl a appelé l'Acte, c'est notre moi qui découvre ses lois.

– Le moi ? le coupe Bernie. Une poupée de chiffon, un fétiche. Les sentiments du peintre, sa personnalité ? Qui s'en soucie ? Tes amis surréalistes sont des "playboys" français qui font joujou avec Freud, qui était lui-même un grand amuseur. Qui dit qu'il y a plus de profondeur à être endormi qu'à être éveillé ? Les rêves ne sont que la boue du cerveau. Ce qui importe, ce n'est pas le psychique, mais la métaphysique. Pénétrer le mystère du monde ; tâche pour laquelle l'esprit du peintre se doit d'être aussi pur que celui du scientifique et du philosophe. Ce processus, je l'appelle "plasmique" : le but de l'art abstrait, c'est de convertir la couleur et la forme en plasma mental.

– Bon Dieu, mais c'est quoi, ce délire pseudo-européen ! proteste Jarl Anders.

– La toile, persiste Bernie Nova, met le spectateur en empathie avec la pensée de l'artiste. Elle est d'abord et avant tout une expression de l'esprit, et ce qui reste encore de sensoriel est secondaire, un résidu accidentel. La vérité avant le plaisir. »

La tête ronde et lumineuse de Roger Merebien émerge tout à coup de la chevelure broussailleuse de sa compagne de la soirée. Sa voix flûtée, aux accents hypercultivés, se fait entendre : « Je trouve quant à moi dans l'acte de peindre deux expériences tout à fait différentes : la première est ce que j'appelle "le mode de la découverte et de l'invention" ; la seconde "le mode de la joie et des variations". La première me confronte à mon plus gros problème, me contraint à une lutte acharnée : rejeter tout ce que je ne ressens pas et tout ce en quoi je ne crois pas. L'autre m'est donnée dans les moments où j'ai envie de peindre pour la simple joie que cela me procure. Fini la hantise d'avoir à se colleter avec l'inconnu – l'absolu. Quand j'ai envie de joie, je la trouve en faisant des variations libres sur ce que j'ai déjà découvert, sur ce que je sais m'être approprié.

– Fais bien attention, l'avertit Bernie, de ne pas devenir décoratif. »

« Décoratif », la pire des épithètes dans leur vocabulaire. Zack vivait dans une telle terreur d'être décoratif qu'il jetait des détritus et des débris de verre sur ses toiles encore fraîches ; ou bien marchait dessus avec des chaussures sales.

Phil Kaline, fils d'un ouvrier de Detroit, qui n'avait pas encore découvert sa marque de fabrique, de grands tableaux noir et blanc, y va de son couplet : « Arrêtez de déconner, les mecs, c'est pas une question de *savoir*, mais de *don* de soi-même. Et quand vous en avez fini de donner, vous êtes aussi surpris par votre toile que n'importe qui. Pour moi, c'est une question de libre association, du début à la fin ; c'est au fil de l'exécution que se précise le résultat final. Il m'arrive de faire des dessins préliminaires, que l'application de la peinture tend ensuite à effacer. La peinture semble ne jamais se comporter de la même manière d'une fois à l'autre. Elle ne sèche pas de la même façon. Elle ne reste pas là où on l'a mise, à vous regarder toujours de la même façon. »

Elle durcit, songe Hope. Rien de tout cela n'aurait beaucoup d'importance, si la peinture ne durcissait pas.

Ce soir-là, un peintre s'était fait remarquer par son silence. Ses yeux passaient sans cesse d'un visage à un autre, des yeux plissés couleur terre de Sienne brûlée sous des paupières frangées de cils blonds, qui rosissaient au fil des bières ou des whiskys absorbés. Hope le voyait parfois prendre sa respiration ou serrer les lèvres comme s'il allait parler, mais rien ne sortait, tandis que son visage et son front avaient soudain l'air congestionnés. Son visage paraissait avoir davantage de muscles que la moyenne. Son front se creusait facilement de rides, et des nodosités formaient des fossettes autour des plis des commissures de sa bouche pensive et au milieu de son menton. Il rentrait un peu plus la tête dans les épaules chaque fois que ses lèvres apparemment engourdies s'avançaient pour se refermer sur une cigarette, et il se tassait à chaque bouffée. Il n'était pas très vieux, même s'il avait, à première vue, dix ans de plus qu'elle. Ses cheveux blonds étaient clairsemés sur le dessus, laissant apparaître un crâne plus foncé, et il portait un T-shirt blanc sous une veste de cuir éraflée qu'il avait enlevée, ce qui voulait dire que cette image qu'elle avait de lui devait renvoyer à une saison chaude, précisément à l'été 1944, quand, après le débarquement en Normandie, les manchettes étalées sur huit colonnes suivaient la progression des armées alliées, et que chaque nouvelle journée voyait la mort de centaines de soldats américains. Comme elle l'avait dit à Kathryn, il était étrange que tout au long de ce massacre, alors qu'on bombardait des cathédrales et des palais, ils aient pu se montrer si insouciants, si tyranniques, uniquement préoccupés de pontifier sur la mission rédemptrice de la peinture, mais c'était ainsi : le devoir des vivants était de vivre, et leur bravoure à eux, leur contribution au monde, c'était la peinture. À ce moment-là elle œuvrait pour se libérer de l'influence bienveillante mais pesante de Hochmann, en faisant des collages et des compositions noires, d'inspiration orientale, à la manière de Merebien, qui était alors occupé à retravailler ses motifs favoris – une porte d'entrée rectangulaire, une rangée d'ovales noirs ressemblant à des graines de haricots géants tassées dans leur gousse – sur le mode joie et variations, et dont le visage lisse et lunaire transpirait aimablement en leur sein, mais flottait aussi au-dessus d'eux, perché sur son long cou mince d'adolescent, comme pour mieux affirmer son désir d'être leur chef de file, le théoricien du groupe. Si Hope avait dû être attirée par l'intelligence, elle aurait été attirée par Merebien. Mais son père lui avait montré les limites du raffinement, d'une intelligence bien élevée.

Elle n'a pas très envie de partager Zack avec Kathryn. Elle l'a déjà partagé avec tant de curieux, avec toute la cohorte de ceux qui continuent à attendre de l'art leur rédemption. Elle réprime le souvenir de cette soirée, condensé en fait de nombreuses soirées bavardes du même genre qui avaient pour théâtre le Cedar ou la Stewart's Cafeteria ou le Waldorf sur la 6e Avenue, à hauteur de la 8e rue, le San Remo ou le Romany Marie's dans Grove Street, le Ratner's dans Delancey ou le Jumble Shop, au coin de la 8e rue et de MacDougal, soirées où le visage de Zack, effaré, larmoyant, semblait se tendre tout entier vers elle, exigeant de plus en plus d'être pris en charge, et bientôt partie intégrante de sa galerie intérieure. « Le moi, répète-t-elle, s'adressant à l'autre femme, mais nous ne... je veux dire, ils ne faisaient pas que se jeter des théories à la tête ; pour tout dire, c'était même assez rare. C'est bien Matisse qui disait : “On devrait couper la langue aux artistes” ? Pour l'essentiel, chacun restait enfermé dans son atelier, jaloux des succès imaginaires des autres. Quand nous nous retrouvions, c'était pour boire et nous amuser. L'Artists Union donnait des soirées dansantes tous les samedis, et je me souviens d'être allée à l'une d'elles – un bal costumé de fin d'année, à un moment où Ruk était déjà parti – en compagnie de cette autre fille, Cindy Jasinski, avec laquelle je partageais un appartement dans Jones Street, et déguisée comme elle en Hottentote – on trouverait ça raciste aujourd'hui, mais à l'époque ça paraissait tout à fait anodin ; nous étions couvertes de graisse, de poussière de charbon et de grosses perles en verre, et c'était là pratiquement tout notre habillement, nos cheveux dressés sur la tête et retenus par un os de chien en caoutchouc acheté à la boutique d'à côté, et je me trouvais plutôt bien – j'avais une jolie silhouette à l'époque, sans graisse ni bourrelets superflus, si bien qu'on aurait pu croire que je portais un justaucorps –, jusqu'au moment, tard dans la soirée, où, baissant les yeux, je me suis aperçue qu'en se pressant contre moi les hommes avec qui j'avais dansé m'avaient peu à peu enlevé ma poussière de charbon et que je me retrouvais pratiquement nue sur le devant, à l'exception du string bleu lavande que Cindy m'avait prêté et qu'elle tenait de l'époque où elle passait dans une revue déshabillée à Jersey City pour aider un petit ami à payer ses études de droit ! »

Kathryn fronce le sourcil. Elle a le sentiment que cette image de Hope en tenue d'Eve dans sa poussière de charbon est délibérément provocatrice. Quelque peu rebutée, elle s'empresse de consulter à nouveau ses notes sur ses genoux. « Vous avez déclaré à *Artforum*, dans les années soixante, dit-elle, que si vous aviez su combien la vie avec Zack allait être difficile… »

Hope ne peut se résoudre à oublier aussi vite cette jeune image d'elle-même, son vêtement de poussière et de graisse, son cirage dans les cheveux. Il lui semble encore sentir l'air frais du loft lui balayer le devant du corps quand elle s'était séparée de son partenaire, dont elle ne se souvenait absolument plus, et qui était probablement mort aujourd'hui, comme tous les autres témoins de sa jeunesse, mort comme tous ceux qui l'avaient tenue dans leurs bras lors de ces soirées échevelées des années quarante, alors que la guerre était là, juste derrière les vitres, au-delà des escaliers de secours, obscurcissant la ville où la vie continuait à miauler dans la nuit comme une bande de chats de gouttière. « La nudité, on n'en faisait pas toute une affaire dans notre bande, beaucoup servaient de modèles. » Elle se rend compte qu'elle a une question de retard. Quelque chose à propos de Zack et d'une vie difficile. « Oh, on voyait au premier coup d'œil que ça risquait d'être l'enfer avec lui. Il pouvait rester assis là de longs moments sans dire un mot, comme s'il ne connaissait pas l'anglais, puis, une fois qu'il avait bu suffisamment pour se donner du courage, il se mettait à hurler des "Allez vous faire foutre" à l'adresse de tout le monde, ou des amabilités du genre "Vous êtes tous des petits connards qui voulez péter plus haut que votre cul", ou "Un jour, tout ce qu'on se rappellera de vous c'est que vous m'aurez approché d'assez près pour me lécher le cul", avant d'éructer et de s'éloigner en titubant pour aller pisser dans un coin, dans la cheminée en marbre de Peggy ou ailleurs. Zack pissait beaucoup, ce qui n'était pas étonnant vu ce qu'il buvait. Le plus curieux, c'est qu'il le faisait volontiers en public. Comme pour dire : "Ce truc, je suis peut-être pas très fort avec au lit, mais pour pisser, il pisse bien." »

« Peggy… Peggy Guggenheim ? » La voix de Kathryn se charge d'une pointe d'anxiété quand un nom est prononcé, un nom célèbre, au parfum de scandale, et Hope trouve plutôt décevante cette hypersensibilité à la célébrité. Elle aurait préféré que Kathryn fasse preuve de ce *je-m'en-foutisme*[1] dont elle-même se targuait au même âge. Avant de la connaître, Hope considérait la célébrité comme vulgaire et comme une sorte d'affront au prolétariat, dont la dictature anonyme était pour demain, une fois que la guerre aurait débarrassé le monde des princes et des ploutocrates. Serait-il également débarrassé des vedettes de cinéma ? Qui semblaient bien être le gros sujet de préoccupation du prolétariat ; elles planaient au-dessus du pays assombri par la guerre comme autant de petits dirigeables argentés.

« Il me semble, oui. Mais enfin, Zack a certainement pissé dans plus d'une cheminée en marbre. Il était pitoyable quand il était ivre. Il ne tenait absolument pas l'alcool, contrairement à Ruk, qui, lui, restait parfaitement lucide et poli. Zack retombait en enfance, retrouvait le terrible sentiment d'insécurité et la mégalomanie de cet état, bafouillant, montrant son pénis, prêt à faire n'importe quoi pour attirer l'attention, y compris distribuer des coups de poing. Il adorait renverser les tables pleines de vaisselle et de nourriture. Il m'a fait le coup plus d'une fois. » Cette fête de Thanksgiving, avec la famille de Zack venue de Californie ; la soirée à la galerie, après la parution de l'article de *Life* et l'arrivée d'une célébrité qui l'avait rendu d'une humeur massacrante... voilà que les humiliations incessantes des dernières années de Long Island, tous ses efforts pour tenter de construire un foyer digne de ce nom systématiquement contestés et réduits à néant, affectent inopinément les yeux de Hope. Encore un signe de vieillesse, cette sénilité des conduits lacrymaux. Jeune femme, elle mettait toute sa fierté à ne jamais pleurer, quelle que fût la gravité de la blessure ou de l'insulte, à ne pas donner cette satisfaction au monde bigarré, peuplé de créatures malfaisantes.

La voix de Kathryn s'adoucit, perd sa pointe de dureté,

1. En français dans le texte *(NdT)*.

tente de l'aider à reprendre le fil : « C'est Herbert Forrest qui n'arrêtait pas de parler de Zack à Peggy. Elle-même est restée des années sans aimer son travail.

– Vous voulez dire qu'elle ne l'a jamais aimé. Ce pauvre cher Herbert, oui, je crois qu'il aimait Zack, comme je l'aimais moi. Sauf qu'il aimait aussi ces tableaux à la Picasso peints par Zack dans les années quarante, avec leurs fouillis de symboles jungiens. Moi, je détestais. Herbie était un homme malheureux, le pauvre – trop gros, homosexuel, épileptique au dernier degré, ce qu'il essayait de cacher, mais il avait une formation solide, il était allé à Paris, il était capable de voir le génie de Zack. Il l'a tout de suite traité de génie. Moi qui étais ignare, je trouvais qu'il y avait trop de tâtonnements, trop de recherches expérimentales chez Zack, pas assez de réelles trouvailles. En fait, il ne savait pas dessiner, comme je vous le disais, et jusqu'à ce qu'il se mette à utiliser les peintures industrielles achetées en droguerie, ses couleurs étaient à faire peur, vraiment. Mais qu'est-ce que j'y connaissais ? J'étais timide et ordonnée ; j'avais horreur de salir une toile vierge, de donner ces fameux premiers coups de pinceau dont Hochmann disait qu'ils étaient si importants. Non, ce n'était pas la peinture de Zack qui m'attirait, je dirais même qu'elle me répugnait, c'était Zack lui-même, son corps, son visage. Il était beau, mais d'une beauté qui, contrairement à celle de Ruk, demandait pour être perçue un effort de créativité de votre part. Vous allez croire que je trouvais tous les hommes beaux et vous dire que j'avais le feu aux fesses, comme toute bonne quaker enfin libérée de ses inhibitions, mais non… c'était l'effet Zack. Quelque chose à voir avec la texture de son visage, sa couleur ; sa peau aussi, pour moi typique de l'homme de l'Ouest, une peau qui avait la douceur du cuir, ne se ridait pas, à proprement parler, mais plissait, gardait tout l'hiver une sorte de hâle léger et ne connaissait pas la lotion solaire en été ; son visage présentait de jolies saillies de bas-relief, même sur le front, avec ses deux diagonales qui partaient des deux plis profonds creusés entre ses sourcils, qu'il n'arrêtait pas de froncer ; à mesure que ses cheveux se clairsemaient, il avait de plus en plus l'air de n'en avoir jamais eu, c'est la calvitie la plus naturelle et la plus seyante que j'aie jamais vue. Le jour où on m'a montré des photos de lui avec cette espèce de tignasse blonde qu'il avait quand il était gamin, j'ai éprouvé une sorte de dégoût. Il est toujours question de ses fossettes dans les descriptions qu'on fait de lui, mais il y avait quelque chose de remarquable dans les plans de son visage, une sorte de *push and pull* parfaitement équilibré, qui correspondait peut-être bien à ce dont Hochmann n'arrêtait pas de parler. Et les oreilles, donc – vous n'avez qu'à regarder les photos, des oreilles étonnantes, grandes mais parfaites, sans lobes. Et puis il y avait tout le reste – à l'époque, on ne parlait guère du derrière des hommes, mais le sien était ferme et vraiment mignon, il ne pouvait pas le voir et n'en tirait donc aucune vanité, les deux fesses bien serrées l'une contre l'autre dans leur innocence duveteuse – il était très poilu, mais c'était un poil blond –, les jambes presque arquées tellement les mollets étaient ronds, il n'arrêtait pas de raconter aux gens qu'il avait été cow-boy, ce qui était faux, mais il en avait le corps. On ne peut pas décrire un beau corps élément par élément, c'est l'ensemble qui compte, le sien avait une sorte d'élan, un "tranchant" pourrait-on dire sans vouloir paraître trop freudien, qui me coupait le souffle quand je le regardais à son insu. Vous voyez ces corps d'homme que l'on trouve sur les fresques murales, comme au Rockefeller Center, pas ceux qui apportent l'électricité ou quelque chose de ce genre, mais les ouvriers qui font marcher les machines du capital ou ceux qui transportent les balles de coton sur les docks ? Eh bien, Zack avait ce genre de corps, mais comme il évitait autant que possible toute gymnastique il n'avait guère d'occasions d'exhiber sa plastique. Se montrer satisfait de son corps aurait été aller à l'encontre de son sens de la virilité. Avant de se libérer tout à coup, son art était étouffé par une trop grande conscience de lui-même, mais son corps, lui, a toujours conservé une sorte de grâce. Sauf, c'est vrai, qu'il ne savait pas danser. Il était tout bonnement incapable d'accorder ses pas aux vôtres, ou de vous laisser vous accorder aux siens. »

Hope sent que se fait jour chez Kathryn le désir de la voir changer de sujet, mais, l'air supérieur, elle n'en insiste pas moins. « C'est vrai qu'il était difficile à vivre, mais, ma chère, la vie elle-même ne l'est-elle pas aussi ? Bernie disait volontiers que la vie vient troubler le calme minéral de la matière sans conscience, ce qui explique nos pulsions de mort. » Histoire de réintégrer les limites de l'interview, Hope dit à la jeune femme d'un ton qui se veut désinvolte : « J'essaie de me souvenir de la date de ce bal où je m'étais rendue déguisée en Hottentote, ça aurait pu être le nouvel an 44, mais l'atmosphère, la température de la guerre au-dehors militent plutôt pour 1945 ; nous n'avions plus aussi peur, la fin du conflit était en vue, du moins en Europe, même si les gens ont tendance à oublier à quel point l'avancée vers l'Allemagne était difficile, il paraissait encore possible, même alors, qu'Hitler arrive à nous repousser jusqu'à la Manche. Après tout, c'était l'homme de l'impossible. Un homme surréaliste, un démon surgi de l'inconscient collectif et capable d'asservir un pays. Les Allemands ont suivi tous ses ordres à la lettre, même les plus fous, jusqu'au bunker de Berlin ; aujourd'hui, tout ça nous semble inconcevable. Et pendant ce temps, nous, nous avions à notre tête cet estropié d'aristocrate, et la Grande-Bretagne son vieux siffleur de brandy. Quant à

Staline, il s'est révélé encore meilleur qu'Hitler pour ce qui était de tuer les Russes. Le conte de fées le plus gigantesque et le plus cauchemardesque que le monde ait jamais connu, le genre de carnaval où l'on voit défiler ces grosses têtes en papier mâché. »

Kathryn, qui est peut-être bien stupide après tout, semble décidée à l'attirer sur un terrain qui lui soit propice : « Si je vous ai bien comprise, vous ne pensiez pas que Zack ait un avenir quelconque comme peintre, c'est ça ? »

Hope cherche un moyen d'éviter de lui donner satisfaction. « C'est déjà difficile de se rappeler ses actes, alors ses impressions... J'avais envie de l'aimer comme peintre, parce que j'avais fini par aimer l'homme qu'il était. Il avait ses défenseurs, comme ce pauvre Herbie, et en 43 (c'est-à-dire avant que je vive avec lui) il avait été dans "L'Art de ce siècle", l'exposition montée par Peggy – qui aurait songé alors que ce siècle-ci deviendrait un jour ce siècle-là ? – et avait reçu à cette occasion la fameuse bénédiction de Mondrian, encore qu'il y ait peut-être eu là-dessous des raisons autres qu'artistiques : il apparaît que parmi les artistes de l'exposition il y en avait un qui avait aidé Mondrian à quitter Paris, et c'était pour cette raison que Mondrian était venu voir l'exposition, il était déjà malade, il est mort l'année suivante. Moi, j'étais impressionnée moins par le travail de Zack que par l'obstination qu'il y mettait, en dépit de tout ce qui œuvrait contre lui. Il n'empêche qu'il se décourageait, ses beuveries empiraient, il lui arrivait de rester deux ou trois nuits sans rentrer ; je n'ai pas tardé à comprendre que si je voulais rester avec lui, il fallait qu'on quitte New York.

– C'est lui qui a voulu un mariage religieux, comme on le dit ?

– Moi, je m'étais bornée à insister pour qu'on se marie : c'était une chose de vivre dans le péché avec un homme à New York, mais une autre d'en faire autant dans le Long Island rural de 1945. Personnellement, la mairie m'aurait suffi, il y avait déjà quelque temps que mes snobinards de parents n'attendaient plus rien de moi, guéris qu'ils étaient de leurs sempiternelles récriminations depuis la mort de mon frère cadet, tué à la guerre. Mais c'est vrai, c'est Zack qui a tenu au mariage religieux. J'ai pensé qu'il ne le faisait que pour me décourager devant la difficulté de l'entreprise, mais, Myrtle Strunk et moi, on a fini par dénicher, dans une petite église poussiéreuse et triste au-delà de Bleecker Street, un vieux pasteur congrégationaliste qui ne s'est pas offusqué outre mesure d'apprendre que je n'étais pas baptisée – il n'y a pas de baptême chez les quakers, vous savez – et que Zack ne savait pas s'il l'était ou non, son éducation religieuse ayant été passablement chaotique et constamment menacée par l'imminence de la fin du monde. Le pasteur a gardé un sourire de déséquilibré pendant toute la cérémonie – son visage n'avait absolument aucune couleur et donnait l'impression que le bonhomme avait passé toute son existence sous ce rocher du bas de Manhattan – et, en présence de Myrtle et de Herbie, nos témoins, il nous a fait un sermon très court mais étrangement émouvant, nous parlant du mariage, de la création, des belles vies que nous allions tous avoir maintenant que la guerre était finie. La seule chose qu'il ait exigée de nous, c'était que je porte un chapeau et Zack une veste et une cravate ; heureusement, j'avais conservé mes cartons à chapeaux, ainsi que le reste de mes valises bleues, dans un placard derrière toutes mes toiles d'étudiante. Ce que moi, j'avais exigé de Zack, c'est qu'il se présente à jeun, et il l'avait fait. Il prenait la chose au sérieux. Il était difficile de savoir en quoi il croyait, mais indubitablement il ne croyait pas en rien du tout ; il était allé voir plusieurs psys pour son problème de boisson, et ils appartenaient tous à l'école de Jung. Ce qui allait on ne peut mieux avec sa peinture, bien sûr, les archétypes exprimant l'inconscient, la magie des symboles, la nécessité de retrouver les racines du moi profond. L'ennui, c'est que ça ne durait jamais très longtemps. Bref, pour en revenir à votre question, oui, nous nous sommes mariés à l'église. Un petit édifice mélancolique, tout blanc à l'intérieur, avec des stalles et de hautes fenêtres aux carreaux en losange, une façade aveugle d'un côté à cause de l'immeuble voisin, comme la Sainte-Chapelle, et, très haut au-dessus de l'autel, un vitrail circulaire représentant Jésus portant un agneau. Jésus en manteau violet, et un agneau écru. Dites donc, j'ai la bouche sèche à force de parler, et la tête qui commence à me tourner. Je ne suis plus habituée à parler autant. Cette fois, je suis bien décidée à faire du thé. Vous en prendrez une tasse ? »

Kathryn se penche, sourcils froncés, sur son magnétophone avant de se résoudre à l'arrêter. « Je préférerais du café, si vous en avez, dit-elle, sans peut-être se rendre compte de son manque de politesse.

– Ah, le café. Je n'en bois plus depuis tellement longtemps – un bon moyen, me disait-on, de faire baisser ma tension artérielle et d'allonger un peu ma vie, et j'imagine que ça a marché – que je n'ai même plus de cafetière. Ni de café moulu. Il y a peut-être de l'instantané dans un placard, si vous voulez jeter un coup d'œil sur les rayons du haut, vous êtes plus grande que moi. »

Mais quand les deux femmes se retrouvent debout côte à côte, Kathryn, même avec ses bottes, n'est pas tellement plus grande ; ses yeux arrivent juste à la hauteur du sommet du crâne de Hope. Elle abandonne : « Non, du thé, ce sera parfait. Je n'ai jamais beaucoup aimé le café instantané. Ce sont ces nouveaux percolateurs, programmables pour le lendemain matin, qui vous donnent de mauvaises habitudes, je suppose.

– C'est du Taster's Choice », dit Hope, désolée à la

pensée du petit pot à étiquette rouge qui doit se couvrir de poussière à l'arrière d'un rayon sur lequel elle n'est rien allée chercher, juchée sur le tabouret de la cuisine, depuis des années. Sa main se souvient encore des courbes subtiles et amicales du pot, censées en faciliter la prise et l'inclinaison.

« Non, vraiment, du thé, ça ira très bien. C'est ce que me donnait ma mère quand j'étais malade, moitié thé, moitié lait.

– Dans ces conditions, allons-y », dit Hope. Elle fait quelques pas précautionneux, de peur d'avoir les genoux raides ou un pied complètement engourdi. La carpette lui a joué plus d'un tour, alors qu'elle se précipitait pour aller répondre à la sonnette de la porte d'entrée, dont ne se servent jamais ceux qui la connaissent bien, elle et les habitudes de la maison, ou qu'elle se remettait debout après s'être absorbée dans un livre, bien calée dans le fauteuil écossais, quelque bon roman à énigmes ou polar international propice à l'endormissement, écrit par le fils ou la fille d'un vieil ami ; incroyable qu'on puisse être jeune et croire que le monde n'est qu'une vaste conspiration. Une fois, il n'y a pas si longtemps, elle s'est étalée de tout son long sur le plancher, dont le vernis rouge sombre dansait devant ses yeux, tandis qu'elle passait mentalement en revue les différentes parties de son corps à l'affût de la douleur, d'abord sourde puis déchirante, qui lui signalerait une fracture. Ces sensations, elle les connaît bien pour s'être cassé le tibia en skiant dans les Poconos quand elle avait seize ans, les fixations n'avaient aucune souplesse à l'époque, les remonte-pentes n'étaient faits que d'une simple corde terminée par un petit siège métallique, glacial même à travers le pantalon de ski et les caleçons longs en laine. Parfaitement inconfortable, mais les garçons y allaient, alors il fallait bien suivre.

« Je vais faire chauffer de l'eau dans la bouilloire,

puisque nous sommes deux. Quand je suis toute seule, je me contente de passer un bol au micro-ondes, même si l'eau semble ne pas conserver sa chaleur aussi longtemps. Ça vient de la façon dont sont agitées les molécules, je suppose. » Une des raisons qui font que Hope n'aime pas parler aux jeunes, c'est sa crainte d'apparaître stupide face aux nouvelles technologies – pas celles qui sont apparues depuis qu'elle était gamine, mais celles de ces vingt dernières années. C'est le magnétoscope qui lui sert de référence : jusqu'à l'arrivée de cet appareil, c'était en quelque sorte *sa* technologie qui régnait encore, elle la maîtrisait assez bien, alors qu'elle n'a jamais été capable de programmer un magnétoscope, même avec de bonnes lunettes.

Maintenant qu'elle est debout, sa voix lui fait l'effet de venir, indistincte et pleine de parasites, de l'extérieur, comme si elle sortait de ces petits postes qu'on entendait dans le temps déverser partout leurs feuilletons radiophoniques, dans les magasins, les cabinets des dentistes, sur les comptoirs des blanchisseries, à une époque où les gens n'avaient pas encore de téléphones portables ni de postes de télévision pour se sentir reliés au monde. Quand elle va à Montpelier maintenant, Hope est stupéfaite de constater que tout le monde a un portable, même les gamins qui rentrent de l'école avec leurs sacs à dos, et l'été il y a une foule de filles en shorts ultracourts qui font de la marche, accrochées d'une main à un portable et de l'autre à une bouteille d'eau, à croire que tout le monde, depuis qu'on a changé de millénaire, a besoin de sa bouteille d'eau personnelle. Certes, on dirait qu'il y a de moins en moins de fontaines publiques, autrefois, il y en avait partout, c'était une des marques de l'Amérique, on était sûr de toujours trouver de l'eau potable. Derrière la maison de son grand-père, près de l'énorme sapin du Canada aux branches retombantes, au bas de quelques planches glissantes, il y avait une source qui coulait sur des pierres moussues et, posée à côté, une louche en fer-blanc destinée à qui voulait boire, les gens de la maison, mais aussi le promeneur de passage que l'envie aurait pris de s'aventurer sur l'allée en brique qui longeait la maison sur le côté. Un étranger pouvait être un ange, selon une vieille superstition.

Pour aller à la cuisine, il faut contourner une table ronde sur laquelle est posé un antique téléphone noir à cadran, flanquée d'une chaise paillée à dossier à barreaux, au cas où la conversation s'éterniserait, obligeant Hope à s'asseoir, ce qui est de plus en plus rarement le cas, puis longer un petit couloir et passer d'un côté devant l'escalier, étroit et raide, et de l'autre devant la double porte de derrière. À travers les deux vitres – neuf carreaux de quinze sur vingt par porte, même s'ils ne sont pas exactement alignés –, elle sent l'appel du dehors, paysage encore hivernal, clair et désolé, quelques plaques de neige visibles dans les bois, semblables à une lessive éparpillée, la pelouse sous la mangeoire jonchée des graines de tournesol répandues par les oiseaux ou les écureuils. Le hêtre où est accrochée la mangeoire, à la branche la plus basse, ressemble, dans l'éclair qui traverse ses yeux pour aller s'imprimer sur un cerveau encore sous le coup de l'effort fourni pour faire resurgir le passé, à la photographie d'une explosion argentée, monstrueuse et protéiforme, s'évasant vers l'extérieur comme une construction de Richard Lippold, les minces bourgeons aux pointes blanches encore fermés mais déjà gonflés et virant au brun-roux. Dans les bois, derrière, les bouquets d'érables déclinent leurs rousseurs ; et la pelouse décolorée laisse voir en certains endroits dénudés des taches sombres, luisantes, signe que le dégel a commencé, même si la saison de la boue est encore loin dans cette partie du Vermont. La pelouse semble assez dure pour qu'on puisse marcher dessus. Hope l'imagine pierreuse et craquant sous le pied. Les plaques de neige qui s'attardent dans les sous-bois, elle l'a souvent remarqué au cours de ses promenades, font penser à de la fumée ; tout comme, si bizarre que cela puisse paraître, une montagne dans le lointain, un lac ou même une maison bleue, vus à travers les branches : pour l'œil du peintre, toujours aux aguets, le monde regorge d'illusions optiques. L'autre jour, elle est restée figée à la fenêtre de la salle à manger, à regarder ce qui ressemblait à un morceau de papier translucide, comme du papier sulfurisé, accroché dans les broussailles à l'autre bout de la pelouse et s'agitant dans la brise, et à se demander quel était le cochon qui l'avait jeté là, avant de se rendre compte qu'il s'agissait d'un écureuil gris, accroché à une pousse d'aulne suffisamment épaisse pour cacher à demi le corps du petit animal, mais assez fine tout de même pour se balancer dans la brise.

C'est l'époque où il faut faire brûler. Si cette fille voulait bien ne pas s'éterniser, Hope pourrait passer une heure dehors à ramasser du bois mort – les hêtres et les noyers blancs en font en quantité – pour le feu de broussailles que Jason Warren ne manquera pas d'allumer quand il viendra samedi, à condition qu'il n'y ait pas trop de vent. Même s'il est de ces hommes qui trouvent que les femmes sont toujours dans leurs pieds, étranges bipèdes jacasseurs qu'on trouve maintenant jusque sur les flancs des montagnes, Hope aime bien rester à côté de lui, à jeter dans son feu vieux tuteurs et tiges desséchées et à sentir la chaleur sur son visage, de quoi lui brûler les sourcils si ceux-ci n'étaient pas réduits depuis des années à deux petites mèches à peine visibles. Elle a fait presque tout son jardinage sans aucune aide jusqu'à soixante-dix ans, Zack, même si elle lui trouve beaucoup de défauts, lui ayant montré ce qu'on peut arriver à faire par soi-même ; ils n'avaient de toute façon pas les moyens d'engager du personnel quand ils habitaient les Flats. Zack avait abattu des cloisons, remplacé les bardeaux et les piliers de la véranda, avait même déplacé la grange au sommet de la butte, parce qu'elle leur cachait la vue du marais et de la bande d'eau salée qui était en fait un petit port. Il était allé chercher des voisins – Andy Silcox, Glenn Urquhart – pour l'aider à pousser la grange montée sur de gros galets, elle avançait de quinze centimètres chaque fois qu'ils la soulevaient en faisant levier, moins encore à mesure que la pente s'accentuait, et ils avaient finalement été obligés d'avoir recours à un pêcheur qui, s'aidant du treuil installé à l'arrière de son pick-up, avait remorqué la grande construction délabrée jusqu'à la dalle que Zack avait coulée lui-même, se luxant l'épaule en essayant d'étaler le ciment qui durcissait. Les Flats, c'était pour eux une sorte de frontière, comme au temps de la conquête de l'Ouest, même si les marins anglais et leurs descendants nés sur place cultivaient la terre et pêchaient là depuis 1640. Les voisins s'entraidaient, et Zack avait payé le travail des autres en allant travailler chez eux – reconstruisant la véranda des Urquhart, aidant les Silcox à ramasser leurs pommes de terre. « C'était vraiment le bout du monde, dit Hope à haute voix. Il n'y avait que les éléments.

– Où cela ? » demande Kathryn dans son dos. Bien trop près d'elle au goût de Hope, qui a peur qu'on ne marche sur le talon de sa chaussure ou qu'une bride soit arrachée. Les Birkenstock, les vraies, pas les imitations qui se déforment et s'avachissent tout de suite, sont de plus en plus difficiles à trouver.

« Les Flats. Désolée, je pensais tout haut. Quand on vit seul, ça arrive souvent. Voici la cuisine, il y a des toilettes à votre gauche, sous l'escalier, si vous en avez besoin.

– Merci, Hope. Pas pour l'instant. »

Alors, c'est Hope maintenant ? Les jeunes exagèrent, franchement – toutes ces lettres qu'on reçoit sans même un Mrs ou un Ms, simplement Hope McCoy, comme s'il n'y avait pas eu deux autres maris ou qu'elle ne signait pas ses toiles "H. Ouderkirk". Et puis cette façon d'afficher la maîtrise qu'ils exercent sur leur vessie. Pourquoi diable est-ce qu'elle continue à les recevoir ? Ils vous volent votre journée, vous en avez la tête qui tourne quand vous allez vous coucher et, en fin de compte, ils écrivent ce qu'ils avaient décidé d'écrire avant de venir vous voir. C'est ainsi qu'il y a quelques années, quelque part dans le Midwest, elle avait veillé pratiquement jusqu'à minuit en compagnie d'un charmant jeune homme, un professeur d'art plastique, qui écrivait son premier livre, une extension de sa thèse, pour s'apercevoir à la sortie du bouquin que tout ce qu'elle lui avait raconté se retrouvait réduit à la taille d'une note de bas de page, censée réfuter l'affirmation de quelqu'un d'autre. Mais il y avait un bout de temps maintenant que personne ne lui avait demandé d'entrevue, non seulement Zack ne faisait plus partie des gens dont on parlait dans les milieux de l'art, mais Guy non plus, ce qu'elle n'aurait jamais cru possible tant ses idées étaient jeunes, pleines d'enthousiasme, impudentes, foisonnantes et fraîches, il était à lui seul un mouvement artistique tout entier, jusqu'au jour où il avait fini par sombrer à force de tout porter sur ses seules épaules. Zack, lui, n'avait pas supporté la pression bien longtemps avant de se débarrasser du fardeau. « Quand nous nous sommes installés, la plupart des maisons avaient encore leurs W.-C. à l'extérieur. Quand nous essayions d'atteindre les nôtres, au cours de notre premier hiver là-bas, le vent nous soulevait pratiquement de terre et nous envoyait cogner dans le grand érable argenté, et une fois qu'on était à l'intérieur le vent s'engouffrait sous vos jambes, menaçant d'emporter l'édicule. »

Elles entrent dans la cuisine et Hope se demande avec

inquiétude si la fille ne va pas penser qu'elle parle de la maison où elles se trouvent, maison qu'elle et Jerry ont acquise à une autre époque, lors d'un autre mariage. Ils avaient enlevé – avaient payé pour faire enlever, serait plus juste – le linoléum au sol, les éviers en pierre trop bas, le vieux réfrigérateur qui fuyait, pour mettre du neuf à la place, mais c'était il y a vingt-cinq ans, et dans l'intervalle la mode en matière de cuisinière, d'évier, de four et de revêtement des surfaces a considérablement évolué. Les placards accrochés au mur, peints au pistolet d'un blanc crème aussi lisse qu'une carrosserie de voiture, ont du jeu dans les poignées et des portes pleines de traces aux endroits où elle pose le plus souvent les doigts ; quant au Formica ivoire du long plan de travail, il a éclaté là où le bois en dessous a travaillé. Les dents noires du brûleur qu'elle utilise le plus fréquemment sont écaillées, et les grandes fenêtres Andersen qui ouvrent largement sur le verger dont les vieux pommiers montent en ordre dispersé à l'assaut de la butte côté nord ont du mal à s'ouvrir et à se fermer, les cadres ayant gonflé à cause des infiltrations d'eau de pluie et de neige fondue dans le chambranle. Cette grande cuisine, aérée et très chère au départ, a désormais un côté miteux. Seul le revêtement en serpentine verte qui entoure la plaque de cuisson a résisté au temps, ses veines ont réussi à retenir les tourbillons, les ridules et les éclats de mica d'un flux métamorphique en fusion remontant à une ère incroyablement lointaine, des millions et des millions d'années, durée suffisamment longue pour que l'espèce humaine s'éteigne et disparaisse des centaines de fois – roche métamorphique plus dure que celle des Green Mountains qui s'érodent autour d'elle, mais, là, en ce moment, fraîche et lisse sous sa main, tandis que de l'autre elle pose la bouilloire ronde à bec sur les dents écaillées de son brûleur favori. Déformée par le reflet, sa main apparaît grotesque dans l'aluminium de la bouilloire ; son visage, lui, est réduit à une tache pâle et lointaine, surmontée d'une frange pitoyable, petite bande de brume, paille blanche trop sèche pour être disciplinée.

Hope allume le gaz, maintenant le bouton ouvert à fond jusqu'à ce que le petit cliquetis frénétique de l'allumage fasse jaillir une flamme bleue qu'elle réduit en ramenant le bouton légèrement sur la gauche. Elle sent derrière elle le regard de Kathryn qui parcourt la cuisine, ses surfaces écaillées et son désordre, tout en se demandant probablement où a bien pu passer l'argent de Hope. Elle ne se permettra pas de poser la question, mais Hope a une réponse toute prête. Cet argent, elle l'a gardé, l'a prudemment investi pour le léguer à ses enfants, la plus grosse part à sa fille : l'argent de la mauvaise conscience, en quelque sorte, mais elle n'a pas l'intention de creuser le problème. Son père, lui, avait dilapidé l'argent de son père, elle est donc très fière de sa perspicacité et de son sens de l'économie. Elle a gardé les toiles de Zack, attendant qu'elles prennent de la valeur ; puis Guy a fait preuve d'adresse et de flair en exploitant le très lucratif marché de l'art des années soixante et soixante-dix ; quant à Jerry, il s'est montré très généreux en lui laissant une part de sa fortune égale à celles de chacun des enfants de sa première femme et en mettant la maison du Vermont à son nom dès le début. La maison avait été à elle au même titre que sa quête du silence et de la simplicité campagnarde. Zack, pendant un temps, l'avait accompagnée dans cette quête : enfant des prairies de l'Ouest, il avait besoin de grands espaces à parcourir, et il en avait grandement profité le premier été, celui de 46, ébloui par la floraison sur les marais et les dunes. « Ce qui me plaisait pardessus tout dans les Flats, dit-elle à Kathryn, c'était la lumière et cette façon qu'avait la terre de la recevoir, telle une main largement ouverte au bout d'un bras tendu. On avait une impression de fin de monde. Vous êtes allée dans le coin, bien sûr, ça fait partie de vos recherches, mais vous ne pouvez pas savoir à quoi il ressemblait à l'époque, tout de suite après la guerre. Rien n'avait changé depuis si longtemps. Il n'y avait pratiquement pas d'arbres dans les champs, même si notre propriété possédait un érable argenté et un arbre d'allure exotique aux fleurs rose et blanc vaporeuses et aux feuilles duveteuses qui, quand on les tripotait, faisaient mine de se refermer sur elles-mêmes comme les pages d'un livre. Un albizzia, ou arbre à soie, même si pour tout le monde c'était un mimosa. Un des anciens fermiers qui avaient occupé la maison avait dû le planter comme arbre d'ornement. Située loin de tout comme elle l'était, à la pointe extrême de Long Island, la région des Flats ne comptait pratiquement que des fermes, avec, ici ou là, une église ou une loge maçonnique, et les champs de pommes de terre s'étendaient à perte de vue. Là où elle n'était pas cultivée, la terre était sablonneuse et marécageuse, et il y avait de gros blocs erratiques laissés par le glacier. Montauk était une île avant que la moraine déposée par le glacier la rattache au continent. La maison donnant à l'est, nous apercevions une bande d'eau bleue – McGonicle's Harbor – et, au-delà, une bande de terre, et toujours ce ciel immense et venté. L'eau, l'air, le sable, le soleil. Mais je parie que vous ne tenez pas à ce que je parle quand votre magnétophone n'est pas branché.

– C'est vrai que je préférerais, mais j'ai une excellente mémoire. Il n'en reste pas moins que ce serait mieux d'avoir vos paroles exactes.

– Mon Dieu, c'est si important que ça ? Je ne fais plus guère confiance aux mots, et j'ai toujours eu beaucoup de mal à dire ce que je crois que les gens ont envie d'entendre. Je doute fort, en outre, d'avoir encore quelque chose à dire que je n'aie pas déjà dit ailleurs. Vous prenez quoi dans votre thé ?

– Mon thé ? Oh, rien, merci. Nature. »

Pourquoi une telle surprise devant une question aussi banale ? Elle devait avoir l'esprit ailleurs. Hope se trouve blessée de ce manque d'attention, alors qu'elle se met en quatre pour faire du thé, se livrer en toute liberté à cette étrangère. Et pourtant, celle-ci a forcément une vie, là-bas, en ville – des amis, des soucis dans son travail, un loyer à payer, ou plus vraisemblablement, par les temps qui courent, le remboursement d'un prêt immobilier. Quand Hope était jeune, c'était plus facile, on payait à la semaine et on évitait soigneusement le propriétaire quand on était en retard pour le loyer. Ce dernier ne pouvait pas se débarrasser de vous aussi facilement, l'expulsion supposait une procédure légale, si bien qu'on avait une certaine marge de manœuvre. Kathryn regarde autour d'elle, déçue par tant de banalité : le calendrier Redouté qu'on peut se procurer dans la première papeterie venue, les placards avec leurs poignées sales, les appareils ménagers complètement démodés, les souvenirs photographiques jaunis – instantanés de vacances, portraits des petits-enfants pris dans un Photomaton les uns après les autres et fixés sur la porte du réfrigérateur au moyen de petits aimants en forme de légumes. « Est-ce que cela vous plairait de voir mon atelier ? demande Hope.

– Oh, oui. Beaucoup. » Et pourtant l'enthousiasme de la jeune femme manque de la ferveur qu'aux yeux de Hope méritait la proposition : tout de même, l'atelier de la magicienne, la scène du miracle quotidien.

Les fermes du nord de la Nouvelle-Angleterre font penser à des trains, les wagons attachés les uns aux autres de manière à éviter au fermier d'avoir à patauger dans la neige. Quand elle et Jerry ont acheté la propriété, une ancienne étable plutôt délabrée était reliée à la maison par une sorte d'entrepôt couvert et fermé, rempli de gros bidons à lait et du matériel nécessaire au fonctionnement de la défunte laiterie; cette pièce toute en longueur et basse de plafond abrite désormais les outils de jardin que Hope a peu à peu abandonnés aux soins hebdomadaires de l'équipe des rejetons Warren. Même les petits instruments destinés aux fleurs – truelles, scarificateurs, cisailles, sécateurs, tuteurs en fil de fer pour pivoines, aussi exaspérants que des casse-tête chinois parce que toujours emmêlés –, elle les manie moins qu'elle le voudrait; il semble qu'elle ne puisse guère faire davantage désormais que s'extirper de son lit le matin et travailler ensuite quelques heures dans son atelier, encore qu'elle ait fermement l'intention ce printemps de se secouer et de prendre un nouveau départ. L'odeur de moisi des engrais de l'an dernier et les sacs de compost emplissent cette espèce de couloir non chauffé d'une senteur subtilement distillée de terre cultivée, parfum d'une saison à venir mais pour l'instant encore hors de portée. Longeant un banc encombré de pots en terre, d'embouts de tuyaux d'arrosage ternis, de paquets de piquets de clôture verts, elle précède la citadine, qui prend bien soin d'éviter à son élégante tenue noire tout contact salissant et pose précautionneusement ses bottes à bouts carrés sur le sol en ciment craquelé comme sur des pierres de gué, et elles franchissent la double porte à commande électronique de l'élégant studio que Jerry avait fait construire pour Hope, à l'occasion de son soixantième anniversaire, à l'endroit occupé auparavant par la vieille étable qui s'inclinait dangereusement sur ses poutres fatiguées, les travaux entraînant la disparition de la rangée de sapins de l'Himalaya, hauts de presque trois mètres, aux couleurs passées à la Kate Greenaway, qui bordaient la construction côté sud. L'espace carré, très haut de plafond, est très bien isolé et éclairé par une grande lucarne en Plexiglas orientée au nord, qui, ce matin, déborde d'un bleu si profond qu'il en est presque indigo, strates sur strates d'atomes de pure illusion. Zack n'a jamais disposé d'un lieu de travail aussi parfait, même si en en dressant le plan Hope n'a pu faire autrement que de reproduire, mais en mieux, l'ancien atelier de Zack. De longs éclairages fluorescents sont fixés sur des rails au plafond ; elle appuie sur plusieurs interrupteurs qui se trouvent sur un panneau juste derrière les portes et, après quelques clignotements infructueux, le vif éclat d'une lumière artificielle vient rendre encore plus intense la lumière naturelle qui baigne la pièce.

« Oh, dit Kathryn. C'est tellement clair !

– C'est pour mieux vous voir, mon enfant ! »

La visiteuse, dont la démarche est sans grâce, comme si à l'adolescence elle s'était forcée pendant une poussée de croissance à se voûter de peur de trop écraser ses camarades de classe, s'approche de la toile posée sur le chevalet au milieu de la pièce, et encore fraîche du travail du matin : une série de bandes horizontales, deux mètres sur un cinquante. Serait-elle myope ? Elle regarde avec une telle attention, et de si près, qu'un léger écart de côté lui fait effleurer la vieille table croûteuse et encombrée de tubes de peinture à l'huile à moitié vides, de pots de vernis et des carreaux de verre, vingt par trente, standard, que Hope préfère aux palettes en bois. Surprise par ce contact, Kathryn se recule précipitamment, et les deux femmes se penchent pour voir s'il n'y a pas de traces de peinture fraîche sur le pantalon noir, sur ce tissu côtelé si exotique. « Je ne vois rien, la rassure Hope.

– Moi non plus, ne vous inquiétez pas. » Ne se fiant pas trop à la vue de la vieille femme, elle a inspecté la chose de son côté, s'activant inutilement à frotter l'endroit vierge de toute tache. Elle finit tout de même par relever les yeux et par revenir à la toile. « C'est superbe. Tellement raffiné.

– J'étais juste en train de me demander si les deux

teintes de gris étaient suffisamment proches l'une de l'autre. Je ne voudrais surtout pas qu'on remarque les bandes d'abord, ce n'est pas censé être du pop art. Les bandes, il faut qu'elles émergent lentement, subtilement, à votre conscience.

– Comme les rectangles d'Ad Reinhardt. Il nous fait entrer graduellement dans la peinture, nous fait voir qu'ils ne sont pas tous de la même nuance brun-violet. On a aussi cette sensation avec Seamus O'Rourke – l'évanescence, l'impression du presque-là. »

La fausse note, le côté pédant de l'étudiant, fait tiquer Hope. Mais, après tout, les peintres eux-mêmes faisaient-ils mieux quand ils formalisaient leur pensée ? C'était là une des qualités majeures de Zack : son refus ou son incapacité à verbaliser. On devrait couper la langue aux artistes. « C'était, me semble-t-il, une de leurs idées favorites, dit-elle avec tact. Immerger le spectateur, peindre sur une telle échelle qu'il perde toute conscience des bords de la toile.

– Vous-même, vous n'avez jamais été en faveur des très grands formats, lui dit Kathryn, qui ajoute aussitôt : Pensez-vous que ce soit lié au fait que vous êtes une femme ?

– Probablement. Mais je n'ai jamais non plus été très convaincue par la théorie. Dans le cas des immenses toiles de Bernie Nova, si on est conscient des bords, c'est précisément en raison de leur immensité, et parce qu'on les voit de si loin. On pense aussitôt à l'espace qu'il a dû lui falloir pour les réaliser et on se demande où on pourrait bien les accrocher si ce n'est dans un musée. Dans le cas des fresques de la Renaissance, c'est le bâtiment lui-même qui fournit les limites, et la peinture se fond dans son environnement si bien que l'on n'est pas conscient d'une démarcation quelconque. Mais dans un musée, entre les murs blancs et le gardien debout dans un coin… ce n'est que dans certaines des plus grandes toiles de Zack, les trois qu'il a peintes en 1950, avant que son talent l'abandonne, que ça fonctionne vraiment, qu'on se perd littéralement dans la peinture, comme il disait le faire lui-même. Et même là, on tombe à un moment ou à un autre sur quelque chose, un bourdon, l'empreinte d'une basket, un mégot pris dans la peinture, qui nous rappelle que ce que nous sommes en train de regarder, c'est une grande toile, avec des bords. Je pense pour ma part qu'il est extrêmement hasardeux de fonder une approche de la peinture sur les réactions ou les impressions d'un récepteur hypothétique. C'est une affaire entre vous et la toile, point : questions et réponses, tension entre *"push"* et *"pull"*, ensuite, libre au spectateur de penser ce qu'il veut. »

L'odeur résineuse et alcoolisée de la peinture fraîche ne réussit pas à couvrir le parfum de Kathryn, dont Hope respire une bouffée : fragrance douceâtre de fleurs artificielles qui ne parvient pas à masquer une odeur moins raffinée, l'aura aux composants chimiques d'une jeune femelle. Dans la lumière impitoyable de l'atelier, une petite rougeur, pas vraiment un bouton, brille sur une des ailes du long nez cireux ; un blush orangé rehausse les pommettes de deux taches crayeuses, et une teinture au henné a déposé ses rousseurs sur les filaments noirs et métalliques qui se hérissent sur son front. Le visage est long mais les cheveux sont plantés assez bas. Hope imagine une attente fiévreuse derrière ce front, qui lui donne sa texture tourmentée, son air tendu ; ces jeunes aujourd'hui savent, contrairement à sa génération à elle, que quoi qu'ils réalisent ce ne sera pas suffisant. Le sexe perd son charme, la richesse part en fumée, la célébrité ne dure que quinze minutes. Les yeux liquides, qui ont la solennité de deux petites prunes – ombre bleue sur la paupière supérieure, trait de khôl sur l'inférieure, cils suffisamment longs pour se recourber mais sans doute pas faux –, fouillent les coins de la grande pièce à la lumière impitoyable, où sont entreposées d'autres compositions grises de Hope, sèches celles-là, vaguement porteuses d'une beauté prête à basculer dans un calme invisible, appuyées contre d'autres toiles, œuvres plus tape-à-l'œil, mineures, des invendus de ses deux premiers maris, conservés à la fois pour la compagnie passive qu'elles offrent et en guise d'assurance contre la vieillesse, comme si celle-ci n'était pas déjà là. Des photos d'elle, avec d'autres, en d'autres temps, qui remontent à Ardmore et aux années vingt, des diplômes et des distinctions encadrés (commandeur de l'ordre des Arts et des Lettres, Erster Preis Kunstfest München), les hideux trophées en cristal ou en métal peint que l'on récolte comme témoignages de la gratitude publique (le plus laid de tous timidement remis par le premier président Bush, un grand garçon du Connecticut à l'allure juvénile, apparemment aussi agréablement surpris qu'elle-même de se retrouver à la Maison Blanche ; un peu plus tard, au cours du déjeuner, il avait désigné à l'admiration de Hope, assise à côté de lui, les fleurs renouvelées journellement, les marines élégamment vêtus, le cérémonial splendide et imposant dont ils étaient momentanément entourés, eux qui étaient deux dignes représentants de l'hégémonie protestante en voie de disparition) : ces souvenirs, qui sont restés tels qu'ils ont été déposés là lors d'un après-midi de rangement, juste après la construction de l'atelier, attirent moins l'attention de Kathryn que ne l'espérait Hope. Seules les vieilles photos tentent suffisamment l'intruse pour qu'elle s'en approche, le cou tendu en avant de façon particulièrement disgracieuse. « Que vous étiez jolie !

– Personnellement, je ne me suis jamais trouvée jolie, mais j'ai toujours essayé d'être amusante, et pas fainéante. Quand on a reçu une éducation quaker, le monde apparaît sous un jour terriblement excitant, comme une fête à laquelle on ne s'attendait pas à être invité. La tentation du pacte avec le diable, si l'on prend au sérieux cette vieille expression que j'ai employée un jour. »

Hope estime que la chose valait la peine d'être dite, et regrette que le magnétophone de Kathryn n'ait pas été branché. Mais qu'importe, après tout. Enregistrés ou imprimés, les mots partent en fumée si personne ne les écoute ni ne les lit. Ils se déversent dans les ténèbres, celles qui existent même au sein de la lumière ; la lumière elle-même sait être aveugle.

« C'est la meilleure », dit Kathryn, dont l'attention est revenue se fixer sur la toile en cours d'exécution. L'assertion laisse Hope interloquée ; qui est cette fille pour se mêler de juger ?

« Elle ressemble beaucoup à toutes les autres, soupire Hope, balayant le compliment de la main, même si je sens quelques petites différences. Chaque toile est une aventure, même à mon âge.

– Arrêtez de penser tout le temps à votre âge. Moi, je ne pense jamais au mien.

– Je n'y pensais pas non plus quand j'avais votre âge. » Mais est-ce bien vrai ? Hope en doute. Cela faisait partie de l'ancienne manière de penser, encore marquée par les croyances religieuses : la vie comme un chemin sur lequel on était embarqué, un voyage que l'on pouvait être appelé à abandonner à tout instant, pour rendre des comptes. Elle n'arrive pas à se représenter la manière dont cette jeune femme conçoit sa propre, et unique, existence – comme un temps présent inexplicable, un *maintenant* intemporel qui lui imposerait des devoirs, cette interview par exemple, sans qu'elle envisage la possibilité d'un échec radical et irrémédiable ? Hope connaît suffisamment de jeunes, à commencer par ses enfants et leurs enfants, à qui l'idée d'être reconnaissants d'exister tout simplement ne viendrait même pas ; autant qu'elle puisse en juger, l'univers pour eux est une sorte de vaste blague qui ne mérite pas qu'on s'y arrête, un soubresaut cosmique destiné à retourner rapidement au néant originel. Qu'y a-t-il à admirer ? Qui faut-il condamner ? Son père, c'est du moins le sentiment qu'en avait Hope dans son enfance, avait un sens religieux de l'échec, en dépit de sa jolie maison avec ses fausses poutres et ses moulages en stuc, de son bureau situé à une hauteur convenable dans Market Street, de sa femme, belle et pleine d'énergie, qui lui organisait ses loisirs et ses résidences d'été, de sa fille aux cheveux auburn et à l'air éveillé et de ses fils, qui avaient tous deux hérité de lui leur silhouette bien découplée, leurs fins cheveux blonds et leur calme pensif teinté de mélancolie. C'étaient ses pieux ancêtres, ces fanatiques prêts à risquer la pendaison ou l'exil dans leur désir fervent de ramener le christianisme à la pureté de ses origines, qui l'avaient amené à considérer sa position dans le monde comme un échec, une position certes respectable mais qui n'était que le sous-produit de la réussite qu'avaient connue ses ancêtres immédiats dans le commerce, dans l'industrie (une manufacture de tapis dont le cliquetis incessant, les métiers poussifs et l'allure de prison constituaient l'un des tout premiers souvenirs de Hope, lors d'une visite en ces lieux en compagnie de son grand-père juste avant la fermeture de l'établissement en raison d'une main-d'œuvre meilleur marché dans le Sud du pays) et dans les placements (chemins de fer, charbon, réhabilitation des quartiers pauvres). « Nourrir » son « visage » – une de ses expressions favorites – décennie après décennie, nourrir les visages de ses enfants, leur mettre quelque chose sur le dos, leur fournir le bagage nécessaire au maintien de leur rang dans la société et essayer d'adapter, à une époque où les hommes de loi faisaient aussi fonction de conseillers financiers, le vieil argent philadelphien aux aléas d'un monde en constant renouvellement, théâtre d'un krach boursier suivi de l'arrivée d'un président démocrate radical qui, lui-même privilégié, se moquait des privilèges – rien de tout cela, vu à la faible lueur de ses convictions, ne lui paraissait suffisant. Il n'avait pas protesté outre mesure quand sa fille s'était rebellée et était partie faire les quatre cents coups à New York.

Hope estime que Kathryn a assez vu l'atelier. Elle tient à ce que ce lieu reste un peu secret, comme une extension de son cerveau, baignée du silence de la réflexion, une fluorescence lavée des traces des visiteurs. « Où est votre thé ? demande-t-elle.

– Oh ! Je l'ai oublié dans la cuisine !

– J'ai l'impression que vous n'êtes pas une grande buveuse de thé, si ? N'insistez pas. Ça finit par tacher les dents. Et les vôtres sont belles. Vous devriez sourire plus souvent. »

De retour dans la cuisine, après être repassée devant les sacs d'engrais et de compost, Kathryn, cherchant manifestement quelque chose de gentil à dire, déclare : « Il fait plus chaud ici.

– L'atelier se refroidit vite ; contrairement au reste de la maison il est chauffé à l'électricité, c'est terriblement cher, et je baisse le thermostat à 12-13 quand j'ai fini pour la journée.

– Je vous prends trop de votre temps. Vous n'aurez qu'à me mettre dehors quand vous en aurez assez.

– Mais nous ne sommes qu'en 1946 !

– C'est vrai. » Lui ayant jeté un coup d'œil où perce une pointe de frayeur, la fille se rend compte que la vieille femme est mûre pour continuer. « Finalement, je crois que je vais accepter votre proposition pour les toilettes, avant que nous…

– … reprenions le travail, termine Hope à sa place. Dans le couloir à droite, et sous l'escalier, la porte étroite sur votre gauche. Il a fallu les coincer là. »

Restée seule, Hope vide les bols – le sien, presque vide, celui de Kathryn, presque plein – dans l'évier. Puis elle les rince à l'eau chaude avant de les renverser sur l'égouttoir pour les faire sécher. Les animaux de compagnie qu'ils avaient du temps de Jerry sont tous morts, mais même ces bols, avec leurs perroquets et leurs rayures rouges et vertes, ont cette vertu que possèdent les animaux familiers de partager votre existence domestique la plus intime, et qui fait que vous êtes heureux de les retrouver chez vous quand vous rentrez d'une incursion dans le monde des humains. Ils vous rendent votre moi, que les autres ont sali et perverti. Hope se plante devant la double porte qui ouvre sur le côté de la maison, exaspérée pour la énième fois par le fait que les carreaux ne sont pas tout à fait à l'alignement, et envahie du sentiment que la mangeoire qui se balance au bout de son fil de fer, le bouleau gris et les bois derrière, avec leurs taches de rouge et leurs trouées plus claires entre les branches, sont autant d'amis dont, à parler ainsi sans fin et avec un tel empressement à une étrangère, elle est en train de trahir la confiance silencieuse. Elle aspire à la solitude, comme au paradis. Comment Freud définissait-il le bonheur déjà ? Une libération de la tension, dont le modèle restait la libération accompagnant l'acte sexuel. Que sa propre activité sexuelle lui apparaît donc bizarre, et carrément déraisonnable, du haut de son grand âge ! Comportement d'insecte ni plus ni moins, répugnante combinaison d'organes génitaux et de stratégies, lesquelles contiennent ouvertement en elles la mort de l'individu. Agripper, mordre, gicler, mourir. Bernie, qui aimait tant l'idée de Nietzsche selon laquelle toute vérité est laide, parlait souvent de ce genre de choses ; ses parents lui avaient fait cadeau d'un microscope, à une époque, et il lui arrivait de reproduire pour Hope des organes sexuels d'insecte, pour voir s'il arriverait à la dégoûter. Mais il ne la dégoûtait pas du tout. Incroyable… Elle devait être sous l'influence d'un puissant stupéfiant chimique pour trouver beau le sexe de l'homme, surtout quand il était dressé et enflammé – la veine bleue, la tête lavande, la peau translucide douloureusement tendue –, et beau au point de vouloir l'avoir à l'intérieur d'elle, incorporé à sa substance, possédé ! Quel est donc ce prurit qui pousse les insectes femelles à se soumettre de la sorte ?

La chasse d'eau au bout du couloir se fait entendre : Kathryn se relève, après avoir essuyé sa fente sombre et huileuse avec un morceau de papier. Dans ce W.-C. du bas, il arrive que la chasse fuie, le clapet de fermeture restant en suspens sans retomber en place, si bien que l'eau continue à s'écouler sans remplir le réservoir ni faire remonter la boule et arrêter le remplissage. Hope tend l'oreille, à l'affût du changement de registre dans le gargouillis de l'eau, révélateur d'un clapet hermétiquement refermé. Elle s'imagine l'entendre, malgré le bruit d'un robinet ouvert en grand : Kathryn en train de se laver les mains. Avait-elle sorti une serviette de toilette propre ? L'autre fait son apparition, toujours aussi raide sur ses jambes, comme si elle marchait, dans ses bottes, sur des pierres de gué inégales, une vraie démarche de mante religieuse. Hope se demande une seconde si elle ne devrait pas suivre l'exemple de la jeune femme, mais se dit que le siège de la cuvette doit être encore tiède, et décide donc d'attendre, ne voulant pas partager cette intimité pour le moins troublante. Elle dispose d'une heure au maximum avant que le thé fasse sentir ses effets.

Esquissant péniblement un sourire – Hope regrette de lui avoir dit qu'elle devrait sourire davantage, les mots lui échappent souvent, toujours motivés par son envie de plaire –, Kathryn regagne le petit salon de son pas raide et réintègre le fauteuil écossais du grand-père Ouderkirk. La jeune femme examine son petit appareil d'un air irrité, le tenant tout près de son visage, à la façon d'une myope, pour vérifier si la nouvelle bande tourne bien, puis le repose sur la vieille malle, au milieu des clous à tête cuivrée. « Donc, un mariage religieux, dit-elle, histoire de relancer la machine.

– Comme je l'ai dit, répond Hope, contrariée de voir le sujet remis sur le tapis, on était en 1945, et nous pouvions difficilement habiter ensemble dans une communauté rurale comme celle des Flats sans être capables de produire un certificat de mariage. Ce n'était même pas possible à Hollywood, ce qui explique que toutes les stars de cinéma, Lana Turner et cette autre, là – celle qui avait des yeux violets – n'arrêtaient pas de se marier. Les gens des Flats se méfiaient déjà suffisamment de nous comme ça. Ils n'arrivaient pas à comprendre comment Zack pouvait gagner sa vie. En fait, il la gagnait péniblement – aux termes de l'accord qu'il avait signé avec Peggy, celle-ci lui versait cent cinquante dollars par mois, ce qui était moins que les vingt-trois dollars et quatre-vingt-six cents par semaine qu'il touchait à l'époque du Federal Arts Project, auxquels s'ajoutaient les soixante dollars que mon père m'envoyait chaque mois. Source qui, bien entendu, se tarit dès que nous fûmes mariés. Quant à l'église, c'était chez Zack un reste de respect des conventions, qui ne laissait pas d'être touchant. Peut-être qu'il pensait me faire plaisir. Et ce fut le cas. J'ai enfin réussi à mettre un de mes chapeaux.

– Et votre travail ? Vous peigniez beaucoup à l'époque ?

– Pas vraiment, non. À l'automne 44, j'avais laissé tomber les cours de Hochmann, et je travaillais comme serveuse dans un restaurant italien, Eugenio's, au sud de Central Park. J'essayais de peindre le soir et le week-end, mais une fois Zack entré dans ma vie, je n'ai plus eu beaucoup de temps à moi.

– Il était exigeant ? »

Hope soupire, se sentant attirée sur un terrain plus que

rebattu. « Benjamin d'une famille de cinq, il se comportait comme un enfant, en ce sens qu'il réclamait votre attention à chaque instant ; sauf quand il peignait, il n'avait aucune ressource intérieure. Même quand il n'était pas là je continuais à m'inquiéter, à me demander s'il n'allait pas se faire tuer, renversé par une voiture ou démoli à coups de poing dans un bar. Il cherchait la bagarre à longueur de temps et, quand il la trouvait, perdait toujours. Boire ou se battre – il n'était pas plus doué pour l'un que pour l'autre. Moi, je crois qu'après avoir été l'avorton de la portée, se faire battre comme plâtre, ça lui rappelait la maison. Je veux dire, c'était comme s'il se retrouvait chez lui.

– À moins qu'il ait pensé, dit Kathryn, que maintenant il allait gagner. »

Habituée qu'elle est à la servilité des interviewers, Hope réagit plutôt mal à la remarque. Est-ce que cette fille croit vraiment que ses recherches lui ont fait connaître Zack mieux que sa propre femme, qui l'a quand même sorti des caniveaux du Village pour l'élever à la célébrité ?

Kathryn sent que Hope s'est raidie et hasarde timidement : « Ça lui arrivait bien avec sa peinture… De gagner, j'entends.

– C'est vrai, admet Hope. Mais alors il démolissait tout. Il ne supportait pas le succès, qu'il trouvait sordide. Ça l'obligeait trop à se montrer à découvert, il avait l'impression pénible d'être mis à nu, même si au départ il s'était imaginé vouloir connaître la gloire.

– Mais votre peinture… intervient Kathryn, comme pour rappeler Hope à l'ordre. Elle était abstraite à cette époque ? À l'époque où vous êtes partis vous installer à Long Island ?

– Je n'arrêtais pas de retomber dans l'ornière, comment le saviez-vous ? Des images de la ville – visages aperçus dans le restaurant de Little Italy, lumière des néons reflétée sur la chaussée humide, silhouettes des bâtiments du centre-ville vues depuis l'appartement de la 9e rue Est – ne cessaient de s'immiscer dans mon travail, à travers ce que Hochmann appelait les "trous" de la toile. Zack était franchement méprisant. "C'est quoi, cette merde figurative ? demandait-il. Tu te prends pour qui, Hopper ? Laisse donc les caricatures politiques à Levine et Ben Shahn." Jack Levine était déjà très connu avant la guerre et dans les années quarante, et Zack le détestait tout particulièrement, à mon avis parce qu'il maîtrisait toutes les techniques des vieux maîtres, comme le dessin anatomique, le travail de l'ombre et de la lumière, techniques que Zack, la tête sur le billot, aurait été incapable de reproduire, pas plus qu'il n'aurait été capable de composer comme Benton un tableau pseudo-Renaissance correctement éclairé.

– Finalement, à vos yeux, il y avait des tas de choses dont Zack était incapable. »

Elle croit peut-être connaître Zack mieux que moi et l'aimer davantage. « Mais il y avait une chose, dit Hope, dont il était tout à fait capable, une sorte d'émotion rentrée, de vérité étranglée, extirpée de cette enfance misérable en compagnie d'une mère dominatrice et complètement loufoque. Même Alfred, au MoMA, a fini par y être sensible, même si, par goût, il était davantage attiré par les plus européens des jeunes Américains – Roger, Onno –, qui parlaient français et maniaient joliment le pinceau. En 45, Barr a autorisé l'achat d'une des toiles jungiennes de Zack, celle du loup qui ressemble à une vache. Ces six cents dollars ont payé pas mal de matériaux de construction la première année que l'on a passée aux Flats.

– Parlez-moi des Flats. Vous y avez été heureux, au moins les cinq premières années, avant que Zack se remette à boire.

– Heureux ? Disons que nous étions très occupés, ce

qui revient peut-être au même. Les occupants précédents avaient laissé la maison dans un état indescriptible, pleine à craquer de meubles à mettre au rebut et de vieux vêtements, et la petite grange était bourrée de matériel agricole rouillé, qui n'avait pas servi depuis la Dépression. Comme je l'ai déjà dit, ni chauffage central, ni eau chaude, ni salle de bains. Ce premier hiver a été terrible, c'était le pire depuis des années, à en croire les gens du pays. Quand une tempête arrivait de l'océan, on avait l'impression que c'était notre maison qui la prenait la première de plein fouet. Nous n'avions pas de voiture, quand il fallait aller à New York nous prenions le train. Henry Drayton, propriétaire de l'épicerie générale qui se trouvait à un petit kilomètre de chez nous, avait prêté deux dollars à Zack pour qu'il s'achète un vieux vélo avec lequel faire les trajets. Henry vendait de tout dans sa boutique, à crédit en hiver – produits alimentaires, quincaillerie, alcool, peintures. Zack se servait beaucoup d'émail industriel pour ses toiles – Duco, Devoe –, et il s'approvisionnait chez Henry. Le seul autre établissement commercial des Flats était un bar, le Lemon Drop, à pratiquement deux kilomètres de chez nous. Un peu loin pour y aller à pied quand le temps était mauvais, même s'il arrivait à Zack de le faire. Il se plaignait de ce que personne ne lui adressait la parole, contrairement à ce qui se passait dans les bars de Manhattan. Les gens du coin se contentaient de rester assis là avec leur verre et de pousser un grognement de temps à autre. Bien entendu, ils se voyaient tous les jours, et ils étaient tous mariés entre eux. Ils se donnaient du "zigue" – au début, Zack était persuadé qu'ils l'insultaient, mais c'était leur manière de parler. Les femmes étaient toutes des "pépées", les enfants des "gnards", et les vacanciers des "traînes". Nous étions nous-mêmes des "traînes", même si nous n'avions pas un sou. Ils se méfiaient de nous, mais comment aurait-il pu en être autrement ? Contrairement à moi, Zack le vivait très mal. Il a cherché à briser leur résistance, et au bout d'un certain temps Henry et lui ont fini par sympathiser et les habitués du Lemon Drop par se dégeler un peu. Mais au cours de notre premier hiver, le vent et le froid étaient tels qu'il nous arrivait de rester plusieurs jours sans mettre le nez dehors, emmitouflés dans des couvertures autour du poêle à bois, à boire du café pour nous réchauffer. Les choses n'arrêtaient pas de se déglinguer – la pompe au sous-sol, la véranda qui s'affaissait, les fenêtres qui faisaient un bruit de mitraillettes. Nous n'étions pas heureux, nous vivions sur la corde raide. C'est à peine si Zack peignait, il faisait trop froid dans la pièce du haut qu'il avait débarrassée de toutes ses cochonneries. Il n'en reste pas moins que c'était agréable de vivre avec quelqu'un qui n'avait pas sans arrêt la gueule de bois. Il était tellement fier d'être propriétaire d'une maison. Sa famille n'y était jamais arrivée, après le départ du père. Les vendeurs en voulaient quatre mille cinq cents dollars, on les a fait baisser à quatre mille. Pour rassembler le montant du premier versement, Zack a pratiquement dû vendre son âme à Peggy et à sa galerie. Les banques ne voulaient rien savoir, même si finalement un établissement d'East Hampton a consenti à nous accorder un prêt, quand Roger est intervenu en notre faveur. Lui aussi était venu s'installer à Long Island, mais dans des conditions radicalement différentes, évidemment. East Hampton n'était qu'à une dizaine de kilomètres, le long de Fireplace Road, mais, à l'époque, à des années-lumière, socialement parlant.

– Vous n'avez pas souffert de la solitude ? »

Hope prend la peine de réfléchir une seconde. Elle voudrait être honnête, mais en évitant de satisfaire le désir de cette jeune fouineuse de s'interposer entre elle et Zack, de faire entrer leur mariage dans un cadre qui serait en quelque sorte flatteur pour elle. « La solitude, je la voulais. Je voulais être seule avec Zack, parce que je l'aimais, et parce que c'était la meilleure chose pour lui et son travail. Nous étions jeunes mariés, c'était comme une lune de miel pour nous.

– Vous aviez quel âge ?

– Nous nous sommes installés en novembre 45. J'ai eu vingt-quatre ans en mai l'année d'après.

– C'était terriblement jeune, non, pour vous mettre tout cela sur le dos ?

– Pendant la guerre, personne ne paraissait jeune. Zack avait dix ans de plus, mais comme je vous le disais, c'était un gamin. Il lui manquait à peu près la moitié de ce qui fait la maturité d'un être humain normal.

– Vraiment ?

– Kathryn… Comment pouvez-vous en douter ? Vous savez bien ce qui s'est passé par la suite. »

La remarque réduit l'incrédule au silence. « Et puis, poursuit Hope, le printemps a fini par arriver. Très tôt, en l'occurrence, cette année-là. Dans les dunes, il y avait toutes ces petites fleurs roses, que les gens appelaient des raisins d'ours. Les fermiers ont commencé à débarrasser les champs du ray-grass pour planter leurs pommes de terre, les pêcheurs à lancer leurs filets pour la pêche au loup. L'océan, cet océan qui s'était montré un ennemi si redoutable pendant l'hiver, a pris des couleurs plus douces, un bleu de porcelaine chinoise. Zack était enthousiaste. Je n'arrivais quasiment plus à le faire rentrer. Il a bêché et planté pour faire un grand potager avec des légumes et des melons, comme son père avant lui. Il a ramené à la maison un bâtard dont un voisin voulait se débarrasser, il avait eu un chien du même pelage pie, quand il était enfant. On faisait des kilomètres à pied avec ce chien, Trixie, et on explorait la région à bicyclette, jusqu'à Montauk et retour, ou East Hampton. C'était un vrai plaisir, le vélo, il n'y avait pas la circulation qu'il y a aujourd'hui. La dernière fois que je suis allée dans la région, pour voir notre ancienne maison transformée en musée, j'ai trouvé que l'endroit était devenu étouffant: circulation en accordéon tout le long de la nationale 27, les New-Yorkais exportant leurs embouteillages, en même temps que leurs ordinateurs portables et leurs coffee shops Starbucks. »

Hope se souvient du sentiment, tout nouveau pour elle, qu'ils ont éprouvé à pouvoir revendiquer comme leur une région, un bout de paysage et d'histoire, à trouver un coin de verdure où goûter ensemble la liberté. Elle prenait plaisir aux échanges les plus banals de la vie à la campagne – le « madame McCoy » d'Henry Drayton en guise de salut, accompagné d'un hochement de tête ironique et solennel, par lequel il lui signifiait qu'il savait ce qu'elle avait à supporter, mais n'en saluait pas moins sa jeunesse et sa vivacité à toute épreuve. Il se contentait d'ajouter ses achats à leur note, qui s'allongeait de jour en jour, et elle rentrait à bicyclette, s'efforçant de ne pas trop zigzaguer à cause du lourd panier posé à l'avant, au milieu des champs de pommes de terre nouvellement plantés et des cerisiers sauvages en fleur. Au moindre signe prouvant qu'ils étaient acceptés par la communauté villageoise, elle se retrouvait ramenée à Ardmore, où les commerçants avaient tout de géants apparaissant, comme des membres de la famille, à la porte de derrière. Le plombier des Flats, Al Treadwell, entrait toujours dans la maison à grand fracas, histoire d'annoncer sa présence au cas où ils auraient été à l'étage en train de faire l'amour, quand il venait installer – ce qu'il fit un élément après l'autre, un carton après l'autre – des toilettes toutes simples mais on ne peut plus pratiques, car destinées à mettre fin à jamais à leurs expéditions hivernales jusqu'aux cabinets extérieurs. Puis plus tard, pendant l'été, tandis que l'albizzia abandonnait ses fleurs duveteuses sur la pelouse, au centre de laquelle un précédent propriétaire avait laissé une collection de six ou sept blocs de rocher, ce fut au tour de Jimmy Herrick et de ses deux grands fils de venir les réveiller chaque matin pendant une quinzaine de jours quand ils arrivaient, sifflant et tapant à la porte, pour peindre en blanc les bardeaux esquintés par les intempéries et en bleu les encadrements de fenêtre. Posséder cette maison, c'était pour elle retrouver certaines simplicités de l'enfance, quand maisons et jardins délimitaient des territoires de sécurité et disposaient de puits profonds, citernes mystérieuses débordant de réserves communales. « Je n'aurais jamais cru Zack aussi adroit de ses mains, dit-elle à Kathryn. Je ne savais pas grand-chose de son enfance, en fait, si ce n'est que son père possédait quelques hectares aux abords de Santa Fe, et que, quand la ferme a périclité et que le père s'est plus ou moins évaporé – il travaillait à la construction des routes comme contremaître et rentrait de plus en plus rarement chez lui, sans que la rupture ait jamais été totale –, la mère a emmené les cinq garçons en Californie, où elle n'a pas arrêté de bouger, tenant une pension de famille après l'autre, je serais bien incapable de vous dire combien il y en a eu, étant donné que, comme je vous l'ai dit, il n'aimait pas parler de son passé, et sa famille le mettait mal à l'aise, c'était d'ailleurs là quelque chose que nous avions en commun. Bref, ce que je suis en train d'essayer de vous dire, c'est qu'il pouvait s'attaquer à toutes sortes de travaux. La plomberie, l'électricité – il n'avait peur de rien. Avec Eddie Strode, un pompier dont il avait fait la connaissance au Lemon Drop, ils avaient enlevé toute la toiture d'Eddie, ne laissant que les chevrons. » Elle revoit la silhouette de Zack, assis, torse nu et riant aux éclats, une canette de bière à la main, à califourchon sur la faîtière dénudée, les têtes de cumulo-nimbus d'un orage en préparation empilées derrière lui sur un fond de ciel d'un bleu aussi profond que le ciel indigo qu'elle a aperçu tout à l'heure par la lucarne de son atelier. Son crâne chauve luisait au soleil. « Ni lui ni moi n'aimions voir cette grange délabrée nous bloquer la vue du port, alors il a coulé une dalle tout seul, une trentaine de mètres plus haut, sur la butte, et ensuite, avec quelques autres types, ils ont habillé la grange de lattes de cinq sur dix et essayé de la pousser jusqu'en haut, mais ils ont finalement dû faire appel à un pêcheur du coin, il s'appelait Brick, ça vient juste de me revenir, Brick Lester, il est mort peu de temps après, qui l'a hissée à l'aide du treuil installé à l'arrière de son pick-up. » Est-ce qu'elle a déjà raconté cette histoire à Kathryn, ou bien est-ce qu'elle lui est simplement repassée par la tête ? Une vraie prouesse qui mérite de figurer dans les annales, le déplacement de la grange : Hope sent encore au creux de l'estomac la sensation qui avait accompagné le moment où, dans la chaleur moite d'un jour d'été, le treuil s'était mis à grincer, les câbles s'étaient raidis, et, les cales placées sous les roues arrière du véhicule n'ayant pas bougé, la grange, énorme et creuse comme le cheval de Troie, s'était ébranlée pour passer en vacillant sous le grand érable argenté, tandis que les hommes, qui avaient trempé leurs chemises de sueur en pure perte, applaudissaient, échangeaient conseils et encouragements, dansaient d'un pied sur l'autre pour voir si l'enveloppe de planches tenait bon, et que le visage de Brick s'empourprait, que sa main blanche et grasse se crispait sur la manette noire du treuil ; le moteur pétaradant transmettait son énergie au dévidoir du câble, les clous et les rivets ne cédaient pas, si bien que l'ingéniosité de l'homme et la providence avaient fini par convertir magnifiquement le désir en mouvement. Brick avait un ventre comme une barrique, qui devait causer sa perte quelque temps plus tard. « Je n'arrêtais pas de leur servir de la citronnade et de la bière, une fois le travail terminé. S'ils n'avaient pas fait ça, dit-elle à Kathryn, pensez un peu à ce qui serait arrivé. La grange n'aurait pas été assez près de la maison pour que Zack puisse en faire son atelier, et ses peintures n'auraient jamais dépassé la taille du chevalet. Il a percé une grande fenêtre très haut dans le mur au nord, mais quand je lui ai suggéré d'en percer une autre, plus bas, dans la direction de McGonicle's Harbor, il m'a dit qu'il ne voulait pas se laisser distraire par la vue, quelle qu'elle soit. Et pourtant, la vue, il l'adorait, au point de passer des heures assis à regarder les dunes, les marais, les canards et les merles mauvis, mais il tenait à ce que l'atelier soit comme isolé du monde. Il avait du mal à formuler sa pensée, mais il était suffisamment intelligent pour savoir une chose : sa peinture devait désormais ne venir que du dedans. »

Et c'est ainsi qu'elle aboutit à une impasse, un cul-de-sac, une sorte de monument aveugle à la gloire de l'entêtement et de la sagacité qui avaient élevé Zack, en dépit de ses limites, bien au-dessus d'elle. Jeune mariée, elle avait cru se réjouir de voir Zack retrouver la santé et son esprit d'entreprise, mais une partie d'elle-même lui en voulait terriblement de lui ravir l'initiative et d'accepter ses services, pendant ces premières années fabuleuses sur l'île, tout en l'éclipsant complètement, en laissant l'artiste qu'elle était loin derrière lui.

« Les toiles qu'il réalise en 46, lui dit Kathryn, donnent une merveilleuse impression d'extérieur, un peu comme des aquarelles, tons pastel très clairs, presque à la Matisse, pêche, citron vert, bleu. Et les coups de pinceau, poursuit-elle, un peu essoufflée et trouvant peu à peu sa voix de critique d'art, sont tellement aériens, presque transparents, complètement à l'opposé des toiles sombres et empâtées qu'il faisait un an ou deux plus tôt.

– Je ne les ai jamais aimées, celles-là, contrairement à Herbie », dit Hope, d'un ton coupant destiné à refroidir l'enthousiasme de l'autre. Puis elle reprend. « Nous étions heureux, oui. Nous nous levions le plus tard possible, passions quelques heures au jardin ensemble le matin, lui travaillait dans son atelier l'après-midi pendant que je faisais quelques courses ou du ménage, puis nous allions nous promener avec Trixie dans la lumière de la fin de journée, avant de rentrer manger, écouter des disques et faire l'amour. Faire l'amour ne m'avait jamais posé de problème, mais à Zack, si. C'est d'ailleurs pour cette raison qu'il parlait tant de "baise" et qu'il était si grossier avec les femmes quand il avait quelques verres dans le nez. » Et, pense-t-elle, il aurait été grossier avec toi, ma belle, si tu avais été là.

Et pourtant, il y avait au cœur de ce bonheur translucide comme un noyau amer et irréductible, dont elle a encore le goût dans la bouche : son ambition, la peur qui bridait son ambition, et son besoin, insultant pour elle, des moments d'oubli que lui procurait l'alcool. Elle est surprise par l'envie de pleurer qui lui picote les yeux. « Je l'attirais dans le lit, dit-elle à Kathryn, pour l'empêcher de se précipiter au Lemon Drop le soir. Oh, il me baisait, mais s'habillait tout de suite après et partait quand même. Il était capable de faire près de deux kilomètres à pied dans l'obscurité pour se retrouver avec ces ignorants qui neuf fois sur dix ne lui adressaient même pas la parole.

– C'est vous qui en avez fait un hétérosexuel », lui explique Kathryn, comme si elle le lui reprochait, avec cet air de tout savoir, si typiquement new-yorkais, qui flétrit tout à son contact.

Hope sent le sang lui monter au visage, dans sa hâte à vouloir réfuter pareille allégation. « Mais Zack ne s'est jamais vu autrement que comme ça. Ses biographes ont accordé beaucoup trop d'importance à quelques incidents mineurs. Lesquels remontaient à son adolescence, au moment où ses frères quittaient la maison l'un après l'autre et où, sa mère travaillant jusque tard le soir, il était souvent livré à lui-même à Los Angeles, et à cette période, juste après son arrivée à New York, où il n'avait pratiquement nulle part où aller. Mais franchement, dans le monde de cols bleus dont il sortait, passer des heures à boire en compagnie d'autres types n'avait rien d'homosexuel, les hommes étaient comme ça, c'est tout. Il était maladroit avec les femmes, c'est vrai, mais elles ne le laissaient pas indifférent. Croyez-moi, ma chère. Ne m'obligez pas à vous donner des détails.

– Puis-je vous demander… est-ce qu'il y avait quelque chose… d'un peu… inhabituel dans sa façon de faire l'amour ? Est-ce que vous deviez faire… des trucs spéciaux pour l'exciter ? »

Hope a du mal à en croire ses oreilles, mais reconnaît qu'elle a bien mérité ce genre de question, pour avoir fait étalage de sa sexualité devant cette jeune femme – lui avoir mis le nez dedans, pour ainsi dire – en lui parlant d'une vie licencieuse et de ce bal costumé où elle s'était rendue pratiquement nue. C'était une façon de la taquiner, d'éviter de se laisser déborder, parce qu'il n'y a pas moyen de se soustraire à cette exigence impitoyable et dénuée d'humour qu'a la jeune femme de voir Hope mettre sa vie à nu. Et puis tout cela s'est passé il y a si longtemps, avant le milieu du siècle dernier, quand elle et Zack étaient arrivés dans les Flats écrasés par le soleil et balayés par les vents, et avaient empli de leurs voix la vieille ferme abandonnée, serrés contre le poêle dont la chaleur leur desséchait la peau et les cheveux quand ils étaient tout près, mais les abandonnait dans l'escalier menant à leur chambre glacée. « Par bien des côtés, il était d'une autre époque, dit-elle. Le seul fait de me voir nue suffisait à l'exciter. L'oral, l'anal, on n'en parlait pas alors comme on en parle aujourd'hui, mais il aimait bien me prendre par-derrière. Je le lui accordais comme une faveur spéciale même si moi, évidemment, je n'en tirais pas grand-chose, en dehors des caresses. Il m'arrivait d'être frustrée – et en colère, j'imagine –, mais l'opinion, renforcée par la guerre, prévalait encore selon laquelle les femmes étaient censées servir l'homme, parce que c'était lui qui nous protégeait du monde extérieur si cruel. C'était lui qui rapportait l'argent à la maison et qui faisait la guerre. J'ai appris à faire la cuisine après notre départ de New York, parce que la mère de Zack avait toujours préparé pour ses fils ces gros repas typiques de l'Ouest. Pour faire l'amour, si vous devez vraiment tout savoir, je mettais un diaphragme, et il fallait que je devine à l'avance quand j'en aurais besoin ; il m'arrivait de me tromper, ce qui ne manquait pas d'être un peu humiliant. Votre intuition, Kathryn, ne vous trompe pas, en ce sens que Zack en général ne prenait pas l'initiative et devait être stimulé, contrairement aux hommes qui sont toujours prêts pour le sexe. L'alcool n'arrangeait pas les choses quand il se remettait à boire, et puis il était obsédé par ce désir de devenir un grand peintre – pas un peintre sérieux et passable comme Mahlon Strunk, ou même célèbre comme Benton et Mondrian, mais grand, d'une manière définitive, irrémédiable – "existentielle", comme nous disions alors –, qu'il ne pouvait pas avouer ouvertement, mais que tous les peintres que nous connaissions partageaient plus ou moins. Ce qu'ils voulaient décrocher, c'était le gros lot. Zack n'avait ni la facilité ni l'arrière-plan culturel d'un Roger ou d'un Bernie, et là où quelqu'un comme Onno avait tellement la peinture dans le sang qu'il pouvait un jour passer des heures sur une toile et tout oublier le lendemain, comme s'il s'agissait d'une activité parfaitement naturelle, pour Zack, ça n'allait pas de soi : il lui fallait trouver, "inventer" serait plus juste, un style qui lui permettrait d'être aussi à l'aise dans son art que les autres, et même si Herbie l'aimait bien, si Peggy le soutenait à sa manière plutôt rude et si Clem pensait pouvoir se faire un nom dans la critique d'art en pariant sur lui, Zack savait pertinemment que ce style, cette aisance, il ne les avait pas encore trouvés, que cette peinture d'extérieur, façon aquarelle, façon Matisse, dont vous faisiez l'éloge, ne lui permettait pas encore de les atteindre, même si, vous avez raison, elle l'en rapprochait, parce qu'il s'était libéré de ces muralistes mexicains avec leurs éternels fonds boueux et de ce fatras surréaliste à la Miró. Ce que j'essaie de vous dire là – en torturant votre magnétophone ! –, c'est que même s'il n'était guère habitué à réfléchir sur lui-même Zack savait que venir avec moi à Long Island était peut-être bien sa dernière chance de devenir grand. Cette histoire de grandeur doit vous paraître passablement stupide et naïve, mais pour Zack c'était quelque chose de bien réel, cette possibilité, et pour les autres peintres aussi, comme je l'ai dit, une notion très américaine, c'est certain, une sorte d'état de grâce – imaginez un peu Picasso s'encombrant d'une ambition aussi vulgaire, jamais il n'aurait *joué* comme il l'a fait –, et puis, dans le cas de Zack, le temps pressait. Il m'avait moi, maintenant, pour lui servir d'écran, faire les basses besognes, passer des heures au téléphone à essayer de faire monter sa cote à New York… Je faisais semblant de croire en lui ; et puis, au cours de notre deuxième année là-bas, je suis devenue… une accro, comme vous dites maintenant. Il avait une bonne raison d'éviter le Lemon Drop et, quand il allait en ville, le Cedar ou les soirées en loft ; ce n'était pas seulement la baise qui le retenait à la maison. Zack n'avait plus besoin de personne avec qui descendre son vin et sa bière. Roger avait une maison à East Hampton, dans le quartier Georgica, Onno et Renée avaient acheté à Two Holes of Water Road une ancienne écurie qu'ils avaient peinte d'un violet d'œuf de Pâques grinçant, histoire d'embêter les voisins, Bernie et Mahlon, eux, avaient suivi l'exemple en 48 – Mahlon et Myrtle étaient allés s'installer à Montauk, c'était bien d'eux, pour s'isoler des autres –, si bien qu'une véritable colonie d'artistes était en train de se créer, avec des tas de fêtes et de beuveries, et quand Roger est arrivé avec une bouteille de Jack Daniel's à Fireplace Road, où nous vivions alors et où nous les avions invités à dîner lui et Tasha, avec deux autres couples et Herbie, Zack lui a solennellement rendu la bouteille et l'a regardé droit dans les yeux – il y avait toujours eu une certaine animosité entre eux, Roger était tout ce que n'était pas Zack, toujours *au courant**[1] sans s'en donner la peine – avant de dire : "Merci, mais je n'ai plus besoin de ce truc maintenant." »

Est-ce qu'elle ne se trompait pas ? Les choses s'étaient effectivement passées ainsi, mais n'était-ce pas plutôt Onno qui avait apporté la bouteille ? En tout cas pas Bernie, il était bien trop délicat. Et puis, sa version des faits ne faisait pas mention des tranquillisants prescrits par le médecin de Southampton, lesquels laissaient Zack tellement abruti qu'il ne s'approchait même plus de la grange et passait toutes ses journées à arpenter les champs et les dunes en compagnie de Trixie. Elle n'avait pas parlé non plus des beuveries occasionnelles qui le faisaient rentrer du Lemon Drop à trois heures du matin, tenant à peine debout, après plusieurs heures passées à cuver sans doute quelque part dans les bois au bord de la route. Au bout de deux années de déplacements à bicyclette et à bord de voitures dont il fallait parfois supplier les conducteurs, ils avaient rassemblé suffisamment d'argent pour acheter une voiture, une Ford Model A qui leur avait coûté quatre-vingt-dix dollars, et certains soirs Hope restait éveillée des heures dans son lit, dans l'angoisse qu'il ait pu emboutir la voiture contre un arbre ; ses beuveries avaient atteint un point où elles

1. Les mots en italiques suivis d'un astérique sont en français dans le texte *(NdT)*.

risquaient de lui coûter la vie. N'empêche, il avait accepté de lutter avec elle contre son alcoolisme ; c'était un combat commun qu'ils menaient, et si pour le gagner il fallait qu'elle reste en retrait plus qu'elle ne l'aurait souhaité, eh bien tant pis, la vie, c'était ça, et le jeu en valait la chandelle. Elle l'aimerait tant, cet homme, qu'elle finirait par forcer en lui la grandeur. Et puis Zack était si beau… ah, la blondeur soyeuse des petits poils bouclés sur sa peau bronzée, les pleins et les déliés de son torse musclé dans l'éclat du soleil, depuis les clavicules et les mamelons jusqu'à la touffe du pubis, tout ce terrain favori de l'anatomie classique divisé symétriquement comme les moulages de *kouroi* de la Cooper Union, un abdomen de jeune homme à peine un peu plus renflé chez cet homme de trente-cinq ans, l'exercice qu'il prenait en faisant des travaux dans la maison, en jardinant et en marchant dans les bois suffisant presque à contrebalancer les effets pernicieux de l'alcool. À mesure que son organisme se libérait du poison, Zack sentait davantage la cigarette, l'huile de lin, l'humus et le sel de l'air marin. Quand Trixie débusquait un sconse, l'odeur de la sécrétion passait des poils du chien aux mains et au jean de Zack, avant de l'imprégner elle, mais dans la mesure où ils étaient souvent seuls lors de ces premières années, difficiles mais si belles, à Long Island, ils s'en moquaient. Elle se revoit en train de lui laver le dos, elle-même complètement nue, à genoux dans la vieille baignoire en fonte à pieds en pattes de lion qu'Al Treadwell avait récupérée sur un autre chantier et qu'il avait installée, leur faisant du même coup réaliser une belle économie, comme il ne cessait de le leur faire remarquer, dans leur petite salle de bains toute neuve ; elle se revoit, les bras ronds et semés de taches de rousseur, les doigts effilés et bronzés, savonnant le dos et les épaules de Zack pendant qu'il fumait une cigarette, même dans la baignoire, conservant une main hors de l'eau pour pouvoir la retirer de sa bouche pensive et secouer la cendre dans la boîte de cacahuètes salées qui servait de cendrier.

« Quand est-ce qu'il s'est mis au *dripping* ? demande Kathryn, avant d'enchaîner elle-même. Début 47 ? Quels souvenirs gardez-vous de ce moment ? Pensiez-vous alors, vous et Zack, qu'il ferait date ? Est-ce que lui en parlait comme d'une technique révolutionnaire ? »

Brutalement frappée d'ennui, et en proie à une soudaine nausée devant ces questions si souvent posées, Hope cherche l'évasion du côté de la fenêtre et constate que des lambeaux de nuages duveteux sont apparus dans le bleu limpide chargé d'ozone qui s'encadrait dans la lucarne il y a à peine une heure. À mesure que le soleil réchauffe les montagnes, ces volutes de vapeur deviennent visibles au-dessus des vallées. Les fenêtres du petit salon, habillées de rideaux en chintz passé à motif de roses tirant maintenant davantage sur le marron que sur le rouge, ont des meneaux d'une grande finesse, détail architectural qui avait beaucoup compté quand elle était tombée amoureuse de la maison et avait persuadé Jerry de l'acheter. Lui ne voyait pas cette demeure tenir plus tard une grande place dans sa vie, mais elle savait déjà, elle, au plus profond d'elle-même, que celle-ci serait sienne pour le restant de ses jours. Les châssis à guillotine, mais aussi le verre lui-même, les carreaux bullés violet pâle et légèrement ondulés, semblent s'être affinés, comme la peau d'une personne âgée ; un coup de vent venant d'une certaine direction, un rafraîchissement de la température le soir, et les fenêtres vibrent comme la corde d'une harpe qu'on effleure. La maison lui parle… Avec ses questions, cette fille n'évite pas le piège de l'évidence, contrairement à ce qu'avait laissé prévoir sa voix polie et plutôt froide au téléphone ; sa demande d'interview avait eu quelque chose d'inhabituel, avait semblé un peu en porte-à-faux, ce qui avait amené Hope à accepter et à fixer une date assez lointaine, qui n'est arrivée que trop vite. Si seulement elle était dehors, Hope pourrait garder le silence et le passé resterait intact, comme l'humus dans les bois ; que l'on remue quelques feuilles et les cloportes se mettent à détaler, pitoyablement mis à nu, paniqués par l'éclat brutal de la lumière. Ses années avec Zack ont été marquées par une amertume qui ne l'a jamais vraiment quittée, l'amertume inguérissable qui était en lui et qui a fini par déteindre sur elle pour devenir source de honte et de culpabilité. Elle a finalement réussi à tirer de lui cette grandeur à laquelle il aspirait tant, à lui trouver l'espace dont il avait besoin, mais peut-être l'a-t-elle fait davantage pour elle-même que pour lui. Il était d'une nature trop fragile pour supporter le succès.

« L'élément déterminant, dit-elle consciencieusement à son examinatrice, a été la transformation de la grange en atelier. Jusqu'alors, Zack n'avait jamais disposé d'un sol suffisamment grand pour pouvoir travailler. Je l'avais toujours vu tourner sa toile dans tous les sens sur le chevalet, la regarder de côté ou à l'envers, et même peindre de cette manière, pour tenter d'affranchir l'image de la pesanteur. Prenez ces scènes domestiques figuratives du début des années quarante… on dirait des rassemblements de convives vus d'en haut.

– Elles font aussi penser aux peintures de sable horizontales des Navajos, qu'il avait vues enfant.

– Zack, dit Hope, en se balançant légèrement en arrière et en se forçant à parler posément pour masquer la violente animosité qu'elle commence à éprouver pour cette intruse indiscrète et intéressée, n'a jamais été l'homme de l'Ouest pour lequel il aimait se faire passer. Tout au plus pouvait-il revendiquer une appartenance à Los Angeles, la ville des années critiques de ses études secondaires, et des premiers professeurs d'art plastiques un tant soit peu stimulants. Mais c'est vrai que, une fois les toiles fixées au sol de la grange, il a pu les attaquer de tous les côtés, et c'est comme ça qu'est né le *dripping*. Les aspersions de peinture lui permettaient d'atteindre le centre de la toile. Bien sûr, il y a déjà des coulures dans les premières œuvres – il lui arrivait de peindre directement avec le tube même avant la guerre –, et les surréalistes avaient déjà expérimenté la technique consistant à verser la peinture sur la toile, dans le but de produire leurs effets de création automatique. Vous savez, Matta, Masson. Mais Zack a toujours soutenu qu'il n'y avait rien d'accidentel dans ses coulures, que tout était voulu. Et c'était vrai, il avait simplement appris à diluer la peinture dans les proportions voulues et savait ce que tel ou tel outil – bâton, pinceau durci, seringue de rôtisseur – était susceptible d'accomplir. Personne auparavant n'avait jamais eu à maîtriser ce genre de technique ; il était extraordinaire à voir, manifestait cette grâce dans les mouvements et cette assurance qui précisément lui faisaient défaut la plupart du temps. Je crois que c'est ça, la performance sportive, qui l'a fait connaître, qui a plu au public : ça ressemblait à ce que les gens voyaient dans les films. Ce torse superbe dans le T-shirt noir, le jean foncé moulant, la calvitie, l'intensité. Il n'était pas seulement d'une grâce inhabituelle pour lui, mais apparaissait terriblement déterminé. Quand cet horrible Allemand – je n'arrête pas d'oublier son nom… »

Kathryn le lui fournit.

« Oui. Quand Hans a tourné ces films, il se plaignait sans arrêt de ce que Zack n'hésitait pas suffisamment. Et c'est vrai qu'il ne réfléchissait pas avant de s'engager dans son corps à corps avec la toile, éclaboussant partout et agitant dans l'air son bâton plein de peinture. Mais cette vitesse, c'était un élément capital, quand il était, selon son expression, "dans la toile".

– Ça devait être extraordinaire à voir ! s'exclame

Kathryn, pour une fois spontanément, décide Hope, et non pour montrer que son amour pour Zack, pour cet homme qui est mort vingt ans avant qu'elle-même vienne au monde, est plus pur que ne l'a jamais été celui de Hope.

– Je ne l'observais pas souvent. Ça aurait été violer son intimité, perturber le processus. » Elle revient à ses griefs : « Hans se faisait une idée de metteur en scène de la manière dont procèdent les peintres, dans laquelle la méditation tenait une grande place. Oh, Zack allait bien méditer le soir dans la grange, et il m'est arrivé de le voir regarder ses travaux en cours une journée entière sans même y toucher. Mais quand il était en action, il fallait qu'il garde le rythme. Une sorte de tempo de jazz, quand les pieds ne touchent plus le sol. L'Allemand cassait tout cela. Il y avait toujours de nouvelles prises de vues, des attentes pendant que le caméraman changeait d'angle ou rechargeait sa caméra. Zack restait là à attendre, avec son bâton dégoulinant, pendant que l'Allemand lui donnait ses instructions. C'est à force d'être ainsi *dirigé* et d'accepter ces directives plus ou moins à contrecœur que Zack s'est remis à boire, j'en suis convaincue, vraiment. N'importe qui à sa place se serait fait une raison, en se disant que c'était un bon moyen de gagner de l'argent – car on ne gagnait toujours pas grand-chose, quelques ventes ici et là pour deux ou trois cents dollars pendant les années quarante, même si, grâce à *Life*, il était devenu célèbre, “tristement célèbre”, devrais-je dire –, mais Zack était Zack et pas n'importe qui. Il avait ce sens de l'honneur complètement démodé du macho, et s'exhiber comme ça – une chose qu'aurait adorée Picasso, lui qui, déjà vieux, se faisait photographier en boxer-short –, c'était trahir la seule chose en laquelle il croyait, la peinture. Les toiles qu'il a réalisées devant la caméra étaient pour lui sans intérêt, il ne les a jamais regardées, jamais exposées, elles étaient ratées pour la bonne raison qu'il n'était pas *dedans*, il était dans le film. Je ne veux pas dire qu'autrement il ne ratait jamais rien. Parfois, son travail se faisait "pagailleur", comme il disait – trop de coulures, trop d'éclaboussures, la totalité de la surface recouverte, si bien que tout sens du rythme était perdu. Alors, pour l'alléger, il découpait des morceaux de la toile, dans des formes rappelant le biomorphisme de Miró, montait ce qu'il en restait sur un panneau d'aggloméré et retravaillait la nouvelle surface – ces tableaux-là, je ne les ai jamais beaucoup aimés, mais c'était encore son côté obstiné, son refus d'abandonner la partie, sa tendance à croire qu'il pouvait tirer quelque chose même d'un travail mal engagé. Durant les hivers 47 et 48, on avait tellement de mal à se payer des toiles qu'il repeignait par-dessus des tableaux que j'avais faits quand j'étais chez Hochmann, les couvrant de ses entrelacs et laissant sécher le tout, pour y revenir trois semaines plus tard, même s'il devait pour cela se rendre à la grange quand il faisait si froid qu'il ne pouvait pas y rester plus d'une heure ; après quoi il revenait à la maison, terrifié à l'idée d'avoir attrapé des engelures, et restait un long moment les mains tendues au-dessus du poêle.

– Extraordinaire, répète Kathryn, d'une voix plus basse, épiant le visage de Hope pour vérifier qu'elle ne choque pas ni n'outrepasse ses droits.

– C'est peut-être parce que je l'ai tant vu souffrir pour les réaliser, ces toutes premières toiles, celles qui avaient encore un titre et qui étaient plus verticales qu'horizontales, qu'elles font partie de mes préférées. *Galaxy* – d'une certaine manière, c'était toutes des galaxies. On voyait les étoiles à Long Island comme on ne les voit jamais en ville. *Full Fathom Five*, *Sea-Change*, quand il y avait encore du travail au pinceau au milieu des coulures. *Cathedral, Phosphorescence*. Il avait découvert la peinture à l'aluminium, des bidons entiers y passaient, sortis tout droit des rayons d'Henry Drayton. Il n'y avait jamais rien eu de comparable aux toiles qu'il a faites dans le froid de ces premiers hivers. Il disait qu'il faisait froid, certes, mais qu'avec la neige la lumière dans la grange était sublime. Il était tellement excité de voir ce qu'il arrivait à faire, si fier que, comme vous le savez, il a un jour plaqué sa main pleine de peinture noire sur le haut d'une de ses premières très grandes toiles comme pour dire : "C'est moi qui l'ai faite." Par la suite, peindre avec son corps est devenu banal, mais c'est Zack qui l'a fait le premier. Tout seul dans cette grange, avec ses bâtons et sa peinture de droguerie, il a inventé l'*action painting*. »

Au bout d'un silence respectueux, voyant que Hope n'a plus rien à lui offrir pour l'instant, Kathryn demande : « Et vous, à ce moment-là, vous peigniez quoi ?

– Rien. Zéro, ma chère. *Nada*. Mon chevalet était au premier, dans la petite pièce que Zack avait libérée, mais il se contentait de ramasser la poussière. J'étais accaparée par le genre de travail féminin qui ne laisse aucune trace. Faire à manger, comme je vous l'ai dit. Zack attendait des vrais repas, comme ceux que faisait sa mère, et dans ce domaine je suis partie de rien ou presque, ma mère ayant toujours eu des cuisinières, qui ont commencé à me chasser de la cuisine dès l'instant où l'on n'a plus jugé charmante ma présence en ce lieu. Pour être tout à fait honnête, je pense que d'autres filles auraient insisté pour en apprendre un peu plus, mais je préférais cent fois être dehors et jouer avec les garçons. Et je n'ai rien trouvé de mieux par la suite que d'aller épouser un artiste et devenir son esclave. Nous donnions des petits dîners, l'été surtout, quand on pouvait boire dehors, assis à l'ombre sur les gros rochers. Huit, dix personnes au maximum, nous compris – un autre peintre et sa femme, un critique et la sienne et un galeriste ou deux –, autant d'invités, vous vous en doutez, destinés à servir la carrière de Zack. J'étais souvent au téléphone, à essayer de décrocher des ventes ; les petits formats sur papier se plaçaient plus facilement, ils étaient moins chers et ne demandaient pour être accrochés qu'un petit pan de mur, dans une entrée ou une chambre. Ils ne réclamaient pas toutes les réserves d'oxygène d'une pièce comme le faisaient les grandes toiles à déversements.

– Certaines de ces œuvres sur papier sont superbes. On dirait des idéogrammes chinois. Par exemple celles sur lesquelles l'émail noir, en séchant, a laissé un bord argenté, ou celles qui présentent des couleurs inattendues, orangé ou gris-bleu. Elles ont un côté très zen. »

Hope est de cet avis, mais refuse de l'admettre à haute voix. Somme toute, qu'est-ce qui n'acquiert pas un côté zen quand on le regarde d'une certaine façon, l'œil absent ? « Ces œuvres-là, il ne les aimait pas trop, il les trouvait ringardes. Oui, je crois bien que c'était le mot qu'il utilisait. Elles n'étaient pas suffisamment grandes pour qu'il puisse se faire les muscles en entrant dedans. »

Ses prétentions, sa vanité n'avaient fait qu'empirer après l'article de *Life*, quand le monde avait commencé à se rallier à sa naïve surestimation de lui-même. Il y avait des crises, tantôt lors d'un des petits dîners qu'elle organisait avec tant de soin, tantôt lors d'une expédition à New York, où, paniqué par l'idée d'un projecteur braqué sur lui, d'un avenir brillant et de l'argent qu'on pouvait faire maintenant que la prospérité d'après-guerre commençait à se faire sentir sur le marché de l'art, Zack allait se réfugier dans les profondeurs obscures d'un bar et ne se laissait retrouver qu'une fois complètement imbibé et d'humeur belliqueuse. Et ses incontinences nocturnes, donc : Hope a essayé d'oublier cet aspect-là de son alcoolisme, mais c'était de loin le plus humiliant. Aujourd'hui encore, elle a la chair de poule au souvenir de cette humidité poisseuse, tiède au moment de l'émission, mais déjà froide quand elle l'atteignait elle pour la réveiller, le matelas et les draps trempés maintenant impropres au sommeil, et elle incapable de réveiller Zack pour pouvoir changer les draps. Elle se levait alors et se réfugiait sur la banquette du rez-de-chaussée ou dans la chambre d'amis, transie dans sa chemise de nuit en flanelle mouillée, n'arrivant pas à mettre la main sur des couvertures suffisamment chaudes dans la maison qui refroidissait, impuissante devant l'humiliation et l'inconfort de ces moments qui précédaient l'aube. À force de ressasser sa colère elle finissait par sombrer dans le sommeil, accablée par la honte, le sentiment de l'échec et la conscience de son état d'épouse asservie, et le matin il arrivait qu'elle se réveille aux premiers mouvements de Zack, qui, frais comme un gardon, fredonnait tout en étalant la literie sur les dossiers des chaises pour la faire sécher dans la chaleur qui revenait peu à peu. Il s'enorgueillissait de sortir de ses beuveries, si avilissantes qu'elles aient été, son énergie et son appétit intacts, prêt pour un nouveau départ, et ne voyant dans son incontinence qu'un soulagement libérateur, un renouvellement de son contrat passé avec la Terre. Rien de plus incroyable chez les alcooliques que cette manière qu'ils ont de se débrouiller pour faire endosser aux autres les conséquences de leurs écarts.

« Quand j'ai essayé de me remettre à la peinture, dit Hope, qui a finalement décidé d'aborder le sujet, il m'a accusée de vouloir l'imiter. Ajoutant que j'étais complètement nulle, comme l'aurait été n'importe quelle femme.

– Et ça, c'était à quel moment ? demande abruptement Kathryn, qui jette un coup d'œil à son Sony pour s'assurer que la bande tourne toujours.

– En 48. 49. Ça n'arrêtait pas. Tout allait de travers. Il buvait, il peignait, on allait à des soirées, on en donnait nous-mêmes, on consultait tous les deux un psychiatre. Ses frères débarquaient avec leurs femmes et leurs enfants pour Thanksgiving et Noël, amenant leur mère dans leur sillage. Elle avait tout d'un char dans un défilé, impressionnante et comme détachée de la réalité – vous voyez ce que je veux dire, la foule massée sur les trottoirs qui applaudit, les occupants du char qui sourient et agitent la main, le défilé passe, et la même chose se reproduit quelques mètres plus loin. Sa mère était une femme d'intérieur accomplie – cuisine, lessive, crochet, couture, création de jolis petits objets ; elle était allée d'une de ces rudes villes de l'Ouest à une autre et avait rebâti chaque fois un foyer, essayant de rester au-dessus de la mêlée, créant une sorte d'îlot pour sa famille, vous me suivez, tirant les rideaux, faisant comme si les voisins n'existaient pas, comme si le sable, la saleté et le désespoir ne s'entassaient pas devant sa porte, comme si ses fils ne faisaient pas les quatre cents coups ou comme si son mari ne l'avait pas laissée tomber des années auparavant. Elle était – comment dire ? – inaccessible, elle avait ce joli don de la personne pauvre mais digne qui consiste à pouvoir refuser le monde, et je crois que c'est d'elle que Zack tenait sa capacité de concentration, son aptitude à s'isoler du monde extérieur. D'elle aussi qu'il tenait ses dons artistiques, si on considère ces tableaux à déversements comme un travail de crochet à très grande échelle. Je l'aimais bien, même si elle n'avait pas beaucoup de conversation et n'arrivait pas à me cerner. Pour elle, je n'étais qu'une gamine de Philadelphie, riche et stupide. La seule raison qui aurait pu faire qu'elle m'aime, c'était que j'avais déchargé la famille de Zack et de son alcoolisme. Zack était son bébé, et les bébés quand ils grandissent finissent toujours par peser très lourd. Elle avait cette façon proprement étonnante de le calmer quand elle était dans les parages. Je crois qu'en sa qualité de benjamin il n'avait jamais bénéficié d'assez d'attention de sa part et que, devenu adulte, il espérait toujours pouvoir rattraper le temps perdu. Elle était comme – ah, les mots, les mots ! ne vieillissez jamais, Kathryn, avec l'âge, votre tête se vide – un "basilic", c'est bien le mot que je cherche, non ? Elle avait un regard ! Mais bref, ce n'est pas du tout ce que vous me demandiez. Vous essayez de me faire parler de moi et de mon travail, et moi je n'arrête pas de me cacher derrière Zack – pour tout dire, à l'époque, mon travail n'était pas très intéressant. Zack venait de faire cette percée incroyable, et il n'y avait pas place dans une même ferme pour deux artistes de premier plan. Si je me suis remise à la peinture, c'est surtout pour regagner le respect de moi-même, pour me ménager un petit espace dans lequel je ne serais pas écrasée par l'énormité de ce que Zack était en train d'accomplir, un territoire à moi à l'abri des parasites qui commençaient à nous envahir et des journalistes auxquels il était censé donner des interviews… Mais il avait raison, mes efforts pour travailler d'instinct n'étaient guère convaincants. J'étais tatillonne, retouchant sans arrêt mon travail, lissant les "trous" de la toile, comme les appelait Hochmann, et je ne me faisais pas aux plâtras, ça supposait un renoncement à la maîtrise de soi qui ne cadrait pas avec ma philosophie de l'existence, chez Zack les touches étaient parfois si larges et les couches si épaisses que la peinture en séchant caillait et ondulait, ces peintures Duco à l'émail qu'il rapportait à la maison n'étaient pas censées être déversées toutes ensemble comme ça sur une toile, encore moins quand il s'y mêlait du sable, de la cendre de cigarette et les cadavres de pauvres insectes qui avaient commis l'erreur de s'aventurer dans la grange. Et puis je n'avais pas de grange, moi, j'avais une toute petite pièce à l'étage, dont l'unique fenêtre était assombrie par l'érable qui poussait devant, et qui aurait été un endroit idéal pour développer des photos par temps couvert ou faire de la couture à la lueur d'une veilleuse, si bien que j'en étais réduite aux pinceaux, et aux collages, travail encore plus délicat… j'étais dans l'incapacité totale de l'imiter. Je n'avais pas ce qu'il fallait pour ça, ce qui était sans doute ce qu'il voulait dire. En d'autres termes, il me manquait une queue. »

Le long visage de Kathryn prend une teinte cireuse, tandis que la journée qui s'ennuage bascule dans l'après-midi. Élève à la Cooper Union, Hope avait du mal avec la peau, la couleur, la texture, la transparence de la peau, et la manière dont elle absorbe plus ou moins profondément la lumière, pour se colorer de l'intérieur. Si elle devait peindre Kathryn en ce moment, il lui faudrait utiliser beaucoup de vert pour rendre cette matité terne, cette teinte quasi surnaturelle. En été, cette peau-là doit prendre un hâle uniforme, aux antipodes des taches de rousseur claires de sa peau à elle. La jeune femme remue un peu dans le grand fauteuil où Hope se mesurait quand elle était enfant et s'éclaircit la gorge, sans doute a-t-elle le gosier sec. À moins qu'elle ne s'apprête à poser une nouvelle question… Hope l'en empêche en enchaînant rapidement. « C'est en pataugeant dans l'ombre de Zack que j'ai commencé à m'intéresser vraiment à ce que faisaient les *autres* peintres. Ils étaient tous venus s'installer à Long Island, enfin, presque tous, et se retrouvaient dispersés dans un rayon d'une quinzaine de kilomètres autour d'East Hampton. Disons qu'en 48, 49, une fois que Zack a eu percé, même si aucun d'entre eux n'était prêt à l'admettre, ils avaient tous leur *shtik*, un style distinctif qui, espéraient-ils, allait devenir leur signature au même titre que les coulures et les entrelacs de Zack. Ce que je veux dire, c'est que s'ils continuaient à parler de la peinture comme d'une exploration du moi porteuse d'une authenticité douloureuse qui allait révolutionner le monde et dieu sait quoi encore, ce qu'ils produisaient faisait plutôt penser à des logos commerciaux, tout le monde travaillant encore à l'échelle de la peinture académique du XIXe, mais chacun ayant trouvé une simplification un tantinet racoleuse. Chez Phil Kaline, c'était les poutrelles noir et blanc, chez Jarl les langues de feu feuilletées en deux ou trois couleurs mates, toiles verticales qui finissaient par être tellement hautes qu'il a dû transformer en atelier une église méthodiste désaffectée d'Amagansett, chez Seamus, cet adorable gros bonhomme de Seamus, qui même quand il travaillait dans la veine du réalisme urbain des années trente – étonnantes scènes de métro ! – peignait sur une sorte de grille thomiste, pourrait-on dire, c'étaient les nuages rectangulaires d'un blanc pelucheux et laiteux, exécutés avec les mêmes peintures industrielles qu'utilisait Zack, mais diluées à l'extrême, et en conséquence particulièrement instables, selon les conservateurs de musée, ce qui était peut-être bien au départ dans les intentions du peintre : *vita brevis*, et aussi *ars brevis*. Roger, qui réfléchissait toujours énormément et emmagasinait toutes les théories françaises – symbolisme, existentialisme, et même structuralisme, avant que quiconque en ait entendu parler –, peignait en fait, lui aussi, toujours la même chose : des ovales noirs ressemblant à d'énormes haricots coincés entre des serre-livres noirs dressés et laissant deviner derrière eux quelques échantillons de couleur ; quant à Bernie, l'autre petit génie du groupe, il s'était mis à faire des bandes de couleur de la largeur d'un ruban de masquage divisant d'immenses champs de couleur sans aucun relief. Je trouvais cela, et j'étais loin d'être la seule, plutôt aride et doctrinaire, mais il parlait toujours de la passion qu'il mettait à peindre, et en fait c'est dans la voie amorcée par Bernie que s'est engagée la peinture des années cinquante, en ce sens c'était bien lui le plus influent et le moins aride. J'aimais beaucoup

Bernie, tout en me sentant plus proche de Roger, en tant que peintre, lui et ses gros haricots comprimés qu'il refaisait encore et encore, même si, pour être honnête, il faisait aussi autre chose : ce qu'il appelait de manière un peu pompeuse ses "portails", de forme rectangulaire, un unique rectangle, partiellement esquissé, sur de grandes et belles feuilles de papier tissé qui devaient coûter une fortune... Bon, vous connaissez tout ça, vous avez suffisamment fréquenté les musées, mais à l'époque on n'était pas encore sûrs d'avoir touché au but, pas sûrs que l'art américain ait enfin atteint sa majorité, et à moi, personnellement, ces grandes abstractions de bande dessinée me donnaient l'impression d'un renoncement, d'un processus subjectif complexe réduit à des *idées*, quand on les comparait à ce que faisait Zack d'instinct. Il y en avait deux pourtant qui continuaient à peindre, et à peindre à l'ancienne, à coups de touches de peinture, en variant leurs sujets, en insistant sur un semblant de figuratif et en continuant à donner des titres à leurs tableaux – *Dwarf*, *Woman* –, c'était Mahlon et Onno, et soudain ils ont paru désuets, dépassés, déphasés. C'est comment ce truc dans la Bible... "Tiède, je te vomirai de ma bouche" ? J'avais dû laisser voir mon manque d'enthousiasme, parce qu'un jour où nous étions chez lui et Renée, dans cette horreur violette qu'ils avaient infligée au paysage, Onno, je m'en souviens bien, m'a passé le bras autour de la taille et m'a dit : "Te vais bas de souzi bour moi, Hope. Mondrian est mort, mais Bicasso condinue." Par quoi il voulait sans doute dire que ce qu'il faisait, ces balayages de couleurs insensés sous lesquels on avait vraiment du mal à distinguer des femmes assises, jambes nues croisées et hauts talons, survivrait à tous les trucs inventés par des gens comme Roger et Bernie, des intellectuels totalement incapables de peindre comme on apprenait à le faire aux Beaux-Arts. Zack, en revanche, il le respectait

– il savait qu'il ne donnait pas dans la facilité, que son travail n'avait rien de mécanique. Si Zack avait accepté de devenir la merveilleuse machine à coulures de l'Amérique, il ne se serait pas effondré, à bout de souffle, après 1950. Il ne se serait pas tué. Les comportements de Zack étaient répétitifs, mais pas sa peinture. Jamais il n'aurait permis qu'elle le devienne, et c'est ce qui l'a tué. »

Onno était beau, à la manière batave : cheveux clairs, cils blancs, lèvres pleines, long menton et yeux vert bouteille dont chaque regard était comme une pichenette sur la peau du visage de Hope. Sa main posée sur sa hanche était large, une main de travailleur ; même s'il buvait et fumait sans retenue, suffisamment en tout cas pour ne pas détonner dans la bande, et s'il avait adoré cet écervelé de Korgi avant son suicide, il était sain, Hope le sentait, sain comme ne le serait jamais Zack. Il avait un pinceau extravagant et se permettait d'étranges expériences, comme peindre de la main gauche ou appliquer un journal sur une toile encore fraîche pour transférer l'empreinte ensuite sur un autre tableau et répéter plusieurs fois l'opération, mais il s'agissait là de manœuvres pour le coup parfaitement délibérées et destinées à brider sa facilité naturelle, ce don qu'il avait hérité, comme Picasso, de son apprentissage précoce de l'art européen classique. La violence américaine, il avait appris à l'imiter, alors que Zack, qui était né avec, en était prisonnier. La main d'Onno s'était attardée suffisamment longtemps sur la taille de Hope pour lui transmettre un message. Lui et Renée formaient un de ces couples européens qui avaient l'air trop beaux en public pour être vrais. Hope avait vingt-six, vingt-sept ans, l'âge de croire qu'elle méritait un génie qui n'aurait pas besoin d'une nurse en permanence. Elle se serait volontiers accommodée d'un peu d'attention elle-même. L'haleine qui s'échappait des lèvres charnues et interrogatives d'Onno avait, sous l'odeur du tabac refroidi, un parfum sucré de réglisse.

« Onno de Genoog, dit Kathryn en articulant soigneusement. Aimeriez-vous me parler de votre relation avec lui ?

– Pas vraiment. C'était un homme adorable, bienveillant, travailleur, et un peintre merveilleux. Il m'a aidée quand j'en ai eu besoin, quand Zack – comment formuler ça ? – a craqué. »

Kathryn se penche pour vérifier que la bande tourne toujours et demande d'une voix d'où a disparu toute trace de sympathie : « Est-il vrai qu'au début des années cinquante il a sérieusement songé à quitter Renée pour vous ?

– Non. Jamais. Lui et Renée faisaient un trop beau numéro, jamais je n'aurais voulu le mettre par terre. Elle est restée parfaite dans son rôle de veuve du grand homme, entretenant chastement la flamme, sans jamais se remarier, contrairement à moi.

– Vous avez endossé ce rôle beaucoup plus tôt qu'elle, fait remarquer Kathryn. Qu'en est-il de la fois où, au début des années cinquante, Zack s'est fracturé la cheville en se battant avec Onno ? C'était à cause de vous, la bagarre ?

– Pas du tout. Ma chère, comme je vous l'ai déjà dit, les femmes ne comptaient pas pour grand-chose dans cet univers de machos. Ils étaient ivres et faisaient les idiots, ils avaient un différend à trancher et, à un moment, Zack a mis le pied dans un trou, dans le pré qui entourait la fameuse maison violette.

– Est-il vrai, poursuit Kathryn, sans pitié et sans humour, elle qui a bu le thé de Hope il y a moins d'une heure, a utilisé ses toilettes et a pris des airs coupables et gauches d'enfant perdu dans le couloir qui mène à l'atelier, qu'Onno disait que le travail de Zack se résumait à “pisser sur la toile” ?

– Ce n'était pas là une remarque désobligeante, dit Hope, en souriant. Tous ceux qui connaissaient Zack savaient qu'il était toujours en train de pisser, de préférence en public. Il racontait volontiers qu'un jour il avait regardé son père uriner du haut d'un rocher quelque part en Arizona et que ça lui avait fait une très forte impression, c'était resté dans son esprit d'enfant l'image même de la virilité, ce grand arc doré et scintillant. Vous vous souvenez certainement, Kathryn, que quand un des artistes pop, j'ai oublié lequel mais ce n'était pas Guy, a essayé de parodier Zack, il l'a fait en urinant sur une toile couverte d'une peinture métallique au cuivre, pour que les oxydations créent des dessins. Mais les éclaboussures étaient moches, alors que les coulures de Zack sont belles, d'une beauté renversante, vous ne trouvez pas ?

– Oh, si. Bien sûr. » Mais Kathryn a l'air offensée d'avoir à prendre parti de la sorte, de devoir livrer son opinion sur sa propre bande.

« Ce sont les premiers tableaux de cette manière, comme je l'ai peut-être déjà dit – vous devez m'excuser si je me répète –, qui sont mes préférés. La toile est déjà par terre, mais encore à échelle humaine, un mètre quatre-vingts sur un mètre vingt à peu près, et il n'a pas encore commencé à donner des numéros à ses tableaux. Avant une exposition, il me demandait de venir dans la grange pour l'aider à trouver des titres. C'était une des choses que nous faisions ensemble, un des rares moments où je pouvais collaborer à son œuvre. Au tout début, il utilisait beaucoup de peinture à l'aluminium et les toiles donnaient l'impression d'un tourbillon céleste, alors je lui proposais des noms pris dans un bouquin sur les étoiles qu'il avait acheté quand nous nous étions installés à Long Island et qu'il pouvait les voir comme il les avait vues dans l'Ouest. *Sirius*, c'est ainsi qu'on en a appelé une qui était particulièrement glacée, une autre, dans les tons de rouge, a reçu le nom de *Bételgeuse*, et il y en avait une que je voulais appeler *Cassiopée,* parce que je me souvenais que cette femme s'était vantée de la beauté de sa fille Andromède, ou de la sienne peut-être, je ne me souviens plus, mais Zack ne voulait pas que les gens se mettent à chercher des constellations dans ses éclaboussures, alors nous utilisions des noms plus génériques comme *Galaxie* ou *Comète* – et dans cette toile en particulier il y a vraiment une comète, ses coulures, à l'époque, étaient plus droites qu'elles n'allaient le devenir dans les années cinquante, quand il s'est mis à faire ce qu'il appelait des dessins dans l'air, qui ont été photographiés par cet Allemand dont je persiste à oublier le nom. Il y a une petite toile dans les tons de bleu, en peinture aluminium sur enduit de plâtre noir, qu'on avait appelée *Magellanic Cloud.* Zack n'aimait guère les voyages, signe de son sentiment d'insécurité chronique, mais il parlait quand même d'aller un jour en Amérique du Sud pour voir la Croix du Sud, le Sac de Charbon et les Nuages de Magellan qu'il avait vus dans son livre sur les étoiles. J'essayais aussi de penser à des noms féeriques comme *Sinbad* ou *Wotan.* Il aimait bien l'idée jungienne des archétypes mythiques, mais ne voulait absolument pas que les gens voient dans ses peintures des portraits, si bien qu'à partir de 1948 lui et Peggy se sont mis à donner à ses tableaux des numéros ou les noms des couleurs dominantes: *Blue, Red, Yellow; Yellow, Gray, Black.* C'est triste à dire, et je ne l'avouerai qu'à vous, Kathryn – petite touche ironique, pour voir si son interlocutrice lui prête toujours attention –, mais si j'aime un peu moins les toiles postérieures, c'est parce que je n'ai pas eu mon mot à dire pour ce qui est des titres. Et c'est peu de temps après, en fait, que je me suis moi-même remise à la peinture, ce que Zack a interprété, non sans quelque raison d'ailleurs, comme un geste d'hostilité.

– Ah, c'est justement à vous que j'avais l'intention de revenir.

– Ça n'en vaut pas vraiment la peine, ma chère. Mes productions étaient sans grande valeur, l'épouse modèle en moi étouffait complètement le peintre. Comme je vous l'ai déjà dit, j'essayais de faire dans l'expressionnisme abstrait, selon la dénomination qui commençait à avoir cours – je crois que le premier à avoir utilisé cette expression a été ce grand rouquin qui était critique d'art au *New Yorker*, Coates, Bob Coates –, mais comme Zack me le faisait remarquer je ne m'en sortais pas très bien, incapable que j'étais de cette maîtrise insolite dont lui-même savait faire preuve, en dépit des petits galets ou des mégots de cigarette qu'il lui arrivait de faire tomber sur la toile ; il avait un sens de l'équilibre, des tensions équilibrées, que les critiques, depuis, ont fait remonter à ses années d'apprentissage avec, je vous le donne en mille, Benton. Ce que je produisais en essayant d'être libre donnait au bout du compte l'impression d'un dîner qu'on avait laissé brûler, c'est pourquoi je me suis mise à suivre la voie tracée par Roger – à l'imiter, serait peut-être plus juste – en réalisant ces collages austères, papier sur papier, avec quelques traits noirs au crayon Conté ou au pinceau de calligraphie japonaise, à la recherche du point d'équilibre, susceptible d'exprimer la quiétude. Le plus étrange, Kathryn – je sais que vous n'avez pas fait tout ce chemin pour m'entendre encenser des œuvres qui ont déjà fait l'objet de tonnes de commentaires –, mais le plus étrange avec les *drippings* de Zack, c'est que, en dépit de la violence des détails, des éclaboussures, des mélanges pâteux, l'ensemble dégage une impression de calme. Quelqu'un, un jour, c'était peut-être Frank O'Hara, ce drôle de Frank avec ses poches pleines de poèmes gribouillés sur des bouts de papier, a appelé Zack notre Ingres. L'Ingres américain, vous vous rendez compte. Ça m'a fait réfléchir, ça m'a fait pleurer en fait, des années après la mort de Zack, alors que s'était apaisé depuis longtemps le tumulte qu'il faisait toujours naître autour de lui. Oui, il y avait une véritable paix, un équilibre, une quiétude dans ses toiles, dans lesquels je ne peux voir que le reflet de son humeur quand il était là-bas, dans le froid de la grange, loin de moi, loin des experts de la critique, loin de ces rosses de femmes pleines aux as et de ces étrangers méfiants qui dirigeaient les galeries, délivré même de son besoin de boire : il était en paix, superposant ses motifs les uns sur les autres, jusqu'à ce qu'il doive s'arrêter et attendre que la peinture sèche. Et puis il y a une telle innocence dans cet homme en train de danser et de s'agenouiller autour de la toile par terre, une telle capacité enfantine à s'absorber dans l'action pure, que j'ai envie de le serrer dans mes bras et de lui demander pardon de l'avoir amené sur un terrain où il pouvait terrasser la beauté et d'être restée incapable de lui montrer comment retirer un bonheur durable d'une telle expérience. » L'image de Zack en train de peindre et d'eux deux côte à côte en train de donner des noms à ses toiles, comme s'il s'était agi de leur progéniture, affecte tellement Hope qu'elle en a la gorge nouée et doit s'arrêter. Peut-être le bonheur ne peut-il pas durer. Peut-être le malheur et le chaos qui habitaient Zack formaient-ils un noyau impossible à dissoudre. Et pourtant le souvenir qu'elle garde de lui, sourcil froncé (toujours ce pli perplexe entre les sourcils) et vieilles chaussures maculées de peinture, en train de créer ces beaux objets dans un style jusqu'ici inconnu, pour un public qui n'achetait pratiquement jamais rien, pour une galeriste qui s'intéressait de moins en moins à lui, tandis que la fumée de sa cigarette lui faisait cligner les yeux et que le froid lui engourdissait les mains, ce souvenir lui présente l'image d'une vie perdue à jamais, d'une vie splendide qui se gomme elle-même, comme son jeune corps retournant à une pâleur maculée à mesure que la sueur de la danse effaçait au fil des heures la poussière de charbon.

Pour sortir Hope de son silence embarrassé, Kathryn lui dit : « Pourquoi aurait-ce été à vous de lui montrer le chemin du bonheur ? C'était son problème à lui, non ? »

Hope se racle la gorge et sourit, l'œil embué, pour remercier la jeune femme de lui avoir permis de retrouver sa voix. « Oh, vous avez raison, bien sûr, chacun est responsable de lui-même, c'est ce qu'on dit aujourd'hui et ça facilite les choses quand on veut mettre fin à une relation, mais à l'époque la femme, même la femme-enfant que j'étais dans un sens, avec mes dix ans de moins, était censée tout faire pour son mari, de même qu'elle faisait tout pour ses enfants, et si les enfants s'en sortaient mal c'était forcément votre faute (et Zack était très dépendant, bien pire qu'un enfant, à cet égard), et vous récoltiez les reproches sans obtenir la moindre obéissance, la culpabilité sans la moindre reconnaissance. Aujourd'hui, les femmes ne parlent que d'émancipation, elles gagnent leur vie en exerçant un métier, mais à l'époque la femme était censée tout faire, sans jamais toucher un sou, et si les choses allaient mal dans votre entourage, c'était votre faute, point final. Moi, par exemple, les ressentiments que j'ai pu éprouver concernant mon éducation, je les ai toujours dirigés contre ma mère, et pas contre mon père qui, en dépit du fait qu'il nous faisait vivre, était considéré comme parfaitement inefficace, à l'image de ces hommes que l'on voit dans les dessins de Thurber.

– Des ressentiments ? Vous avez donc mal vécu la façon dont vous avez été élevée ? »

Cette intruse dégingandée réagit à une vitesse proprement stupéfiante ! « Oh, répond Hope lentement, pas si mal que ça. Il y avait bien l'aisance dans laquelle nous vivions… dont je pensais qu'elle venait de l'exploitation des pauvres. Une certaine suffisance aussi, même si je m'habillais exactement comme les autres filles de Shipley. Notre héritage quaker me semblait plutôt terne, sans grand relief... je rêvais d'être catholique, pour avoir tous ces saints et ces statues peintes. Et puis je trouvais que toute l'attention de nos parents allait à mes deux frères, dont on attendait qu'ils s'emploient à quelque chose de sérieux, alors que tout ce qu'on attendait de moi, c'était que je me case en dénichant un mari convenable. Vous voyez, le genre de ressentiments que nourrit toute jeune fille de bonne famille. »

Kathryn comprend que pour Hope le chapitre est clos, du moins pour l'instant, et n'insiste pas. Elle change de position dans le grand fauteuil où Isaac Ouderkirk prenait place pour lire l'*Evening Bulletin*, ses lunettes à double foyer remontées sur le nez, et demande : « Est-ce que vous avez jamais parlé avec Zack d'avoir des enfants ?

– Bien sûr. Il prétendait en avoir très envie.

– Prétendait ?

– Vous savez, Zack avait l'enthousiasme facile, mais en dehors de sa peinture ses passions ne duraient pas. Je lui ai dit que je n'avais pas envie d'élever des enfants avec quelqu'un d'aussi instable. »

En réalité, elle lui avait dit : « Je n'ai pas envie que mes enfants aient un cinglé en guise de père. »

Son visage s'était décomposé, ses yeux s'étaient étrécis. Il avait répondu, blessé : « Personne ne m'a jamais traité de cinglé ! »

L'insistance qu'il mettait à lui parler de son envie d'avoir des enfants avait fait que les mots de Hope avaient dépassé sa pensée, mais elle ne pouvait pas lui demander pardon sans s'exposer à devoir lui céder. S'il avait un côté destructeur, Zack avait aussi un côté patelin, bébé grognon devenu enfant charmeur. Il profitait de sa politesse de jeune fille bien élevée pour finir par l'entortiller. Elle lui avait donc répondu : « Si, le conseil de révision, pour commencer. Tu as obtenu de ton psy qu'il dise que tu étais inapte à la discipline militaire, et personne n'a bronché. »

Le coup avait porté, comme elle l'avait prévu. C'est à peine s'il pouvait parler. « Pauvre connasse, c'était pas aussi simple. »

Elle avait essayé de panser la blessure sous une avalanche de mots. « Je me fiche complètement que tu n'aies pas fait ton service, je suis pacifiste dans l'âme, j'ai été élevée comme ça, mon frère a fini par se faire tuer parce qu'il a refusé de s'abriter derrière les principes quakers, mais je sais que toi, tu ne te fichais pas du tout d'être coincé à New York pendant toute la guerre avec une bande de pédés réformés. Je ne t'en veux pas pour ça, Zack, mais je ne veux pas d'un bébé – ni du tien ni de celui de personne. Nous sommes des artistes. Nous sommes pauvres. Tu es en passe de réaliser de grandes choses et tu as autre chose à faire que de changer des couches. Si tant est que tu en sois capable. »

Ce qui était tout à fait injuste. Les petites tâches pratiques, Zack s'en acquittait souvent fort bien. Et il était prompt à se prendre d'affection pour les enfants, ceux de ses frères ou de leurs amis communs, car nombreux sont les peintres capables de procréer. Lors des après-midi à la plage ou des apéritifs sur la pelouse, quand il y avait dans un coin un groupe d'enfants délaissés, Zack était attiré vers eux et s'approchait en traînant les pieds, son verre à la main, comme si, au fond de lui, il était encore l'un d'entre eux, ou comme une sorte d'oncle dépravé et indulgent. Mais Hope lui avait ôté tout espoir, et ce dans les termes les plus durs, le déclarant inapte à la paternité. Le désir qu'il avait d'un enfant, elle l'avait vécu comme le désir de faire d'elle une mère, qui allait devoir prosaïquement satisfaire aux besoins d'un nourrisson au moment où elle cherchait précisément à retrouver son identité d'artiste, d'esprit indépendant. C'était quand au juste, en 49 ? Même s'il devait être productif pendant encore un an, les belles années de leur mariage étaient terminées ; son refus à elle de satisfaire une envie somme toute bien naturelle les avait éloignés l'un de l'autre. Autant qu'elle s'en souvienne, il avait pris cette rebuffade en plissant les yeux comme un enfant qui, après s'être fait injustement frapper par son père ou sa mère, reste planté là sans bouger, attendant un autre coup et se jurant intérieurement de se venger.

« Un enfant aurait peut-être contribué à le stabiliser, dit Kathryn.

– Ou l'inverse. Et alors nous aurions été deux à souffrir, à veiller des nuits entières à nous demander où il était passé, s'il ne s'était pas fait tuer.

– C'était pourtant l'époque où il ne buvait pratiquement plus.

– Ça lui arrivait encore, certains soirs.

– Vous a-t-il jamais maltraitée ? Vous a-t-il jamais frappée ? »

Hope s'efforce d'être honnête. « Non, pas à cette époque. Plus tard, oui, dans les années cinquante, quand il s'est complètement bloqué. C'était moi qui le frappais à l'occasion, il pouvait être tellement exaspérant, tellement têtu et inaccessible. Mais je crois, ou du moins c'est ce que j'aimerais croire aujourd'hui, que nous étions tout à fait conscients tous les deux que ma violence venait de ce que je l'aimais et que je ne supportais pas de le voir se détruire. Le fait de ne pas me toucher était pour lui une façon de garder ses distances, d'affirmer sa supériorité. En tout cas, c'est comme ça que je le vivais. N'oubliez pas que je n'avais que vingt-sept, vingt-huit ans, et que j'étais encore très romantique. Les psychologues parlaient encore en termes positifs du masochisme féminin. Je n'aurais rien eu contre le fait d'être battue, si ça avait signifié un réel échange.

– Vous deviez avoir vingt-huit ans en 1950, quand il a

fait ces trois immenses toiles, si différentes les unes des autres. Elles me font toujours penser aux trois derniers romans d'Henry James. »

Des chaussures de combat, noires, lacées très haut, et, qui plus est, une jamesienne. Tout compte fait, elle n'avait peut-être pas commis d'erreur en la laissant venir ici, les jeunes ont leurs petites réserves de connaissances, leur surprenante humanité. « Sauf, dit Hope, que James avait soixante ans à ce moment-là, alors que Zack n'en avait pas quarante. Vous croyez qu'il savait qu'il allait mourir jeune ? Les gens me posent souvent cette question, et je ne sais jamais quoi répondre.

– À mon avis, énonce Kathryn, comme si le magnétophone était maintenant destiné à recevoir ses opinions à elle aussi, il avait supprimé les garde-fous. La mort, il la courtisait. Mais cela ne suffit pas toujours, elle refuse parfois de se laisser séduire. Il a eu de la chance, si l'on peut dire, dans son malheur.

– Vous avez une façon de voir les choses ! » Zack, même quand il a fini par être tellement imbibé d'alcool que ses yeux n'étaient plus que deux fentes couleur fauve, continuait à parier dans quelque recoin obscur de lui-même sur une vie suffisamment longue pour lui apporter le rachat d'un dernier chef-d'œuvre. Et il aurait encore été capable de réussir son coup, de réaliser quelque chose de grand, comme il avait réussi à se passer de l'image et de la figure, à ne rien peindre d'autre que la peinture elle-même. Ses mains, elle s'en souvient, étaient parfois étonnamment chaudes, chaudes sur ses hanches et ses fesses dans le lit. Alors qu'elle croyait avoir le sang chaud, dans son petit corps dodu et soigné dévoré de l'envie de plaire, Zack sursautait parfois quand elle le touchait, se plaignant de ce qu'elle avait les mains froides.

« Mais c'est impossible ! disait-elle, blessée.

– Simple question de circulation, expliquait-il. Les

femmes ont un cœur plus petit que celui des hommes. Le sang chez elles a du mal à parvenir jusqu'aux extrémités. » Il lui arrivait si rarement d'expliquer quoi que ce soit que ça l'avait amusée de l'entendre appliquer s es connaissances pratiques à leurs personnes, qu'elle-même n'envisageait d'ordinaire que comme des entités spirituelles assez vagues. Zack, lui, voyait en eux deux bipèdes pleins de tuyaux flexibles.

Kathryn lui sourit, à la recherche d'un compromis. « Il se trouve que j'ai moi-même vingt-sept ans, dit-elle à son aînée. Est-ce que cela fait de moi une romantique ?

– Peut-être plus que vous ne le croyez, dit Hope, qui se sent rougir. Le romantisme est une fonction non de l'esprit mais du corps ; c'est la fièvre qui permet à la nature d'accomplir son travail. »

Comme chaque fois que Hope s'adoucit à son endroit, Kathryn se durcit. « Étiez-vous consciente d'une quelconque contradiction entre l'amour que vous dites avoir éprouvé pour Zack et votre refus de porter son enfant ?

– Oui, bien sûr. Mais j'étais absolument certaine d'avoir raison. C'était pour son bien autant que pour le mien. L'enfant, c'était lui, il fallait qu'il ait ce qu'il voulait, au moment où il le voulait. Zack n'était pas doué pour la réflexion, son imagination ne dépassait pas, pour ainsi dire, les limites de la toile. Comme je vous l'ai dit, cet Allemand était sidéré de voir combien Zack hésitait peu avant de se lancer, réfléchissait peu à ce qu'il faisait. Il n'arrivait pas à comprendre son mode de fonctionnement. Moi non plus d'ailleurs, pour être tout à fait franche. Si Zack avait été tout à fait normal, il n'aurait jamais fait ce qu'il a fait. Il aurait essayé d'intellectualiser, comme Roger et Bernie. Même Onno, en dépit de son pinceau erratique et de son *dérèglement*[1] surréaliste, réfléchissait, se montrait circonspect. Seuls Phil et

1. En français dans le texte *(NdT)*.

Seamus avaient la témérité désarmante de Zack, sa manière d'attaquer directement la toile, et de mettre son âme en péril dans l'aventure. Et tous deux sont morts jeunes – tués par l'alcool, et aussi par les cachets, dans le cas de Seamus. Il était toujours en train d'essayer de faire un régime. Et regardez ses tableaux – la peinture se fait de plus en plus légère, jusqu'à être tellement délayée qu'elle n'existe plus qu'à l'état de traces. Ils disaient qu'ils buvaient pour nourrir leurs visions, mais je crois que c'était parce qu'ils savaient qu'autrement ils n'arriveraient pas à soutenir la même intensité, à continuer à peindre *sans raison* – sans rien à quoi se raccrocher en dehors de leurs mains qui s'agitaient devant eux. »

Kathryn relève le menton, ses yeux protubérants et opaques ont l'éclat de ceux d'un prédateur sur la piste de sa victime. Elle voudrait voir Hope poursuivre dans cette veine analytique, mais, déjà, l'impudence de l'entreprise embarrasse la vieille dame. Le seul fait qu'elle ait survécu à ces hommes l'autorise-t-elle à parler en leur nom ?

« Vous ne vouliez pas d'enfants avec Zack, et pourtant avec Guy…

– Guy était un être sensé, la coupe Hope. Quelqu'un de très équilibré. Le pop art, c'était ça : bon sens, modestie, acceptation du monde tel qu'il est, drapeaux, poubelles, réclames et hamburgers gluants, refus de toute tentative pour faire accoucher le pauvre moi nébuleux d'un impossible miracle. Guy était revigorant, irrésistible ; il me faisait rire, et il faisait rire nos enfants, quand il leur accordait un peu d'attention. Comme il l'a fait au début. Il les adorait.

– Avant d'en venir à Guy…

– N'y venons pas. Il est toujours en vie.

– Mais il a la maladie d'Alzheimer.

– Je sais. Mais nos enfants ne l'ont pas, eux. Je ne

voudrais pas qu'ils aient à souffrir des bavardages inconsidérés de leur vieille mère. »

Kathryn baisse les yeux, le temps de se reprendre. Ses narines se pincent ; sa longue main blanche aux ongles aubergine se tend vers le magnétophone, puis revient se poser sur ses longues cuisses habillées de noir. « Est-ce que je me trompe ou avez-vous bien dit que le fait que Zack ait été déclaré inapte au service avait fait naître en lui, ou avait renforcé, des doutes quant à sa sexualité ?

– Je ne pense pas avoir dit ça, mais d'autres l'ont fait. Ce qu'il faut que vous sachiez c'est que, en dehors de sa peinture, Zack était aussi peu porté sur l'autocritique que sur l'introspection. S'il a eu des expériences homosexuelles, il était probablement trop ivre sur le moment pour s'en souvenir. Il a pu se dire que tout port était bon dans la tempête. Il n'est pas impossible que le fait d'avoir été réformé l'ait beaucoup moins perturbé que je ne m'y attendais. Il était au-delà, peut-être devrais-je dire en deçà, de la politique ; si Hitler ou les Japonais avaient pris le contrôle du pays, je ne suis pas sûre qu'il s'en serait même aperçu, du moins dans un premier temps. Son père avait été un de ces syndicalistes de gauche du début du siècle, et il n'en était guère resté chez Zack qu'une vague méfiance à l'égard du système, pour employer un terme plus tardif. Lors de sa participation au Federal Arts Project, il a pris tout ce qu'on lui offrait, en donnant le minimum en échange. Il ne s'est jamais engagé dans un projet de mural, alors qu'un de ses frères, lui, a participé à la réalisation de celui que l'on vient de restaurer au Marine Air Terminal. Tout ce que Zack a emprunté aux Mexicains, ce sont les symboles archaïques et les grandes dimensions.

– Ce n'est pas tout à fait ce que je voulais dire. J'ai lu des comptes rendus d'interviews et des déclarations d'hommes assurant qu'ils avaient eu des relations sexuelles avec Zack à New York pendant la guerre et qu'il avait participé à des orgies entre hommes.

– Eh bien, dites donc. Plutôt scabreux tout ça. » Hope éprouve soudain un profond dégoût pour cette femme et ses questions – si vulgaire, si prompte à colporter les ragots. Et puis elle s'en veut de s'être laissé entraîner sur un terrain où son honnêteté risque d'être mise à rude épreuve. « Vous êtes en train de me demander, reprend-elle, si Zack avait des tendances homosexuelles prononcées. Comme je vous l'ai déjà dit, il était peu entreprenant, sur le plan sexuel, mais dans ses... rapports avec moi, il n'avait rien d'un homo, je vous assure. (Pourquoi faut-il qu'elle rougisse en disant cela ?) Comme tout bon Américain de cette génération, il était puritain. Un jour, alors que nous habitions encore New York, il m'a demandé de me masturber devant lui, et au bout d'une minute ou deux il s'est retrouvé tellement gêné qu'il a cessé de regarder. » Si c'est bien de ça que l'autre veut parler, elle va en avoir pour son argent. « Nous faisions l'amour... comme un couple hétéro, diriez-vous aujourd'hui, très souvent au cours de nos premières années à Long Island, moins souvent à partir de 49 environ, et les dernières années, quand il voyait cette groupie pitoyable, pratiquement plus du tout. Nous étions alors comme deux animaux enfermés dans la même cage, toutes griffes dehors, prêts à nous entretuer. Mais, le jour même de sa mort, il m'a fait envoyer des fleurs à mon hôtel à Venise. Dans le télégramme, il disait : "Tu me manques." Il avait signé "Hopeless [1]".

– Ce télégramme, il est où ? J'aimerais bien y jeter un coup d'œil.

– Mon Dieu, disparu depuis bien longtemps. Je ne pense même pas l'avoir rapporté dans mes bagages,

1. « Désespéré » ou « incorrigible » ou « irrécupérable », mais aussi « sans Hope » *(NdT)*.

parce que le lendemain j'en recevais un autre, qui m'annonçait sa mort. »

Mensonge éhonté. Les deux télégrammes sont au premier, dans le tiroir d'un classeur métallique, où ils voisinent avec les comptes rendus de vieilles expositions d'elle, de Zack et de Guy, les lettres inquiètes de sa famille du temps où elle était seule à New York, pendant la guerre, la coupure du *Public Ledger* relatant ses débuts dans le monde en 1939 et même son annuaire de Shipley avec les autographes des filles qu'elle y connaissait. Pourquoi irait-elle fouiller dans ses tiroirs pour que cette fouineuse puisse voir et tripoter ces antiques reliques – bandes de télétype collées sur du papier jaune prêt à se désagréger, la qualité la moins chère, dotée d'une durée de vie très courte – qui, un jour, avaient eu le pouvoir de lui couper littéralement le souffle ? Le second avait été un tel choc qu'elle avait bien cru ne pas y survivre. Le premier, Zack ne l'avait destiné qu'à son seul regard. Son cœur avait bondi à la lecture des premiers mots et du timide calembour sur son prénom, avant de sombrer à nouveau à l'idée de ce qui arriverait si elle rentrait le retrouver, lui pesant de tout son poids d'ivrogne sur son existence à elle, et incapable de contrôler sa propre vie. Partagée entre pitié et méfiance, elle était restée à la fenêtre de sa chambre d'hôtel, le Danieli, à regarder le Grand Canal labouré par les vaporetti et les péniches, quelques voiles se détachant au-delà de San Giorgio Maggiore sur le scintillement de la mer et la foule des touristes, Américains et Allemands déjà impossibles à distinguer les uns des autres en 1955, tous uniformément prospères, blonds et lisses, les vaincus de parfaites reproductions des vainqueurs, tous longeant de concert le large trottoir pour une visite de rigueur au pont des Soupirs, et l'inévitable petit frisson à l'évocation des tourments des pauvres prisonniers dans leurs fers.

De l'autre côté des fenêtres, on ne voit plus les oiseaux et l'air est lourd de silence. Les petits nuages ont changé de forme et de couleur : leur partie inférieure aplatie, d'un bleu plombé, leurs crêtes blanches, en forme de chou-fleur. Hope se demande si une invitation à déjeuner mettrait un terme à l'entrevue, qui se fait de plus en plus pesante. C'est un âge sans vergogne que celui-ci, où quand on a commencé à violer l'intimité d'autrui on s'arroge de plus en plus de droits, à la manière d'un cambrioleur qui se mettrait à déplacer les meubles pour mieux se moquer du décor : un comble tout de même qu'elle se voie dans l'obligation d'assurer que ses rapports sexuels avec Zack étaient normaux et de se décrire nue, couverte seulement de graisse et de poussière de charbon. À moins que ce ne soit d'elle-même qu'elle ait évoqué cet épisode, prenant plaisir à sentir à nouveau le souffle de l'air sur son ventre dénudé lors de cette folle soirée new-yorkaise ? Ruk la trouvait exhibitionniste, alléguant la facilité et la promptitude avec lesquelles elle se déshabillait pour poser, et l'appelait sa « Pocahontas quaker », tandis que Bernie, dans son atelier-chambre à coucher de campagne qui sentait le bois fraîchement coupé, la taquinait en l'appelant sa Renoir aux cheveux roux. Elle avait effectivement pris quelques kilos à l'époque, quand, aux abords de la trentaine, elle avait commencé à boire pour tenir compagnie à Zack et masquer sa détresse de femme mariée.

« Kathryn, puis-je vous offrir une petite collation ? Je ne sais pas au juste ce que j'ai – des tranches de dinde fumée pour faire un sandwich ou une boîte de thon que je pourrais mettre en salade… Vous devez être affamée. Moi, je le suis.

– Oh, quand je m'intéresse vraiment à ce que je fais, dit la jeune femme, soudain saisie de l'envie de se faire mousser, j'oublie complètement de manger. Et puis, vers quatre heures de l'après-midi, je commence à me demander pourquoi j'ai cette sensation de vertige. Mais vous qui vous levez si tôt et… »

Et qui êtes vieille et fragile, tel est le sous-entendu, *et avez si peu de plaisirs dans la vie en dehors de la nourriture*. La nourriture et les souvenirs. Qu'est-ce donc, dans notre passé, que nous nous obstinons à vouloir retrouver, quel trésor perdu dans notre précipitation à vivre l'instant, à vivre les jours qui, une fois passés, acquièrent la majesté d'un témoignage éternel – j'y étais, voilà ce que j'ai fait, en ce temps-là les choses étaient comme ça, j'étais belle et pleine de promesses, promise à un avenir radieux ?

« Non, ça va, affirme vivement Hope. Allons jusqu'au bout de la bande. Notre ligne ne s'en portera que mieux si nous ne mangeons pas. Allez, demandez-moi le pire.

– À propos de cette "groupie"… Vous avez lu son étude ? C'est meilleur que ce à quoi on aurait pu s'attendre, et elle présente une image de Zack assez différente de celle que vous donnez, vous. Intelligent et même raffiné, un homme du monde, et pas seulement du monde de l'art.

– Intelligent ? Tellement intelligent en fait qu'il l'aurait tuée elle aussi si elle n'avait pas été projetée hors de la décapotable quand il a quitté la route. L'amie qui l'accompagnait n'a pas eu autant de chance, elle s'est retrouvée écrasée sous la voiture quand celle-ci a fait un tonneau. Mais pas Zack, lui, il est allé percuter le tronc d'un chêne comme un boulet de canon humain. Le cercueil est resté fermé pendant le service tellement sa tête était en bouillie. » « Bouillie », le mot l'arrête net, il a le goût amer du regret, ce mot qu'utilisait souvent Zack pour parler d'une toile dans laquelle il était allé trop loin dans sa tentative pour accumuler les couches et faire disparaître toute trace de l'image, ce qui l'obligeait à découper certaines sections avec une lame de rasoir de façon à réintroduire la vie dans la toile. « Non, je n'ai pas lu le livre de la groupie. Ce ne pouvait être que l'œuvre partisane d'une personne quasiment illettrée.»

Kathryn a l'air surprise: le ton adopté par Hope est nouveau pour elle, et les termes employés en dehors du vocabulaire critique habituellement neutre dont elle a l'habitude. Du geste de quelqu'un qui cherche à mieux entendre, elle repousse et lisse les longues mèches de cheveux noirs au-dessus de son oreille et répond sur un ton conciliant: «Ce ne serait pas forcément une expérience pénible pour vous que de lire ce livre. L'auteur dit, entre autres choses, que, une fois que vous avez eu signifié votre ultimatum à Zack et que vous êtes partie pour l'Europe, elle a emménagé avec lui, dans l'idée de vous remplacer, mais elle n'avait pas passé une semaine dans la maison, la plupart du temps en petite culotte – manifestement, il faisait très chaud cet été-là –, qu'il est devenu littéralement insupportable. Il refusait de toucher aux repas élaborés qu'elle lui préparait, s'obstinait à ne pas prendre sa défense quand vos anciens amis la snobaient, et buvait sa caisse de bière dans la journée. Ils ne faisaient pas l'amour. Quand il la regardait, il ne voyait que vous, d'après elle. Elle avait dit à son amie qui est morte dans l'accident que ça ne marcherait jamais, même s'il était tout ce qu'elle avait toujours désiré, un grand artiste. Elle parle tout au long sur le ton d'une fan éblouie par son idole, mais reconnaît qu'elle se voyait mal continuer à vivre avec lui. Vous étiez encore trop présente.

– "Pitoyable", c'est bien ce que j'ai dit», conclut Hope, d'un ton lui-même sans pitié. Mais vraiment, Kathryn devrait cesser de lui servir ces vieilles salades, peut-être appréciées, à une époque, par les colporteurs de ragots et les familiers du monde de l'art, mais aujourd'hui, pratiquement cinquante ans plus tard, totalement insipides. Pendant une quinzaine de jours, Zack avait fait preuve avec… comment s'appelait-elle déjà ? un prénom de garçon… Meredith de la dureté inconsciente qu'elle avait supportée, elle, pendant dix ans. Hope n'avait pas attendu que Zack se mette en quête d'une autre femme, ou que cette Meredith l'ait déniché dans ce repaire de célébrités qu'était devenu le Cedar Tavern, pour comprendre que son mariage était fichu. Tant qu'il peignait, gesticulant avec ses pots de peinture émail diluée au-dessus de grands rectangles de toile qui acceptaient que des écheveaux d'aluminium, lavande, marron et blanc, se transforment en un miroitement dynamique, deviennent atomes, souffle, profondeur mouchetée de l'air; tant que ses expositions annuelles chez Peggy d'abord, puis chez Betty, une fois que celle-ci, non sans réticence, eut repris à son compte le contrat de misère que Zack avait passé avec Peggy, laquelle avait plié bagage pour partir en Europe, étaient fidèlement signalées dans les revues et classées parmi les meilleures de l'année; tant qu'il arrivait à vendre une œuvre de temps en temps et que la rumeur publique le consacrait comme artiste majeur; tant que, pour tout dire, il y avait à faire un travail que, seul entre tous, il était capable d'accomplir, son égocentrisme avide et hébété restait encore supportable, et elle arrivait à assumer son rôle de collaboratrice et à croire que le don quotidien qu'elle faisait d'elle-même était consigné dans quelque grand livre de comptes céleste doré sur tranches. Mais quand, à la suite du film tourné par cet Allemand, Zack s'était remis à boire pour de bon, et qu'elle s'était remise, elle, à sa peinture dans cette petite pièce mal éclairée du premier, parce que c'était la seule façon qu'elle avait de se construire un avenir un tant soit peu stable, alors son mariage s'était montré sous son vrai visage et l'avait terrifiée. Un beau jour, en milieu de matinée, à cette heure où, dans les premiers temps de leur installation à Long Island, ils auraient été occupés à travailler dans leur jardin, désormais envahi par les mauvaises herbes, avec une clôture qui s'affaissait et un portillon, œuvre de Zack, à moitié pourri, qui refusait de s'ouvrir, il avait gravi l'escalier d'un pas lourd pour venir dans son « atelier », avait regardé la toile encore fraîche posée sur le chevalet, puis toutes les autres, sèches et raides, entreposées le long des murs, et avait fini par dire, l'élocution embarrassée : « Pas mal. Pas génial, mais pas mal. »

Quand elle lui avait répondu, elle avait mis dans sa voix plus d'agressivité qu'elle n'aurait voulu. Mais elle était sur son terrain ici, si exigu qu'il fût. « En tout cas, moi j'essaie. Je ne me réfugie pas dans l'alcool et je ne passe pas mon temps à foncer dans une vieille Olds pour aller embêter nos amis. Du moins les rares qui nous restent. » La Ford avait été remplacée par une espèce de grand bateau blanc, une Oldsmobile d'occasion décapotable, au volant de laquelle Zack était plus que jamais un danger public, sans parler d'être un danger pour lui-même.

« Mais, putain, de quoi tu parles ? dit-il, donnant effectivement l'impression de ne pas savoir.

– De toi, Zack. C'est de toi que je parle.

– Et ces soi-disant amis, je les embête, c'est ça qu'ils disent ?

– Ils n'ont pas besoin de le dire. Tu n'as qu'à les regarder quand tu débarques chez eux. Regarde la manière dont les gens dans les soirées filent à l'autre bout de la pièce pour t'éviter, quand tu cherches la bagarre.

– Qu'ils aillent se faire foutre. C'est qui ces gens ? dit-il en baissant les yeux, gêné.

– Roger. Onno. Bernie. Bernie m'a dit que s'il te supportait encore, c'était uniquement pour moi. Jusqu'à Clem, qui était ton plus chaud partisan il n'y a pas si longtemps et qui est persuadé qu'il t'a rendu célèbre en te fournissant la théorie dont tu avais besoin pour fonctionner, jusqu'à Clem qui t'évite, aujourd'hui.

– Il m'a débiné dans son dernier article.

– Il se fait du souci pour toi, c'est tout. Il voudrait te voir te remettre au travail. Sérieusement. » De sa présence si proche émanait un lourd parfum de danger ; elle entendait sa respiration, qui se ressentait encore de la montée jusqu'à l'étage, pratiquement dans son dos, tandis qu'elle essayait d'appliquer une longue touche garance bien lisse pour équilibrer une tache rouge dans la partie supérieure du tableau, comme un soleil qui essaierait de percer la brume de mer. Elle était partie sur l'idée d'une toile violente, débridée, tout en *push and pull*, mais à l'exécution cela donnait quelque chose de vaporeux, tout en demi-teintes, composé avec un soin et une rigueur dont elle n'arrivait pas à se défaire.

« Clem est un salaud. C'est moi qui l'ai fait ce qu'il est, et pas l'inverse. Roger, lui, c'est une pédale. Putain, le seul côté positif, c'est que tu aies arrêté de l'imiter, tout ce blanc éteint, ces portails de la vie et autres conneries du même genre. »

L'humour de la remarque, pour grossier qu'il fût, trahissait un désir d'être conciliant. Hope profita du répit que lui procurait ce relâchement de la pression maladroite exercée par Zack pour essayer de voir si cette traînée écarlate insufflait au reste de la toile cette vie qui, selon Hochmann, devait jaillir de la tension entre les couleurs.

Zack surprit la direction de son regard, qui se détournait de lui, et lui en voulut. « Ça pue, si tu veux mon avis, lui dit-il. Ça pue le paysage. Bon Dieu, mais ce soleil qui essaie de percer à travers les nuages gris, c'est de la merde. Et là, tiens, c'est notre foutue maison, et là, la grange, et ces tortillons, bon Dieu, ça peut être que nos arbres. » En gesticulant, ses doigts avaient éraflé la peinture toute fraîche, et il s'essuya la main sur sa blouse. Certes, la blouse était couverte de peinture, mais son geste la mit dans une rage folle.

« Ne me touche pas, espèce de poivrot dégénéré. Et ne viens pas coller tes doigts sur ma peinture. Tu ne sais même plus ce que tu fais. »

Le pli entre ses sourcils se creusa davantage. « J'suis un poivrot et toi, t'es une connasse, lui précisa-t-il, avec la superbe tranquille de l'alcoolique. Les connasses, ça peint pas. Tu vois, y a les pots et les pinceaux. Et les pots, ça peint pas. Ça se dresse pas. Les bâtons et les pinceaux, si, c'est raide, ça peut peindre. Tiens, regarde. » Il s'empara d'un pinceau qui se trouvait dans la rainure du chevalet et, le tenant à l'envers, l'écrasa sur la peinture humide, y imprimant un de ses hiéroglyphes pâteux.

« Zack, je t'ai dit de pas mettre tes pattes sur ma toile, merde !

– Mais je fais que lui donner de la valeur. Regarde, je vais la signer, ça sera ma p'tite contribution à moi. *Le* morceau inestimable. Comme ça, un jour, elle vaudra un million de dollars. » Il s'était penché, la respiration sifflante, pour gribouiller sa signature informe du mauvais bout du pinceau en travers de sa traînée écarlate encore fraîche. Cette signature, elle ne l'avait jamais aimée, elle lui faisait l'impression d'être celle d'un analphabète. Elle écarta sa tête d'un coup de coude, et la manche de sa blouse laissa une tache de peinture sur le devant luisant de son crâne. Elle avait dû lui faire mal avec son coude, parce que ses yeux se mirent à larmoyer et s'étrécirent jusqu'à ce que toute couleur en disparaisse. « Eh, la petite conne, la bêcheuse de mes deux, lui dit-il, voulant encore, en dépit de son état comateux, jouer au professeur avec elle, le plus grand peintre au monde va te donner un conseil. Écoute bien. Ton truc, c'est de la merde. Du caca pseudo-figuratif. T'as jamais rien compris, Hope. Et ton héros, Hochmann, est un charlatan de Boche qu'a jamais rien compris non plus. Ça, pour bavasser, y sait faire, mais il a jamais eu assez de couilles pour être un vrai peintre. T'es exactement comme lui, tu réfléchis trop pour pouvoir entrer dans ta putain de toile.

– Laisse-moi tranquille, Zack. Laisse-moi peindre une heure par jour, et je serai ton esclave le reste du temps. Une heure, je ne t'en demande pas plus. Je suis coincée ici avec toi, avec pour toute compagnie ces pauvres cloches du Lemon Tree – tu as éloigné tout le monde, on ne nous invite plus jamais nulle part ; que ce soit chez Onno ou chez Bernie, un silence de mort s'installe dès que tu entres en titubant dans la pièce. »

C'était devenu un refrain chez elle, parce que s'il pensait que c'était vrai, elle savait pouvoir lui faire mal. En dépit de tout, il continuait à se prendre pour un charmeur, le petit frère, le chéri de sa maman, et il s'obstinait à dénigrer sa peinture parce qu'il savait que c'était chez elle une zone sensible, qu'il la savait particulièrement vulnérable dans ce domaine. Il ne songeait qu'à une chose : frapper, attaquer ; il était comme un ces bourdons qu'il noyait dans ses coulées de peinture ; la peinture durcissait et le corps velu et desséché de l'insecte se trouvait momifié à jamais. « Pauvre conne que tu es, à réfléchir pour essayer d'entrer dans la toile. Arrête donc de penser. Et arrête de rester debout là devant. Y va rien se passer. Putain, t'attends quoi pour descendre faire un peu de ménage, cette baraque est une vraie porcherie. Ma mère, la dernière fois qu'elle est venue…

– Laisse ta mère où elle est, tu veux ? Tenir sa maison, c'est tout ce qu'elle a jamais su faire. Elle a toujours cru qu'il suffisait de crocheter des napperons en quantité pour que tout ait un air respectable, mais vous ne l'étiez pas, respectables, vous n'étiez qu'une bande de voyous indisciplinés dont le père était parti et qui eux-mêmes se sont empressés de vider les lieux à la première occasion. La seule chose qu'elle ait jamais aimée, ta mère, c'est l'apparence de la respectabilité, faire croire qu'elle valait mieux que ce qu'elle était en réalité.

– Ma mère était une femme sacrément courageuse. Elle se débrouillait pour nous nourrir et nous habiller avec l'indemnité de chômage de Papa, et sa maison, elle la tenait foutrement bien. Les autres gamins voulaient toujours venir chez nous, tellement c'était chouette. Elle leur donnait des gâteaux, qu'elle faisait elle-même. C'est sûr qu'elle vivait pas dans une belle maison de riches, bourrée de domestiques, elle devait tout faire elle-même. Ce que t'arrives pas à te fourrer dans le crâne, c'est que des domestiques on n'en a pas, les domestiques ici, c'est nous.

– Tu veux dire que c'est moi, oui, et moi seule. C'est moi qui fais la cuisine, les lits, le ménage, et qui en plus tonds la pelouse depuis que tu as laissé tomber et que tu ne fais plus que boire. Si la baraque a tout d'une porcherie, c'est parce qu'il y a un porc qui vit dedans, et le porc, c'est toi. Un porc bourré comme un coing. Pas étonnant que nos amis ne veuillent plus nous voir. Nos ex-amis, devrais-je dire. Tes collègues. On leur fait pitié, Zack.

– Je suis le plus grand peintre au monde, et ils le savent. Ce journal italien a dit que j'avais fait de Picasso un homme du passé, comment c'était l'expression, *povero Picasso* ? Écoute, espèce de pauvre conne. Ma mère, tu lui arriveras jamais à la cheville. » La fureur avait un instant dissipé les brumes de l'alcool dans son cerveau, mais il recommençait à divaguer et à tituber.

« Sors de cette pièce, s'il te plaît, dit Hope. C'est mon *povero* petit atelier à moi, c'est sombre, minuscule, mais c'est à moi, le seul endroit où je trouve encore un peu de calme et de respect de moi-même. »

Zack se tenait là, bourdon englué dans la peinture, l'air perplexe, de toute évidence, en train de se creuser la tête pour trouver quelque argument massue, quelque principe moral adapté à la situation, car l'allusion à sa mère lui avait sans doute rappelé qu'il y en avait toujours un. « La place d'une femme, finit-il par sortir, c'est derrière un balai ou dans un lit, sur le dos. » Un truc qui semblait sortir tout droit du Lemon Tree.

« Ah, vraiment ? dit Hope. C'est comme ça que tu me veux ? Sur le dos ? Eh bien, mais qu'est-ce qu'on attend, mon grand, ça fait des lustres que ça ne nous est pas arrivé. Donne-moi juste le temps de nettoyer mes pinceaux et de mettre mon diaphragme.

– Ça va, ça va, laisse tomber.

– Zack, tu ne vois pas que tu n'es même plus capable de baiser ? Il faut te faire soigner, mon vieux.

– Quand on baise, c'est pour avoir des enfants.

– Nous y revoilà. Comme si tu étais en état d'être père. Quand on baise, c'est pour trouver un certain équilibre, un équilibre psycho-affectif.

– Ah, tout de suite les grands mots, hein ? Va te faire foutre, Hope. T'es pas mon psy. » Mais elle semblait avoir réussi à s'en débarrasser ; il commençait à lui tourner le dos. « Va-t'en baiser avec quelqu'un d'autre », ajouta-t-il.

Ils ne tarderaient pas à atteindre le point de non-retour. « Non, Zack, attends. Tu ne penses pas vraiment ce que tu dis. Et moi non plus, d'ailleurs. Mais comprends-moi, si je me sens tellement frustrée, c'est uniquement parce que je t'aime.

– J'te le répète, trouve-toi un autre mec avec qui baiser. Et cesse de me prendre pour un cas. »

Il faisait presque face à la porte, mais il se retourna pour la regarder et lui offrir un visage bouffi, taché de rouge garance sur le haut du front, là où elle l'avait frappé du coude, mais donnant toujours, avec ses trois fossettes, ses petites masses de muscle, une impression d'amabilité et d'énergie virile. « J'suis pas un cas, bordel », répéta-t-il, ne trouvant rien d'autre à dire, et essayant sans succès de fixer son attention sur elle. La flamme et le désir de réconciliation qui venaient de se raviver en elle furent étouffés par l'horreur de ce qu'elle voyait : il se moquait éperdument de ce qui pouvait lui arriver. Elle ne comptait plus pour lui. Elle était devenue un simple bruit de fond à son oreille, un obstacle à sa vue ; tout ce qui lui importait, c'était cette quête obsédante, celle qu'il menait dans la grange, où, désormais, il ne trouvait plus rien. À une époque il pouvait rester assis des heures à regarder, l'œil fixe, les toiles en cours, mais après il entrait en action, il peignait. Maintenant, il ne faisait plus rien. Il était bloqué, victime d'un cerveau abîmé par l'alcool, et elle ne lui était plus d'aucun secours, elle n'était rien pour lui, simple silhouette dans un brouillard si épais que sa présence passait inaperçue ; s'il éprouvait un sentiment pour elle, c'était de la haine, parce qu'elle n'arrêtait pas de l'importuner, comme une mouche qui vient bourdonner autour de vous, se pose sur votre poignet, vos lèvres et déclenche une démangeaison insupportable ; il avait besoin de silence et de calme, tout ce qui lui importait, c'était l'art, ce feu qui couvait au fond de la caverne, le reste du monde n'était qu'illusion, distraction intempestive, et il se débarrassait d'elle d'une pichenette, comme de cette mouche, sans même remarquer qu'elle partait tant son attention était ailleurs, tout entière consacrée à sacrifier l'ordre et la décence du quotidien à la flamme opiniâtre, obsessionnelle de son art, son art égoïste, ridicule. Les derniers temps, son blocage l'avait fait revenir à l'image dans certaines toiles noir et blanc, visages, silhouettes, griffonnages qui ne faisaient que souligner ce que les *drippings* avaient si bien réussi à camoufler : son inaptitude au dessin. Ce visage qu'elle avait toujours trouvé beau, avec son froncement de sourcils perplexe, ses yeux fauves toujours en éveil, n'était plus pour elle désormais qu'un mur, une façade aveugle contre laquelle

elle avait le sentiment d'avoir précipité et démoli sa jeunesse. Aujourd'hui encore, le souvenir de cette brusque révélation lui met un goût amer à la bouche, le goût d'une eau saumâtre qui sort du robinet après avoir voyagé des kilomètres dans des canalisations rouillées.

« Je suppose que ça devrait me faire plaisir de savoir qu'il n'a pas réservé un meilleur sort à Meredith, qu'il l'a traitée d'une façon tout aussi lamentable, dit-elle à Kathryn ; il reste qu'elle n'a pas eu de chance, la pauvre, elle ne l'a connu que quand il était irrécupérable, elle n'a jamais connu le Zack qui pouvait être à jeun, qui travaillait dur, adorait le plein air et les enfants. Sur la plage, il les prenait à l'écart et construisait pour eux des tours en galets ronds ; cet Allemand a pris des photos de certaines d'entre elles, comme s'il s'agissait d'œuvres d'art. Mais peut-être que je me répète ? » Elle sourit pour endiguer le goût qui lui est monté à la bouche, un goût amer de défaite. « Et peut-être bien que c'étaient des œuvres d'art – des sortes de Tanguy. Il m'arrive de penser, Kathryn, que l'art, qui a été toute ma vie, vous le savez, ne produit que du transitoire, du jetable. Quand je vais dans les musées maintenant et que je regarde ces toiles démesurées et prétentieuses peintes par Zack, Phil ou Jarl, je me dis qu'elles ont l'air usées – les tableaux de Phil, notamment, se sont craquelés et gondolés, le noir ressemble à du goudron qui aurait séché au soleil sur un toit en terrasse ; quant aux couleurs de Seamus, elles ont subi une altération chimique, et cette merveilleuse impression qu'elles donnaient d'un flottement aérien n'est pratiquement plus là, les roses et les saumons apparaissent maintenant crayeux, racornis, ils ont perdu toute fraîcheur, et même la peinture à l'aluminium dont Zack se servait tant à la fin des années quarante s'est ternie, j'en ai parlé aux conservateurs qui disent qu'on ne peut rien y faire. Et pourtant je me souviens d'un temps où ces toiles vous explosaient littéralement à la figure. » Hope regarde Kathryn droit dans les yeux, comme si elle la mettait au défi de mettre ses paroles en doute. Elle soupire et poursuit : « Ce n'étaient pas des Vieux Maîtres. Ils n'étaient pas non plus comme Picasso : les tableaux cubistes que lui et Braque ont peints côte à côte dans ce petit village des Pyrénées en 1910, comment s'appelait-il ? – Céret – sont aussi frais qu'au premier jour, je les ai regardés la dernière fois que je suis allée au MoMA, il y a quelques années... plus que quelques années, à bien y réfléchir. Zack et les autres étaient condamnés à ne pas durer, ils ne préparaient pas eux-mêmes leurs pigments ni n'avaient d'élèves pour le faire à leur place, ils prenaient les fournitures qu'ils trouvaient dans les magasins à l'époque et ne se préoccupaient guère du sort que pourrait leur réserver la postérité, peut-être étaient-ils même convaincus, en raison de la bombe atomique, que le monde n'avait pas d'avenir, ni proche ni lointain ; d'une certaine manière ils étaient des praticiens de l'*art performance*, cherchant à produire un effet dans l'instant, sans prétendre à quoi que ce soit d'éternel. Bernie était un peu différent, il restait attaché aux méthodes traditionnelles. Il peignait lentement, sur des toiles calibrées. Quand je suis retournée au MoMA, la fois dont je parle, les deux ou trois grands Nova que possède le musée m'ont paru ne pas avoir bougé d'un poil, et m'ont fait l'effet de vieux amis très chers.

– Vous êtes connue, lui dit Kathryn, pour n'avoir jamais beaucoup apprécié l'*art performance*.

– Eh bien... D'un côté, je dirais que l'expression est – comment dit-on ? – une tautologie : tout art est performance, depuis les peintures rupestres jusqu'à nos jours. De l'autre, telle qu'on l'entend d'ordinaire, elle va à l'encontre de ma conception de l'art. C'est la vie qui est la performance, l'art est ce qui survit à la vie. Ce qui est bien entendu la raison d'être de l'*art perfor-*

mance : il n'a pas d'autre but que de contrarier les vieux fossiles comme moi. Mais lui-même s'est démodé très vite, non ? »

Kathryn ne répond pas ; elle pose une autre question, sur un ton censé ne différer en rien de celui de la précédente, mais, à l'oreille de Hope, mal dissimulé sous un vernis protecteur, une sorte de durcisseur transparent destiné à neutraliser son entrée dans une région plus intime du souvenir. « Qu'a représenté pour vous votre relation avec Bernie Nova ? »

Hope ne lui donne pas la satisfaction d'une longue attente. « Une simple transition, dit-t-elle d'un air détaché. Bernie m'avait toujours taquinée, je savais qu'il m'aimait bien, on le savait tous, et, après la mort de Zack, peu nombreux étaient les anciens du Cedar Tavern, il faut le dire, qui avaient encore envie de me fréquenter. Ils étaient jaloux de la célébrité de Zack, lequel, du jour où sa tête s'est écrasée contre cet arbre, est devenu *le* peintre de son temps, tout à la fois acteur et symbole, alors qu'il avait été vers la fin un tel ivrogne, un tel malotru qu'une sorte d'opprobre s'attachait également à sa veuve. J'avais à peine trente-trois ans à la mort de Zack… et devant moi un grand vide. » Elle sent que sa voix devient rauque et essaie de s'éclaircir la gorge, de la débarrasser de cette boule de détresse qui vient de remonter. « Bon sang, dit-elle, en riant au moment où ses yeux s'embuent et où le visage sévère de Kathryn devient flou, j'ai un de ces chats dans la gorge, tout d'un coup. Je n'ai pas l'habitude de parler aussi longtemps. Nous devrions manger un morceau.

– Avant, insiste Kathryn, il y a une chose sur laquelle j'aimerais revenir. Vous parlez des cinq dernières années de Zack comme d'un véritable désastre, mais les critiques qui se sont penchés sur son travail de l'époque sont d'un avis différent. Et un de ces biomorphes noir sur blanc s'est vendu presque trois millions de dollars chez Sotheby l'an dernier.

– Pauvre Zack, il n'en a jamais vraiment vu la couleur de tout cet argent. Nous avons toujours vécu sur ces minables allocations.

– *Angel Bower* s'est retrouvé sur un timbre-poste, comme vous le savez, dans la série "artistes de l'après-guerre". J'ai toujours aimé ce retour à des couleurs à la Matisse.

– C'est moi qui ai trouvé le titre, c'est une des dernières toiles qu'il m'ait laissée baptiser. Il y avait ce coin ombragé où il avait accroché un hamac, sous l'érable argenté, de ce côté-ci de la grange. Mais le tableau ne vous a pas donné l'impression d'un – comment dire ça sans être méchante ? – d'un gribouillage ?

– Non, je le trouve très abouti. Et le grand panneau vertical qu'il a fait en 54, *Number 61*, ces langues dansantes qui viennent pénétrer la noirceur du centre, les critiques y ont vu un hommage à Jarl Anders, mais je trouve que c'est bien meilleur qu'Anders, il y a là-dedans ce qu'on ne trouve jamais chez Anders, l'expression d'une passion, d'un doute, d'une lutte incertaine pour atteindre quelque chose, au-delà de la toile. Chez Anders, à mes yeux, tout se passe comme si rien ne résistait jamais.

– Jarl était fils de pasteur. Il envoyait à Zack des lettres complètement folles, pleines d'obscénités, où il lui disait de garder son intégrité, de mener le bon combat, de révolutionner l'humanité, de se débarrasser des usuriers de l'art, et tout ce qui s'ensuit, et Zack prenait tout ça pour des encouragements adressés au meilleur de lui-même, ce dont pratiquement personne ne lui faisait l'honneur de supposer l'existence, tellement ils étaient tous jaloux de sa célébrité et dégoûtés par son alcoolisme et sa grossièreté. Je crois que Jarl, d'une certaine manière, lui rappelait Benton – un de ces phallocrates bourrus, purs produits de l'Amérique profonde. Et puis les problèmes de Zack après 1950 semblent avoir confirmé on ne peut mieux l'opinion de Jarl selon laquelle la société était un piège totalitaire et la communauté artistique irrémédiablement corrompue. Jarl voyait la peinture comme un problème de conscience, ce qui ne pouvait manquer de plaire à Zack, avec sa façon intense, mais aussi fragile de travailler. Mais quand Zack prenait la vieille Oldsmobile – il n'a jamais eu une voiture neuve, jamais, vous vous rendez compte, juste la Ford au début, et plus tard cette espèce de monstre qui devait consommer dans les vingt, vingt-cinq litres au cent et au moins un litre d'huile chaque fois qu'on faisait un plein – pour aller voir Jarl et Frieda dans leur maison d'Amagansett, là où Jarl travaillait dans son église méthodiste désaffectée, Jarl refusait de sortir de dessous sa Jaguar, qu'il était sans arrêt en train de bricoler. Frieda avait un peu d'argent, ce qui n'était pas mon cas. Mon père était toujours vivant, et mon frère aîné, celui qui n'avait pas été tué à la guerre, était resté à Philadelphie ; tous deux désapprouvaient mon mariage avec Zack, en qui ils ne voyaient qu'une brute imbibée d'alcool, ils n'arrivaient pas à comprendre ce que je pouvais bien lui trouver. Et puis si vous voulez vraiment tout savoir, Kathryn, il ne restait plus grand-chose de la fortune familiale, mon père ayant bu une grosse partie de l'héritage de mon grand-père. Seigneur, où en étais-je ? Ah oui, Jarl. Son espoir, c'était d'arriver à éliminer toute influence européenne de la peinture américaine, autant vouloir éliminer toute trace de sang européen dans la population du pays. Il voyait dans le travail de Zack un exemple d'" impressionnisme démêlé". Il était très drôle et très caustique, mais c'était un des rares hommes, je dois le dire, parmi ceux que je connaissais à l'époque, à ne pas m'attirer physiquement. Il était grand et dégingandé, il avait le teint jaune, le cheveu terne et des dents de lapin. Et une de ces façons de vous regarder ! J'avais chaque fois l'impression de me ratatiner. Lui non plus ne m'aimait pas. Il voyait en moi une sorte de "playgirl". Un émissaire du diable. »

Kathryn se penche avec précaution pour vérifier le fonctionnement du petit magnétophone gris et constate avec satisfaction qu'il continue à ronronner tranquillement. « Hope, pourrions-nous revenir un instant à votre relation avec Bernie Nova ? »

Cette soudaine familiarité fait bondir Hope sur ses pieds, mouvement d'une violence tout à fait inhabituelle chez elle ; délesté de son poids, le rocking-chair aux multiples essences bascule vers l'arrière. Hope a les genoux douloureux, la gorge sèche, et le vide pèse sur son estomac comme un cachet qu'elle n'arriverait pas à digérer. « Ma chère, dit-elle, tout cela est si vieux. Allons donc grignoter quelque chose, vous devez avoir une faim de loup. »

Elle a beau ne pas être grande, le fait d'être debout change sa vision de la pièce, si bien que le petit salon, cet espace exigu, avec ses quelques meubles et ses fenêtres aux meneaux délicats, prend soudain une allure étrange : le manteau de la cheminée, de couleur crème, imposant, en dépit de ses dimensions réduites, avec ses deux colonnes ioniques ; la pendule dorée qui l'orne, flanquée de deux bougeoirs en cuivre et, dans un cadre en argent, d'une photo en couleurs aux teintes passées représentant ses trois enfants à l'époque, il y a trente ans, tous âgés de moins de dix ans, en costume de bain, sourire aux lèvres, au bord d'une piscine turquoise dans le Connecticut ; la table en noyer, la boule bleue toute ronde de son pied de lampe en céramique et les quatre dessous de verre en liège empilés tels des jetons de poker géants ; le fauteuil écossais et un lampadaire rouillé d'un âge tout aussi vénérable, dont l'abat-jour noirci, représentant un setter à l'arrêt, semble avoir été calciné ; le tapis ovale fait de boudins en patchwork multicolore ; les lames du parquet peintes en rouge sombre et d'une largeur qu'on ne trouve plus aujourd'hui ; les murs en plâtre, nus et subtilement irréguliers, pauvrement habillés de quelques petites gravures abstraites, cadeaux de vieux amis aujourd'hui disparus ; contre l'un d'eux, une bibliothèque trop étroite pour contenir tous les livres d'art qui débordent des rayons du bas. Tout semble empreint d'étrangeté, de cette étrangeté que la vie future, si semblable qu'elle soit à notre vie sur terre, doit avoir pour ceux qui viennent de mourir. Hope ne vient que rarement s'asseoir dans cette pièce ; son orbite habituelle se limite à la cuisine, sa chambre, juste au-dessus, et l'atelier. Tous les soirs, après avoir ajouté son assiette et son verre à ceux qui attendent déjà que le lave-vaisselle soit suffisamment plein pour tourner, elle songe à venir ici, à tirer les rideaux derrière le fauteuil écossais pour se protéger du courant d'air et à lire le livre qui l'occupe cette semaine-là, ou même à feuilleter un des livres d'art qui se couvrent de poussière, mais elle le fait rarement, préférant aller retrouver la chaleur de sa chambre. Monter à l'étage – ce que son grand-père appelait « grimper la colline en bois » – lui fait mal aux genoux et à la hanche gauche mais l'aide à conserver sa mobilité, c'est du moins ce dont elle essaie de se persuader, l'aide à éviter ne serait-ce que pour un an encore un de ces établissements pour personnes dépendantes, sols en caoutchouc et cages d'escalier interdites, où ses deux fils aimeraient bien la caser, histoire d'avoir la conscience tranquille, car ils auraient l'air de quoi si elle devait se fracturer le crâne et mourir seule dans son escalier, comme une nouvelle Edna Saint Vincent Millay ? Elle s'assied si peu souvent dans ce petit salon que la perspective qu'elle en a depuis sa station debout lui donne le vertige et lui apparaît décalée, les angles fuyants, élastiques et biscornus comme dans les pièces de Van Gogh ou de Lucian Freud. L'espace d'un instant, son regard surprend une teinte lavande, vaguement psychédélique, sur les murs et les carreaux minces et ondulés des fenêtres, comme si les occupants de la pièce au siècle précédent avaient de leur souffle donné à ces surfaces la couleur de leur vie.

Elle fait demi-tour pour prendre le chemin de la cuisine et, derrière elle, Kathryn arrête d'un coup sec le Sony, leur fidèle assistant, impassible comme une caméra de surveillance dont le témoignage flou finit par être rejeté par le tribunal. Elle remarque en passant devant les fenêtres que le ciel, ce matin encore d'un bleu si pur et si intense, se referme, les nuages blancs jusqu'ici éparpillés s'épaississant pour combler les vides qui les séparaient, empilant leurs dalles d'ardoise, tout en laissant passer un filet de vapeur à travers les minuscules interstices, si bien que la lumière du soleil filtrée par les nuages apparaît tremblante, pareille aux reflets ondoyants renvoyés par les vitres d'un train lancé sur ses rails. Quand les ombres reviennent après ces luisances passagères, la lumière se fait plus profonde, plus contenue, comme si elle avait plongé dans quelque élément plus sombre, donnant aux contours des branches et des rameaux autour de la mangeoire une noirceur mouillée. Hope allume l'éclairage à rhéostat de la cuisine, spots intégrés à un faux plafond qui cache l'ancien en feuilles métalliques estampées, peint d'un bel orange citrouille et taché par la fumée, qu'elle et Jerry avaient trouvé en achetant la maison vingt ans plus tôt. L'horloge du four micro-ondes affiche en chiffres rouges fragmentés 1 : 22.

« C'est si vieux, reprend-elle, et je sais que Bernie voudrait me voir rester discrète. Lui et Jeannette faisaient preuve dans ce domaine d'une tolérance mutuelle à laquelle nous n'avons jamais pu arriver, Zack et moi. J'étais trop jeune et trop idéaliste, et lui trop primaire et trop entier. Et maintenant, Kathryn, réfléchissons un peu. Je pourrais faire réchauffer une soupe en boîte – pois cassés ou poulet au riz – et faire une salade de thon. Je sais qu'il m'en reste une boîte, parce que je l'ai mis sur ma prochaine liste de courses à Montpelier.

– Que feriez-vous si vous étiez toute seule ?

– Mais je ne le suis pas. Si je l'étais, j'irais probablement faire quelques pas dehors munie d'une poignée de noix du Brésil et d'abricots secs – il y a un magasin de produits diététiques à Montpelier où il y a plein de nourriture pour singes à manger avec les doigts, toutes sortes de noix, d'amandes et de fruits secs, et des petits bretzels trempés dans une espèce de yaourt, le tout sans doute excellent pour la santé, mais malheureusement bourré de calories et de sucre. On n'arrête pas de parler de produits naturels comme si ce n'était pas de la nature que nous vient finalement tout ce qui est mauvais. Je jette un coup d'œil dans le frigo, mais on ne va pas se faire des sandwichs, si ? Trop d'amidon, qui a dit un jour que le pain était le soutien de la vie ? Ça ne peut être que Jésus ou le M. Pepperidge des boulangeries industrielles. Et puis la soupe en boîte, ce n'est guère mieux, c'est plein de sel et de conservateurs. Je parie que vous ne mangez rien pour être aussi mince, parce que avec tout ce que les petits amis vous font boire et manger quand ils vous sortent et qu'ils essaient de vous impressionner avec leurs portefeuilles bien rembourrés ! À moins que vous n'ayez, comme on dit aujourd'hui, un compagnon ?

– Je fais du jogging, dit Kathryn, ignorant la dernière question. J'ai toujours adoré courir, depuis que je suis toute petite.

– Moi aussi, mais c'était le genre de chose qui ne se faisait pas après un certain âge, en dehors du terrain de hockey. L'exercice est tellement à la mode aujourd'hui, l'été, les routes des environs sont pleines de gens qui courent, et c'est un miracle qu'il n'y en ait pas plus qui se fassent tuer.

– J'habite Liberty Street, près du World Trade Center, et je peux aller courir à Battery Park, le long du fleuve.

– L'endroit n'est pas trop dangereux ?

– Non, pas du tout. Mon immeuble est assez moche, mais le loyer est moins élevé que dans TriBeCa[1]. J'habite juste au-dessus d'un magasin de literie et d'un salon de coiffure. Pendant la journée, ça regorge de jeunes mecs bien nourris qui travaillent dans la finance, mais le soir, quand ils sont rentrés chez eux, dans le New Jersey ou ailleurs, c'est calme. C'est un quartier très sûr.

– C'est bien. Du temps de notre jeunesse folle, on était tranquille partout dans New York, c'était du moins ce qu'on croyait. Asseyez-vous, je vous en prie. À moins que vous ne préfériez regarder autour de vous pour rassembler des éléments pour votre article.

– Ce n'est pas exactement ce genre d'article que j'écris.

– Quel genre d'article avez-vous dit que c'était, exactement ?

– Mes articles ne ressemblent pas à ce qu'écrivent les gens d'habitude… ils tiennent plus de l'essai. Ils sont impressionnistes, pourrait-on dire. Je ne sais jamais exactement ce que je vais dire avant d'en commencer la rédaction.

– C'est une excellente manière de procéder. J'aimerais bien pouvoir peindre davantage de cette façon. Il faut toujours que j'essaie de voir plus loin, c'est mon manque d'assurance. Voyons voir… salade de thon. Voilà le thon. Ça vous ennuierait d'ouvrir la boîte ? Mes mains sont encore bonnes à pas mal de choses, mais tourner ce petit levier a le don de réveiller mon arthrose,

1. The *Tri*angle *Be*low *Ca*nal Street, à la pointe sud de Manhattan *(NdT)*.

je ne vous souhaite pas d'en avoir un jour, ça vous prend les articulations l'une après l'autre ; je m'en suis rendu compte pour la première fois en refermant un livre avec un doigt en guise de marque-page le temps de répondre au téléphone. Après, ça me faisait mal à chaque fois et maintenant la moindre pression déclenche la douleur, surtout les jours comme aujourd'hui où l'on va avoir de la pluie ou de la neige. L'une des raisons pour lesquelles j'ai tendance maintenant à diluer la peinture avec de l'huile de lin, c'est que, comme cela, elle est plus facile à passer. Du céleri… Je sais que j'en ai dans le bac du réfrigérateur. J'espère qu'il n'est pas trop vieux.

– Voulez-vous que je vous le hache ? » Le visage de la jeune femme, au-dessus de la boîte ronde et trapue qu'elle a ouverte avec dextérité, semble lui aussi s'être ouvert, plein qu'il est maintenant d'une curiosité quasiment enfantine sous l'éclairage dur de la cuisine, cette lumière qui pénètre le moindre recoin et forme un rempart contre l'obscurité s'accumulant à l'extérieur, où les ombres des nuages plongent sur la pelouse sans vie comme les hirondelles en été. Kathryn se juche sur un tabouret devant l'îlot que forme le plan de travail en granit, et la boîte ouverte laisse échapper une odeur huileuse de poisson, ce thon hissé à bord, agité de hoquets et de soubresauts, à des milliers de kilomètres de là, dans la houle de l'Atlantique, puis déversé sur le pont, glissant, battant de la queue, agonisant.

« Non, non… restez donc assise. Vous devez être fatiguée, après une mauvaise nuit dans un motel inconnu. Vous retournez au motel ce soir ?

– Oh non, ce soir je rentre à New York. En fait, j'avais prévu d'être déjà sur la route à cette heure. »

Hope est soulagée. L'intruse sera bientôt partie, ou du moins un terme a été assigné à sa visite. Pourquoi Hope ne peut-elle pas elle-même décider du moment ? Après tout, elle a le privilège de l'âge et de la célébrité. Ah, mais ce besoin de plaire, d'être aimée, il ne l'a jamais quittée. En ce moment même, qu'est-ce qui l'obligeait à donner à manger à cette fille ? À la voir, elle est tout à fait capable de se débrouiller toute seule ou de sauter un repas ; si elle est juive, elle a été gavée par sa mère dès le premier jour, ils savent prendre soin de leurs petits ces gens-là, contrairement à sa mère à elle, qui s'en remettait à la cuisinière ou n'hésitait pas à imposer son propre régime à sa fille, un peu de céréales et une poire au sirop sur une feuille de laitue pour le déjeuner, le tout noyé dans la fumée de cigarette, car elle ne supportait pas les Pennsylvaniens gros et gras qui l'entouraient ; pas étonnant que Hope ait été une mère nerveuse et très imparfaite avec un modèle comme celui-là. Elle sent le sang affluer à ses joues et palpiter les veines de son cou ; sa main tremble sur le grand couteau de cuisine à la perspective de cette tâche qu'elle s'est bien inutilement imposée. Le dos tourné à la fille, elle est debout devant l'évier, devant la planche à découper à côté de l'évier, sous les spots installés en dessous des placards, à moins d'un pas du réfrigérateur. Elle détache les premières branches du céleri, dures et filandreuses, dégageant ainsi deux tiges plus pâles qu'elle coupe en morceaux incurvés de deux centimètres de long, et se met à les débiter en tout petits dés, faisant basculer en cadence le couteau appuyé sur la planche, tandis que, de la main gauche, elle rassemble les minuscules fragments en un tas qui grossit à vue d'œil. Puis, dans un tiroir du bas du frigo qui renferme un certain nombre de mets plus délicats – il faut absolument qu'elle se force à faire de la cuisine, qu'elle continue à vivre, qu'elle combatte une sénilité galopante qui la verra bientôt se nourrir uniquement de fruits secs et de raisins tout aussi secs –, elle récupère un poivron rouge fatigué et déjà ratatiné, un bouquet de persil fané encore entouré de son papier de supermarché et un citron qui devient blanc-vert à une extrémité. Elle hache le persil, coupe le citron en deux, laissant tomber la moitié gâtée dans la bouche en caoutchouc du broyeur. Elle ouvre le poivron, l'évide pour enlever toutes les graines et découpe l'enveloppe en longues bandelettes qu'elle recoupe ensuite dans l'autre sens. Elle retire la boîte de thon des longues mains oisives de Kathryn, laquelle est toujours assise à l'observer devant son plan de travail, la retourne dans une passoire au-dessus de l'évier pour éliminer le jus, et mélange la chair rosâtre et friable du poisson, il n'y a pas si longtemps souple et rapide dans les eaux froides de l'Atlantique, avec une cuillerée de mayonnaise dans un petit saladier en Pyrex, ajoutant les morceaux de céleri et de poivron, ces derniers pour beaucoup, ne peut-elle s'empêcher de remarquer, découpés en diamants; du plus profond de sa mémoire remonte l'image des mains nerveuses et musclées de sa mère, les doigts trop minces pour ses grosses bagues en diamants, s'affairant avec adresse à quelque tâche ménagère sur un vieux comptoir en bois, à hauteur d'un œil d'enfant. Preuve, donc, qu'il arrivait à sa mère de s'aventurer dans la cuisine de temps à autre. Tout en malaxant sa mixture, Hope extrait tout le jus que la moitié de citron encore utilisable veut bien produire sous la pression de ses doigts horriblement déformés par l'arthrose. Plus que de la douleur, elle souffre, non sans quelque vanité, de la honte de ces doigts tordus, des doigts qui ne sont plus parallèles; elle trouve révoltante la manière dont ils frottent les uns contre les autres. Tout en pressant et en remuant, elle dit à son interlocutrice: «Bernie me consolait, en un sens. Lui aussi avait ses problèmes à cette époque, le début des années cinquante. Ses expositions chez Betty en 50 et 51 avaient été catastrophiques, il avait été complètement ridiculisé – ces grandes toiles avec juste une bande verticale ou deux, après toutes ses grandes déclarations nietzschéennes, ou autres, des années 40! Il ne figurait pas dans l'expo "Quinze Américains", au MoMA en 52, et il en a été malade. Les gens se moquaient de lui – son monocle, sa moustache, sa façon grandiloquente de parler. Il avait l'air d'un raté complet, vivant de l'argent de sa femme. Jeannette avait des parts dans un magasin de décoration intérieure de Madison Avenue. Elle passait une bonne partie de son temps à Manhattan ; ils avaient gardé leur appartement de Central Park West, ils pouvaient se le permettre, tandis que ce pauvre Zack et moi… »

Elle sent l'inquiétude monter chez son interlocutrice : Kathryn craint que Hope ne raconte en détail son aventure avec Bernie Nova pendant que le magnétophone reste inactif dans l'autre pièce. Elle se penche au-dessus du plan de travail comme si elle allait se lever et demande : « Est-ce que je peux faire quelque chose ?

– Non, non, restez assise. Ce n'est vraiment pas compliqué. » Hope a trouvé une laitue iceberg qu'elle ouvre sur la planche à découper pour détacher les feuilles du cœur, et en arrache quatre larges feuilles pour les répartir sur leurs deux assiettes – bords roses ébréchés et images botaniques de fleurs sauvages au centre, *Veronica anagallis-aquatica* lavande pour Kathryn, *Diplotaxis muralis* jaune pour elle-même ; puis, à l'aide d'une grande cuillère en argent qu'elle a souvent vue dans la main chatoyante de sa mère, elle essaie de déposer des portions égales de salade de thon à l'aspect mucilagineux sur les feuilles de laitue en berceau. Elle saupoudre le tout de son persil haché et, en guise de touche finale, couronne les monticules de quelques cerneaux de noix qu'elle retire d'un sachet en plastique portant le nom du magasin de diététique et conservé dans un compartiment de la porte du réfrigérateur. « Dites-moi ce que vous voulez boire.

– Qu'avez-vous à me proposer ? »

C'est bien ça, sa mère l'a pourrie, l'a servie, comme

Hope est en train de le faire en ce moment. « Lait écrémé, sirop d'airelles, jus d'oranges, eau du robinet, ginger ale, mais la bouteille a été ouverte et il se peut bien qu'elle soit éventée. Je vais prendre du sirop d'airelles.

– Ça ne donne pas envie de faire pipi ? Je suis en train de penser que j'ai plusieurs heures de voiture devant moi. »

Hope ne peut que sourire devant la manière dont la jeune femme s'obstine à évoquer la perspective de son départ, tout en employant des expressions comme « faire pipi » et en apparaissant de plus en plus confiante et dépendante. « Je n'ai pas remarqué, personnellement. Mais il faut dire que je passe le plus clair de mon temps à la maison. Prenez de l'eau, mais ce n'est pas l'eau minérale à laquelle vous êtes habituée, les grandes bouteilles en plastique sont trop lourdes à traîner depuis le supermarché pour une vieille dame comme moi, et l'eau d'ici vient de notre source, un peu plus haut sur la colline, aussi pure que Dieu l'a faite. » Elle se dit que « Dieu » dans sa bouche a probablement l'air aussi maladroit que « faire pipi » dans celle de Kathryn. Elles sont en train de s'habituer un peu trop l'une à l'autre. Elles sont comme deux boxeurs dont les réflexes se font plus lents dans les derniers rounds.

« Elle est filtrée ?

– Par le sable dans le sol.

– J'aimerais bien goûter, si ça ne vous dérange pas. De la véritable eau de source, on n'en trouve pas tous les jours. La salade a l'air très appétissante. Les noix, c'est une sacrée bonne idée.

– J'aurais bien ajouté des olives et des anchois, mais je n'en ai pas.

– Je suis terriblement gênée, je n'avais pas du tout l'intention de me faire inviter.

– Vous plaisantez. Ça me fait plaisir, vraiment. Je

mange toujours toute seule, vous savez. Venez vous asseoir là. » La table de la cuisine, sous la fenêtre Andersen, est faite d'un plateau circulaire en chêne d'un mètre cinquante de diamètre et de cinq centimètres d'épaisseur, vissé sur une colonne octogonale dont les quatre longs pieds, en chêne également, ne restent d'aplomb que grâce à un morceau de carton replié sous l'un d'eux. La table est un vestige de son mariage avec Guy et vient de l'appartement de la 79e rue. Ils mangeaient tous dessus, les enfants, la bonne, Guy et elle, tard le soir. Maintenant, elle arbore en permanence ses deux sets en raphia, faits à partir d'un seul boudin continu sur le principe du tapis ovale du petit salon. Hope apporte couverts et serviettes en papier, puis dans un second temps les verres de sirop d'airelles et d'eau de source, tout en poursuivant : « On dit que les vieux finissent par oublier de manger, mais ça ne m'est pas encore arrivé. Se nourrir, c'est – comment dire ? – la dernière occupation intime. Mieux vaut ne pas l'abandonner. » Le thon, se dit-elle, en avalant une bouchée, se serait bien accommodé d'une pincée de sel. Le jus de citron est âcre, presque tourné. Elle aurait dû jeter le citron entier. « Avec un peu de pain, ce ne serait pas plus mal, dit-elle.

– En effet », admet l'invitée. La fille est du genre à prendre tout ce qui passe ; à son âge, c'est un signe de bonne santé. « Je m'en occupe, dit-elle en se levant précipitamment, dans un cliquetis de bottes et un grincement de tabouret.

– Dans le grand tiroir du milieu, sur le côté près de l'évier, lui dit Hope, il y a une boîte à pain intégrée. Les petits trous dans le couvercle, c'est pour le soulever, mais avec mes doigts c'est difficile. Il doit y avoir du pain de seigle Pepperidge Far. » Elle se dit brusquement que, sur l'étiquette, c'est peut-être bien marqué « pain de seigle azyme », avant de décider que c'est sans importance, tout aussi bien la fille n'est pas juive du tout, ses cheveux noirs sous l'éclairage de la cuisine ont une nuance décidément très rouge, et même plus qu'une nuance, quelque chose de plus électrique, de franchement artificiel, très XXIe siècle, on dirait que c'est la mode maintenant, plus personne ne laisse ses cheveux tranquilles, ni ne les croit assez beaux à l'état naturel. Piercing, tatouages, rien de plus étrange pour les gens de sa génération, pour qui le corps sans addition ni ornement, aussi pur qu'un marbre sans défaut (même dans cette collet monté de Philadelphie, les esclaves grecques et les jeunes Indiennes se dressaient nues dans les musées, sculptées par ces Américains de l'époque victorienne en résidence à Rome, comment s'appelaient-ils donc ?), constituait la beauté suprême, si bien que ses taches de rousseur, sur les avant-bras, les mollets et la partie exposée au soleil juste au-dessus de ses seins blancs veinés de bleu, lui apparaissaient comme une tare, dissimulable seulement dans l'obscurité d'une chambre à coucher. La grande maison claire de Bernie l'avait d'abord déconcertée. Pendant que la fille se débat avec la boîte à pain et fouille dans les placards pour trouver une assiette adéquate – comme avec la plupart des enfants, il aurait été beaucoup plus simple qu'elle s'en occupe elle-même –, Hope, qui maîtrise avec peine son impatience, regarde par la fenêtre à l'ouest, à côté de la table, et voit le ciel s'assombrir derrière ses nuages amoncelés ; un autre ciel s'est matérialisé au-delà du premier, un voile bleu-gris derrière les crêtes en chou-fleur, un ensemble de bandes et de lambeaux agités de mouvements, pareils aux copeaux de peinture virevoltants d'un tableau de Jarl Anders, mais, parce que gratuits, plus impressionnants que tout ce que Jarl a jamais fait, et mieux venus parce que non prémédités ; ces vastes tourbillons de l'atmosphère, sereins dans leur agitation altière et pourtant fébrile, ne sont pas le fruit, eux, de l'indignation et ne sont pas calculés pour gagner la célébrité ou mettre un terme à deux mille ans de fausseté, ils sont simplement les symptômes d'une perturbation à l'ouest, d'une convulsion céleste qui arrive de l'État de New York.

« Oh, merci, c'est parfait », dit Hope, tandis que Kathryn rapporte sur une assiette à dessert une quantité de pain capable de nourrir six personnes, et le beurrier en forme de vache déniché dans son compartiment dans la porte du frigo. Kathryn déglutit avec précaution et ne cesse de s'essuyer les coins de la bouche avec sa serviette en papier pour épargner à Hope la vue de la salade de thon gluante mastiquée entre ses jolies dents. « Et pourtant, dit-elle, c'est le travail de Bernie Nova qui a permis l'étape suivante – les fameux *color fields*, et le minimal...

– Eh oui ! s'exclame Hope, tellement pressée d'abonder qu'elle ne laisse même pas l'autre prononcer le "isme" final. Qui l'eût cru ! Les jeunes artistes ont vu ce qu'il y avait d'utilisable chez Bernie, tandis qu'avec Zack, Onno ou Phil, on ne pouvait guère exploiter leur veine sans refaire ce qu'ils avaient fait. Ils étaient tellement personnels, si farouchement eux-mêmes, pourrait-on dire... »

C'est au tour de Kathryn de l'interrompre. « Si chauds, dit-elle, surveillant toujours sa bouche luisante de graisse, la langue et les dents chargées de l'odeur saumâtre du poisson, mais bien décidée à trouver un point d'accord avec Hope. Si chauds qu'après eux ça ne pouvait que se refroidir.

– C'est vrai. Et je suis heureuse que Zack n'ait pas assisté à ça, ce qui s'est passé après l'aurait rendu malade, il aurait eu une telle impression de trivialité, d'une totale absence de sincérité. »

Elle et Bernie se retrouvaient au lit certains des après-midi où Jeannette était en ville à travailler dans l'appartement d'un client, mais ces moments volés étaient moins nombreux qu'ils auraient pu l'être s'ils ne s'étaient rencontrés que pour faire l'amour. Tous deux rejetés par l'art, ils étaient perdus à la pointe de Long Island, entre un Onno à la maîtrise intermittente et un Zack libéré par le *dripping* ; même Roger, l'éternel écolier qui produisait à la chaîne ses collages très français et ses traits et ses taches noirs japonisants sur d'immenses feuilles d'un papier blanc dispendieux, jouissait d'une relative sécurité dans le monde nanti des critiques et des collectionneurs, des musées et des galeries, où son modeste talent était monté en épingle, lui donnant ainsi une certaine dimension en même temps qu'un ancrage au milieu des fluctuations de la mode. Hope était démoralisée par le mépris dont témoignait Zack à l'égard de son travail, qu'il trouvait pitoyablement féminin, et Bernie par le dédain de l'establishment artistique, qui le jugeait trop gandin et « littéraire ». Quand elle réussissait à s'échapper l'espace d'une heure d'une maison où tout n'était que gueule de bois morose, rancœur exacerbée, blocages le jour et soûleries la nuit, elle venait reprendre des forces dans la maison toute neuve des Nova – parquets d'érable blond rutilants, poutres apparentes en chêne, fenêtres-tableaux où s'encadraient des bandes de mer scintillante et de ciel laiteux et, au-dessous, des champs de pommes de terre saupoudrés de vert, atelier sur deux niveaux où les toiles monochromes tant décriées de Bernie se faisaient de plus en plus provocantes à mesure qu'elles devenaient plus grandes, arborant fièrement des titres latins comme des médailles décernées par le peintre lui-même. Le premier étage de la maison était constitué d'un immense grenier donnant, par-delà une balustrade assez basse, sur le second niveau de l'atelier, si bien que les toiles étaient autant de présences au milieu des chambres, lesquelles sentaient bon le bois neuf et avaient la simplicité scandinave que donnent les teintes du teck blond et de la laine écrue, surtout dans la chambre d'amis, où, sur un matelas reposant sur une plaque de contreplaqué, Bernie rendait hommage au corps potelé de Hope, qui, même en hiver, restait couvert de taches de rousseur tirant sur le rouge, et si serrées sur les épaules et les mollets qu'elles finissaient par se confondre et imiter le hâle méditerranéen des autres épouses. Hope estimait que son corps nu constituait une marchandise honnête en échange de l'humour sarcastique de Bernie, des plaisanteries visuelles de dandy qu'étaient son monocle et ses costumes anglais sur mesure, du grondement paternel de sa voix dans sa large poitrine de cosaque. C'était un juif russe de la troisième génération, qui avait lui-même simplifié son nom de Novakhov et dont la moustache, sortie tout droit d'un roman de Gogol, était dotée d'une vie propre. Quand il discourait, on voyait s'agiter les pointes cirées et on en oubliait facilement le reste de son visage – le nez épaté aux pores dilatés, les yeux d'ours brun, les lèvres minces au dessin plutôt féminin, à l'élocution rapide et incisive.

« Je me fous comme de l'an quarante de ne plus jamais avoir d'expo à New York, lui avait-il dit. Pourquoi s'embêter avec ça ? C'est rien que des magouilles, et tout ce qu'on y gagne, c'est de se faire traîner dans la boue. En fait, je leur fais peur. Je suis trop sérieux pour cette bande de pédés colporteurs de ragots. Je les effraie parce que je réfléchis sérieusement, religieusement. Ils ne sont pas prêts à voir leur petit monde confortable de jacasseurs secoué par une révolution – une révolution qui vient de l'intérieur, née de la passion d'un artiste. Ma peinture maintenant n'est plus que passion mise à nu, passion pure et simple, et ces larbins en chient dans leurs frocs. Je leur fais peur parce que là où eux se contentent de bavasser, moi je crée. Là où ils ressassent les mêmes vieux trucs, les mêmes vieilles platitudes, moi je crois. Je crois que mon art, si l'on saisissait pleinement le sérieux des principes sur lesquels il repose, signifierait la fin du capitalisme d'État.

– Mais comment cela, Bernie ? » avait demandé Hope, à moitié endormie. Un petit air venu du dehors lui caressait la peau, séchant la sueur sur le flanc qui n'était pas en contact avec le drap froissé. Bernie, quand il faisait l'amour, transpirait comme s'il avait pris un bain de vapeur, et en faisait largement profiter sa partenaire.

« La géométrie, avait-il répondu avec emphase. La géométrie, voilà ce qui nous emprisonne, il faut la subvertir de l'intérieur. Tout ça remonte au cubisme ; ma géométrie réfute le cubisme. Là où ils dessinaient des arêtes, se servant des contours pour faire ressortir formes et espaces, mon dessin est une affirmation pure et simple de l'espace. Je ne travaille pas sur une surface fragmentée, mais sur l'espace tout entier ; je le remplis de couleur jusqu'à le faire éclater. J'ai tué l'anecdote et libéré la couleur, pour la première fois dans l'histoire de l'humanité. Fini l'anecdotique, qu'il soit abstrait ou figuratif. Les critiques ne comprennent pas ça. Ce sont les derniers à pouvoir le faire. Le monde de l'art vit sous la table capitaliste, heureux de ramasser les miettes. Ces esclaves ne comprennent pas que le seul moyen de se nourrir, c'est de renverser la table.

– Qu'est-ce que tu peux être violent, toi qui ne ferais pas de mal à une mouche.

– Ce sont ces salauds qui m'ont rendu comme ça. Ils m'ont mis le dos au mur. C'est le lot de l'artiste que de se rebeller contre le monde. Il n'y a qu'une chose qui compte, la peinture, un point c'est tout. Être inconnu, se faire cracher dessus, c'est ça le véritable héroïsme. L'anonymat est la seule chose qui vaille. Regarde donc ton p'tit mari. Il est célèbre maintenant – *Life*, les échos dans les journaux – et ça le rend dingue, c'est plus qu'il n'en peut supporter. D'un autre côté, je dois reconnaître qu'être totalement inconnu a le même effet sur moi.

C'est un métier terrible, ma jolie rouquine – bon Dieu, mais comment on a fait pour aller se fourrer là-dedans ?

– Notre amour du beau ?

– Le beau… Plus personne n'utilise ce mot. Tu es à côté de la plaque, ma petite Hottentote. » Elle lui avait raconté l'histoire de cette soirée déguisée, il avait frisé les pointes de sa moustache du bout des doigts et était parti d'un rire démoniaque. « Le beau, la catégorie dans laquelle tu travailles, est fichu, ma jolie. Aujourd'hui, il n'y a plus que le *sublime*. Si tu ne fais pas dans le sublime, tu peux aussi bien tout mettre à la poubelle. C'est de l'anecdote. Le travail du pinceau n'est que de l'anecdote. Il m'a fallu vingt ans pour comprendre ça, c'est dire si je suis bête. »

Hope s'était demandé quelle part de parodie il y avait dans ses propos, car il utilisait là un vocabulaire qu'il détestait au plus haut point. Et pourtant, ses toiles portaient des titres ronflants, comme *Vir Heroicus, Crux, Spatialis*, *Ultimo Ratio*, *Animus Sine Termine*, des noms majestueux comme *Solomon*, *Moloch*, *Guinevere*, *Azrael*. « Les larbins de la critique disent que mes toiles sont vides, en réalité, elles sont pleines, pleines à déborder. Celui qui les regarde, si seulement il a des yeux et un cœur, sentira le dôme du ciel au-dessus de sa tête, et l'horizon dans son dos. C'est de la couleur, mes peintures, pas *des* couleurs. Tu le sais aussi bien que moi, l'excitation factice, ça existe. Toutes ces éclaboussures, ces compositions curvilignes, ces empâtements qui ne remplissent absolument pas le vide. » Ça, c'était une pique destinée à Zack, mais après l'avoir trahi avec son corps, elle pouvait difficilement le défendre. « Activité stérile », avait asséné Bernie, en se tournant vers elle et dégageant du même coup une bouffée ambrée de lotion après-rasage qui vint lui chatouiller les narines, avant d'être remplacée par l'odeur de transpiration mélancolique des hommes vieillissants, cette âcreté qui finit par se loger dans les plis de leur cou. « Tu regardes la toile et il y a beaucoup à voir, beaucoup de couleurs qui partent dans tous les sens, mais il ne s'en dégage aucune impression de plénitude, ce n'est qu'une suite d'anecdotes, comme quand tu bois, un verre en entraîne un autre, mais ça ne mène nulle part, c'est *The Perils of Pauline*, chaque épisode te laisse dans l'attente du suivant. Mais les scribouillards de New York, les larbins qui font et défont les réputations, ils n'ont que faire de la plénitude, ce qu'ils veulent, c'est de l'excitation. Moi je dis : qu'ils aillent se faire foutre. Et toi, ma rouquine, tu dis quoi ?

– Pour être tout à fait franche, Bernie, je n'aurais rien contre un minimum de reconnaissance. En mon nom propre. Qui ne doive rien à Zack.

– Je déclare par la présente, Hope McCoy, que tu es la plus gentille fille qu'il m'ait été donné de rencontrer depuis que j'ai atteint mes quarante-cinq ans. Ces petites séances me sauvent la vie.

– Il faut toujours que tu taquines.

– Mais je ne taquine point. Viens vivre avec moi et aime-moi toujours, et nous goûterons tous deux à… j'ai oublié la fin.

– "Aux plaisirs de l'amour[1]." La taquinerie devient cruelle, Bernie. Jeanette est un véritable trésor, et Zack est tellement jaloux de… » Elle avait failli dire *de ces peintres dont les épouses ont de l'argent*.

Mais il l'avait sentie venir, et sa jolie petite bouche aux plis sardoniques avait fait frémir les pointes de sa moustache. « Jaloux du fric qu'elle fait rentrer. Je veux bien le croire. Quand est-ce que ce pauvre crétin va se décider à y aller mollo sur l'alcool ? Il finira par se tuer et entraîner quelqu'un avec lui. Et je n'aimerais pas que ce soit toi.

1. Citation tirée de *The Passionate Shepherd to his Love*, de Christopher Marlowe *(NdT)*.

– Bernie, tu es un ange de t'inquiéter comme ça pour moi. Mais il a besoin de cette intensité, avait-elle voulu expliquer. Il peint à la manière dont d'autres font du jazz, il a besoin de couvrir tous les autres bruits. Je ne crois pas, quand il est calme, qu'il soit aussi calme dans sa tête, si tu vois ce que je veux dire. » *Personne ne m'a jamais traité de cinglé ? Si, les types du conseil de révision, pour commencer.*

« Pauvre type », avait dit Bernie, roulant lourdement sur le côté pour descendre du lit, signalant ainsi que le moment était venu pour eux, lui le *Vir Heroicus* et elle l'Hottentote, de réintégrer à la hâte leurs vêtements. Restée un instant debout devant la balustrade, nue et constellée de taches de rousseur, l'odeur de la peinture et des dissolvants chimiques montant jusqu'à elle depuis l'atelier et ses grandes toiles monochromes, un étage plus bas, elle s'était souvenue du nom du sculpteur, autrefois célèbre, de l'esclave grec : Hiram Powers. Powers et son ami Horatio Greenough, qui, lui, avait fait une statue de George Washington en Zeus, poitrail dénudé. Par l'immense baie de Bernie et de Jeanette, elle avait vu les rangées industrieuses des champs de pommes de terre écrasés de soleil ; les rangées bien ordonnées d'objets, depuis les bureaux d'une salle de classe jusqu'aux rayures dans un tissu crépon, avaient toujours été, dans son langage à elle, synonymes de paix.

« Bernie s'est montré vraiment gentil avec moi, dit-elle à Kathryn, à une époque où je me sentais perdue. Aussi bien face à mon travail que face à mon avenir avec Zack. Il était en train de se détruire à petit feu, et, pour mon propre bien, il fallait que je cesse de me faire autant de souci.

– Avez-vous jamais parlé mariage avec Bernie ?

– Jamais. Lui et Jeanette étaient arrivés à une entente qui fonctionnait bien. Il était loin d'être malheureux avec elle et de toute façon, heureux ou pas, il dépendait d'elle financièrement. Moi, je n'étais pas heureuse avec Zack, mais je lui étais profondément liée. Plus nous nous affrontions, et plus ce lien se renforçait. Il avait réalisé quelque chose de grand, ce qui en faisait pour moi un héros. Et puis, soyons francs, où aurais-je bien pu aller ? À l'époque, la liberté absolue dans laquelle votre génération a grandi n'existait pas, pas plus que cette facilité avec laquelle vous vous faites pratiquement un *devoir* de faire tout ce dont vous avez envie. On savait qu'on n'avait rien d'autre à attendre de la vie que des épreuves. Il y avait eu la Dépression, la guerre, et maintenant c'étaient les Chinois et les Russes qu'il fallait contenir. Nous étions braves, et assez soumis, en un sens. Et pourtant, si vous voulez tout savoir, je me demande si nous n'avons pas eu davantage de plaisir à être américains que vous autres aujourd'hui. Les océans que nos ancêtres avaient traversés étaient encore immenses, et des tas de choses avaient encore l'attrait de la nouveauté – les banjos, les rues quadrillées, le jazz et toutes ces inventions dont nous nous attribuions le mérite, comme l'avion par exemple. Les chansons à la radio, les comiques du dimanche soir, les fontaines à eau, les médicaments brevetés… tout ça nous appartenait en propre. » Voilà qu'elle adopte le style pompier ; c'est de repenser à Bernie qui l'a rendue grandiloquente. C'est lui qui l'avait aidée à se libérer. Nous sommes légèrement différents suivant les gens avec lesquels nous nous trouvons, et c'est vrai qu'elle avait bien aimé la femme qu'il lui permettait d'être. Il la taquinait, et elle aimait bien qu'on la taquine. Son grand-père le faisait déjà, jamais méchamment.

« Le… le côté physique de votre relation avec Bernie… »

C'est incroyable, cette fille est vraiment décidée à partager le lit de Hope et de ses amants, même quand son magnéto n'est pas là pour recueillir les confidences. Dans un accès d'impatience qui secoue sa vieille carcasse comme un petit voilier pris dans une bourrasque, Hope répond avec fermeté : « Bernie Nova était un homme sensible, et sain, qui en règle générale ne buvait jamais avant six heures du soir, ce qui me changeait agréablement. » D'une voix plus douce, elle ajoute sur le ton de la confidence, comme pour se faire pardonner : « C'était un dandy, mais pas un homme à femmes. Je crois que, comme beaucoup d'hommes, le sexe le gênait terriblement, d'un point de vue philosophique. Lui et Jeanette avaient cessé d'avoir des rapports. Du moins, c'est ce qu'il m'avait dit. Mais c'est le genre de chose qu'affirment volontiers les hommes mariés. Au fait, il reste encore un peu de salade. Si ça vous dit...

– Oh non, vraiment. Je ne pourrais pas. C'était délicieux, mais plus que suffisant. Je me contente souvent d'un yaourt pour le déjeuner.

– Eh bien, je vais la finir moi-même, directement dans le saladier, si vous n'y voyez pas d'inconvénient. J'ai horreur de jeter, c'est déjà assez ennuyeux comme ça d'avoir à aller faire les courses et de tout rapporter à la maison. Je ne supporte pas non plus d'encombrer le frigo avec des restes. »

Évoquer Bernie l'a revigorée, lui a donné de l'appétit. La partie Est de Long Island paraissait elle-même jeune à l'époque, habitat dispersé, envahisseurs urbains rares et choisis, marais, plages et criques rocheuses en harmonie avec la période glaciaire ; le soleil tapait encore dur aux premiers jours de novembre, nullement adouci comme à Ardmore par les grands arbres verts, ces noyers sombres, ces marronniers et ces peupliers à larges feuilles qui élevaient leurs sommets au-dessus des pelouses et des parcs comme des têtes de cumulo-nimbus, et dont l'ombre faisait de l'herbe un tapis épais et tendre ; là-bas, même les joueurs de tennis ne bronzaient pas dans la chaleur lourde déversée par le ciel blanc. Censément en route pour East Hampton où elle passerait une heure à faire des courses, Hope filait sur le terrain plat et sablonneux dans l'Oldsmobile décapotable, telle une version méridienne d'Emma Bovary courant à ses rendez-vous pieds nus dans les prairies de l'aube ; elle se revoit avaler la route entre les champs de pommes de terre et les fermes pour se rendre jusqu'à l'élégante demeure de Bernie – grandes toiles aveugles et passionnément monochromes de Bernie, décor mode, genre Madison Avenue plutôt terne, de Jeanette –, se libérant peu à peu l'esprit du sombre fardeau que représentait Zack, parti, lui, en vélo pour le Lemon Tree ou, dans son impuissance hébétée, à pied en direction des marais, Trixie sur les talons. Foulard claquant au vent, lunettes noires sur le nez, aussi légère qu'une flèche, elle ne polluait pas le paysage, mais tirait une innocence renouvelée des champs, des cottages décolorés par le sel, du moulin à vent en galets qui se dressait au bout de Fireplace Road. Il était rare que Zack sorte de sa torpeur maritale pour lui demander où elle était allée, pourquoi ces quelques légumes venant de chez Drayton ou d'un marchand du bord de la route, ces articles de toilette et ce tube d'aspirine de la pharmacie Rowe avaient été si longs à acheter, ou encore pourquoi elle avait passé deux heures à essayer des pulls et des jupes plissées au Grand Magasin de Hampton pour finir par ne rien acheter. « Et puis, mentait-elle si Zack venait à la questionner, j'ai regardé les modèles de l'automne à Kip Shop. Mais je n'ai rien trouvé, c'est tout pour des gamines squelettiques. Je me suis dit à un moment que j'allais pousser jusqu'à Sag Harbor pour jeter un coup d'œil aux boutiques, et puis en cours de route j'ai changé d'avis et j'ai rebroussé chemin. Entre parenthèses, la voiture fait un drôle de bruit en dessous, quand on change de vitesse. Quand est-ce qu'on a fait vérifier le niveau d'huile de la boîte pour la dernière fois ? » Faire l'amour avec Bernie, a-t-elle envie de dire à Kathryn, c'était comme se servir elle-même à déjeuner pour une femme : le plaisir est double, d'abord se servir la nourriture, ensuite la consommer.

« Non, non, aucun inconvénient », dit la fille, réagissant bêtement aux dernières paroles de Hope, comme si celle-ci lui avait vraiment demandé son avis. Peut-être était-elle elle-même absorbée dans ses pensées, regardant en arrière ou en avant, en tout cas au-delà du présent de cette entrevue, à laquelle elle a déjà assigné des limites, encore que, fortifiée par ce qu'elle a absorbé, elle ne soit sans doute pas prête à abandonner la partie dans l'immédiat.

« Un petit dessert ? demande Hope. J'ai du sorbet à la framboise, dur comme de la pierre, mais le micro-ondes peut arranger ça, ou bien des biscuits aux flocons d'avoine. Ils viennent du magasin de diététique, ils doivent donc être basses calories et pleins de son, encore un truc censément bon pour la santé. Vous pouvez avoir les deux, si vous voulez.

– Non, ni l'un ni l'autre, franchement. Une moitié de biscuit peut-être, si vous en trouvez un de cassé. Il faudrait que nous retournions au salon pour en finir et pour que vous soyez débarrassée de moi.

– Pour tout vous dire, Kathryn, je pensais vous emmener faire quelques pas dehors, pour changer un peu d'air. C'est tellement confiné à l'intérieur, le même air depuis le début de l'hiver. Si on grimpe un peu en direction de la source, il y a une petite prairie d'où on peut voir jusqu'au New Hampshire, les White Mountains.

– Non, vraiment, Hope... Si je puis... Pour commencer, je n'ai pas les bonnes chaussures.

– Vos bottes ont l'air solides.

– Non, elles ne sont pas solides. Ce sont des Via Spiga toutes neuves, et en plus elles me font mal aux pieds.

– Enlevez-les.
– Non, je vous en prie…
– On ne fait pas la même pointure, mais j'ai des Wellington qui me sont un peu grandes, mais que je ne quitte pratiquement pas quand il pleut. Elles seront peut-être un peu glissantes sur les aiguilles de pin, pour monter la colline, mais…
– Vous êtes vraiment gentille…
– Je parie que vous avez envie d'une tasse de café maintenant, même si tout ce que j'ai à vous offrir, c'est un fond d'instantané.
– Non, je vous assure. Je ne prends jamais de café aussi tard dans la journée. Je ne le supporte pas très bien. Ça m'énerve.
– Quelle heure est-il donc ?
– Pas loin de deux heures, si j'en crois l'horloge du micro-ondes.
– Deux heures, mais c'est vrai qu'il se fait tard. Est-ce qu'il y a encore beaucoup à dire ?
– Nous n'en sommes qu'en 55, lui dit Kathryn.
– Donc à la mort de Zack.
– Mais il ne s'agit pas que de Zack, il s'agit aussi de vous, vous en tant qu'artiste, et en tant que… témoin de toute une…
– "Un témoin intéressé", aurait dit Clem. Il trouvait mon travail pitoyable, et ne se gênait pas pour me le dire. Quand les critiques ont enfin commencé à s'intéresser un peu à moi, à la fin des années soixante-dix, quand Guy m'a quittée et avant que j'épouse Jerry, à l'époque où je m'astreignais à deux heures de travail par jour, une fois Dot partie pour l'école, il a essayé de faire bonne figure en me disant qu'il avait toujours su que j'avais l'étoffe nécessaire. "L'étoffe" ! Le mot voulait tout dire. Il s'était improvisé porte-parole de l'expressionnisme abstrait, si c'est là la bonne appellation – lui préférait parler de l'École de New York, comme s'il n'y

avait eu que des incapables sur la côte Ouest –, et quand le mouvement a été mort et enterré, il a continué à discourir, plus que jamais persuadé que la testostérone était le moteur de l'art. Qu'est-ce que vous dites de ce mot ? Moi, je l'adore et je viens juste d'apprendre à le prononcer. "Testostérone", et aussi "phéromone". Il apparaît que tout ce bel amour qui nous fait vivre et pour lequel nous sommes prêts à mourir n'est qu'une question de phéromones – côté cerveau, nous ne sommes pas mieux lotis que les insectes. À en croire une émission sur la vie des bêtes que je n'ai pas su arrêter à temps, un lion à certains moments va entrer dans une sorte de transe, trouver une lionne, tuer tous ses petits et ensuite l'inviter à faire l'amour. Et le pire, c'est que cette pauvre bêtasse s'exécute. »

Tout en poursuivant son babillage, Hope se demande quelles phéromones émises par l'organisme neuf et bien huilé de cette jeune femme sont en train d'infiltrer son propre système, la poussant à être légère, gamine, quasiment flirteuse, et ce au mépris total de sa situation actuelle, irréversible, au bord de la tombe. Mais est-elle tellement moins pleine de vie maintenant qu'elle ne l'était quand elle mesurait sa petite main dodue à la largeur du bras du fauteuil de Grand-Père ? Le fauteuil est toujours là. Elle aussi. *Tant qu'il y a de la vie...* Combien de fois n'a-t-elle pas entendu cette maxime, dite sur le ton de la plaisanterie amicale. Si privé de Dieu qu'ait pu être son environnement tapageur, elle a toujours entretenu en elle la flamme tremblante de son être intérieur, petit miracle clair qui fait qu'elle est elle et personne d'autre. Tous ces gens qui vous disent que le moi n'existe pas, qu'il n'est qu'un produit du regard des autres sur vous... est-il possible qu'ils aient jamais vraiment vécu ?

Kathryn est maintenant debout, les épaules voûtées. « Voulez-vous que nous fassions la vaisselle ? propose-t-elle, à la manière d'un enfant qui escompte une réponse négative.

– Vous plaisantez. Laissez tout ça. Je m'en occuperai une fois que vous serez partie, et ça me rappellera le bon moment que nous avons passé ensemble. »

Serait-elle vraiment à deux doigts d'une déclaration d'amour sénile ? Avec l'âge, pense-t-elle, tout s'use, tout se fragilise : la peau est plus fine et souligne les dégâts causés par le soleil, le cartilage est plus mince et les os frottent les uns contre les autres, la membrane entre ce que l'on sent et ce que l'on dit a tendance à se faire poreuse. Parfois, quand elle est amenée maintenant à s'exprimer en public, devant des écoliers ou un groupe d'amateurs d'art éclairés, Hope doit se défendre de l'envie de lâcher des absurdités, de dire ce qui ne se dit pas ; les rites de la bienséance lui pèsent de plus en plus. Alors qu'elle a gardé l'œil sec pratiquement toute sa vie, elle est désormais capable de se mettre à pleurer toute seule dans une pièce, si un instant qui jamais ne revivra lui revient brusquement en mémoire ou qu'elle se trouve être le témoin, là dehors, d'un moment d'harmonie exceptionnelle entre la lumière déclinante du jour et les formes familières du paysage, tandis que les hirondelles encouragent leurs petits de leurs cris, leur apprenant à voler, parce que voler, attraper des insectes au vol, est leur seul moyen de survie. Quand les petits s'aventurent pour la première fois hors du nid, ils fendent l'air dans tous les sens, embardées de boules de plumes, avant de se rassembler sur le chéneau de la maison, blottis les uns contre les autres comme s'ils étaient encore dans le nid désormais vide.

« Il va me falloir… commence-t-elle d'une voix qui la fait sursauter, tant elle est cassée et rauque, et qui l'oblige à reprendre : il va me falloir une tasse de thé si vous avez l'intention de me faire parler encore longtemps.

– Juste un petit moment», promet Kathryn, qui, consciente du ton enjôleur de mère de famille qu'elle a donné à sa réponse, sourit à Hope comme elle ne l'a jamais fait jusqu'ici, révélant le rose de ses gencives du haut ainsi que deux canines symétriques qui, en dépit de tous les soins orthodontiques dont la jeune bourgeoise juive qu'elle est a sans doute bénéficié, ne sont pas exactement alignées sur les autres dents, lui donnant du même coup un air carnassier pas franchement désagréable. Elle a un côté emprunté, empoté presque, les pieds sans doute un peu douloureux dans ses bottes neuves, les épaules rentrées histoire de se rapetisser de quelques centimètres, si bien que ses bras lui pendouillent le long du corps, et que ses mains, longues et blanches, hésitent, indécises entre deux gestes. Hope s'inquiéterait pour l'avenir de Kathryn si elle ne savait que certains hommes sont attirés par les femmes à l'air emprunté, dégingandé, comme si, par leurs dimensions, elles leur offraient un vaste jardin à conquérir et à ajouter à leur territoire. Plus d'une fois Hope a soupçonné que sa petite taille et son énergie avaient attiré des hommes qui recherchaient une femme exigeant un minimum d'entretien.

«Pas pour moi, merci. Je n'ai pas envie…»

Ah, ne dis pas encore «faire pipi», prie silencieusement Hope.

«… de gargouiller sans arrêt. Je suis déjà plus que remplie avec tout ce que vous m'avez donné de vous-même, toutes ces pistes que vous m'avez ouvertes et que j'ai envie de suivre.»

Hope n'avait nullement l'intention de donner beaucoup d'elle-même, elle avait prévu au contraire d'être pleine de retenue et de discernement, chacune de ses paroles devant être enregistrée. Peut-être serait-elle morte avant que soient publiées l'interview et toutes les idioties que cette fille en aurait tirées. Que disait Emerson de la mort, déjà ? Fini les séances chez le dentiste. Elle abandonne l'idée du thé. Le petit salon, maintenant qu'elle a lesté sa tête trop légère avec un peu de nourriture, a consolidé ses angles et semble aussi ordonné et clairement rectiligne qu'une usine photographiée ou peinte par Charles Sheeler. Le précisionnisme, on y revient périodiquement, car il y a un plaisir quasi viscéral, un sentiment de triomphe primitif, à reproduire l'apparence, que ce soit à l'aide du trompe-l'œil frontal d'un Harnett ou des images réfléchies à l'infini d'un Estes. Les deux femmes reprennent leurs sièges ; Kathryn s'active sur son magnétophone et insère une nouvelle cassette, avant de le faire ronronner sur la vieille malle cloutée. « Donc, dit Hope, prenant l'initiative, et désireuse de passer à autre chose, car elle a déjà assez violé l'intimité de ce pauvre Zack comme ça, je suis veuve. À l'âge où le Christ est mort sur la croix, avec pour toutes possessions une vieille ferme, deux petits hectares de terrain et une pleine grange de toiles que personne ne veut acheter.

– Mais il y a eu pas mal de gens pour le vouloir, après la mort de Zack.

– Oui, quelques-uns. Mais je n'étais pas pressée de vendre. J'avais désormais une foi totale dans le travail de Zack – ce qui n'avait pas été le cas au début –, et il n'y avait pas tant de toiles que ça ; plus j'arriverais à les garder longtemps, plus elles prendraient de la valeur. Je n'en vendais qu'une à la fois, et à l'acheteur de venir me trouver. Pas de marchands, pas d'intermédiaires. Les collectionneurs qui auraient pu les avoir pour quelques centaines de dollars du temps où Peggy ou Betty les exposaient me les payaient maintenant des milliers, voire des dizaines de milliers de dollars. Même à ce prix, ils faisaient encore une affaire. Quand une de ces toiles se retrouve sur le marché aujourd'hui, elle va chercher des millions, Zack est plus grand que Picasso, et il n'a pas vécu moitié aussi longtemps et n'a pas passé comme lui des années et des années à s'autoparodier.

– Mais être son agent posthume n'aurait su pour vous constituer une carrière, si ?» Après avoir un peu baissé sa garde pendant le déjeuner, Kathryn a retrouvé toute sa raideur, avec même une note accusatrice dans la voix.

« Non, c'est vrai… mais je ne crois pas que je me formulais la chose exactement dans ces termes. Je me trouvais très occupée, maintenant que Zack était mort. Je pouvais peindre bien plus longtemps dans la journée, sans avoir son jazz qui me hurlait dans les oreilles depuis le rez-de-chaussée. Certaines de mes anciennes amies – des femmes que j'avais connues pendant la guerre, à New York – réapparaissaient, encombrées de maris et d'enfants, et sans Zack dans les parages pour mettre tout le monde mal à l'aise et chercher sans arrêt la bagarre, les autres peintres et leurs épouses étaient plus aimables avec moi qu'ils ne l'avaient été depuis des années. Bernie et Jeanette, Onno et Renée, Roger et Linda – ils venaient tout juste de se marier, ces deux-là, elle, une des ses anciennes étudiantes à Hunter, avait vingt ans de moins que lui –, Mahlon et Myrtle, même s'ils accusaient leur âge, lui n'avait jamais vraiment réussi à devenir un expressionniste abstrait, restant un peu à la traîne dans les limbes, soudainement très datés, du surréalisme tardif, et aussi Jarl et Frieda, même si lui s'apprêtait à partir pour la Californie du Nord et avait presque déjà cessé de faire partie de la scène new-yorkaise, comme s'il espérait continuer à faire parler de lui en expédiant ces immenses toiles depuis le pays des séquoias, mais là-bas, sur la côte Ouest, il est devenu un de ces peintres mystiques d'inspiration pseudo-orientale, comme Tobey ou Graves, sans jamais vraiment réussir à endosser le fardeau européen, si vous voyez ce que je veux dire, la tradition laborieuse, rien d'autre qu'une échappatoire finalement, encore que Jarl m'aurait tuée s'il m'avait entendue dire ça, il m'a toujours trouvée frivole, alors qu'en fait j'étais une des rares personnes à savoir ce qui l'avait construit : le mal-être chrétien, la terrible incapacité à supporter notre condition imparfaite. Ils étaient tous gentils avec moi et nous passions de bons moments ensemble, des repas en plein air, surtout chez Onno et chez Bernie, et des barbecues sur la plage, même si Long Island était en train de changer : il commençait à y avoir des lotissements Lewittown plus à l'intérieur et, dans les Hamptons, des nouveaux riches sans beaucoup de goût, qui construisaient partout sur les dunes, comme si les tempêtes d'hiver n'étaient pas pour eux, et qui n'arrêtaient pas de nous inviter ; mais il y avait encore moyen de passer de bons moments à flâner pieds nus au soleil, et les épouses faisaient de leur mieux pour être agréables, surtout Jeanette et Renée, et pour me recevoir, même si c'était les années cinquante et qu'il était incroyablement important d'être en couple, les hommes qu'elles me trouvaient pour leurs soirées étaient invariablement des homos, mais on ne les appelait pas encore comme ça à l'époque, on disait des "tantes", c'est vrai. Je me demande aujourd'hui pourquoi elles prenaient la peine de m'inviter, car j'avais pris certains des travers de Zack, je buvais plus souvent qu'à mon tour, j'aimais prendre les gens à rebrousse-poil et je défendais son œuvre avec acharnement, j'étais enthousiaste maintenant que c'était tout ce qui me restait de lui, et me trouver un autre compagnon ne m'intéressait absolument pas ; pour tout dire, c'étaient les femmes qui captaient toute mon attention dans les soirées, les épouses filiformes, bohèmes et bronzées, plus âgées que moi d'une dizaine d'années, européennes pour la plupart, couvertes de bracelets, terriblement drôles et sages, comme seules les femmes savent l'être, de cette sorte de sagesse désinvolte et fascinante, teintée de désespoir. Je n'arrêtais pas de me demander si leur gentillesse à mon égard n'était pas une façon de retourner le couteau dans la plaie, de me faire sentir que j'étais à nouveau seule, comme si la compagne d'un véritable artiste devait forcément finir comme Jeanne Hébuterne, en se jetant par la fenêtre, enceinte ou pas, mais la terrible vérité c'est que la vie sans Zack n'avait pas que de mauvais côtés : je pouvais dormir la nuit sans être réveillée par un appel de la police ou par Zack rentrant bruyamment à quatre heures du matin, et j'ai fini par déménager mon chevalet dans la grange, par faire l'inventaire des toiles de Zack et les stocker – il n'était pas facile de faire le départ entre celles qui étaient achevées et celles qui ne l'étaient pas, et j'ai rapidement renoncé à essayer ; et je me suis lancée dans les grands formats, j'avais maintenant toute la place que je voulais, réalisant une série de grandes toiles liquides, à l'aide de chiffons et d'éponges, d'une spatule à enduit, d'un vaporisateur de lave-vitres dont j'avais élargi l'ouverture avec une dent de fourchette, tout ce qui pouvait, en fait, me permettre d'éviter pinceaux et couteaux à palette, je voulais une peinture aussi liquide que possible, une peinture qui imbibe et sature la toile. Je n'utilisais pas d'apprêt et ne peignais pas par terre, j'avais même recouvert le sol de linoléum, et il y a dix ans, quand j'ai fait don de l'endroit pour qu'il soit transformé en musée, ils ont regardé sous le lino et ont découvert, en les saluant comme un ultime chef-d'œuvre, les éclaboussures qui avaient débordé des toiles, c'est drôle, mais on arrive très bien à voir, à partir des couleurs retrouvées sur le sol, quelles marques chaque toile a laissées. C'est à cette époque que j'ai compris pour la première fois ce que voulaient dire les hommes quand ils parlaient, comme ils le faisaient toujours, d'un sens de la dimension. Travailler sur une telle échelle qu'on ne sait même plus où se termine la toile, et qu'il n'y a plus qu'une chose à faire : entrer dedans et se battre à mort ! »

Kathryn jette un coup d'œil à ses notes sur ses genoux ; Hope l'aurait-elle effrayée avec ce flot de confidences ? C'est une enfant étrange, pointilleuse, capricieuse avec la nourriture, qui s'habille comme un homme émasculé et émet des effluves offensés chaque fois que Hope se met à parler de sexe, alors même que ses questions remettent constamment le sujet sur le tapis. « Avant que nous abandonnions définitivement Zack, dit Kathryn, jouant maintenant le rôle du sergent instructeur, de la maîtresse d'école bien intentionnée, y a-t-il quelque chose dont nous n'ayons pas parlé et que vous aimeriez me dire ?

– Oh, on n'a pratiquement rien dit encore. Ai-je assez parlé de son corps superbe, du parfum de noisette qui se dégageait de son torse nu ? Nous n'avons pas évoqué sa façon de parler, tout à la fois d'une incroyable grossièreté et d'une politesse timide – le gentil garçon transparaissant derrière le vilain garnement. Zack pouvait bien être soûl comme un Polonais, il observait toujours les réactions des gens. De manière assez surprenante, il était comme moi, en ce sens qu'il cherchait toujours à faire plaisir aux gens. Dans nos familles respectives, nous étions des arrangeants, pas des décideurs. »

Le mot « décideur » remet en mémoire à Hope le jeune homme, gentil et intelligent, délégué à la culture du Département d'État, qui était présent à la réception donnée par le MoMA au printemps 1959 pour célébrer le retour de l'exposition itinérante « La Nouvelle Peinture américaine », qui venait de voyager à travers l'Europe de l'Ouest pendant un an, dans successivement huit capitales. Au milieu de ce rassemblement un peu trop familier des représentants du monde de l'art, avec ses propos enfumés échangés entre de vieilles connaissances lors de retrouvailles régulières – conservateurs, critiques de revues d'art, galeristes accompagnés de leurs hommes de main élégants et de leurs pâles bonnes à tout faire, stars de la peinture aux allures de pirates grisonnants – et ses relents de vieilles jalousies et de rancœurs rentrées, le jeune diplomate se détachait en vertu d'un certain brillant, vêtu qu'il était d'un costume en flanelle grise, d'une chemise blanche à col boutonné et d'une cravate à rayures bleues, cheveux coupés court, plus court que ceux de n'importe quel autre invité, presque le genre de coupe en brosse qu'arborerait John Kennedy lors de sa campagne présidentielle un an plus tard, des cheveux d'un blond cendré, avec une raie bien droite sur le côté et à l'arrière quelques épis impertinemment dressés ; ce délégué à la culture du Département d'État était manifestement transporté d'aise d'avoir été autorisé à pénétrer ce monde interlope et d'avoir la chance d'adresser la parole à la veuve d'un artiste célèbre, même s'il avait d'abord parlé de Zack avec une certaine retenue, étant donné que ladite veuve était déjà non seulement remariée mais enceinte, et de manière très avancée, le bébé à naître (ce ne pouvait être que Paul) pesant sur leur échange comme un auditeur indiscret deviné derrière une tenture. Visage rose, souffle un peu court, haleine parfumée au champagne, petites lunettes rondes non cerclées, le gentil jeune homme s'était avancé et lui avait dit : « Votre mari – excusez-moi, votre premier mari – a été le roi de l'exposition. J'aurais voulu que vous voyiez les jeunes, les Italiens et les Allemands surtout, s'agglutiner autour de ses tableaux. Leur silence, l'expression de leurs visages – ils auraient tout aussi bien pu être dans une église. L'expo a vraiment fait sensation ; on sentait de l'électricité dans l'air quand ces gamins parcouraient les salles. Quant à la critique… les services d'information du Département préparent toute une série de traductions dont nous vous enverrons bientôt un exemplaire, mais je peux d'ores et déjà vous dire que les réactions ont été enthousiastes ou féroces. Les scribouillards de gauche à Paris, Milan et Bruxelles ont vu rouge, si je puis dire. Ils comprenaient que c'en était fini de leur pitoyable réalisme social, que c'était démodé tout ça, comme les colombes de la paix de Picasso, l'art paysan bidon et les posters prolos dans le style de Léger. Les communistes sont marrants, poursuivait le jeune homme aux petites lunettes, philosophe, faisant de son mieux pour voir les choses du point de vue de l'ennemi, ils ont produit des choses valables – pensez aux Mexicains, aux constructivistes –, mais ces fanatiques de l'establishment soviétique ne veulent rien savoir ; ils ont une trouille bleue de la moindre originalité ; ils savent qu'à la première alerte leur château de cartes va s'écrouler. Et tous leurs laquais qui écrivent dans *Le Monde* ou le *Corriere della Sera* n'ont pas vraiment compris ce qui leur arrivait, tout en étant pleinement conscients qu'une bombe venait de leur exploser à la figure : la liberté en action, ni plus ni moins. Il n'y a que l'Amérique qui pouvait produire ça. Toute cette force, cette passion, cette audace, cette intériorité et en même temps cette extériorité. C'est la révolution que vous voulez ? Eh bien, la voilà ! Dans toutes les villes, même à Madrid, on refusait du monde à l'entrée de l'expo. L'Europe n'avait jamais vu un truc pareil – le surréalisme sans son petit sourire entendu, l'abstraction sans géométrie, chaque toile, un véritable corps à corps avec Dieu. Le Moi à nu – le moi et la beauté, la beauté et le moi. Les gens n'étaient pas seulement impressionnés, mais émus. Et ce ne sont pas des mauviettes, ces jeunes – ils ont connu la faim, les bombes, le lavage de cerveau des deux côtés après la guerre, et ils sont suffisamment cyniques pour gober sans sourciller Sartre et Brecht et la horde grotesque des cryptocommunistes. La situation ne va peut-être pas se dénouer de sitôt, mais on a assisté là à un vrai tournant. Croyez-moi, Mrs Holloway, les artistes de ce pays ont accompli une grande chose. Je suis simplement désolé que Mr McCoy ne soit pas là pour le voir. Si ces jean-foutre de Washington croyaient aux artistes, votre mari aurait déjà reçu une médaille à titre posthume. »

Ainsi donc Zack, trop cinglé pour être soldat à l'époque où tout le monde l'était, méritait quand même une médaille. Pour avoir été un Américain exemplaire dans les tranchées boueuses de l'expression du moi. Le président de l'époque était lui-même un peintre du dimanche. Mais Hope ne fait aucun effort pour paraphraser, pour le bénéfice de Kathryn, la rhétorique du jeune diplomate, vieux aujourd'hui, et à la retraite, si pas mort, après avoir servi son empire dans plus d'un poste lointain, récoltant à chaque fois une nouvelle langue et des souvenirs exotiques à la pelle. Se rappeler cette réception lui a remis Zack en mémoire : « Au cours de ces premiers hivers à Long Island, Zack rentrait au bout d'une heure passée dans le froid, reconnaissant qu'il n'avait pas touché à sa peinture, n'avait même pas ouvert un pot. Quand je lui demandais ce qu'il avait fait, il me répondait, très vite : "J'ai prié." Je ne pense pas qu'il voulait être pris au sérieux, mais, pour moi, ce n'était pas une réponse en l'air. Il priait pour qu'on lui montre la lumière, et pendant un temps ça a marché. Rappelez-vous, c'est lui qui avait tenu à ce que nous nous marions à l'église. »

Kathryn change de position dans son fauteuil, et dit, tout en regardant ses notes : « C'est par l'intermédiaire de Bernie que vous avez rencontré Guy.

– Probablement, oui. Mais j'ai oublié les circonstances exactes. Comme nous l'avons dit, après la mort de Zack, c'est Bernie qui en est venu à représenter l'avenir. Ses couleurs sans relief, le minimalisme… le monocle aussi, et son allure de dandy, les titres en latin et les cigarettes colorées dans le fume-cigarette en écaille de tortue – tout ça le rendait très attirant, alors que Zack, Jarl et même Phil avaient l'air de voyous et rappelaient aux peintres de la jeune génération tout ce qu'il y avait de grossier et de fanatique dans l'Amérique qu'ils avaient fuie pour venir à New York. Bernie et Jeanette recevaient souvent et aimaient s'entourer de jeunes – avec le boulot qu'elle avait, Jeanette faisait passer leurs soirées en frais professionnels –, et ils faisaient monter Guy et ses copains jusqu'à leur appartement de Central Park West dès 56. Je crois que j'ai rencontré Guy pendant l'été 57, mais ce n'était pas chez les Nova, c'était dans son loft de Pearl Street, il donnait une soirée pour fêter le contrat qu'il venait de signer avec Leo pour sa première exposition en solo ; jusque-là, il avait survécu en décorant les vitrines de Bonwit et en dessinant des pubs de chaussures pour les magasins Bloomingdale, et certains dans notre bande, Bernie et Jeanette, Seamus et la fille avec laquelle il sortait à ce moment-là – les filles, il ne les gardait jamais bien longtemps, elles étaient plutôt pour la montre, en fait, il avait tout d'un prêtre – m'avaient emmenée avec eux, ce devait être en août et la ville avait cet air mort que j'aimais bien, qui vous donne l'impression qu'elle vous est entièrement destinée. Guy avait loué cet immense loft et l'avait rempli de toutes les cochonneries qu'il ramassait dans la rue, encore que la partie où il peignait ait été bien mieux rangée, ça m'a tout de suite frappée, que ne l'avait jamais été la grange de Zack. Il a prétendu ce soir-là qu'il m'avait déjà rencontrée à un vernissage – j'étais beaucoup plus souvent en ville depuis le décès de Zack, ça aurait été suicidaire de ma part de passer tout l'hiver aux Flats, Bernie et Jeanette avaient toujours une chambre pour moi, j'étais devenue un peu comme leur fille depuis que nous ne couchions plus ensemble Bernie et moi, c'est-à-dire depuis le moment où Zack était mort, la femme d'un autre, c'est une chose, une jeune veuve, c'en est une autre. Les hommes, pour tout dire, ne m'approchaient guère : j'étais trop disponible, et probablement en manque.

– Probablement ?

– Je ne vous souhaite pas d'avoir un mari qui meurt avant vous, Kathryn, mais si jamais ça vous arrive, vous risquez de découvrir que le sexe est bien la dernière chose qui vous manque – non pas que Zack ait jamais été très performant dans ce domaine. L'envie est noyée au milieu de tout le reste : la culpabilité, non pas tant celle qu'on éprouve à avoir survécu à l'autre mais celle qui s'attache au regret de ne pas avoir fait les choses différemment, l'exaspération, aussi, en voyant l'état lamentable dans lequel l'homme a laissé vos affaires, un peu comme le mari qui s'habille et sort en laissant traîner ses chaussettes par terre, enfin le soulagement, il faut le dire, de se retrouver libre. Reprendre un homme est la dernière chose dont on a envie. Du moins, ça a été mon cas. Ce qui me plaisait dans la jeune génération de peintres, c'est que la plupart étaient "gays", je crois qu'on disait "pédérastes" à l'époque, je préfère d'ailleurs, au moins le mot n'était pas ambigu. Leurs productions avaient un côté pince-sans-rire et étaient difficiles à cerner, et quand vous leur posiez des questions sur leur travail ils répondaient par un haussement d'épaules évasif ; ils avaient tous fait de l'alimentaire – décoration de vitrines, réclames, design, enseignes, et même affiches pour panneaux publicitaires – et n'avaient pas cette passion exacerbée de la théorie, héritée, je suppose, du marxisme, qui avait animé la génération de Zack. Ces nouveaux artistes se conduisaient comme si tout ça n'était que de la rigolade, comme si la vie était une vaste blague et la peinture aussi, même s'ils travaillaient dur, en cachette. J'ai vite découvert que Guy était infatigable. Une fois qu'il m'a eu installée avec les enfants dans un appartement et que lui-même a pris ses quartiers à l'Hospice, j'ai eu l'impression d'être mariée à un homme de loi de Wall Street, il n'était jamais à la maison.

– Est-ce que Guy, quand vous l'avez rencontré pour la première fois, vous a rappelé Ruk ? »

La question la surprend, elle la trouve un peu déplacée, même si bien entendu une certaine ressemblance avait déjà frappé certains amis des années quarante (Bernie, Otto) qui se souvenaient de Ruk, et avait aussi été relevée par des spécialistes de la période, qui étaient allés jusqu'à remarquer des similitudes de style – le côté lisse, la touche de dérision. Il reste qu'à l'époque pareille ressemblance ne l'avait pas frappée : ce qui l'avait attirée chez Guy, c'était quelque chose de nouveau, une intelligence insouciante qu'elle n'avait jamais rencontrée chez un homme auparavant, sauf peut-être chez certains des riches oisifs que fréquentait son père à Philadelphie, des hommes capables de passer la journée entière à jouer au backgammon au Germantown Cricket Club. « Eh bien, concède-t-elle, tous deux étaient grands, beaux, blonds, mais Guy avait ce teint lisse et rosé qu'ont les Anglais, là où Ruk avait le teint un peu jaunâtre des Slaves, la couleur d'une toile à grain très fin, en un sens, et Ruk était sentimental et dramatisait tout, ce qui n'aurait jamais effleuré Guy ; tous deux avaient, comment dire, une certaine *légèreté*, mais on sentait que chez Ruk c'était un défaut, une sorte de légèreté qui finirait par le perdre ; malgré tout son talent, son travail n'était que de la peinture mondaine, tributaire de la mode, et la mode change, tandis que chez Guy cette légèreté donnait l'impression qu'elle l'aiderait à flotter, qu'il n'était attaché à aucune image préconçue de lui-même. Il avait toujours une longueur d'avance sur vous, sans jamais paraître avoir couru. Ce n'était pas une question d'ironie, Ruk savait se montrer ironique, mais d'une ironie un peu noire, qui reflétait sa méfiance du monde, tandis que Guy était, comment dire, plein d'allégresse – il proposait tout un tas d'idées comme si elles étaient l'évidence même, et visibles pour tout le monde, ce qu'elles étaient effectivement. Mais qui d'autre à part lui les voyait ? Il n'arrêtait pas de ramasser tout ce qui traînait, n'importe où dans la ville, comme si tous ces bouts de papier et de ferraille étaient des fleurs. "Tout est tellement beau", c'est ce que je lui entendais souvent dire. Et il ne riait pas en le disant. D'ailleurs, il riait rarement, et quand il souriait, c'était à la façon des personnes dures d'oreille qui n'ont pas bien saisi ce qu'on vient de leur dire. »

« Alors, Mrs McCoy, la femme du grand McCoy, c'est vous, lui avait-il dit, lors de cette soirée dans son loft de Pearl Street.

– C'était.

– Ça devait être fantastique. »

Une effronterie aussi froide, énigmatique, mais enjouée aussi, l'avait laissée bouche bée. Tous les gens du milieu de l'art ne pouvaient pas ignorer que, pendant cinq ans, la vie avec Zack avait été un enfer.

« Du point de vue artistique, j'entends, avait rectifié Guy. Le reste, la vie au quotidien, ça passe après. Vous devriez être fière de ce que vous avez rendu possible. Là où il est arrivé, c'est là que nous tous devons commencer. Cette impasse sublime à laquelle l'a condamné sa peinture. À propos, j'adore ce que vous faites en ce moment… ces grandes toiles liquides, pareilles à des repas préparés à la hâte. Elles me font saliver. »

Hope avait décidé qu'il n'y avait pas de mal à prendre plaisir à cette rencontre avec un homme apparemment inaccessible et prêt à s'amuser de tout. Il avait de larges épaules, un col roulé lilas porté sous une chemise rose à col boutonné, une lèvre supérieure sinueuse, un regard froid et impavide, et un léger accent anglais qui allait bien avec son franc-parler et sa sécheresse de ton.

« Comment se fait-il, lui avait-elle demandé, que quand une femme se laisse aller on dit qu'elle est brouillonne, alors que quand c'est un homme on parle d'énergie libérée ?

– C'est un peu injuste, non ?

– C'est bien mon avis.

– C'est pourtant en vertu du même principe qu'un homme en train de tricoter dans le métro attirera le regard, alors que si c'est une femme elle passera pratiquement inaperçue.

– Vous-même, vous tricotez ?

– Bien sûr que non. Je n'aurais pas la patience nécessaire. Tout ce que je fais, il faut que ce soit vite fait. Y réfléchir à deux fois gâche tout. La réflexion tue la création – ce n'est pas ce qu'a dit un Grec de l'Antiquité ?

– Je ne suis pas de cet avis », avait-elle rétorqué, passant devant lui pour aller regarder ses œuvres exposées dans ce loft, qui donnait à l'est sur de tristes immeubles en brique et, dans les trouées, sur des bateaux, l'eau et Brooklyn. Au premier coup d'œil, ses peintures ne se distinguaient guère des cochonneries glanées sur les trottoirs ou dans les arrière-salles du bas de Manhattan. Il y avait des animaux empaillés – un renard, un aigle, un coq au poitrail gonflé, prêt à lancer son cri – dont s'était débarrassé un taxidermiste, à moins que ce ne fût sa veuve, un tas de boîtes métalliques (bière, soupe) et de bidons d'huile, écrasés en accordéon par les voitures qui avaient roulé dessus, et des parapluies cassés abandonnés au milieu d'une averse, des morceaux de barrières de police rayées de rouge, des plaques de rue noircies tombées par terre ou arrachées à leur poteau, de grands cartons estampillés de logos ou d'inscriptions, des appareils ménagers hors d'usage, des vieux magazines, des photos mises au rebut, des affiches déchirées. Certains de ces objets, montés sur des panneaux recouverts d'apprêt, avaient été aspergés, au hasard semblait-il, de couleurs criardes, qui réussissaient cependant à produire une impression de fraîcheur virginale : un témoin humain avait pris ces rebuts que normalement personne ne remarque, ces écailles perdues par le dragon de la production de masse, et les avait habillés de peinture. Plus étonnant encore – et la réussite était indéniable –, on avait reproduit un lit sur un panneau vertical : couverture, draps, oreiller creusé punaisé dans les angles supérieurs, taie recouverte d'inscriptions au crayon gras, et tissus attaqués par une peinture très liquide. C'était un lit étroit, soigneusement fait, le lit d'un célibataire à l'intérieur bien tenu. Une sensibilité froide et mystérieuse recouvrait comme d'un vernis protecteur ces objets trouvés défraîchis, ces collages en trois dimensions, en hommage ordonné au désordre.

« Qu'est-ce que vous en pensez ? » avait demandé Guy, debout aux côtés de Hope, son débit habituel quelque peu précipité par son désir de lui voir exprimer une opinion favorable. Ils s'étaient éloignés de la partie la plus éclairée de la pièce, où tout le monde était rassemblé, les New-Yorkais ayant pour habitude de s'agglutiner les uns aux autres, comme dans le métro ou les ascenseurs. « Complètement nul, non ? »

Peu encline à confirmer ou à réfuter ce jugement exprimé dans une langue d'adolescent, elle s'était contentée de dire : « Je vois ce que vous voulez dire quand vous parlez de commencer là où Zack a fini. » Elle avait passé la main sur les coulures durcies, le carton encollé et le fer-blanc aplati. « La liberté, avait-elle poursuivi. La liberté de la peinture, de peindre sur n'importe quoi. Mais il y a là une distance ironique que Zack n'a jamais eue. Il était tout ce qu'il y a de plus sérieux.

– Je n'ai pas du tout le sentiment d'être ironique quand je travaille, avait protesté le jeune peintre. Quelle est la formule célèbre de votre défunt mari ? “La nature, c'est moi” ? Je ne suis pas la nature, mais elle est dans tout ce qui nous entoure – les ordures, les réclames, la camelote de la civilisation moderne.

– J'aime bien le lit », s'était permis Hope, qui aurait

aimé pouvoir apprécier davantage le travail de Guy. Il vous narguait, avec cette distance qu'il affichait par rapport à son matériau, et qui était aux antipodes de la démarche de Zack, d'Onno, d'Hochmann ou de Korgi. Eux s'étaient mis, chacun à leur manière, à la merci de la toile en évolution, de sa vie propre. Le même processus appliqué à des objets réels – échantillons abîmés de taxidermie ou façades en plastique de vieux postes de radio – prenait un tout autre caractère, plus sécurisant, plus séduisant aussi. Et permettait d'être gagnant sur tous les tableaux, pour ainsi dire. Typique de Guy.

« C'est un lit à une place, avait-elle fait remarquer.

– Comme le mien.

– Vous devriez aller rejoindre vos invités. Je vous accapare complètement.

– Vous allez préférer ceux-là, je parie. Ils datent de quelques années. »

Il l'avait conduite jusqu'à une série de toiles de format modeste – un cinquante sur deux, deux sur deux cinquante –, rangées dans des casiers en lattes de pin assemblées avec un soin et une précision dont Zack, en dépit de ses prétentions manuelles, n'aurait pas été capable. Au moment où Guy s'était rapproché d'elle, Hope avait pris conscience de sa taille : il était plus grand que Zack, plus grand qu'elle ne l'avait cru au premier abord ; ses muscles et son torse avaient semblé prendre du volume quand il avait voulu atteindre une toile rangée à hauteur de sa tête. Il avait fait très attention en la faisant glisser pour la sortir ; un collage de papier journal jauni affleurait en petites touffes à la surface, faite d'une peinture à l'encaustique soigneusement étalée et non d'une huile répandue à profusion, ce qui donnait un empâtement plus brillant et plus nettement découpé.

« Qu'est-ce que c'est ? lui avait-il demandé, présentant la toile entre ses bras déployés, son visage pâle audessus du bord supérieur éclairé d'une lueur malicieuse par le reflet des couleurs – iris d'un bleu profond, lèvre supérieure tombante, dents un peu longues, des dents d'Anglais.

– C'est un… un drapeau américain.

– Vous croyez ? Il ne s'agite pas, il ne peut être hissé au sommet d'un mât.

– Ah, je vois ce que vous voulez me faire dire. C'est une *image* du drapeau, comme le *Ceci n'est pas une pipe* de Magritte.

– C'est un *signe*, lui avait dit Guy. Je trouve plus facile de peindre quand le sujet ne m'appartient pas. Quand l'image est donnée, préétablie en quelque sorte. Je ne veux pas que la toile parle de moi, que mon œuvre soit prétexte au déballage de mes sentiments. »

En avait-il, des sentiments ? Elle était curieuse de le savoir. « Mais, avait-elle dit, consciente de voir quelque chose de nouveau – comme elle l'avait été lorsqu'elle s'était retrouvée pour la première fois dans le cours d'Hochmann, puis à nouveau quand elle avait vu dans la grange pleine de courants d'air les premiers véritables *drippings* de Zack, et même quand elle allait chez Bernie, dans la maison où ses grands champs de couleurs à bandes verticales étroites vibraient dans la lumière qui inondait l'étage inférieur, le puits rayonnant qui s'ouvrait sous leur adultère –, comment pourrait-il en être autrement ? Vous êtes le créateur de la toile.

– Il y a des façons de créer en restant en dehors de votre création. Je suis simplement un moyen, lui avait dit ce grand inconnu, avec une modestie étrange et voilée difficile à distinguer de la vanité à son comble. Vous… vous êtes une fin en soi. Vous et Zack, et les autres martyrs.

– Martyrs ? Vous voyez en nous des gens très vieux. Vous êtes né en quelle année ?

– 1925.

– Et moi, ça vous intéresse de savoir quand je suis née ?

– Si vous êtes prête à me le dire.
– 1922.
– À portée de fusil, en somme », avait répondu Guy en souriant, lisant en elle à livre ouvert et la perçant à jour sans doute. Abrité derrière son apparent manque d'assurance, Guy avait un regard perspicace sur le monde. Il avait réveillé l'intérêt sexuel de Hope, qui était excitée par la nouveauté de cette confrontation avec la beauté. Quand, à l'automne, dans la galerie flambant neuve de Leo, Guy avait exposé pour la première fois en solo, Hope avait à nouveau été frappée, dans un lieu public cette fois-ci, par l'impact, l'impudence du faux lit, de l'aigle maculé de peinture, du drapeau-signe, et d'un drapeau tout blanc, où seuls les coups de pinceau et de subtiles nuances de jaune permettaient d'identifier les étoiles et les bandes ; il y avait aussi des cibles et des cartes, qui n'avaient d'autre fonction que d'offrir des contours destinés à recevoir la peinture à l'intérieur, images vidées de leur sens, simples réceptacles de couleur, répartie en touches qui, surtout quand elles dansaient et miroitaient sur des fragments à moitié cachés de papier journal, étaient aussi expressionnistes que celles d'un Zack, d'un Onno ou d'un Phil, mais avec un clin d'œil de connivence, comme une sous-couche dans un sandwich aux significations obliques. Il y avait en Guy une version apaisée de Zack, un Zack sans bouillonnement, pacifique, libéré de son désir naïf de célébrité.

Kathryn prend un ton accusateur, du genre « mettons cartes sur table », comme si quelque jury invisible présidait à leur échange, pour dire à Hope : « Zack n'était donc mort que depuis deux ans quand vous avez entamé une liaison avec Guy Holloway.
– “Liaison”, c'est aller un peu vite en besogne. Nous nous rencontrions de temps à autre, surtout chez Bernie et Jeanette, parfois dans l'atelier de Seamus O'Rourke,

dans Mercer Street. C'est à peu près à cette époque que Seamus a commencé à percer, rectangles flous, taches de couleur aériennes, on en parlait comme d'une version moderne du Saint-Esprit, et c'est vrai qu'il y avait chez Seamus ce côté religieux, il était tout excité par la reconnaissance dont il était enfin l'objet, et bien entendu il s'est mis à boire beaucoup trop, je reconnaissais les symptômes, même si son alcoolisme avait quelque chose de plus gai que celui de Zack et qu'il était en quelque sorte sanctionné par sa vie spirituelle. Bref, j'ai mis du temps à prendre la chose au sérieux quand Guy a commencé – comment dites-vous aujourd'hui ? – à me "draguer", étant donné que j'avais supposé, comme je vous l'ai dit, qu'il était homo ; son entourage l'était, indubitablement, étalagistes et acteurs mineurs qui n'arrivaient pas à percer, et c'est d'ailleurs une des raisons pour lesquelles j'étais totalement détendue en sa compagnie et l'appréciais autant. C'était l'homme le plus gentil, le plus "mobile" que j'aie jamais connu. Nous faisions les choses les plus farfelues ensemble, allions dans des restaurants typiques, albanais ou éthiopiens, avant que cela devienne une mode, et puis il y avait, à deux pas de Delancey Street, un hammam doté d'une section mixte, dans laquelle je ne me serais certainement jamais aventurée si j'avais cru avoir affaire à un hétéro. Rappelez-vous, on était encore dans les années cinquante, et la moindre déviance prenait des allures de provocation. Au début de 58, pendant l'hiver qui a suivi l'exposition de Guy chez Leo, où, chose extraordinaire, presque tout s'est vendu, en dépit des éreintements de pratiquement toute la critique, Clem n'avait même pas pris la peine de se déplacer – de mon côté, je laissais partir les œuvres à déversements sur papier de Zack pour quelques milliers de dollars chacune ; Guy me disait que c'était les brader, entre autres talents il savait comme personne quel prix pouvait aller chercher une toile sur le marché – cet hiver-là, donc, on ne devait pas être loin du printemps, et New York était gris, froid, vraiment épouvantable, il a réussi à me persuader de partir sur la côte Ouest avec lui et un couple de jeunes gens, dont l'un avait un père dans le cinéma, Hollywood était en train de se casser la figure, la télévision commençait à tuer les studios, mais le garçon en question était à la recherche d'un boulot tranquille, il voulait devenir réalisateur, et il a effectivement participé, par la suite, aux happenings de Guy, et son petit ami était un "Nègre" au teint assez clair – à l'époque je ne crois pas qu'on les appelait déjà des Noirs –, qui avait fait de la danse classique et avait un corps vraiment superbe, nous ne pouvions pas l'ignorer, chaque fois que nous nous arrêtions dans un motel avec une piscine il enfilait un de ces minuscules slips de bain noirs à la française et nous faisions sensation, mais j'adorais parcourir le pays, surtout le sud-ouest et le sud de la Californie, rien à voir avec la côte Est, on se serait crus sur une autre planète, toute cette lumière coulant à flots, ces routes toutes droites qui couraient sans fin entre des collines violettes comme dans les tableaux d'O'Keeffe, et puis des vignobles et des orangeraies, et tout était si ouvert, y compris les gens. Mes impressions étaient peut-être exacerbées du fait que je fumais de la marijuana pour la première fois, de l'"herbe" comme on disait alors, ou des "joints", en tout cas, je ne prenais pas de poids, ce qui était déjà quelque chose, parce que du temps où j'essayais de tenir compagnie à Zack, je mettais tout l'alcool dans mes hanches, et en fait je n'ai jamais tout reperdu, les deux kilos qu'on n'arrive pas à perdre deviennent le terrain sur lequel, au terme d'un intervalle convenable, s'installent les deux suivants, non ? Mais vous êtes trop jeune, ou bien naturellement trop mince, pour avoir ce genre de problème. C'est au cours de ce voyage, très tôt en fait, dès la Virginie, que j'ai compris que Guy était hétéro, tout ce qu'il y a de plus hétéro quand il en avait décidé ainsi.

– Vous l'avez épousé cette même année, dit Kathryn, le ton toujours accusateur.

– Eh oui, ma chère Kathryn. À l'époque, on ne vivait pas dans le péché, et puis nous étions fous l'un de l'autre. Il était tout ce que n'était pas Zack, et lui aussi un génie, à sa manière, quant à moi… qui sait ce qu'il pouvait bien me trouver ? Une mère qu'il pouvait baiser, je suppose, le schéma est classique. Sa vraie mère était de Rhode Island, et descendait de ces réfugiés persuadés que les puritains du Massachusetts étaient des tyrans. Ce n'étaient pas des quakers, mais quelque chose d'autre… des antinomistes, je crois qu'on les appelait, des gens qui croyaient qu'on peut tout se permettre. Elle s'appelait Pearson de son nom de jeune fille. Quant au père de Guy, Mr Holloway, il était anglais, ce qui explique l'accent de Guy, qu'il prenait à volonté, et son idée des Américains : il voyait en nous des sauvages pleins de vitalité, d'appétit et d'une vulgarité aussi merveilleuse qu'outrancière, alors que moi je les considère comme des gens fondamentalement consciencieux et, en règle générale, éreintés, entre la moiteur du climat, l'éthique du travail et les attentes que ces héroïques pères fondateurs ont placées sur nos épaules, même si en fait ils n'avaient pas une très haute opinion de l'homme du peuple, ces pères fondateurs. L'Américain moyen est bien moins vulgaire et suffisant que, disons, l'Anglais – nous n'avons rien chez nous qui ressemble aux hooligans, par exemple. Le père de Guy avait disparu de bonne heure. Sa mère habitait le Rhode Island, à Jamestown, et vivait dans une maison de bardeaux plutôt branlante donnant sur la baie, avec vue sur un pont, et l'une des choses qui explique que j'aie pu plaire à Guy, peut-être bien l'une des toutes premières, c'est que j'étais capable de tenir tête à sa mère. Comme moi, elle était petite et avait un tempérament bagarreur – elle jacassait sans arrêt avec ce charme malicieux qu'on acquiert à force de vivre dans de jolis endroits perdus, et nous nous entendions de manière "renversante", comme aimait à dire Guy, quand nous étions ensemble, sa mère et moi, même si nous faisions de notre mieux pour espacer les rencontres. Elle me savait capable de le prendre en main et partait du principe qu'il en avait besoin, dans la mesure où il était encore célibataire à trente ans passés; elle s'imaginait que sa vie à New York n'était que débauche, Sodome et Gomorrhe, et elle était tellement matérialiste et snob qu'elle ne se rendait même pas compte du succès tout à fait remarquable que connaissait son fils. Je me chargeais de remettre les pendules à l'heure, en lui disant que je n'avais jamais vu un artiste produire autant et gagner autant d'argent. Surtout dans les années soixante: on avait l'impression que toutes les villes de plus de deux cent mille habitants construisaient ces grands immeubles avec des kilomètres de murs, et que seul un Holloway pouvait convenablement les habiller. Ce qu'il peignait dans le but de mettre ses idées assez subtiles sur la représentation et la réalité en pratique – "ceci n'est pas une pipe, à moins que…" –, les gens le prenaient au premier degré; les drapeaux, les bouteilles de Coca géantes et les fragments de bande dessinée agrandis dix fois étaient des choses qu'ils connaissaient et qu'ils aimaient, des objets américains. Je dois dire – je peux bien le faire même s'il est toujours en vie, il est trop alzheimérien pour en être affecté – que, pour ma part, j'étais plutôt réticente. Ces "alphabets" au pochoir, par exemple, B-L-U-E épelé en orange, ou ces panneaux S-T-O-P peints en vert, je les voyais comme un retour pur et simple au dadaïsme; Zack et sa génération avaient, eux, rejeté l'espièglerie hautaine des surréalistes qui étaient ici pendant la guerre, pour essayer d'élargir, au-delà du cubisme, l'héritage de Cézanne et de Vélasquez – la *majesté* de la peinture, de la couleur et de la forme. Guy avait un œil très professionnel – ses compositions, même les *combine paintings* avec des animaux empaillés ou d'autres objets, étaient toujours très équilibrées, et il savait quand s'arrêter, quand il passait la mesure –, mais, fondamentalement, c'était un homme d'idées. Après lui, l'art américain n'a plus été qu'une idée après l'autre.

– Mais le *dripping*, c'était bien déjà une idée ?

– Kathryn, la salade de thon vous a rendue bien contrariante. Le *dripping*, le fait de ne pas toucher la toile, de la travailler sur le sol, bien sûr que c'étaient des idées, mais elles n'étaient rien sans l'exécution. Personne n'a jamais imité Zack sans avoir l'air d'un peintre de second ordre. Que dis-je, de troisième ordre. Guy, lui, une fois que sa chaîne de montage à l'Hospice a été opérationnelle, n'avait qu'à donner une idée à ses assistants pour qu'ils sortent des Holloway en série, pendant que lui venait me retrouver à l'appartement ou allait au cinéma à Times Square. Il a réinventé l'atelier médiéval, fait de l'art non plus une confession, quelque chose de totalement à soi, mais un artefact, la propriété de tout le monde et de personne. D'une certaine manière, il est allé au-delà de l'opposition bon/mauvais : si un assistant utilisait la mauvaise couleur ou faisait une tache en réalisant une sérigraphie, Guy pouvait tout aussi bien décider que ça ferait l'affaire, un artiste n'avait rien d'un juge en robe et perruque, d'un exécuteur des hautes œuvres.

– Je trouve ça merveilleux, dit Kathryn, qui se penche en avant, tout entière à sa déclaration, la main gauche agitée d'un mouvement convulsif sur ses genoux, que vous puissiez faire montre d'un tel enthousiasme à l'endroit de Guy après la manière déplorable dont il vous a traitée, pour finir.

– Déplorable, dites-vous ? Mais il n'y a mis aucune

méchanceté. Nous nous sommes servis l'un l'autre pendant dix-sept ans, il s'est tout simplement trouvé qu'il a cessé d'avoir besoin de moi avant que s'émousse le besoin que j'avais de lui. Il fallait à tout prix qu'il bouge. La dernière fois que nous nous sommes vus, avant que son Alzheimer prenne vraiment le dessus, son agitation n'avait plus ce caractère débonnaire d'avant, il n'arrivait plus à la contenir, et n'arrêtait pas de regarder autour de lui et de découvrir ses longues dents. Il avait l'air terrifié, il savait que les choses n'étaient plus ce qu'elles auraient dû être. Pauvre Guy. C'était la première fois qu'il m'inspirait de la pitié. »

Cette plongée dans le désarroi de Guy l'affecte profondément, en lui faisant prendre conscience du fait incontournable, presque irréel, de la présence de Kathryn, présence qui devient aussi monstrueuse, ici dans le petit salon chaste et si peu utilisé de Hope, avec ses rideaux en chintz marron et ses carreaux de fenêtre nuancés de lavande, que celle d'un aigle empaillé maculé de coulures de peinture diluée. Guy lui avait fait remarquer, un jour d'été où ils se promenaient le long de West Broadway, à quel point tout, jusqu'à ce que le regard accommode, ressemblait à du chewing-gum. À l'époque, elle avait mis la remarque sur le compte d'un certain nihilisme, la prenant comme une boutade, produit d'une superficialité soigneusement cultivée et destinée à faire rire, mais elle lui était restée, comme un rappel de la monstruosité intrinsèque de toute chose, vue comme simple manifestation d'existence sans couleur ni forme. Cette fille qui s'obstine à rester assise là, à pressurer Hope sans avoir une idée claire de ce qu'elle cherche, sans même savoir quand elle en aura assez, lui fait l'effet d'être en chewing-gum.

« À quoi ressemblait-il ? En général. »

Hope hésite… la question semble tellement simple qu'elle doit forcément contenir un piège.

« Ce que je veux dire, reprend Kathryn, en rougissant d'un air engageant, c'est à quoi il ressemblait pour *vous*. Les opinions divergent, et il n'y a pas deux photos sur lesquelles il est exactement pareil.

– Il était lisse, finit par dire Hope, non sans mal. Il avait un visage lisse qui me donnait souvent l'impression d'être rejeté en arrière, peut-être tout simplement parce que j'étais beaucoup plus petite que lui. Ses traits n'avaient rien de bien remarquable : un petit nez droit, une lèvre supérieure sinueuse, des lèvres qui, pour tout dire, avaient l'air d'être boutonnées et de trahir une légère souffrance, peut-être parce qu'il riait si rarement – garder un visage de marbre en toutes circonstances était une de ses grandes forces –, et des yeux légèrement protubérants d'un bleu délavé, un bleu de Delft. Un visage qui n'offrait guère de prise au monde.

– Contrairement à celui de Zack.

– Oh, Zack... il n'était guère qu'aspérités, lui, et il accrochait tout – c'est bien pourquoi il se retrouvait si souvent paralysé. Avec Guy, au contraire, j'avais le sentiment merveilleux de ne pas avoir constamment à pousser la carriole, ou à la sortir de l'ornière... je n'avais qu'à me laisser conduire.

– Et puis, très vite, vous lui avez donné trois enfants. Pour moi, c'est là, et de loin, le fait le plus surprenant de votre vie.

– Mais pourquoi ? Il n'y a rien de plus naturel, c'est le travail de la nature, la procréation. J'aurais aimé pouvoir commencer plus tôt – il s'est avéré que j'étais faite pour mettre des enfants au monde. J'avais le bassin qu'il fallait, en dépit de ma petite taille. Et puis, ils ne sont pas venus "très vite", chacun a pris ses neuf mois – Paul en juin 59, Piet en novembre 60 et Dot en 62. Nous étions fous de joie d'avoir une fille, nous avions décidé après la naissance de Piet d'essayer une dernière fois dans l'espoir d'en avoir une et elle est arrivée, un mois tout juste avant mes quarante ans. Vous avez employé le mot “surprenant”, pour moi, la surprise est venue quand Guy a décidé de donner le nom de sa mère à notre petite dernière, je n'aurais pas pensé qu'ils puissent être aussi proches, mais peut-être l'étaient-ils, dans son esprit; nous avions donné aux garçons les prénoms de nos peintres préférés, enfin, des peintres préférés de Guy, des artistes secs, des cérébraux – on n'avait personne à honorer côté pères, le mien s'étant montré parfaitement infect quand j'avais épousé Zack, et le sien ayant abandonné sa famille. Bref, c'était très déconcertant pour moi de parler à ce petit paquet innocent qu'était Dot, ma propre fille, en l'appelant du nom de cette femme passablement intimidante qu'était ma belle-mère. Mais “Dot” a résolu le problème, le fait de l'appeler Dot, je veux dire. Et c'est peu de temps après que Guy a commencé ses séries Benday, ces panneaux de bandes dessinées avec de gros points répétés à l'infini, en hommage à Dot en quelque sorte[1]. C'était un bon père, il aimait beaucoup jouer avec les garçons, en dépit d'un esprit de compétition évident, même quand ils n'avaient encore que deux et trois ans. L'arrivée d'une fille l'a rendu quasi gaga, il lui arrivait même de changer ses couches, tâche à laquelle il ne s'était jamais abaissé avec les garçons. Il a parlé à un moment de réaliser une série de toiles avec du caca de bébé, et il avait commencé, je crois, à se pencher sur les problèmes techniques de l'opération, mais ça n'a jamais abouti – j'ai parlé ce matin de certaines parodies de Zack consistant à uriner sur des plaques de cuivre, mais ce n'était pas Guy le coupable, en tout cas ma mémoire me dit que ce n'était pas lui. »

Bien sûr que ce n'était pas lui. C'était un personnage de seconde zone, en quête d'un moment de gloire facile.

1. *Dot*, en anglais, signifie « point » *(NdT)*.

Urine, matières fécales, les premiers matériaux de l'art. Hope coule un regard par la fenêtre, en direction du ciel d'avril qui s'assombrit. Une lumière blanche un peu maladive pèse sur les montagnes à l'horizon, mais aucun rayon de soleil ne pénètre les nuages. L'obscurité à l'ouest gagne le sud, et sur ce fond bleu-noir de minuscules flocons tourbillonnent dans tous les sens, comme s'ils ne devaient jamais toucher terre. Mais le baromètre de ses vieux os lui dit que le temps n'est pas à la neige, qu'il ne fait pas assez froid, du moins à cette altitude peu élevée. Là-haut près des cimes, où les jeunes skieurs glissent sur les pentes gelées et granuleuses de la fin de saison, la neige risque de s'accumuler, mais ici en bas, elle se transformera en pluie. Elle se demande s'il est trois heures maintenant. Elle n'a jamais pu se résoudre à porter une montre, même quand elle vivait dans un monde de rendez-vous urbains. Le temps est bien plus élastique que ne le disent les montres. Certaines activités – peindre, jouer au tennis, comme quand elle et Jerry étaient encore assez jeunes pour le faire – l'accélèrent, si bien qu'une heure passe comme si la vie avait sauté un engrenage, et d'autres – jardiner, faire le ménage, entretenir la conversation avec des gens qu'on connaît mal – le ralentissent, comme si la vie devait ne jamais finir, un peu comme ces flocons condamnés à ne pas toucher le sol.

« Croyez-vous, demande Kathryn, de ce ton vindicatif qu'elle a adopté depuis qu'elles ont commencé à parler de Guy, un ton qui rappelle à Hope celui d'une fille s'adressant à sa mère avec les accents d'une indignation provoquée par une psychothérapie, que vous et Guy essayiez de prouver quelque chose ?

– Qui aurait été quoi, à votre avis ?

– Dans le cas de Guy, qu'il n'était pas homo, et dans le vôtre, que vous étiez encore jeune.

– Mais jeune, je l'étais, non ?

– Pas pour devenir mère, dit l'autre, qui perd un peu de son assurance, dans la mesure où elle-même ne l'a encore jamais été.

– Mon Dieu, soupire Hope, clémente. J'avais la moitié de l'âge que j'ai aujourd'hui. Je devais être très jeune. »

Les enfants. Qui aurait pu croire qu'ils finiraient un jour par appartenir au passé, constituer un chapitre clos ? Pendant vingt ans, ils avaient été de tous les instants, pas seulement à titre de compagnons ou de dépendants, mais parce qu'ils étaient la justification même de sa vie, son environnement presque exclusif, leurs exigences innocentes remplissaient toutes les pièces que leurs cris étaient susceptibles d'atteindre, et leur tapage accélérait le cours des journées au point qu'elle ne voyait pas le temps passer, c'est du moins l'impression qu'elle en a avec le recul, à travers tous les voiles du changement et des abandons qui jalonnent la croissance, qui supposent qu'on délaisse une catégorie de jouets pour une autre, qu'on se débarrasse des défauts d'élocution et des fautes de grammaire, qu'on désapprenne leurs mots délicieux ; leurs gains étaient devenus ses pertes, leur respiration la sienne quand elle se penchait au-dessus des lits où chaque petite tête reposait, tiède et moite sous ses doigts dans les moments fiévreux de leur vie encore fragile, mais le plus souvent nimbée de la beauté surnaturelle des enfants endormis, membres abandonnés coulant leur pâleur au milieu des couvertures chahutées ; leurs peurs étaient devenues les siennes, leurs colères, autant de taches sur son cœur, à mesure qu'elle faisait siens leurs gains et leurs pertes, qu'ils grandissaient, centimètre par centimètre, et faisaient l'apprentissage du langage, des comportements sociaux, de l'école, acquérant chacun avec le temps une personnalité de mieux en mieux définie et circonscrite – Paul, timide, blond et rusé comme son père, Piet excitable et malléable comme elle, et la petite Dot, qui avait hérité à treize ans du nom de

Dorothy quand sa grand-mère était morte, mélange instable et surprenant de gènes latents sans doute depuis des générations, lèvres pleines, peau foncée avide de soleil, cheveux noirs et raides qu'ils n'avaient pu attribuer qu'à la grand-mère maternelle de Hope, Virginia Lafitte, originaire de La Nouvelle-Orléans, morte l'année de la naissance de Hope, et au père fugitif de Guy, que les photographies représentaient une couronne de cheveux noirs dressés sur la tête, des sourcils broussailleux tout aussi noirs, au-dessus d'yeux globuleux d'une pâleur laiteuse. En garçon manqué qu'elle était, Dot voulait absolument porter des habits de garçon, pour ressembler à Papa. Jusqu'à l'âge de six ou sept ans, ses nerfs la réveillaient au beau milieu de la nuit et elle allait se faire consoler dans la chambre de ses parents. Souvent grondée parce qu'elle troublait leur sommeil, elle avait fini par se résigner à attendre seule la fin de ces moments d'insomnie ; Hope avait de la peine, une peine qui semblait plonger aux racines mêmes de l'existence, quand, au matin, elle trouvait dans la chambre des preuves, poupées éparpillées, maison de poupée en désordre, livre d'images ouvert, que l'enfant avait tenté de se distraire au plus noir de la nuit, pendant que ses frères et ses parents dormaient, bien au chaud à l'abri de leurs rêves. À un moment ou à un autre de l'enfance de Dot, dans l'appartement de la 79e rue Est, ils avaient fait l'acquisition d'un chat, Pierre, un siamois à qui l'on avait ôté ses griffes et dont la petite tête soyeuse forçait la caresse avec un ronronnement qui s'entendait de la pièce voisine : Pierre avait pour fonction, même si Hope, pas plus que Guy, n'était prête à l'admettre, de fournir à Dot un compagnon nocturne permettant à ses parents de dormir la conscience un peu plus tranquille. Étrange tout de même que la mémoire de Hope ait si peu retenu de ce long et tumultueux pèlerinage de la maternité : la tête ronronnante de Pierre résistant sous la caresse ; le poids mort du corps du petit Piet quand elle l'allaitait dans le gros fauteuil à billes en cuir (Paul, l'année précédente, avait semblé tellement plus léger, alors que leur poids à la naissance ne différait que d'une centaine de grammes) ; l'odeur du linoléum, les jours de pluie, dans l'escalier bruyant de la maternelle non-confessionnelle de Park Avenue ; le ramassage sans fin de cubes, de pièces de Lego, de petites voitures en plastique cassées et de poupées Barbie déshabillées ; les repas de petits pois, de bâtonnets de poisson et de sandwichs coupés en morceaux de la taille de dominos sur des assiettes en plastique imprimées avec des canards, des taupes, des hérissons ou des lapins aux contours flous, vêtus de manteaux bleus à gros boutons.

Hope revoit une main de femme, peau brune et ongles clairs, la main de Brenda, de Martine ou de Josie, en train de poser une assiette de ce genre devant l'un des enfants sur la table blanche de la cuisine et concède une petite victoire à Kathryn : « Je me faisais aider. Vous avez raison, j'étais trop âgée pour pouvoir m'occuper seule de trois enfants en dessous de quatre ans. Le seul fait d'avoir à leur faire la chasse un peu partout m'éreintait, et en hiver donc, harnacher tout ce monde pour dix malheureuses minutes au jardin public, avant qu'ils commencent à pleurnicher parce qu'ils avaient froid. Par bonheur, Guy gagnait beaucoup d'argent, des sommes astronomiques, surtout après 1962, et nous pouvions engager du personnel, des bonnes d'enfants, sauf que nous ne les appelions pas comme ça, il y avait l'employée de jour qui préparait les repas des enfants et, de cinq à sept, la fille du soir qui leur servait le repas préparé à l'avance par l'autre et donnait leur bain aux deux garçons. Je donnais le sien à Dot, dans une autre baignoire, les garçons étaient trop turbulents pour moi, et la petite était terrifiée à l'idée d'avoir du savon dans les yeux. J'aurais voulu pouvoir tout faire, parce que ma mère ne l'avait pas fait, mais j'étais trop vieille et trop gâtée, j'imagine, et pleine du désir de revenir à ma peinture. »

Dans son souvenir, elle revoit maintenant la pauvre Dot, à treize ans, partant pour Brearley, pleurant et hurlant dans le hall d'accueil, humiliée par son appareil dentaire et son acné, et jurant qu'elle ne mettrait pas un pied dans l'établissement, jamais, toutes ces petites garces blondes à la taille mince et au visage lisse, elle les détestait. La silhouette de Dot, à l'adolescence, s'était épaissie, son visage au teint cireux couvert de boutons, et Hope s'était sentie totalement démunie, incapable de modifier le corps de sa fille comme on le ferait d'une toile en la grattant et en la reprenant, sans compter qu'il n'y avait plus de père dans les parages pour dire à Dot qu'elle était toujours sa petite merveille, étant donné qu'en 1975 Guy était parti. Sa mère était morte et il avait claqué la porte, comme si seuls la volonté de sa mère et son sens des convenances avaient pu le retenir là, au milieu des pièces vides, des jouets abandonnés et des voix féminines. Paul et Piet étaient en pension. Jeanette Nova – Bernie était mort, vieux maître loquace ayant connu un peu honteusement la célébrité sur ses vieux jours après une vie d'obscurité grincheuse, mais Jeanette, elle, poursuivait obstinément son existence, de plus en plus maigre, fil de trame vibrant encore sur le métier de la ville, maintenue en vie par la décoration, les vernissages et les potins – avait dit à Hope que Guy lui avait fait beaucoup d'honneur en restant avec elle si longtemps. Et elle-même avait été une sainte, de fermer les yeux comme ça. Fermer les yeux ? Hope n'avait pas vraiment envie de lui demander : « Sur quoi ? » Jeanette poursuivait, infatigable, les bagues en argent de ses mains fripées scintillant dans la pièce, où exactement ?, qui servait de cadre à la conversation et qu'illuminaient les lumières de la ville derrière les fenêtres à triple vitrage, un soupçon de vengeance peut-être dans sa voix animée, l'amitié des deux femmes l'une pour l'autre tenant maintenant d'un mélange comme l'irish coffee, dont les composantes tirent chacune dans un sens. « Personne, avait-elle dit à Hope, de sa voix rauque usée par les soirées, n'avait prévu tous ces enfants ! »

« Les gens ont été surpris, dit-elle à Kathryn, que Guy se révèle aussi bon père, mais c'était dans sa nature que de vouloir tout essayer, et d'être productif. Ce qui lui manquait, j'imagine, c'était la persévérance. Ses styles ne duraient guère plus de deux ou trois ans, et il en travaillait souvent deux à la fois. Pour ne prendre qu'un exemple, au moment où il réalisait ces énormes reproductions de *fast food* en plastique, vraiment tordantes, toutes dégoulinantes de peinture exactement comme un vrai Big Mac, avec moutarde et ketchup à l'appui, lui et ses assistants sortaient en série ces sérigraphies d'accidents de voiture et de chaises électriques et, après 1963, de Jackie Kennedy, sa fameuse toque sur la tête, l'air effaré, le tout avec une approche visuelle impersonnelle et dans des couleurs fluo totalement glacées. Il reste que dans tout ce qu'entreprenait Guy il y avait toujours une part d'accident, d'imprévu. C'est là le paradoxe : Zack, dont les meilleures œuvres ne paraissent être qu'accident, hasard, comme si un derviche tourneur s'était déchaîné au milieu des pots de peinture, répétait à l'envi que son travail n'avait absolument rien d'accidentel, comme je l'ai peut-être déjà dit – pardonnez-moi, Kathryn, si c'est le cas. C'était là l'une des rares choses cohérentes dans ses déclarations publiques, pour laquelle ni Clem ni moi n'avions à lui mettre les mots dans la bouche. Qui avait trait à la dignité de ce qu'il faisait, à la maîtrise virile qu'il entendait garder de son travail. Tandis que Guy, qui s'est transformé plus ou moins en machine une fois la maison de la 27e rue achetée et rebaptisée Holloway Hospice, et une fois qu'il a eu commencé à tout signer avec un “HH” au pochoir, dépendait, lui, totalement de l’accidentel, de l’irruption quelque part de l’imperfection humaine. Je me souviens, avant qu’il soit devenu très clair qu’il ne voulait pas de moi à l’Hospice – qu’il était parfaitement heureux avec le groupe de barjos et de drogués qui se retrouvaient là –, avoir pris un après-midi de liberté pour venir aider à la réalisation de sérigraphies à la peinture acrylique, je voulais apprendre la technique, je n’avais pas appliqué une touche de peinture sur une toile depuis des lustres, je n’avais rien fait en dehors de quelques dessins au fusain des enfants endormis et d’une ou deux gouaches rapides depuis les fenêtres de l’appartement. Bref, ce jour-là à l’Hospice – Guy avait choisi ce nom, disait-il, pour signifier que l’art était moribond et qu’il s’était réfugié là pour mourir –, il a regardé ce que j’avais fait, à sa manière rapide et épouvantablement concentrée, et a dit : “Non, ma chérie, c’est trop parfait, il faut laisser une part à la négligence. Tiens, regarde.” Et il en avait balayé plusieurs du plat de la main. Une fois remise du choc, j’ai vu que c’était nettement meilleur, le mécanique avait été retouché par l’humain, du même coup le principe de la répétition, d’un procédé reproduit à l’infini, devenait poignant. L’imperfection, c’est une tentative d’expression de notre part. Et plus elle est infime, plus elle est poignante, d’une certaine manière. Après avoir mis des morceaux de boîtes en carton déchirées dans ses *combines*, il en est venu à dupliquer les boîtes elles-mêmes, aussi précisément que possible, mais on voit quand même qu’elles sont faites à la main. Je ne pense pas que ses assistants à l’Hospice aient mieux compris que moi comment il se faisait que réaliser une seule sérigraphie à partir d’un paragraphe de journal n’était que de la copie, alors qu’en faire toute une série, en faire seize, toutes recouvertes de cerise ou de turquoise, c’était produire une œuvre d’art qui prendrait tout son sens une fois exposée dans un musée. Zack ne s'intéressait qu'à l'expression des sentiments du peintre, Guy, lui, s'intéressait davantage à ce que voyait le spectateur. À sa manière, c'était un théoricien aussi sophistiqué que Bernie ou Roger, sauf que lui ne parlait jamais théorie. Du moins avec moi. »

Hope se fait l'effet d'être en train de vendre Guy à Kathryn, d'essayer de le faire passer pour le digne successeur de Zack, mais l'autre n'est pas preneuse, comme si, dans son esprit, Guy était handicapé par une tare, un manque certain d'envergure, là où Zack a tout le prestige de la star de Cinémascope. La voix de la jeune femme, qui se fait plus voilée, pour ne pas dire un peu enrouée, dans cette pièce qui fraîchit à mesure que le jour au-dehors s'assombrit au milieu des crachotements de la neige, suggère qu'elle en a assez entendu sur Bernie, Roger et les théories artistiques des uns et des autres. « Puisque vous parlez de l'Hospice, dit-elle, toujours avec ce ton accusateur, il a beaucoup été question de drogue à propos des gens qui fréquentaient les lieux, surtout à partir du moment où Guy s'est lancé dans les films expérimentaux. Au moins un membre de l'équipe est mort d'une overdose d'héroïne, et une actrice dans un de ses films – pas regardables, bien entendu, mais j'ai cru comprendre que c'était précisément là le but de la chose – s'est suicidée. Quelle impression ça vous faisait de savoir que, pendant que vous essayiez d'élever trois enfants dans l'Upper East Side, Guy s'en allait rejoindre tous les jours le théâtre de cette folie style années soixante et début des années soixante-dix ? » De son long nez encombré sort un reniflement sonore qui ponctue la fin de sa tirade.

« Eh bien dites donc ! s'exclame Hope, qui sent le rouge lui monter aux joues, son sang de quaker ne faisant qu'un tour. Personnellement, je n'ai jamais pensé que l'artiste moderne pouvait ou devait être un produit standard de la bonne bourgeoisie. L'art n'occupe pas une place très confortable dans la vie américaine ; l'artiste est forcément en marge du système. Mais Guy n'était pas un drogué. Il ne fumait pas, et c'est à peine s'il buvait. Même lors de notre pré-lune de miel sur la côte Ouest, il avait été très raisonnable avec la marijuana – il n'était pas question qu'il mette la moindre parcelle de son cerveau en danger, il savait dès l'adolescence qu'il allait devoir vivre de son intelligence. Et puis, bien entendu, il avait cette extraordinaire capacité à la dissociation. Comme la plupart des hommes de ce pays, il avait sa vie professionnelle d'un côté et sa vie privée de l'autre. Nous ressemblions à la famille, gâtée et protégée, d'un patron d'atelier du XIXe siècle exploitant ses ouvriers sans merci, mais sans jamais rapporter à la maison le moindre détail scabreux. Il passait volontiers une soirée à regarder *The Andy Griffith Show* avec moi et les enfants, puis à écouter un disque de Schubert sur la chaîne stéréo et à faire une partie de backgammon avec moi, pour, le lendemain matin, se retrouver en compagnie de quelques-uns de ses parasites lancés dans une partie à trois sous l'œil d'une caméra. Le sordide ne gênait absolument pas Guy, pour lui cela faisait partie de la réalité urbaine que nous côtoyons tous les jours. Il avait foi en son aptitude à rester pur, à demeurer un passeur sans tache, capable de tout transformer en art. Ce qu'il faisait simplement en disant que c'était effectivement de l'art, et ce sans jamais élever la voix – c'était là une des choses qui m'étonnait le plus chez lui, sa bonne humeur et son équanimité. Croyez-le ou non, mais avec les enfants c'était lui qui était le plus strict en matière de discipline, et toujours dans le calme, j'étais, moi, bien trop soupe au lait, sans compter que je prenais tout ce qu'ils faisaient et qui me déplaisait pour un affront personnel. Quand Dot venait nous réveiller, en dépit du chat que nous lui avions donné, c'était moi qui

– comment dites-vous ? – “piquais une crise”, et Guy qui la calmait et la reconduisait gentiment dans son lit. Dans le même temps, certains des critiques, qui avaient fini par se faire à l'expressionnisme abstrait, juste au moment où on pouvait dire qu'il était mort et enterré, le dénonçaient comme l'antéchrist de l'art, une sorte de pape des fous qui recyclait toute la bêtise et la laideur de la vie américaine et se débrouillait pour se faire exposer dans les musées ; c'était Robert Hughes, de *Time*, qui était le plus virulent. Et c'est vrai que les conservateurs aimaient ce qu'il faisait ; ça s'accordait avec l'environnement de la rue, le décor que les gens avaient à traverser pour venir au musée ; avec lui, c'était la vie de la rue qui entrait au musée.

– On ne pourra certainement pas vous accuser de manquer de générosité à l'égard de Guy.

– Lui-même s'est montré très généreux avec moi. Même à la fin, au moment du divorce. L'argent ne l'intéressait pas, sauf lorsqu'il s'agissait de l'aspect des billets, et il disait toujours que le graphisme américain en la matière était le meilleur du monde. Je n'ai pas eu à épouser Jerome Chafetz pour des raisons financières. Si nous nous sommes mariés, c'est parce que nous sommes tombés amoureux. »

Kathryn laisse échapper une sorte de soupir par le nez, quelque chose de légèrement liquide. La pauvre, elle est en train de s'enrhumer, avec en plus la perspective d'un long trajet devant elle pour rentrer à New York. Sans compter qu'elle, elle attend toujours cet amour dont Hope ne cesse de faire étalage. Certaines femmes tombent facilement amoureuses, ont facilement des enfants et transmettent leurs gènes aux générations futures, contribuant ainsi à entretenir le romantisme de l'espèce. Et puis il y a cette autre catégorie de femmes, avec lesquelles le processus s'arrête. La fin de l'interview ne saurait tarder.

« Votre fille, Dorothy. Les préférences sexuelles qui sont les siennes vous ont-elles choquée, ou dérangée ? »

Hope pousse un léger soupir, croise à nouveau les mains sur ses genoux après s'être balancée deux ou trois fois sur son fauteuil, essayant de réfléchir à une réponse honnête. Son amour endigué pour sa fille lesbienne a formé en elle un marécage de tristesse noirâtre sur les bords duquel elle ne s'aventure guère lors de ses voyages intérieurs. En conséquence, elle se dérobe, reste évasive. « Non, pourquoi l'auraient-elles fait ? »

Sa première et unique fille, forcément négligée. À sa naissance, les garçons marchaient à peine et restaient une menace pour eux-mêmes autant que l'un pour l'autre ; elle avait pour habitude de poser le bébé, entre deux tétées, dans son couffin sur le parquet du salon, et quand ses pas pressés annonçaient à l'enfant que quelqu'un était proche, la petite Dot se mettait à gigoter dans son cocon de couvertures, ravie, semblait-il, de partager la terre avec une autre présence humaine. Et quand Hope la prenait dans ses bras, son corps tiède et ferme se raidissait et frémissait d'un plaisir intense et indicible, comme si montait en elle un chant irrépressible ; elle tétait avec avidité, serrant et relâchant tour à tour un des doigts de sa mère dans sa petite paume ridée dont la pression était aussi douce que celle des lèvres d'une gueule-de-loup. Son corps s'adaptait et se conformait à celui de Hope, comme ne l'avait jamais fait celui des garçons, résistant et têtu dès le départ. Comme dans une glace embuée, son esprit se penchait sur le souffle vital de cette autre représentante du sexe féminin, imaginait par avance les jeux qu'elles seraient amenées à partager, le retour à sa propre enfance, tout en condamnant Dot au stoïcisme de leur sexe, et sans regretter de la négliger durant cette période où il fallait d'abord satisfaire les exigences des mâles de la famille. Ses frères avaient continué à crier plus fort qu'elle, à l'éclipser et à la surpasser, sans que sa mère et elle atteignent à cet état d'union spirituelle totale, à cette complicité affectueuse qu'avait espérés Hope et qu'avaient remplacés blocages et frustrations. Quand, en promenant l'enfant dans sa poussette, elle tournait au coin venté de la 79e rue et de Park Avenue, la large avenue légendaire lui faisait l'impression d'un immense tapis roulant qui se précipitait avec ses taxis jaunes en direction de la barrière du Pan Am Building à une trentaine de blocs de là, mais qui, fondamentalement, comme un tapis roulant, n'allait nulle part.

Kathryn n'a pas daigné répondre. Elle attend, patiemment, que sa victime veuille bien entrer dans les détails, plonger à nouveau dans les profondeurs troubles du souvenir pour en ramener quelque horrible relique. Tout ce que dira Hope au sujet de Dorothy sera enregistré et peut-être imprimé, encore qu'elle doute que cette investigatrice impitoyable retranscrive par écrit plus qu'une infime partie des mots enregistrés pour l'article qu'elle a l'intention de rédiger, Hope se souvient maintenant de ce qu'elle lui a dit au téléphone, pour un magazine « en ligne » qui n'existe que dans le cyberespace. « Elle avait hérité de Guy ses yeux bleus d'Anglais, lui dit Hope, tandis que les garçons avaient les miens, un noisette un peu trouble, plus ou moins nuancé de vert selon la couleur de la chemise qu'ils portaient.

– C'était la préférée de Guy ?

– Petite, oui. Mais quand elle s'est mise à grandir Guy a paru plus à l'aise avec les garçons. Il était amical et taquin avec Dot, mais aussi un peu circonspect, comme s'il redoutait de s'approcher trop près d'un mécanisme qu'il ne comprenait pas. C'était partie intégrante de sa personnalité que de refuser de s'embarquer dans quoi que ce soit sans comprendre, sans être capable de prévoir l'issue. Il était en cela très différent de Zack. Qui fonçait sans réfléchir, puis se mettait à paniquer. Si Guy avait été à la place de Zack, il aurait formé des assistants pour qu'ils produisent des *drippings* à la chaîne jusqu'à ce que tous les marchés, nationaux et internationaux, soient saturés. Ce que je dis peut paraître cynique – et peu généreux, pour le coup –, mais les réalisations de Guy révélaient un certain esprit d'économie autant qu'un désir d'abondance. L'art, qui avait été tellement dynamique, passionné et, disons-le, existentiel, quand j'étais jeune, s'était refroidi pour prendre la forme d'idées, une succession d'idées – je l'ai déjà dit, non ? Ce qui n'était pas pop était hard edge ou color field. Prenez les grandes toiles de Bernie et comparez-les à, disons, Ad Reinhardt et Morris Lewis. Qu'est devenue la passion de Bernie, ces gigantesques ciels de couleur pure, ce pari énorme qu'il avait fait ? Un parfum de glace, ni plus ni moins. »

Hope sait pertinemment que Kathryn ne veut plus l'entendre parler de peinture, mais espère la détourner du sujet de Dot. Ce que Kathryn refuse obstinément.

« Quel âge avait Dorothy, avez-vous dit, quand Guy est parti ?

– En fait, ça faisait déjà quelque temps qu'il était en partance. Il passait de plus en plus de temps à l'Hospice, enchaînait les expos, à Tokyo, Venise, Rio, et restait parti pendant des semaines. Pendant toutes les années soixante, ses projets s'étaient faits grandioses. Il s'était toqué des panneaux d'affichage, et il s'est fait expliquer la technique par des professionnels, avant de se mettre à produire lui-même ces trucs tellement énormes qu'ils ne passaient pas par les portes et qu'il fallait les exposer dans les cours des musées ou dans les halls des vieilles gares désaffectées qu'on trouvait dans un nombre sans cesse croissant de centres-ville. Et, comme si l'échelle était encore trop petite, il s'est mis à concevoir des monuments publics – une paire de ciseaux de la taille de la tour Eiffel, des battes de base-ball, des gommes et des pinces à linge gigantesques, dont aucun État ni aucune ville ne pouvait décemment faire voter la construction, même si certains, surtout dans le Midwest, ont fini par le faire, dans l'espoir de redonner un peu de vie à leurs centres-ville moribonds. Dans leur grande majorité, ces projets n'ont jamais été exécutés, mais ils ont généré des tas de plans et de dessins dont on pouvait toujours tirer quelque chose. Comme je vous l'ai déjà dit, Guy ne laissait rien perdre.

– Mais… vous étiez sur le point de me dire comment vous aviez réagi aux préférences sexuelles de Dorothy.

– Vraiment ? N'étais-je pas plutôt sur le point de ne pas vous le dire ? »

Devant cette fin de non-recevoir, Kathryn rougit, visiblement contrariée ; elle fait passer une mèche de ses longs cheveux lisses derrière une oreille blanche qui n'est pas, Hope le remarque pour la première fois, plaquée contre le crâne mais décollée, comme celle d'un garçon que la puberté n'a pas encore commencé à remplumer. La main toujours levée, l'intervieweuse se penche pour vérifier que son magnétophone marche toujours.

« Arrêtez-le, dit Hope, prise d'une exaspération soudaine. Je vous en parle à condition que vous arrêtiez cet engin démoniaque. »

Les yeux de Kathryn, qui a le visage baissé, ces yeux sombres comme des prunes ou des puits d'encre noire colorée par la rouille, lancent un regard d'étonnement et de défi, qui laisse voir un croissant blanc en dessous de chaque iris. Ses lèvres s'entrouvrent, prêtes à formuler une objection.

« Je ne tiens pas à voir enregistrer quoi que ce soit qui puisse nuire à ma fille », explique Hope.

La jeune femme réprime l'envie filiale d'argumenter et tend une main obéissante – un poignet osseux surgit d'une manche – pour éteindre le magnétophone.

Hope fait basculer son fauteuil en arrière avant de parler, sur le ton confidentiel qu'elle adopterait avec une femme de son âge. « Guy et moi, nous nous étions imaginé que si nous avions une fille, elle serait belle. Et pourquoi, me direz-vous ? Parce que nous étions des artistes, je suppose, et qu'en tant que tels nous estimions le mériter. Nous nous trouvions – quelle est donc cette jolie expression un peu vieillotte ? – bien tournés. Je croyais qu'un mélange de souplesse un peu dégingandée d'un côté et de rondeurs fermes et bien proportionnées de l'autre donnerait naturellement une femme grande, élégante et féminine. » L'idée désagréable lui traverse l'esprit qu'on pourrait trouver Kathryn grande et élégante. « Au lieu de quoi, poursuit-elle, Dot avait ces problèmes de peau auxquels j'ai fait allusion, des cheveux noirs indisciplinés, des sourcils qui se rejoignaient presque au-dessus du nez et des lèvres épaisses qui lui donnaient l'air buté. Même adulte, elle n'était pas plus grande que moi, et les yeux bleu pâle de Guy paraissaient s'être égarés sur son visage, venus d'une autre planète.

– Mais enfin, intervient Kathryn de manière assez surprenante, comme si le fait d'avoir coupé le Sony l'avait libérée, elle aussi, un visage ne se résume pas au catalogue de ses traits ; si une femme a de l'entrain, une attitude positive face à la vie et sait se maquiller…

– Dot refusait le maquillage. Elle y voyait une forme d'hypocrisie. À moins qu'elle ait pensé, avec toutes les cicatrices qu'elle conservait, que son cas était désespéré. Le plus triste, c'est que si elle était née dix ans plus tard, elle aurait pu bénéficier d'un traitement, l'Accutane, qui a fait des merveilles sur le petit-fils d'un des associés de Jerry. Le garçon a une peau de bébé maintenant. Pour ce qui est de Dot…

– Cela reste tout de même un défaut de surface.

– Facile à dire pour ceux qui n'en souffrent pas.

L'essentiel de ce que nous voyons des autres est précisément la surface. Je me suis rongé les sangs pendant toute son adolescence, après le départ de Guy, à la vue de cette pauvre gamine sans père qui ne supportait plus de se regarder dans une glace, et elle le sentait, bien sûr, elle devinait que je me culpabilisais – quand quelqu'un ne demande qu'à se culpabiliser, on a tendance à lui accorder toute latitude pour le faire. Tout mon passé – disons mon entrain, si vous voulez – l'offensait. Elle me trouvait idiote, pitoyable, d'avoir consacré toute ma vie, comme elle disait, à séduire les hommes, et pour me contrarier, j'imagine, elle a tenu à garder des contacts avec Guy, jusqu'à ces toutes dernières années, où il est devenu impossible d'établir avec lui une quelconque communication, une si belle intelligence, cet esprit si… » Hope se rend compte qu'elle s'égare, qu'elle longe déjà les bords envahis de roseaux de ce marécage qui dort en elle. « Mon Dieu, dit-elle, les relations avec les autres, c'est tellement difficile, vous ne trouvez pas ? »

Kathryn ne se donne pas la peine d'acquiescer, mais revient à la charge, imperturbable. Tiens, cette légère oscillation liquide dans ses yeux, se pourrait-il qu'elle soit due à des lentilles ? « Quand est-ce que Dorothy vous a annoncé qu'elle était lesbienne ? Quand est-ce que ça a commencé à se voir ? »

Hope se sent soudain accablée par l'ennui, un ennui glacial qui la pénètre jusqu'à la moelle. « Elle est devenue "pratiquante", de manière visible, si j'ose dire, cheveux courts, vestes d'homme et le reste, à Stanford. Je ne crois pas qu'elle ait eu des aventures avant, à Brearley elle détestait trop ces blondes pleines de pognon, ou du moins c'est ce qu'elle disait, mais la première partenaire sérieuse qu'elle ait ramenée de Californie était en fait une superbe grande blonde, l'État est rempli de ces surfeuses aux cheveux décolorés par le soleil, de

La Jolla, il me semble qu'elle était, avant de devenir une princesse de Park Avenue façon Los Angeles, hâle doré, yeux gris ardoise, ignorance crasse, mais si reposante, de toute réalité culturelle… Je la trouvais moi-même très attirante, cette Marcy, il faut dire que ce n'était pas si longtemps après que j'eus moi-même cessé, grâce à Jerry, de m'adonner à certaines expériences douteuses, pour me venger de Guy, je suppose, c'est encore à la mode cette idée selon laquelle tout ce que nous faisons est motivé par un désir de vengeance ? Le bronzage allait bien à Dot aussi, ça résolvait en partie son problème de peau, les cicatrices étaient toujours là, certes, mais elles n'allaient pas si mal avec son allure trapue, et cet air d'agressivité aux cheveux broussailleux qui était le sien maintenant, genre *"Black is beautiful"*, j'imagine ; on aurait dit une *chicana*, si l'on excepte ce don de la conversation intelligente et rapide qu'elle tenait de Guy ; elle ne connaissait rien des détours et des hésitations qui m'empêchaient, moi, d'aller directement au but… pour tout vous dire, Kathryn, je suis retombée amoureuse de ma fille à ce moment-là, de la petite Dot angoissée qui s'accrochait à moi, mais dotée maintenant de cette nouvelle personnalité, dure et un peu effrayante. Dure, elle l'était avec moi, ça on peut le dire. Elle m'a accusée d'avoir détourné Guy de ses tendances sexuelles profondes, ce que j'ai eu du mal à prendre au sérieux dans la mesure où, à l'époque il était déjà remarié à Gretchen, cette éleveuse de chevaux du Connecticut. Dot disait que Gretchen, qui était mince et osseuse, un peu comme un jockey, n'était qu'un garçon doté d'une chatte, si bien que, vous voyez, il n'y avait pas moyen de discuter avec elle, enfermée qu'elle était dans son militantisme. Au moment où elle a quitté Stanford, son diplôme en poche, elle a décidé que mon mariage avec Jerry supposait une telle compromission avec le capitalisme qu'elle ne voulait plus rien avoir à faire avec moi, et pour ne rien vous cacher, c'est terrible à dire, j'ai éprouvé une sorte de soulagement, comme chaque fois qu'elle finissait par aller se recoucher toute seule quand elle était petite.

– Comment avez-vous réagi à cette accusation de détournement des tendances de Guy ? Puis-je remettre le magnétophone en marche ?

– Oui, oui, allez-y. Je ne pense pas que tout ceci ait une grande importance ; nous n'avons d'existence que pour nos enfants. »

Le déclenchement du petit Sony et le bourdonnement qui s'installe dans son oreille comme un acouphène altèrent subtilement l'atmosphère de la pièce. Le bois du mobilier, la céramique des lampes avec leurs chapeaux pâles et plissés, le chintz passé des rideaux et leur motif de roses brunâtres, les minces carreaux des fenêtres, tout semble soudain un peu plus fragile. Elle vit dans cette maison depuis si longtemps qu'elle a cessé de la voir, or, à travers les yeux de cette jeune femme, elle voit maintenant que tout – tapis, rideaux, perroquets en terre cuite à l'œil rond rapportés d'un voyage au Mexique entrepris avec Guy peu de temps avant leur rupture –, tout attend la purge et la rénovation qui suivront sa mort. Paul, Piet et Dorothy viendront ensemble, très distants d'abord les uns avec les autres, mais retombant rapidement dans les schémas de leur enfance ; ses biens seront dispersés et vendus, personne n'aura sans doute envie de conserver grand-chose, ses toiles non terminées seront transportées chez le marchand, les enfants s'attristeront un peu de voir à quel point, vus dans une lumière aussi crue, les restes d'une vie peuvent être maigres. Elle, elle sera au-delà des reproches et de l'amour. La tranquillité quaker sera son refuge et sa récompense. Le catéchisme de son enfance n'incluait pas une image très colorée de la vie dans l'au-delà, laquelle apparaissait surtout comme une bienheureuse absence, une libération de tous les appétits trop humains. Au-delà des vitres fragiles et bombées, la neige a cessé de crachoter sur le fond bleu-noir de cette masse sombre qui pèse sur la Bosse du Chameau. Sur les arbres dénudés, les arbustes à feuilles persistantes et la pelouse brune s'est déposé le lustre huileux, cette attente fébrile de l'air, qui précède la pluie.

Elle change de position sur son siège, essayant de chasser ces idées de mort, de vaincre son ennui. « D'après votre expérience, Kathryn, diriez-vous qu'une personne peut vraiment en séduire une autre ? Ou n'est-ce pas plutôt que toutes deux émettent des signaux – s'enveloppent d'une aura d'atomes – qui les rapprochent ? Si les gens sont attirés les uns vers les autres, c'est parce que instinctivement ils sentent qu'ils en tireront un profit mutuel, qu'il y aura, comme on dit en physique atomique, un gain net dans l'échange. L'âme en quelque sorte neutre de Guy a été attirée par mon énergie positive, sans compter, bien entendu, qu'il était aussi excité par ma relation antérieure avec Zack, l'homme dont on a oublié, après sa mort, le côté pathétique et odieux pour en faire… comment dire ? le Saint-Esprit de l'art américain d'après-guerre. Cela amusait beaucoup Guy de profaner tout ce que Zack et les autres considéraient comme sacré et, par-dessus le marché, d'hériter de sa femme. Il aimait – oserai-je le dire ? – les petites pratiques auxquelles j'avais recours pour exciter Zack ; ils n'étaient ni l'un ni l'autre facilement excitables, se contentaient d'attendre en me regardant faire et, à la manière des représentantes de notre sexe éminemment adaptable, je m'étais mise à aimer ça, à les voir regarder, puis à les faire passer à l'acte presque malgré eux. Après avoir connu Zack, j'étais terriblement sensible à l'absence de toute tendance à l'autodestruction chez Guy. Il y avait chez lui une créativité fraîche et claire qu'aucun critique – pas plus Clem que Hughes ou

Hilton Kramer – n'arrivait à endommager : elle s'exerçait d'idée en idée, en inventions auxquelles personne n'avait jamais songé auparavant, et ce pendant toutes les années soixante et le début des années soixante-dix, jusqu'à seulement un ou deux ans avant qu'il me quitte, qu'il bascule dans le grandiose et perde sa modestie pop. C'était cette modestie que les gens trouvaient si attirante, elle avait ouvert l'art héroïque, hermétique et nombriliste des années quarante et cinquante à la réalité du monde qui nous entoure. L'art de Guy privilégiait la camelote, chérissait l'Amérique telle qu'elle était, sale, commerciale, visuellement violente : il était suffisamment étranger, extérieur, pour aimer cette Amérique-là. Ou du moins, c'était l'impression que j'avais. Et tout cela avec une extraordinaire facilité, sans jamais se forcer.

– Et vous-même, est-ce que vous avez beaucoup produit pendant ces années heureuses ?

– Aïe, voilà qui fait mal. “Années heureuses”... Comme vous le savez fort bien, j'ai très peu produit à cette époque. Dès le début, il y a eu les enfants en bas âge, qui, en dépit du personnel que nous pouvions nous offrir, me prenaient toute mon énergie, et quand j'ai enfin eu un peu de temps à moi, le climat artistique avait tellement changé que l'abstraction et l'enseignement d'Hochmann semblaient d'une grande naïveté et, pour employer mon nouveau mot préféré, grandioses. Il y avait maintenant une ironie diffuse qui sapait tout, Vietnam ou pas Vietnam, exactement comme Duchamp, Ernst et Breton minaient toute valeur à l'époque où j'étais arrivée à New York, et l'ironie n'était pas mon fort. Peut-être bien, somme toute – quel serait votre avis là-dessus ? –, que l'ironie n'est pas le fort des femmes en général, ce qui nous importe nous tient totalement à cœur, nous ne pouvons pas nous payer le luxe de la distanciation. C'est le propre d'un homme d'être capable de se moquer et d'aimer à la fois. La seule femme à s'être fait un nom dans le pop art, c'est Marisol, et ce qui lui avait ouvert la voie, c'était son expérience de la sculpture populaire latino-américaine. Elle était sculptrice. Moi, je ne voulais que la peinture, la peinture qui arrivait d'abord toute gluante, puis durcissait et ne pouvait plus être manipulée. C'était ça, mon idée de l'art. »

Kathryn hésite un instant avant de poser la question suivante, et Hope en conclut que ça doit être du gros calibre. « Est-ce que Guy vous a donné une raison quand il a rompu ?

– Depuis quand est-ce que les hommes ont besoin de le faire ? Ils se contentent de changer de pâturage, comme les bisons. À un moment, si je me souviens bien, il a reconnu que je l'ennuyais. »

Il avait dit : « T'es casse-pieds, Hope. Arrête de me proposer sans arrêt des solutions. Des solutions, il n'y en a pas.

– Mais pourquoi, Guy ? Pourquoi ? » Elle s'agitait autour de lui, vêtue d'une chemise de nuit légère en mousseline ; elle sentait ballotter ses seins dénudés, elle avait perdu tout sentiment de dignité ou de honte.

« Je t'en prie, chérie, tu vas encore me donner mal à la tête. J'ai des maux de tête épouvantables, depuis quelque temps. Ta vie continuera comme avant. Tu auras l'appartement, les enfants, de l'argent en pagaille, tu me verras moins, c'est tout. Tu vas pouvoir commencer à voir d'autres gens.

– J'ai cinquante-trois ans, espèce de crétin ! C'est pas possible d'être égoïste à ce point ! Cette partie-là de ma vie est bel et bien finie, il n'y a personne que j'aie envie de voir en dehors de toi, espèce de salaud ! » Même à l'époque, elle s'était demandé pourquoi elle avait éclaté en sanglots à la seule idée de son absence ; pour tout dire, il était de plus en plus souvent absent depuis des années.

« Il se moquait de moi, dit-elle à Kathryn, parce que j'essayais de trouver une solution. Je lui avais proposé de quitter la ville – il y avait des quantités de gens qui le faisaient ; les villes étaient terribles à l'époque, entre la drogue et les impôts locaux insuffisants pour assurer le financement des écoles et des services publics ; il y avait des ordures partout – et de n'y garder qu'un petit appartement, ou alors d'aménager un appartement pour nous et les enfants quand ils viendraient nous voir au dernier étage de la grande maison de Chelsea qui abritait l'Hospice. Où avais-je la tête ! Moi à l'Hospice, c'était bien la dernière chose qu'aurait voulue Guy. Je pensais que nous pourrions garder un pied-à-terre en ville et aller nous installer dans le Connecticut, dans la ferme qu'il avait achetée pour placer son argent, l'immobilier dans ces années-là était un bien meilleur placement que la Bourse, qui a stagné, les gens ont tendance à l'oublier, pendant une bonne dizaine d'années, exsangue, comme elle l'est aujourd'hui. Étant donné que nous avions le terrain pour ça, au-delà de New Milford, Guy s'était mis, autre placement sûr d'après lui, ce qui laisserait à penser qu'un ramollissement du cerveau avait déjà commencé, à investir dans les chevaux, et c'est comme ça que Gretchen, la cavalière, était entrée dans nos vies. Maintenant que j'y pense, il a effectivement dit à son propos, une des premières fois où il m'a parlé d'elle, qu'à force de monter à cheval elle avait le cul aussi dur que celui d'un garçon. Quand il m'a quittée, sa liaison n'était plus un secret pour personne, et il n'a pas essayé de nier quoi que ce soit. J'étais tellement désespérée, Kathryn, que je l'ai supplié de la garder, de continuer à coucher avec elle, du moment qu'il ne nous quittait pas, moi et les enfants.

– Et le sexe avec lui, ça se passait comment ? » Nous y revoilà, se dit Hope. Elle avait fait l'erreur de commencer à en parler ; et maintenant, la fille ne voulait plus lâcher.

« À mon avis, plutôt bien, dit-elle en relevant le menton, mais peut-être que je ne faisais pas suffisamment attention. Guy n'avait jamais été très demandeur en la matière, contrairement à Ruk avant lui, ou à Jerry après. Jerry ne vivait que pour ça ; il hurlait, tempêtait, il aurait fait l'amour tous les jours. Tous les jours… à l'âge que nous avions. Guy et moi, nous en étions à, je ne sais pas exactement, moins d'une fois par semaine, peut-être deux fois par mois, quand nous rentrions d'un vernissage et que nous avions un peu trop bu de ce champagne qu'on vous servait dans des verres en plastique, et que nous avions encore la soirée devant nous, mais pas tout à fait assez de temps malgré tout pour que Guy s'installe à son bureau ou devant sa planche à dessin ; il savait fort bien utiliser son temps. Les derniers temps, les garçons à Putney, Dot dans sa chambre à écouter ses cassettes, moins perturbée que cinq ans plus tôt, au moment de la séparation des Beatles, Guy n'arrêtait pas de me dire que ça ne changerait pas grand-chose pour personne, sauf pour moi pendant quelque temps, mais que je m'en remettrais – que j'entrerais assez vite dans une nouvelle phase. Il aimait bien la notion de phase. Et bien entendu, d'une certaine manière, il avait raison. Il avait d'ailleurs rarement tort, Guy. »

Et pourtant, dans son souvenir, elle le revoit pleurer avec elle, quand elle pleurait. Les larmes coulaient de ses yeux bleu glacier sur ses joues toujours aussi lisses. Il la serrait fort contre lui, mêlant son haleine chaude à la sienne, et murmurait : « Je suis vraiment désolé, Mickey. Je regrette que les choses se terminent comme ça. Mais tout a une fin, et la vie est moche. »

« Mickey » était un petit nom qui datait du temps où il la courtisait, quand elle était encore la veuve McCoy. Il trouvait que cela lui allait mieux que « Hope », prénom doté d'une connotation catégorique qui le rebutait, tant il suggérait un don de soi-même un peu trop enthousiaste. Les larmes qu'il avait versées au terme de leur bout de chemin ensemble étaient sincères, mais il pleurait aussi pour la forme, comme si c'était là le prix à payer pour pouvoir poursuivre sa route. Son esprit était très actif, il avait toujours une longueur d'avance sur elle, sur tout le monde. Au souvenir de la manière dont Guy lui avait glissé entre les mains comme une anguille avant de s'esquiver poliment, elle se demande si sa fille n'avait finalement pas raison : n'était-ce pas elle qui l'avait séduit, elle beaucoup plus que lui qui avait voulu leur union, résultat de ses ruses de femme plus que de son désir d'homme ? Dans notre désir d'un nouveau mâle, notre instinct de femme nous pousse à des extrêmes en temps ordinaire inatteignables. Dans l'atelier de Pearl Street, elle lui faisait des pipes, pendant que, à genoux, il chevauchait son visage, sur cette banquette marron fatiguée qui avait l'air elle aussi d'avoir été ramassée dans la rue, puis lui montrait son sperme pâle sur sa langue, tel un petit chef-d'œuvre tachiste, avant de l'avaler ou de le régurgiter sur son pénis encore dressé ; jusqu'à sa queue qui était lisse, à peine marquée par les stries et les veines gonflées peu appétissantes qu'on voit aux autres hommes, tel un godemiché en ivoire ou le sexe en érection dans ce chef-d'œuvre au briquet de Marisol.

Son grand-père faisait souvent cette citation de la Bible, une lueur malicieuse dans les yeux : « On ne se moque point de Dieu : l'homme ne récoltera que ce qu'il aura semé. » La femme aussi. La séductrice devenue épouse est bientôt remplacée par une autre. Et pourtant, avec Guy, ce n'était pas d'abord une question de sexe, son pouvoir était présexuel, son art n'était jamais aussi frais, aussi beau que quand il était enfantin – bâtons de glace et parts de gâteau fourré exécutés en vinyle, cousus par les esclaves de l'Hospice, bourrés de kapok et grossis jusqu'à dix fois leur grandeur nature, appareils divers, téléphones publics, par exemple, assemblés sur une toile sans cadre, pendant mollement sur le mur du musée comme la peau de Marsyas écorché vif, énormes lettres de l'alphabet coulées en bronze comme des figures de cavaliers, ou encore balles solennellement disposées et remplies d'argent factice.

«Le salaud s'est débarrassé de moi, dit Hope, qui n'a pas envie de parler à Kathryn des larmes qu'ils ont versées ensemble ou du sperme qu'elle faisait rouler dans sa bouche et qu'il regardait avec un soupçon de dégoût, et m'a laissée avec pas mal d'argent et trois enfants à moitié élevés. Et alors que j'étais là, à regarder ce visage intelligent, désolé, aimable, et parfaitement opaque, j'ai eu ce moment de panique – je suis sûre que vous avez connu ça, vous aussi – où on se demande: "Mais cet homme, est-ce que je le connais? Est-ce que je l'ai jamais connu? Est-ce que j'ai jamais représenté quelque chose pour lui?"»

Ce qu'elle est incapable de partager, parce que la honte la submerge, c'est l'image, gravée dans son esprit, de cette femme de cinquante-trois ans prenant les poses du désespoir et de la supplication, implorant Guy de ne pas la quitter, lui proposant un mariage ouvert, des résidences séparées, un changement d'attitude, une soumission accrue: une actrice sous les projecteurs, un décor qui passe de l'appartement de l'East Side avec son mobilier géométrique et ses glaces qui agrandissaient l'espace à la ferme du Connecticut, ses barrières blanches, ses écuries rouges, son porche à colonnes et ses moulures blanc cassé au plafond du hall d'entrée. Les feux de la rampe sont suffisamment puissants pour que le scintillement des larmes non feintes de l'actrice soit vu des derniers rangs du balcon, et là la femme se tord et se débat, en proie à une humiliation extrême, une nouvelle fois rejetée par un homme qui, en définitive, n'aime rien tant que son art, et dont la personnalité n'est qu'une coquille brillante destinée à protéger l'artiste, l'immortel lutteur, toujours jeune à cinquante ans.

« J'avais l'impression d'avoir affaire à un enfant, dit-elle à Kathryn, ce qui m'a fait comprendre à quel point je réagissais moi aussi comme une gamine, à quel point nous restons à tout âge dépendants. Je n'arrivais pas à me défaire de l'idée, poursuit-elle, que Dorothy nous écoutait et me jugeait ; j'étais en train de perdre son père, son unique père. Elle ne disposait pas alors du vocabulaire qu'elle devait utiliser plus tard pour me juger et me condamner, pour stigmatiser ma pitoyable obsession du mâle, mais je crois qu'elle n'a jamais compris à quel point une grande part de mon chagrin venait de ce que je ne voulais pas manquer à mes devoirs envers elle et les garçons.

– Justement, les garçons… vous n'en parlez pas beaucoup.

– Ils étaient plus âgés que Dot. Paul m'a dit un jour qu'il avait été étonné que ça ne soit pas arrivé plus tôt, tant son père était froid. Les garçons étaient à Putney et, l'été, Guy les emmenait dans le Connecticut, retrouver sa Gretchen au cul talé, ou en Europe, ce qu'il n'a pratiquement jamais fait avec moi, sous prétexte qu'il n'aimait pas survoler l'eau ; et puis il disait aussi que m'avoir avec lui ne faisait qu'ajouter à son angoisse quand il avait de grandes expositions, à Venise ou à Bruxelles, qui n'étaient d'ailleurs que du business, du commerce pur et simple, et c'est vrai qu'il rentrait dès qu'il le pouvait ; il affirmait avoir besoin de vivre en Amérique, de savoir ce qu'il y avait à la télévision ou dans les grands magasins, l'Europe rebutait sa sensibilité, à l'entendre, l'art là-bas était à l'image des gens – hautain, kitsch en diable, disait-il – et manquait du sens de l'urgence. S'il n'avait pas été à moitié anglais, je ne crois pas qu'ils nous auraient trouvés, nous autres Américains, aussi amusants. Les garçons adoraient leur père, bien entendu, même si sa célébrité les a rendus circonspects quand ils ont été assez grands pour en saisir toute l'étendue, et puis ils avaient tous les deux cette capacité masculine à… disons au silence. Peut-être que si j'aime tant les hommes, c'est parce qu'ils savent tenir leur langue, contrairement à moi. Mon Dieu, je n'arrête pas de regarder par la fenêtre pour voir s'il ne fait pas encore nuit, mais non, c'est le printemps et les jours rallongent, derrière les nuages.

– Paul et Piet sont tous les deux dans la finance. Les placements.

– Oui, c'est étonnant, non ? L'un dirige une société d'investissement, et l'autre est dans les FA, comme ils disent, les fusions-acquisitions, j'ai oublié lequel fait quoi. Mais tous les deux ramassent plus d'argent que je ne saurais l'imaginer, ils essayent bien de me le cacher, mais je vois comment ils vivent et où, et ce que dépensent leurs femmes. Guy était malin question argent et il éprouvait cette espèce de fascination esthétique pour les billets de notre monnaie, si bien que, finalement, ce n'est pas tellement étonnant. Les garçons ont eu tous les deux l'excellente idée de ne pas se lancer dans l'art – ils ont des choses d'une banalité consternante chez eux et ont laissé le soin de la décoration à leurs femmes et aux professionnels, Guy s'en plaignait avant de devenir complètement gâteux, mais je crois qu'au fond il était ravi qu'ils se soient révélés d'un esprit aussi pratique. Lui, en tout cas, avait l'esprit pratique, mais je crois que je me répète. Je suis poursuivie par l'idée qu'il y a quelque chose à propos de Guy que je ne suis pas arrivée à formuler. C'est difficile d'être clair à propos d'un homme qui vous a laissée tomber. Certains critiques encore aujourd'hui le considèrent comme un poids léger, mais ils ont tort ; comme un Dürer ou un Léonard de Vinci, il essayait d'améliorer notre prise sur le réel, c'était le dernier des Mohicans d'une certaine façon, le dernier des prépostmodernes, à un moment où la légèreté était devenue une nécessité, la seule possibilité si l'on ne voulait pas sombrer, comme avaient sombré Zack, Seamus ou Phil, la seule manière, en fait, de préserver une identité postmoderne, dans un monde sans Dieu ni sérieux. La fin de la conscription décrétée par Nixon, puis la démission de celui-ci sont les dernières choses à avoir été vécues de manière vraiment sérieuse par les Américains ; après, toutes les nouvelles n'ont relevé que du divertissement.

– Et Dorothy ? Que fait-elle, maintenant ?

– La pauvre, elle, elle s'est accrochée au monde de l'art, mais seulement à la périphérie. Des scénarios toujours à deux doigts d'être produits, un travail dans une galerie de San Francisco qui a périclité, quelques poèmes publiés dans des revues lesbiennes. Comme je vous l'ai dit, nous ne sommes plus en contact, elle habite la Californie, dans le comté de Marin, où l'on n'a jamais vraiment oublié les années soixante et où elle vit avec une Hollandaise, une vraie, pas une quelconque Ouderkirk transplantée depuis des lustres, mais une vraie Hollandaise fraîchement débarquée des Pays-Bas. Elles se sont rencontrées lors d'un congrès ou d'une manifestation sur la côte Ouest, consacrés à la défense de quelque espèce en danger, séquoias, saumons ou phoques ; la dernière fois que je suis allée voir Paul à Brooklyn Heights, j'ai vu sur son bureau une photo d'elles deux, que Dot lui avait envoyée à Noël. Dot avait des cheveux blancs comme neige, même pas quarante ans et déjà toute blanche, coupés très court, si bien que ça lui fait une couronne autour de la tête, et peut-être teints, certaines femmes, quand elles se mettent à grisonner, préfèrent aller jusqu'au bout et se décolorer complètement, la vanité les empêchant de revenir à leur couleur d'origine et les poussant du même coup dans l'autre direction, mais ce n'est pas le genre de Dot. Ses sourcils étaient encore noirs, noirs et larges au-dessus des yeux bleus et froids de Guy, et elle avait toujours cette allure trapue de poterie en terre cuite, ses marques d'acné comme le résultat d'un défaut de cuisson, mais aussi l'air décidé de quelqu'un qui ne s'en laisse pas conter, ma petite Dot devenue gouine aux cheveux blancs. Sur la photo, son amie avait un sourire tout en dents et semblait ridiculement grande, un mètre quatre-vingts au bas mot, ce qui ne correspond pas à l'idée qu'on se fait des Hollandais, en tout cas pas quand on est un Ouderkirk. Nous étions tous du genre compact dans la famille. » Elle écrase du bout du doigt les traces des larmes qu'a laissées l'évocation du départ de Guy.

Kathryn s'éclaircit la voix, elle a la gorge sèche elle aussi, avant de demander : « Est-ce qu'il vous est jamais venu à l'esprit que le silence de Dorothy pouvait être une forme de gentillesse de sa part, dans la mesure où elle doit se douter que vous la considérez comme une ratée ? Et où elle pense qu'elle est pour vous une cause d'embarras ?

– Mais ce n'est pas le cas, pas du tout ! Je l'aime. C'est elle que j'aime le… » Non, ce ne serait pas juste pour les garçons, qui doivent la soutenir maintenant, comme l'ont fait ses frères à une époque, et devront s'occuper d'elle quand elle aura dégringolé la pente au point de ne plus pouvoir vivre ici, là où l'a laissée Jerry. Pour ne pas avoir à choisir, elle tourne la tête et examine le ciel à travers la vitre. On dirait le dessous de quelque chose, les nimbus ont pris la forme de rouleaux, de brisants d'un océan sens dessus dessous. Et pourtant le ciel est encore suffisamment lumineux pour lui faire cligner les yeux. À l'est, des volutes blanches détalent sur un fond de grisaille pommelée. La bosse lointaine de la montagne se renfrogne dans un creux d'ombre. Hope se remet à parler, lentement, comme si elle avait des difficultés à trouver ses mots. « Je pense que Dot a peut-être eu raison de m'accuser de n'avoir vécu que pour et par les hommes. Mais le monde de l'art à l'époque était presque exclusivement un monde d'hommes ; c'était eux qui avaient le trop-plein d'énergie, l'instinct de la lutte. Voilà qui va sans doute vous paraître politiquement incorrect, comme on dirait aujourd'hui, mais j'ai toujours pensé que les artistes femmes étaient des parasites, qu'il s'agisse de vieilles filles comme il faut genre Cassatt, ou de fainéantes et de modèles genre Valadon, qu'un type comme Degas rémunérait de quelques pinceaux et de quelques caresses sur la tête. Qu'est-ce que nous nous rappelons surtout de Valadon, aujourd'hui ? Qu'elle était la mère d'Utrillo et qu'elle a réussi à s'occuper de l'alcoolique qu'il était, pour finalement lui permettre de vivre jusqu'à soixante-dix ans. Cela m'ennuie terriblement de dire ça – parce que ce sont mes compagnes d'études, mes sœurs de bohème, qu'elles sont souvent bien plus drôles que les hommes, plus sensibles et plus perspicaces, une de mes tantes célibataires faisait de charmantes aquarelles de capucines et des rives de la Brandywine –, mais les femmes n'ont pas suffisamment le sens de la démesure pour se donner à fond ; elles sont trop timides et respectueuses, ce qui se comprend d'ailleurs, et facilement distraites de leur travail, ce qui se comprend tout aussi bien. J'adorais Grace Hartigan, ma contemporaine exactement, une artiste tellement sûre d'elle, tellement peu effrayée par la couleur, mais incapable, même elle, de se lâcher complètement pour s'abandonner à l'abstraction pure, elle n'arrivait pas à croire qu'elle pouvait ne pas s'appuyer sur le décor qui l'entourait, témoin ses titres ou quelques jolis petits détails qui trahissent furtivement un recours à l'image. Elle ne parvenait tout bonnement pas à peindre à partir de rien, à partir d'elle-même, il n'y a qu'un homme pour oser ça. Et toutes ces artistes femmes des trente dernières années autour desquelles on fait tant de bruit, qu'est-ce qu'elles ont eu à dire en dehors de "J'ai une chatte" ? Vous parlez d'un scoop, tout le monde le savait, et la nouvelle est vite devenue ennuyeuse. Les hommes sont les seuls à être encore excités par l'information, et nous y revoilà. À nouveau livrées à l'attention des hommes. Mais est-ce forcément blâmable ? N'est-ce pas sain, plutôt, voire fécond ? » « À leurs fruits, vous les reconnaîtrez », c'était là une autre des citations habituelles de son grand-père. Tout comme « Tiède, je te vomirai de ma bouche », celle-là d'ordinaire réservée à la seconde tasse de café qu'il prenait le matin. Hope a les joues brûlantes, pleine qu'elle est du désir de plaire, de plaider sa cause, illustration parfaite de son propos, la femme et sa faiblesse.

Les yeux sombres et lourds de Kathryn s'abaissent pour étudier sa liasse de notes imprimées au laser. « Vous vous êtes remise à la peinture, dit-elle, quelque temps avant le départ de Guy en 75.

– C'est exact. Les garçons étaient ici dans le Vermont, Dot toute la journée à Brearley et Guy à l'Hospice avec sa bande de trublions, et j'ai installé mes toiles dans ce qui avait été une petite chambre de bonne. L'unique fenêtre ouvrait sur un immeuble d'habitation beigeasse assez miteux donnant sur Park Avenue. L'incongru de ces vies toutes différentes menées derrière toutes ces ouvertures et tous ces balcons identiques – c'est ça qui m'a conduite, pour la première fois je crois, au quadrillage de la toile, à ces peintures *all-over* uniformes. L'op art avait eu son heure de gloire dans les années soixante, et ses représentants les plus connus avaient tous été des étrangers – Vasarely, Soto, Riley –, mais il y avait encore quelque chose à prendre pour moi là-dedans, quelque chose de très américain et de très dominical : les trottoirs d'une petite ville de province, les jardinets devant les maisons sans grand-chose dedans, un vide tranquille et pourtant plein de l'abondance américaine. Le genre de chose qu'on voit chez Sheeler ou Grant Wood. J'adorais la tranquillité reposante qu'il y avait à répéter soigneusement des dessins horizontaux, les couleurs suffisamment proches les unes des autres pour que rien de trop évident ne s'impose au récepteur, rien de trop anecdotique. Au début j'ai essayé d'introduire des détails, des petites variations, des ruptures dans les bandes, mais ils m'ont vite fait l'effet d'impuretés. Certains critiques ont parlé, non sans sévérité, de "peinture invisible" quand Leo a consacré une salle à mes toiles dans sa galerie. Mais j'étais obligée d'éviter les couleurs fortes, de peur que l'on me compare à Zack, maintenant que j'étais mariée à Guy. C'est par égard pour ce dernier, d'ailleurs, qu'au début j'ai mis dans mes toiles des lettres ou des flèches pour leur donner un petit air pop, mais ça ne lui a pas plu. Il trouvait que ce que je faisais ressemblait à du tricot, et peut-être que c'est ce qui l'a rebuté. » Hope éclate de rire. « Il disait que ça l'énervait au point de lui donner des frissons dans le dos de me voir remplir tous ces espaces minuscules.

– Je ne trouve pas, dit Kathryn, que Bridget Riley corresponde vraiment à votre description de la femme artiste. Et par ailleurs, elle n'a rien perdu de son talent.

– C'est vrai, vous avez raison sur les deux points. J'admire beaucoup Riley, bien sûr. J'ai parlé de Marisol. Mais Cassatt, dans ses meilleures œuvres, m'attendrit comme personne – ces petits pieds carrés si solennellement lavés, les rayures sur le peignoir de la femme. Ne retournez pas mes propres paroles contre moi… Je ne faisais qu'essayer de décrire mon manque de confiance en moi et de répondre à ma fille, dont les accusations aujourd'hui encore me restent sur le cœur.

– Est-ce que par hasard, demande Kathryn, en levant les yeux de ses notes, si bien que leur blanc troue l'obscurité ambiante de deux points clairs, je vous rappellerais votre fille ?

– Non… si, d'une certaine manière. Vous avez toutes les deux – aviez, pour ce qui la concerne – des cheveux foncés avec beaucoup de volume. Vous me mettez toutes les deux sur la défensive. Mais vous (elle n'a pas envie de dire "vous êtes belle") me donnez l'impression d'être faite pour le succès, alors que Dorothy reste pour moi la petite fille qui suppliait pour venir dans notre lit ou, plus tard, avoir une peau lisse.

– Il est possible qu'elle ne se voie pas du tout comme ça. Sur certaines photos, avant qu'elle ait les cheveux tout blancs, elle a un air triomphant. Et elle est plutôt séduisante.

– C'est gentil à vous de dire ça. »

Se voir taxée de gentillesse met Kathryn mal à l'aise. Hope est allée un peu trop loin, comme elle l'a souvent fait avec les hommes au cours de sa vie, tablant sur une intimité qui n'était pas encore tout à fait partagée. Elle est consciente d'une douleur dans ses mains, les articulations supérieures de la main droite, à la base des ongles. Attaqué de l'intérieur, le corps pousse un cri silencieux. Elle enveloppe cette main dans la gauche, pour faire taire la douleur. Kathryn se penche pour vérifier la bonne marche du petit appareil empoisonnant qui boit, impassible et ronronnant, leur silence, et feuillette à nouveau ses six ou sept pages de notes et de questions. « Je sais ce qu'on va faire, dit Hope, d'un air animé, profitant de ce qu'elle perçoit comme une pause dans l'échange. Allons nous dégourdir un peu les jambes dans le jardin avant qu'il pleuve. Vous n'avez toujours pas vu le panorama. Après, nous prendrons un thé, ou un café si vous consentez à boire de l'instantané, et peut-être un petit en-cas, vous ne pouvez pas refaire toute la route jusqu'à New York l'estomac vide. Il fut un temps où je ne pouvais manger qu'à l'heure des repas, poursuit-elle, histoire d'adoucir la fermeté de sa proposition, d'en atténuer les contours, mais avec l'âge l'estomac doit se rétracter, parce que je suis devenue une grignoteuse et la seule idée d'un repas complet me rebute, je refuse toutes les invitations à ces dîners qui accompagnent les remises de prix. Certains soirs, je ne me donne même pas la peine de faire réchauffer une soupe et je me contente de mélanger quelques fruits secs avec des noix ou des amandes et un peu de lait, et j'emporte mon bol devant la télévision pour regarder les nouvelles. Je ne capte qu'une chaîne ici, sans ces horribles paraboles, qui, à mon sens, défigurent autant les maisons qu'une voiture sur des cales dans une allée, j'arrive à avoir Dan Rather, même si je ne comprends pas la moitié de ce qu'il dit, tant la réception est mauvaise certains soirs. Il est à l'image de ce que je suis, une vieille bonne femme irascible. Je regarde rarement jusqu'au bout, tant les publicités me révoltent, il n'est question que de pilules de magnésium, de médicaments pour les hémorroïdes ou de couches pour les incontinents, ça en dit long sur l'intérêt que les jeunes portent au journal télévisé. En principe, à huit heures, je suis déjà montée et en chemise de nuit. »

Cela n'avait-il pour but que de sous-entendre qu'il se fait tard ? Hope a une sensation de vertige à avoir ainsi dépensé son souffle sans compter, mais elle a tellement envie de communiquer avec cette jeune femme opaque, et assez peu réceptive, qui lui dit maintenant : « Franchement, je n'ai besoin de rien, je ne veux rien boire ni manger. Vous avez déjà été bien assez généreuse comme ça. Je n'avais nullement l'intention… il ne me reste plus que quelques questions.

– Mais je suis tenaillée par la peur – que dis-je, la terreur, Kathryn – de ne pas avoir du tout répondu à vos questions, pas du tout. Je vous en prie. Arrêtons-nous un moment. Il est quatre heures passées. »

C'est ce qu'indiquent les aiguilles si fines de la pendule dorée sur la cheminée. Piet avait eu du mal à comprendre le principe des pendules et, à dire vrai, quand elle avait voulu le lui expliquer, elle avait eu beaucoup de mal, cette grande aiguille qui faisait le tour des douze heures pendant que la petite n'en parcourait qu'une, et pourquoi douze graduations alors qu'il y avait vingt-quatre heures dans un jour ? Le malaise qu'elle avait éprouvé devant la perplexité de l'enfant avait persisté dans son esprit pendant des années après le moment, lui-même passé inaperçu – c'était peut-être arrivé à l'école, à moins que Brenda ou Josie n'aient réussi à lui faire comprendre la chose –, où tout s'était brusquement mis en place dans sa tête et où il s'était collé sur le dos l'aptitude à lire l'heure, si bien que, quarante ans plus tard, il n'était jamais en retard pour ses rendez-vous avec ses clients multimillionnaires intéressés par une fusion ou une acquisition. Peut-être était-ce d'elle qu'il tenait son blocage mental : en dépit d'années de leçons de piano, à une époque où de modestes talents artistiques faisaient encore partie du bagage nécessaire à une femme dans sa chasse au mari, la clé de fa est toujours restée pour elle une énigme ; quand, pour amuser ses petits-enfants, elle essaie de pianoter un cantique de Noël ou un hymne de Pâques, il lui faut toujours placer les doigts de sa main gauche en pensant à un moyen mnémotechnique déprimant face à la clarté lumineuse de la clé de sol. Comme ça la mettait en colère de constater que ses petits doigts boudinés n'arrivaient pas à couvrir l'octave qu'exigeait le gros livre de musique jaune – des arrangements pourtant censément destinés aux enfants. Vraiment injuste.

« Allez, venez ! dit-elle à Kathryn, en lui tendant la main. Il faut absolument que vous sortiez un moment. Rangez-moi donc ces abominables questions qui ne font que nous rappeler ce que nous ferions peut-être mieux d'oublier. » Bien que sa main reste suspendue en l'air, son invitée ne la prend pas dans la sienne, préférant se servir de ses mains – longues et pâles, des mains de travailleuse, porteuses d'une charge érotique et d'une gravité démenties par ses ongles aubergine (à moins qu'ils ne soient violet foncé ?) – pour éteindre le Sony et poser ses pages de notes soigneusement rassemblées sur la malle, après les avoir d'abord laissées en équilibre sur le large bras du fauteuil et s'être ravisée, puisque le fait de se lever, même en faisant très attention, c'est-à-dire en pivotant de trois quarts, risquait de faire glisser les pages et de les éparpiller sur le sol. Hope a déjà quitté son rocking-chair, enfin libérée, certaine d'avoir rempli pratiquement tous ses devoirs à l'égard de la jeune femme. « Laissez-moi d'abord, dit-elle d'un ton guilleret, mettre l'eau sur le gaz pour le thé, comme ça nous n'aurons pas à attendre en rentrant. Nous allons sortir juste un moment. Je sais que vous pensez à l'heure.

– Non, pas du tout », dit Kathryn, d'un ton néanmoins hésitant.

Hope, que rien ne retient plus maintenant qu'elle est debout, ouvre la marche en direction de la cuisine, passe devant l'escalier du fond aux marches en pin raides et étroites, avec leur giron creusé de deux dépressions, comme sous l'effet d'une double cascade de pas. Jerry voulait les remplacer, elles étaient usées au point d'avoir perdu par endroits la moitié de leur épaisseur, mais Hope a toujours refusé, elle les aime telles qu'elles sont, témoignant comme elles le font du passage de tous ces fermiers laborieux montant péniblement se coucher à la fin d'une dure journée avant de redescendre à l'aube pour en commencer une autre, au milieu des odeurs des saucisses et des côtelettes en train de griller, qui, jointes au porridge et au pain de seigle, constituaient le solide petit déjeuner dont ils avaient besoin pour tenir jusqu'au repas de midi, six heures plus tard. Sous l'escalier, une porte de placard à baguettes cache à la vue balais, plumeau, aspirateur, et des produits d'entretien qui pour

Hope ont l'odeur du sucre candi quand elle l'ouvre, ce qu'elle ne fait que rarement, si bien que tout ce matériel attend la visite hebdomadaire de Mrs Warren, laquelle essaie toujours de lui donner un chiot, elle et Jason ont un élevage de labradors dans la vallée. À l'autre bout du hall, la porte étroite et ses moulures, les plinthes et l'encadrement de la fenêtre sont peints en gris, un gris moyen assez chaud, plus pâle qu'un gris de cuirassé mais plus foncé que l'étain, un taupe satiné un peu démodé que Hope avait choisi dans un nuancier Williamsburg Colonial il y a vingt ans de cela, au moment où elle et Jerry avaient acheté la maison, dans l'idée qu'elle serait un endroit où ils pourraient échapper à tout, même à la télévision, en dehors d'une seule chaîne, et où la mort quand elle viendrait frapper à la porte les trouverait chez eux ; en fait, Jerry était mort au New York Hospital, entre l'East River et York Avenue, au-dessus des klaxons rauques des taxis et des hurlements des ambulances qui se présentaient à l'entrée des urgences. Hope pose la bouilloire sur les dents ébréchées de la grille de la cuisinière et la flamme bleue, et devant l'évier, à l'autre bout de la cuisine, constate que son impression était la bonne : la pluie a hésité, et les marques laissées sur les fenêtres sont en train de sécher. Quand Kathryn a frappé à la porte d'entrée, ce qu'un familier de la maison ne ferait jamais, la grande fille à l'allure bizarre portait une cape à capuchon en cachemire violet, qui s'est vite retrouvée sur la banquette du vestibule, mais c'est là un vêtement trop joli et peut-être trop léger pour un début d'avril dans le Vermont. Le local qui donne dans la cuisine, à angle droit avec le couloir qui mène à l'atelier, est garni de portemanteaux pour accrocher les skis, les bâtons et les grosses chaussures, du temps où ce matériel leur servait encore, et d'une autre série de portemanteaux, en dessous, pour les parkas : Hope en possède toute une collection, moutarde, bordeaux, chamois, toutes plus ou moins sales à force de traîner dans des coffres de voiture, leur rembourrage en duvet passablement aplati par l'âge, au-dessous de ces tenues destinées à des corps plus vigoureux que le sien trône un assortiment de hautes bottes, patchwork de cuir, de caoutchouc et de toile, pour la neige ou la boue ; ces dernières ne s'imposent pas, étant donné que la pelouse est toujours gelée, mais Hope s'empare en revanche de la parka moutarde pour elle-même avant de fourrer la bordeaux, la plus grande, la plus épaisse et la moins vieille, dans les mains de Kathryn – c'était celle de Jerry, elle le revoit dedans l'espace d'un instant, cheveux gris bouclés, épais comme des fils de laine, élégamment aplatis par la bande élastique de ses lunettes de ski jaunes, avant que tout disparaisse sous le bonnet à rayures vertes qui le faisait ressembler à un lutin trapu, le visage bronzé avec sa petite cicatrice décalée sur la lèvre supérieure (souvenir d'une bagarre de gamin : il avait eu une enfance difficile), qui lui donnait un air à la fois mal fini et jovial. S'en étant bêtement enveloppé les épaules comme d'une cape, Kathryn sort en posant un pied circonspect, à la manière d'un héron, sur la meule qui sert de marche, puis, dans ses Via Spiga tout à fait incongrues, avec leurs échelles de lacets et leurs talons bizarres, s'aventure sur la pelouse, un peu boueuse à cet endroit, juste à côté de la porte, car pauvre en herbe à cause de l'ombre. Vraiment, se dit Hope, cette femme a l'agressivité passive d'une enfant qui ne trouve rien à son goût, mais est incapable de formuler une objection qu'on prendrait plaisir à réfuter.

« Là-bas, c'est le vieux verger, dit Hope, en indiquant du bras, dans l'air gris et froid, la direction de la colline derrière la maison. Il donne encore des pommes et des poires pleines de vers. Là, c'est la mangeoire pour les oiseaux, où les écureuils terrorisent les mésanges à tête noire et un couple de cardinaux qui se montrent parfois, encore que je n'aie pas vu le mâle ces derniers temps ; il y a des chats sauvages dans les bois. J'ai huit hectares dans cette direction, et encore six dans celle-là. Faisons le tour pour arriver sur le devant de la maison – faites attention où vous mettez les pieds par ici, les taupes s'en sont donné à cœur joie l'été dernier, et pourtant mes jeunes préposés à la pelouse refusent de la rouler, à les entendre plus personne ne possède de rouleaux de nos jours, on ne s'en sert plus pour entretenir le gazon. Quand j'étais gamine, chaque maison, dans la banlieue de Philadelphie, avait son rouleau à gazon ; on le remplissait avec le tuyau d'arrosage, on entendait l'eau ballotter à l'intérieur quand on le poussait et on se faisait presque renverser quand on s'arrêtait sans faire attention. Soyez prudente, vos bottes ne sont pas aussi pratiques qu'elles en ont l'air, les semelles sont tellement lisses. » Elle se fait la réflexion, sans le dire, que c'est elle qui devrait se montrer prudente, à son âge un seul faux pas suffit et c'est une cheville ou une hanche fracturée, sans parler d'une guérison épouvantablement lente. Ses fils la prendraient aussitôt en charge et mettraient un terme à sa vie solitaire, sans surveillance, libre. Elle sait qu'ils parlent d'elle, comme ses propres parents parlaient d'elle quand elle était couchée et qu'elle allait s'endormir au milieu du bourdonnement apaisant de leurs voix.

Après des heures passées à attendre avec impatience de pouvoir s'en remplir les poumons, elle trouve l'air du dehors moins revigorant que prévu. Elle est victime de cette lassitude irrépressible qui affecte toute personne âgée en fin d'après-midi. Jerry avait l'habitude de parler de « remontants ». « Tiens, c'est l'heure d'un remontant », disait-il, alors que Hope comptait passer encore une heure au jardin ou devant son chevalet ; elle acceptait finalement de se laisser remonter… et mettait sa prise de poids sur le compte de ce verre quotidien qu'il l'invitait à partager. Jusqu'à cinquante-cinq ans environ, et son troisième mariage, elle avait conservé une silhouette dont elle n'avait pas lieu de rougir en short ou en robe noire bien ajustée – féminine, un peu épaissie, des rondeurs dans les avant-bras, mais avec une taille encore bien marquée et des hanches qui n'avaient pas l'air de sacs à dos bourrés pour un long voyage. Elle n'aurait certainement pas réussi à décrocher un mari comme Jerry si elle avait eu les formes qui lui étaient venues dans les années suivantes.

C'est le présent, se dit Hope. Ce moment âpre passé à l'extérieur, à découvert. Je suis toujours vivante. L'air est gris et humide, pas vraiment glacé, mais le vent la saisit à la gorge : le col roulé de son pull bâille un peu, et elle n'a pas pris la peine de remonter la fermeture de sa parka. La pelouse devant la maison, qui est plus chiendent, pissenlits et plantain que gazon et que l'hiver a uniformément colorée d'un brun grisâtre, se termine sur un mur de pierres sèches, réparé pendant un temps par les mains blanches du citadin qu'était Jerry, jusqu'au jour où il en avait eu assez et avait payé les Warren pour le terminer – Jason, ses trois fils et son frère jumeau célibataire, Ezra. L'allée, ou du moins le chemin qui en tient lieu, part de la route pour monter vers la maison du côté où la mangeoire pour les oiseaux est suspendue au gros hêtre sur son fond de pins ; en arrivant, Kathryn ne s'est pas arrêtée avec sa voiture, un coupé Honda orange avec une aile d'une couleur différente, témoin, vraisemblablement, d'un accident survenu en ville, au bout de l'allée, mais a continué pour venir se garer sans égards, et de travers, sous le hêtre, là où ni Hope ni les Warren ne se garent jamais. Derrière le mur, un chemin de terre, séparé en son milieu par une crête d'herbes folles, mène aux maisons de ses deux voisins, l'un comme l'autre hors de vue, le premier, un pasteur de l'Église unitarienne à la retraite, originaire de la région de Syracuse, le second, une personnalité de la radio bien connue dans les années quarante, que tout le monde, ou presque, croit morte aujourd'hui. « Nous vivons au milieu des anges », plaisantait souvent Jerry. Au-delà de la route, une prairie bosselée tombe en pente douce, semée de blocs de rocher, de tiges de bardane fantomatiques et de quelques pousses de cèdre bizarrement laissées intactes l'automne dernier par les faucheurs. Le vent froid est plus vif sur le devant de la maison, sur cette étendue non abritée, ouverte sur la perspective panoramique de marron, de bleu ardoise et de vert sapin, d'où monte, à peine audible, le bourdonnement des voitures et des camions qui filent sur la 89, invisibles au fond de la vallée. Hope remonte la fermeture Éclair de sa parka jusqu'au menton. Les montagnes, au loin, se chevauchent en vagues successives, comme des coups de pinceau d'un bleu visqueux appliqués de manière continue sur du verre. Au-dessus, les nuages alignent leurs enroulements de vapeur pommelée. Quelques petites gouttes froides lui piquent le visage et le dessus de la main qu'elle tend devant elle. « Ça, c'est la Bosse du Chameau, dit-elle. Une belle escalade pour un après-midi, il y a vingt ans de ça, quand j'étais plus jeune. » Eh oui, se dit-elle à nouveau, c'est ça le présent, ce moment âpre, cette clarté diffuse, cette atmosphère froide et désolée pour un mois d'avril, cet air humide qui lui brûle un peu les poumons, ce décor qui déborde de vide. À observer le monde réel parallèlement à un monde imaginaire, elle se rend compte à quel point il est petit, éphémère et dérisoire au regard des attentes et de l'appétit insatiable de notre âme. Un monde fait à notre mesure se poursuivrait indéfiniment. Au lieu de quoi les milliards et les milliards de molécules de H_20 au-dessus de nos têtes, et les milliers d'arbres sans feuilles qui à des kilomètres à la ronde se fondent en un même ton de bleu, neutre et pourtant d'une densité délicate, comme ces fonds bleu-vert nuancés de gris et de rose que l'on trouve si souvent dans les natures mortes tardives de Cézanne, et les myriades de structures microscopiques qui font de nous des êtres conscients, tout cela disparaît à une vitesse folle.

« Vite, dit-elle à sa compagne muette. Il faut que vous voyiez mon jardin. De l'autre côté de la maison. » Elles poursuivent leur chemin sur le sol gelé et inégal, où quelques affleurements rocheux strient la pelouse de leurs plis, écoulement pétrifié d'un feu qui a mis la roche en fusion il y a de cela des millions, voire des milliards d'années, deux femmes différentes par l'âge et la taille mais unies par une détermination commune à faire de ce moment une réussite, un instant fragile, aussi ténu que la pellicule de temps la plus fine, plus ténu que le lichen, déposé sur la matière inerte du rocher. Mais le jardin, étendu et clos avec amour du vivant de Jerry, toujours entretenu par Hope dans la mesure où ses forces le lui permettent et sans plus d'aide, l'été, que celle que les hommes de la famille Warren peuvent distraire de travaux plus virils ou qu'elle en obtient, à force de cajoleries, de la fille de Mildred et de Jason, une adolescente en surcharge pondérale dont les pensées ne semblent jamais être à ce qu'elle fait, obsédée qu'elle est par les garçons et la musique, une musique qu'elle arbore sur la tête, dans des écouteurs bourdonnants, histoire d'étouffer la lueur de réflexion qui pourrait s'aventurer dans son pauvre cerveau, Hope a du mal à croire qu'elle ait jamais pu être entichée à ce point, la musique lui parvenait depuis la radio de ses parents et c'est à peine si la voix nasale de ces hommes chantant dans un micro pénétrait sa conscience, puis il y avait eu cette musique d'hôtels new-yorkais au son de la trompette bouchée, même pendant la guerre la musique était là et on dansait au rythme du swing, mais on ne la portait pas sur la tête comme un bonnet d'âne... Le jardin, donc, n'a pratiquement rien à montrer : les tiges nues des phlox de l'été dernier, quelques feuilles de monnaie-du-pape restées par terre depuis le jour où elle a voulu arracher la plante à la hâte par une journée particulièrement froide d'octobre, et un tuteur de pivoine rouillé inexplicablement oublié et enfoui pendant des mois sous la neige. Mortes, sans plus de vie que des bouts de bois apparaissent les tiges piquantes et serpentines du rosier grimpant qu'elle a fait courir sur le treillis de la clôture verte qu'elle et Jerry avaient fait poser aux jumeaux Warren pour donner à la toile multicolore du jardin un cadre, pour ainsi dire. Jason était l'élément extraverti du couple, le vendeur, tandis qu'Ezra en était l'artisan.

« Ça doit être beau, l'été », dit Kathryn, sans grande conviction. Mais Hope ne saurait le lui reprocher, l'occasion n'est guère convaincante et elle commence à se demander pourquoi elle tenait tant à sortir.

« C'est un jardin à l'anglaise, dit-elle à son invitée, touffu et échevelé, j'ai tendance à perdre un peu mon enthousiasme vers la fin juin, quand il se met à faire chaud. »

Dans la terre qui vient tout juste de s'éveiller, elle aperçoit des fissures indiquant que le sol s'est déjà ameubli avant de geler à nouveau, et voit que les langues arrondies des jonquilles et celles, pointues, des lis commencent à poindre. Sur le devant de la maison exposé au sud, à proximité du granite de Barre des fondations chauffé par le soleil, les crocus et les perce-neige sont pratiquement en fleurs. Des tiges d'ail vertes ne vont pas tarder à apparaître dans la pelouse. L'entretien du jardin lui apparaît soudain comme un défi insurmontable, une cruelle montagne à gravir pour poursuivre sa route. Elle a l'impression qu'elle n'arrivera pas à emmagasiner assez de cet air qui s'assombrit ; ses poumons sont emphysémateux à la suite de décennies de tabagisme. Ce n'est que quand elle a épousé Guy et qu'elle est tombée enceinte qu'elle s'est arrêtée. Guy, qui lui ne fumait pas, se plaignait de l'odeur de mégot dans les cendriers, il avait un côté pointilleux et geignard qu'elle s'était toujours refusée à désapprouver ouvertement ; le public, qui le voyait volontiers comme le génie de l'invention baroque, le symbole de la révolte iconoclaste du pop contre sept siècles de tradition picturale depuis Giotto, aurait été déçu d'apprendre qu'il ne s'autorisait aucun excès. Il buvait avec modération et en général rien de plus fort que du vin, et avait fumé de l'herbe pour la dernière fois quand ils étaient allés passer quelques jours de vacances au Mexique, pour essayer de sauver leur mariage ; ils étaient arrivés par les airs dans un 727, et non par la nationale 10 dans une Nash Rambler, modèle 56, comme lors de leur premier voyage dans l'Ouest en compagnie d'un couple bisexuel composé d'un Blanc et d'un Noir dont les corps étaient aussi beaux que leurs ambitions étaient vagues, mais à peine avaient-ils atterri à Guadalajara que la lune avait bel et bien l'air d'être plus grosse, comme une poterie en exposition, et sa pâle clarté avait un parfum de fleur, les fleurs des arbustes qui absorbaient la rosée nocturne et se refermaient quand les chants des coqs annonçaient l'aube. Son mari s'était procuré un peu d'herbe auprès d'un gamin dans la rue juste devant le Hilton, et cette tiède soirée passée sur le balcon en sous-vêtements lui avait remis en mémoire le voyage de 58. En épousant Guy, elle pensait s'embarquer pour une folle chevauchée, mais l'équipée s'était finalement révélée assez insipide et s'était terminée dans une violente secousse. Non pas que le choc final n'eût été prévisible ; Guy savait qu'il n'y a pas pire destructeur de l'art que l'embourgeoisement et qu'aucun mouvement artistique au XXe siècle ne pouvait tenir plus d'une dizaine d'années, et encore, la colle sèche et l'étiquette se racornit ; même si les artistes continuent à vivre longtemps grâce à la médecine moderne, leur moment de gloire passe rapidement de vie à trépas et il n'y aucun moyen d'inverser la tendance, le désir de résurrection ne peut rien contre la biologie moléculaire. Guy avait été assez sensible pour se rendre compte qu'il était devenu un cadavre ambulant, doté d'une femme à la cinquantaine bien sonnée et de trois enfants recevant une éducation privée dispendieuse. Pas étonnant qu'il se soit tourné vers ce cul talé de Gretchen pour entamer une chevauchée moins pesante.

« J'étais en train de penser, dit Hope, la voix saccadée et voilée sous l'effet du froid du dehors, en regardant la Bosse du Chameau – Jerry et moi nous l'escaladions sans difficulté, même si déjà à l'époque nous n'étions plus tout jeunes, munis d'un panier pique-nique et d'une bouteille de vin –, en train de penser à l'animal humain, à cette merveilleuse machine biologique qui fait de nous des êtres conscients et à la manière dont nous gaspillons ses bienfaits ; même si nous ne nous suicidons pas, nous nous arrangeons la plupart du temps pour trouver la vie morne et pour nous ennuyer, pour nous déclarer insatisfaits, et c'est ainsi que nous gâchons notre vie. Je parie que c'est pour cette raison que *Hamlet* nous plaît tant, parmi toutes les pièces de Shakespeare ; c'est celle qui nous touche au plus près, qui exprime justement ce mépris dans lequel nous tenons notre vie, le gâchis de notre esprit, de notre corps, de tout ce qui devrait nous rendre joyeux et nous inciter à plus d'attention. Ça veut dire quelque chose ce que je raconte ? » Elle n'ignore pas qu'il lui arrive d'aller trop loin ; depuis l'enfance, elle a toujours senti son esprit débordant refluer, face à la résistance rencontrée sur le visage des autres, le sang affluant à son propre visage et l'empourprant.

La grande jeune femme resserre la parka, qu'elle n'a toujours pas enfilée, autour de ses épaules, son visage d'un blanc de craie sous la lumière du dehors, un bouton visible à l'endroit où la narine rejoint la joue, des traces compactes de poudre sur son nez busqué. « Je ne pense pas qu'il viendrait à l'esprit de quiconque, répond-elle prudemment, de dire que vous avez gâché votre vie. Et c'est ce qui la rend si intéressante à mes yeux.

– Ah ? Vraiment ? Vous êtes vraiment intéressée ? J'ai pour ma part une telle impression d'éparpillement – beaucoup de temps passé, comme dit ma fille, à m'occuper des hommes, puis à peindre dans des styles que les hommes trouvaient exaspérants, et maintenant qu'il est presque trop tard, à faire une peinture qui paraît fidèle à ma vérité, mais qui n'est peut-être qu'un moyen d'échapper à moi-même, à la couleur du monde, ce monde dont, dans cette déclaration assez pompeuse que j'ai faite et que vous m'avez lue, j'ai dit que c'était le diable – bizarre ce mot dans ma bouche, vous ne trouvez pas ?, mais il y a bel et bien quelque chose, si vous pensez qu'un peu de bien existe en ce bas monde, qui résiste, qui tire dans l'autre sens. Je sais que vous et votre génération allez me trouver folle, mais la non-existence de Dieu est une chose à laquelle je n'arrive pas à me faire, cela me semble contre nature. »

Les lèvres de Kathryn – petits nœuds de muscles finement tressés, quand elles sont vues de près comme ici dans la lumière crue du dehors, faits pour lui donner, à elle et à d'autres, du plaisir, si elle n'a pas peur de la contamination ; mais comment sa génération ne craindrait-elle pas la contamination, tout comme celle de Hope craignait la contrainte ? – semblent buter sur les mots suivants ; peut-être la jeune femme a-t-elle le cerveau engourdi par cette sortie intempestive dans le froid des grands espaces, où de petites gouttes glacées trouent le voile de la sensation. À moins que, au cas où elle serait juive, elle ne soit incapable de poser la question de Dieu de la manière dont un chrétien le ferait, c'est-à-dire sous l'angle d'une alternative contraignante. Pour le peuple élu, la question n'évoque plus la possibilité de mettre fin à une relation mais celle d'une familiarité qui engendre le mépris – c'est ce que Bernie avait expliqué un jour à Hope, son corps las embaumant la transpiration et la cigarette à son côté dans le lit, tandis que ses toiles en dessous faisaient monter leurs cris de couleur inaudibles. Être juif l'amusait ; il en jouait volontiers, couvrait de cendres sa tête de dandy, et transformait sa fureur tribale en socialisme visionnaire. « Un ancien petit ami, dit Kathryn d'une voix hésitante, qui fait une thèse de physique à Columbia, m'a dit qu'avec les connaissances approfondies dont on dispose aujourd'hui il n'y a vraiment pas de place pour Dieu dans l'univers.

– En nous, ma chère. C'est en nous qu'il est, tout faibles et stupides que nous soyons.

– D'après lui, c'est un problème d'énergie, d'équations. Pour finir, tout se séparera de tout, des milliards et des milliards d'années s'écouleront et tout ne sera plus que mort et obscurité. Il n'y aura plus aucun endroit où nous pourrons exister, même en tant que purs esprits. Eux aussi ont besoin d'énergie. »

Ces mots glacent Hope jusqu'au sang. Les gouttes de pluie, qu'elles ne peuvent plus ignorer, leur mouillent les mains et le visage, et crépitent sur le Gore-Tex de leurs parkas. « D'un certain point de vue il doit avoir raison, dit Hope, d'un ton impatient. Mais regardez donc là-haut, dans les bois, vous apercevez tout juste le toit de l'abri de la source. Et vous voyez le sentier qui y mène, et qui mène à une vue encore plus dégagée. Tous les étés, nous devons abattre quelques arbres de plus pour la conserver. Quand je dis "nous", j'entends, bien sûr, les hommes que je paie pour le faire. Une famille de machos qui ne supportent pas de recevoir des instructions d'une femme.

– Je…

– …me passerais bien de la vue ? Je sais. Rentrons, avant que l'eau du thé se soit complètement évaporée. »

Il reste que se retrouver ainsi dehors dans le cosmos, si différent, si vaste, compliqué et bienveillant par rapport au tableau qu'en fait l'ancien petit ami de Kathryn a fait du bien à Hope. « Ancien » à quel point ? Cette fille a-t-elle en ce moment un petit ami qui attend de pouvoir la réchauffer et la réconforter, tout en l'écoutant parler de cette vieille sorcière babillarde perchée sur sa colline solitaire, où il faut tellement de temps pour se rendre, et davantage encore pour en revenir ? Hope sent que le grand air lui a rafraîchi le visage ; sa peau est tendue et lui donne cette sensation de plein qu'elle a gardée de l'enfance, de l'époque où être elle, tout simplement, lui semblait trop beau pour être vrai, où sa vie était une croissance quotidienne, alimentée la journée par la nourriture et par le sommeil la nuit, où la lune et le soleil avaient exactement la même taille dans le ciel, sans qu'il y ait vraiment de nécessité pour cela. Elle reconduit Kathryn jusqu'à l'arrière de la maison, passe devant la mangeoire suspendue au hêtre dénudé, enjambe la boue luisante à côté de la meule qui sert de marche pour accéder à la double porte de la cuisine ; la porte extérieure vibre sur son ressort rouillé et la seconde, un peu affaissée sur ses gonds, s'ouvre d'un coup quand Hope la pousse de l'épaule. À en juger par son pas vif et la vitesse avec laquelle elle se débarrasse de la parka bordeaux de Jerry, Kathryn elle aussi, malgré elle, se sent requinquée. « Ça doit être fantastique, s'exclame-t-elle, d'avoir autant d'espace pour soi tout seul. Mon appartement ne doit pas être plus grand que votre cuisine. Sans compter ces affreuses tours qui me barrent la vue.

– Mes garçons trouvent que cela fait beaucoup trop d'espace pour une vieille dame toute seule. Voyons, qu'est-ce que je vais bien pouvoir vous donner à manger ?

– À manger ? Rien surtout, mais si je pouvais utiliser vos toilettes…

– Bien sûr, bien sûr. Vous connaissez le chemin. Mais il faut absolument que vous mangiez quelque chose avant de partir.

– J'ai encore quelques questions. Nous n'en sommes qu'aux années soixante-dix.

– Je sais, mais l'essentiel de mon histoire est terminé. La partie hors du commun, les mariages avec deux hommes de génie. Jerry, lui, n'était pas un homme de génie, mais il était adorable. Pour commencer, voulez-vous du thé, ou bien prendrez-vous ce reste de café soluble que vous avez dédaigné tout à l'heure ?

– Le café, s'il vous plaît. Il ne faisait vraiment pas chaud dehors. » Sa voix s'éloigne, et la porte des toilettes, sous l'escalier, se referme. Hope, à nouveau seule, sent la présence du cosmos autour d'elle, autant d'étoiles sous ses pieds qu'au-dessus de sa tête, les galaxies infinies et les milliards d'années à venir et, vite, elle rassemble tasses et soucoupes, un sachet de thé pour elle – d'infusion, en fait, de la camomille achetée dans le magasin de diététique, parce qu'elle ne peut rien se permettre d'autre, une nuit d'insomnie étant bien la dernière chose dont elle ait besoin après une journée aussi agitée, elle a l'intention de commencer une nouvelle toile demain, avec des bandes un peu plus larges, d'un gris-brun plus chaud que celui de la dernière ; pour bien dormir, elle a besoin d'exercice physique et cette longue station assise dans un rocking-chair n'est pas ce qu'il y a de mieux en la matière – et, pour son invitée, le pot de décaféiné de Taster's Choice, avec son étiquette rouge et sa taille mince (les flancs incurvés du verre sous ses doigts lui rappellent quelque chose, mais quoi ?), dans le réfrigérateur la lourde miche de pain aux noix de pécan *(Sans conservateurs, édulcoré au jus de fruit)*, qui vient elle aussi de ce curieux magasin de Montpelier tenu par d'ex-hippies sur le retour, et dans le placard au-dessus du double évier les pots trapus, aux flancs droits, ceux-là, de marmelade Dundee et de beurre de cacahuète Skippy. Il faut que cette fille mange. Hope se souvient brutalement de ce que lui rappellent les parois concaves du pot de café soluble : les murs incurvés de la galerie Art of This Century de Peggy, conçue par, comment s'appelait-il déjà… Fritz, un de ces Allemands arrogants comme ce Hans qui avait poussé Zack à se remettre à boire, Fritz Kiesler, pas Kreisler, l'homme des chaises modulables de sept manières différentes, en table, en lutrin, en chevalet, idée qui n'avait pas pris même si, à l'époque, elle semblait parfaitement adaptée au futur ; une galerie avec des murs en bois recouverts de linoléum aux couleurs vives, dans la mesure où le plastique moulé restait encore à découvrir, et un sol turquoise. Le futur était déjà là, en 1942, au-dessus d'une épicerie de la 57e rue ouest. Il y avait des engins bizarres, une roue à fuseaux de Duchamp, un tapis roulant de Klee, Hope venait d'arriver à New York et elle prenait un plaisir fou à toutes ces choses dont la nouveauté l'étourdissait ; les murs de la galerie étaient bombés, et non incurvés vers l'intérieur comme les flancs du pot de café, mais c'était la même idée au départ, des courbes là où on s'attendait à trouver des pans droits, et c'était elle qui avait déclenché le souvenir, la ramenant si loin en arrière que c'en était effrayant, réveillant cette sensation qu'elle avait au sommet des cathédrales ou de la tour Eiffel, quand Jerry avait commencé à l'emmener en Europe, ce que ni Zack ni Guy n'avaient jamais fait, l'un par manque d'argent, l'autre par indifférence, la sensation qu'elle se trouvait bien trop haut, qu'elle risquait de passer à travers le plancher et de tomber dans toutes ces galaxies qui s'entassaient, indifférentes, sous ses pieds.

Kathryn revient après s'être soulagée. Et c'est bien le soulagement que Hope lit sur son visage détendu ; étrange de voir à quel point un relâchement de la tension, si minime soit-il, suffit à satisfaire ce que Freud appelait le principe de plaisir. « C'est une gâterie que je m'offre de temps en temps, annonce Hope. Un sandwich à la marmelade d'orange et au beurre de cacahuète avec ce pain spécial aux noix de pécan. Il faut absolument que vous en preniez un, vous aussi. Ça va nous permettre de tenir.

– Je…

– Vous ne mangez pas de cochonneries, je sais, dit Hope, en finissant la phrase à sa place. Mais ça n'en est pas. Le pain vient toujours du même magasin de diététique, à plus de vingt kilomètres d'ici, et je risque ma vie chaque fois que je prends ma voiture pour m'y rendre. Vous devez avoir une faim de loup, ma petite ; en tout cas, moi, oui. »

Allant à l'encontre de sa nature profonde, toute d'abnégation et d'ambition, Kathryn s'assied et consomme non sans quelque méfiance la moitié du sandwich, son pain compact brun foncé, ses couches enfantines tartinées sans trop d'épaisseur, sinon, Hope le sait d'expérience, on a les doigts qui collent. Les deux femmes, si occupées jusqu'ici à poser des questions ou à y répondre, mangent dans un silence tout nouveau pour elles. Le temps presse : la pendule à affichage numérique indique 5:06. La pluie, qui se fait plus forte, ruisselle sur les carreaux de la fenêtre à l'autre bout de la pièce, par laquelle Hope a observé un peu plus tôt le ciel torturé, qui diffuse maintenant une luminescence perlée derrière les rigoles de pluie, tandis que le soleil caché décline à l'ouest. Kathryn boit son café à petites gorgées, alors que, comme l'infusion de Hope, il est encore probablement brûlant, et Hope la prend en pitié : « Si vous êtes vraiment pressée, on peut emporter nos tasses au salon et rebrancher le magnétophone. Mais finissez d'abord votre sandwich. Il est bon, non ?

– Très, ça me ramène des années en arrière. Vraiment délicieux. Mais je ne pourrai en manger que la moitié.

C'est drôle, le week-end, mon ami me dit que je mange comme quatre et que c'est incroyable que je ne grossisse pas, mais quand je travaille je n'ai aucun appétit, tellement je suis absorbée. Je n'ai pas non plus beaucoup dormi la nuit dernière. Le motel était au bord de la 89, la circulation n'a pas arrêté, c'est bizarre d'ailleurs, si loin de tout, en pleine campagne. »

Ainsi donc, elle a bel et bien un petit ami en ce moment. Hope se sent soulagée. Et jalouse. « Ma pauvre petite. Vous deviez être angoissée. Mais pourquoi ?

– La peur de ne pas poser les bonnes questions.

– Oh, je suis sûre qu'elles ne sont pas si mal. Si nous ratons quelque chose d'important, je vous le dirai. Mais n'est-ce pas là le ressort de la psychothérapie freudienne que l'on en vienne toujours à l'essentiel même si l'on semble parler à bâtons rompus ? Que fait donc votre ami, si je puis me permettre ? »

Kathryn baisse les paupières, des paupières qui, sous la lumière fluorescente, ont un aspect extraordinairement huileux, comme celles de quelque reine biblique pécheresse et impénitente. Elle est choquée de voir l'interview ainsi retournée contre elle, mais elle a trop accepté les gentillesses de l'autre pour refuser de répondre. « Il est dans le cinéma, il n'y a que ça qui l'intéresse, dit-elle. Il travaille à mi-temps dans une équipe qui fait des bandes-annonces, mais ce qu'il voudrait c'est aller sur la côte Ouest et grimper les échelons pour devenir metteur en scène. Il fait du théâtre, aussi, mais ça ne le branche pas.

– Ah bon ? Comme c'est intéressant, dit Hope, pas vraiment captivée. Il ne peint pas ?

– Oh, non. Il vient avec moi de temps en temps à des vernissages ou à des expositions, et ne voit rien de ce que je vois, moi. C'est un vrai philistin, dans ce domaine.

– Vous avez dit qu'il aidait à faire quoi ?

– Des bandes-annonces. Des sortes d'aperçus, quoi. C'est un travail très spécial, il faut savoir enchaîner les plans les plus frappants. Il leur arrive de travailler à partir des rushes d'un tournage qui est loin d'être terminé et dont personne ne connaît la fin.

– Mais la fin, c'est précisément ce que nous ne voulons pas que ces... bandes-annonces nous révèlent. Jerry aimait beaucoup le cinéma, alors on se bougeait un peu et on y allait, à New York, dans la 86e rue, et ici, à Burlington. Mais au bout d'un certain temps on a eu l'impression que tous les films étaient faits pour les ados de sexe masculin, qu'il fallait être en quelque sorte programmés pour les voir – des courses-poursuites en voiture censées vous tenir en haleine, des explosions, des situations où le héros est constamment en danger de mort, et terminé. Mais pour en revenir à vous, ça doit vous perturber, cette idée qu'il a d'aller à Los Angeles.

– Pour tout dire, pas tant que ça. C'est à moins de six heures d'avion. Et je voudrais qu'il réussisse, qu'il soit heureux en faisant ce qui lui plaît.

– Ça se comprend. Mais vous là-dedans ? Pour vous, New York est le seul endroit qui vaille, non ?

– Vous savez, j'ai bien aimé L.A., la fois où j'y suis allée. La douceur du climat, l'ambiance espagnole, les grandes autoroutes. On a l'impression que l'avenir, c'est ça.

– Vous n'avez pas trouvé ça au contraire... ringard ?

– Ils ont des artistes là-bas. Et même une vie artistique très animée.

–Des voitures surbaissées, oui, et quelques beaux musées, pratiquement vides.

– Vous-même, vous avez bien quitté New York.

– Pas pour aller bien loin. Et pas dans ma tête. Et puis j'y revenais sans cesse, jusqu'à ce que j'aie trop de mal à faire les trajets. Ne sacrifiez pas votre carrière pour un homme. »

Kathryn ne dit pas : c'est ce que vous avez fait, mais toutes deux le pensent, à cette différence près qu'il y a chez Hope le sentiment qu'elle ne s'est jamais complètement reniée, plutôt que de se sacrifier elle a différé, sachant d'une certaine manière qu'elle pouvait se permettre d'attendre pour arriver jusqu'à ce présent qui lui donne la possibilité d'être elle-même, enfin.

Le rire de Kathryn la surprend – un rire plus joli, plus léger, plus musical que ne le laisserait supposer son visage chevalin. « Vous n'avez pas une bonne opinion d'Alec, on dirait, alors que vous ne l'avez jamais vu !

– J'aimerais pour vous ce qu'il y a de mieux, lui dit Hope, sans sourire. Et je ne suis pas sûre qu'un faiseur de bandes-annonces soit ce qu'il y a de mieux. J'ai toujours été très réservée à l'égard des gens qui veulent être "dans le cinéma". Qu'est-ce que votre ami n'aime pas dans le théâtre ? C'est au moins une forme d'art sans détour, une sorte d'art ancestral.

– Il dit que ce n'est que du business. Alec est vraiment gentil, vous savez, je suis sûre qu'il vous plairait, même s'il pense que la peinture n'a plus rien à dire de nos jours. Il dit que du moment où les images se sont mises à bouger, le glas a sonné pour celles qui ne bougeaient pas. » Elle change de position devant la table, regarde la moitié de sandwich encore sur l'assiette comme si elle s'apprêtait à la manger, mais finalement boit une gorgée de son café qui refroidit rapidement. Que la chaleur du micro-ondes, pour quelque obscure raison, se dissipe beaucoup plus rapidement que la bonne vieille chaleur d'une eau portée à ébullition est un fait qui intrigue Hope au plus haut point. « Vous savez, dit Kathryn, sans vraiment d'amertume dans la voix, la plupart d'entre nous n'ont pas la chance de pouvoir épouser des hommes de génie. La plupart d'entre nous doivent se contenter d'une honnête moyenne, en espérant qu'il s'agit bien de la moyenne, et qu'elle est honnête.

– Ce n'est pas la célébrité qui m'a attirée chez ces deux hommes, dit Hope, qui se redresse sur sa chaise et sent ses joues se colorer. Guy m'a plu par sa gaieté, son impudence. Et si Zack n'était pas un inconnu dans les milieux artistiques quand je l'ai épousé, il était pauvre et dégringolait la pente à grande vitesse. Sans compter que je n'aimais pas du tout ses toiles. Ma famille estimait que c'était une union catastrophique et, de bien des manières, ça l'était.

– Il n'empêche, quand il a fait son extraordinaire percée, vous étiez là... vous y avez pris part.

– J'ai réussi à l'emmener à Long Island, ça c'était une bonne chose. Même si ça n'a pas duré. Mais le fait d'y avoir pris une petite part, à vous je peux bien le dire, me donne bien moins de satisfaction que si c'était moi qui l'avais faite, la percée. »

Est-ce tout à fait vrai ? Accueillir Zack dans la chaleur toute relative de la maison après une de ses heures passées dans la grange glacée n'était pas sans apporter quelques satisfactions – émerveillement partagé, orgueil inquiet. Cet homme pris dans le carcan de besoins criants, de la dépendance chimique et d'un comportement social incohérent était néanmoins capable de revenir à elle à travers la neige non pas avec une carcasse sanglante sur le dos, mais avec, dans les mains, dans les yeux, ses beaux yeux fauves et perçants d'homme de l'Ouest, le fantôme de la beauté, une beauté étalée sur ces grandes étendues de toile fixée au sol avec leurs entrelacs et leurs éclaboussures en train de sécher. Et c'était alors, tandis qu'il s'adressait à sa compagne, son souffle encore visible sous la forme d'une buée glacée, comme si elle l'avait effectivement fait avec lui, comme si, avec lui, elle avait arraché ces heures impérissables à un monde périssable.

« Fini, le sandwich ? demande Hope, quelque peu blessée de se voir contrarier à propos d'un détail aussi trivial. Je vais vous l'envelopper dans du papier alu, pour le retour. Je peux vous assurer que ce n'est pas mauvais pour la ligne, même s'il y a du sucre dans la marmelade. Il m'est arrivé de ne manger que ça pendant des jours, quand j'étais bloquée par la neige.

– Pauvre Alec », dit l'autre, perdue dans son univers et pensant à la blessure qu'on vient d'infliger à son ami. Hope a tendance à oublier le poids que peuvent avoir ses paroles auprès de ces innocents éblouis par un semblant de gloire. C'est vrai qu'elle n'a pas été favorablement impressionnée par l'idée d'un homme qui n'aime pas les galeries d'art. Pour elle, celles-ci ont toujours été de véritables cavernes d'Aladin, depuis son premier aperçu de Art of This Century, avec ses murs incurvés, en passant, après son mariage avec Guy, par la Hansa, la Reube, la Judson et la Red Grooms', où l'on montait des happenings et de courtes pièces qui laissaient la minuscule assistance ébahie, mais, quelque part, convertie à une nouvelle manière de voir les choses, débarrassée de certains préjugés, de certains modes de pensée traditionnels ; et puis il y avait les galeries du milieu de Manhattan, celles de Leo et de Sidney, qui avaient donné au pop art ses lettres de noblesse et l'avaient ouvert aux nouveaux collectionneurs, à ces nouveaux riches américains si disposés à s'amuser avec leur argent, c'était d'ailleurs dans l'une d'elles qu'elle avait fait la connaissance de Jerry. Qui disait galerie disait le plus souvent espace replié sur lui-même, silence, population rare, filles au bureau luttant contre la somnolence, peintures et sculptures, les unes dans leur halo de couleurs, les autres dans leur rigidité farouche, en attente de l'amour d'un spectateur, d'un acheteur, et arrière-salle d'où parvenaient quelques bruits étouffés, synonymes d'ennui et d'oisiveté. Ces galeries abritaient des œuvres conçues dans la solitude et la confusion, mais aussi dans l'exaltation d'un moment d'euphorie, l'impression d'être au-dessus du commun des mortels, des œuvres exécutées en marge de l'utile, comme si l'art s'empressait de nier ses propres fins aussi vite qu'elles étaient définies, un art sur le point de s'autodétruire, qui exposait ses fragments dans ces grandes pièces nues, mais nullement désolées aux yeux de Hope. Celle-ci était toujours émue et heureuse de se retrouver dans ces temples dont le silence sacré invitait à la visite.

« Ne faites pas attention à moi, dit-elle à sa visiteuse, consciente, sans trop s'en formaliser, que l'autre a été insultée. Retournons au salon. Je ne peux rien vous offrir d'autre ? Une petite salade vite faite ? Quelques noix du Brésil ? Ou que diriez-vous d'un biscuit aux flocons d'avoine, basses calories et sans gluten ? »

Kathryn se lève, en s'aidant de ses mains à plat sur la table, sans daigner répondre. La pluie fouette la lucarne de la cuisine. Dans le salon, on l'entend beaucoup moins. Les deux femmes, tasse à la main, se réinstallent dans leur fauteuil, et au moment où elle se penche pour réenclencher le magnétophone, Kathryn dit : « J'aimerais revenir à Guy un instant. Les raisons pour lesquelles il vous a quittée ne me paraissent toujours pas très claires.

– À moi non plus, si vous voulez tout savoir, concède Hope, qui se doutait bien que son interlocutrice allait creuser le sujet, histoire de lui rendre la monnaie de sa pièce pour ce qu'elle vient de dire à propos d'Alec. C'est comme s'il était sorti en catimini de ma vie et de celle des enfants, après dix-sept années de présence ou du moins d'apparitions fidèles et régulières.

– Croyez-vous vraiment qu'il n'ait pas été impliqué dans l'usage de drogue et de stupéfiants à l'Hospice ? Qu'en est-il des amphétamines ? De la cocaïne ? Des tranquillisants ? Dans nombre des films expérimentaux qu'il a signés, les acteurs sont manifestement dans leur trip ; prenez celui sur les travestis, ou plutôt l'un de ceux sur les travestis, *Sick Roses*, je regardais encore la vidéo l'autre soir avec Alec, il n'y a pratiquement aucun dialogue, les acteurs font leur truc chacun dans leur coin, un sourire d'illuminé sur le visage, sans faire aucun effort pour seulement entrer en contact les uns avec les autres, sans parler d'avoir à se souvenir d'un texte qui ferait avancer l'histoire.

– Mais, ma chère Kathryn, peut-être que s'il n'y a pas d'histoire, c'est précisément parce qu'il ne doit pas y en avoir, parce que les histoires, c'est fini, tout comme en peinture, comme le dit Alec, l'anecdote, c'est fini. C'est la raison pour laquelle Hopper et Wyeth nous faisaient l'impression d'être de tels dinosaures, ils en étaient encore à raconter une histoire. Une histoire suppose un auteur, manipulant ses personnages, nous manipulant nous, pour orienter tout son monde vers une fin moralement intelligible, et qui pouvait encore croire à ça après l'Holocauste, après la bombe atomique… ? »

La réaction de Kathryn est si vive que la liasse de feuillets sur ses genoux glisse et n'est rattrapée qu'*in extremis*. « Cela tombe bien que vous parliez de la bombe atomique. Pendant toute cette période de la guerre froide, entre 45 et 89, est-ce que la menace de l'anéantissement nucléaire a affecté votre manière de penser ? Est-ce que vous avez eu peur ?

– Un peu en 62, lors de la crise de Cuba, sur laquelle on vient de tourner un film, mais pas vraiment. C'était une magnifique journée d'octobre, le jour où le monde a failli exploser, avec ces navires russes qui piquaient droit sur nous. Moi, je me revois simplement en train d'emmener Paul et Piet dans leur poussette à deux places chez le pédiatre dans East End Avenue, et de suer abondamment dans mon nouveau manteau d'automne, avant de me retrouver dans une salle d'attente où la télévision diffusait un *soap opera*. Les gens sont des optimistes invétérés. Comment ne pas l'être, d'ailleurs ? Je ne pouvais pas croire que les chefs des plus grandes puissances mondiales seraient assez bêtes pour vouloir tout faire sauter.

– Mais…

– Je sais, vous allez me dire qu'Hitler l'aurait bien fait. Mais les Russes, les Soviets, étaient comme nous – un grand pays un peu encombré de lui-même, qui n'avait aucun besoin de *Lebensraum*, pas un de ces petits pays comme l'Allemagne ou le Japon, toujours à vouloir faire mieux que les autres, paranoïaques à force de mythes racistes et meurtriers. Les Russes aiment la vie – vous n'avez qu'à lire leurs romans. C'étaient des communistes, ceux qui étaient aux commandes, mais la plupart des peintres que je connaissais l'étaient aussi, même pendant la guerre. Quand vous décrivez la période d'après-guerre, vous autres les jeunes, vous n'arrêtez pas de dire que nous étions obsédés par la menace de l'apocalypse nucléaire, mais en fait, je n'y pensais pratiquement pas, et quand bien même c'eût été le cas, qu'est-ce que j'aurais bien pu y faire ? C'était comme se faire renverser par un tram – ça aussi, ça pouvait arriver. Quant à Guy et aux drogues, il faut vous rappeler que la plupart de ses assistants à l'Hospice appartenaient à la génération d'après la sienne et qu'en tant que tels ils étaient beaucoup plus cyniques et ne se refusaient rien, ils avaient été tellement protégés et gâtés qu'ils croyaient à la fois qu'on ne pouvait rien leur interdire et que le système en place, qui leur avait donné tout ce qu'ils avaient, était totalement pourri. Guy avait trois ans de moins que moi, mais nous avions tous les deux vécu les effets de la Dépression et de la guerre ; en fait, comme vos recherches ont dû vous l'apprendre, il avait servi pendant la guerre, deux ans dans la gendarmerie maritime dans les Aléoutiennes, deux ans à se geler les fesses, qu'il n'avait pas trop rembourrées, au service de la patrie. Il n'en parlait pas souvent, mais tous les cinq ans à peu près il se rendait à ces petites réunions où il retrouvait les types avec lesquels il avait servi. Il y avait bien une sorte de lien quelque part, même si, vous avez raison, les liens, ce n'était pas son fort. Pas plus que la passion. Les artistes que j'ai connus au début n'arrêtaient pas de parler de passion, Bernie bien sûr, mais aussi Roger, qui pouvait parler pendant des heures de ses *sentiments* quand il peignait, et Onno et Zack, qui déversaient toute cette passion sur leurs toiles à grands coups de touches furieuses, mais je n'ai jamais vu Guy perdre le contrôle de lui-même ou dire qu'il était déçu ou n'aimait pas telle ou telle personne, même les critiques, qui au début étaient incapables de reconnaître la beauté et l'étonnante variété de son travail. Il les lisait, mais ne laissait jamais rien voir de ses réactions, tout au plus s'en montrait-il amusé, à l'occasion. Et il n'a pas fait montre d'un enthousiasme débordant non plus quand l'argent s'est mis à couler à flots. »

Mais pourquoi discourt-elle ainsi sans désemparer ? Parce qu'elle cherche à épuiser l'autre sur ce sujet, qu'elle veut cacher l'humiliation que lui a infligée l'abandon désinvolte de Guy, à elle et aux enfants, cacher aussi la douleur qu'elle a eue de voir ses enfants, les seuls qu'elle ait jamais eus, stupéfaits et blessés devant pareille défection. Elle est comme Guy, au sens où elle est bien élevée, où elle est capable de reconnaître la valeur d'une apparence, de tout voir comme une façade, de croire en une finition parfaitement maîtrisée, en dépit de toutes les bavures accidentelles. Elle s'était sentie en harmonie avec son sang-froid, avec cette distance étudiée qui lui permettait de garder toujours une humeur égale, et puis un jour elle avait été repoussée, exclue de leur petit club. Avant que cette fille tenace, insistante, ait le temps de réfléchir à une autre question, Hope lui dit : « Vers la fin, comme je vous l'ai dit, alors que se terminaient les années 70, je crois qu'il a commencé à sentir les effets de la pression, celle qu'il y a à devoir toujours garder une longueur d'avance, à devoir rester séduisant pour les galeries et les musées. Ce n'est pas facile de faire comme si le kitsch et la camelote étaient autre chose que ce qu'ils sont. La tragédie de l'artiste moderne, ou devrais-je dire postmoderne, c'est que sa créativité a normalement une durée bien plus longue que la capacité de concentration du public. Duchamp a abandonné à temps et a gagné ce faisant pas mal de points, Korgi et Seamus se sont suicidés, et Zack aussi, à sa manière, mais pour un artiste qui n'est pas porté sur l'autodestruction le temps est tout simplement trop long. S'il trouve le filon de bonne heure, son art ne peut que s'épuiser. Ces choses que faisait Guy juste avant qu'il me quitte et juste après, ces énormes statues destinées à servir de monuments publics, ces pseudo-tableaux d'affichage, ces gigantesques livres de coloriage aux couleurs hideuses, elles n'étaient pas bonnes. Elles avaient la même effronterie que les autres mais ce qui leur manquait, c'était… comment dire ? l'entrain original. Il a cru qu'en me quittant il retrouverait cet entrain. » Voilà comment elle en est arrivée à concevoir l'abandon de Guy, comme une conséquence indirecte de la quête de l'artiste.

« Il y avait un parfum de scandale qui s'attachait au travail de Guy, surtout aux films et aux happenings, avec toute cette nudité et cet érotisme homosexuel. Comment avez-vous réagi à cela ? Et comment ont réagi vos enfants, en grandissant ?

– Ça faisait partie du travail de Papa », lui dit Hope, nullement gênée par ce léger mensonge ; la curiosité de sa visiteuse est en train d'effriter sérieusement son sens moral. Celui-ci est au plus haut chez elle le matin, quand elle peint, mais son exaltation première a tendance à se dégrader au fil de la journée. Elle fait un effort pour réfléchir et se montrer honnête. « Les garçons ont réagi en devenant très conventionnels, et ceci dès Buckley

– entre parenthèses, c'est Guy qui a tenu à les envoyer là-bas, je penchais personnellement pour une école plus progressiste, mais il n'a rien voulu entendre, il ne voulait pas que ses enfants soient enfermés dans des stéréotypes, mais qu'ils aient l'éducation sérieuse que nous avions eue lui et moi –, et ensuite à Putney, où ils étaient pratiquement les seuls à être conventionnels. Dot, elle, a fait sa crise dans son coin, sans rien dire à personne, comme nous en avons déjà discuté. L'idée à laquelle on a du mal à se faire à propos de Guy pendant ces années-là, c'est que si, contrairement aux autres hommes de notre immeuble, il n'était pas constamment en costume-cravate, mais plutôt en col roulé, jean et veste en tweed, il n'en partait pas moins le matin dans le centre de Manhattan, comme eux, pour rentrer à la maison le soir, quand, là encore comme les autres, il ne m'appelait pas pour me dire qu'il était retenu et que je n'avais qu'à manger avec les enfants sans l'attendre. Il était très dévoué, se rendait aux manifestations de l'école et jouait au softball avec les autres pères et leurs fils quand il y avait une sortie à Central Park, et au moins pendant les dix premières années il s'est efforcé de se comporter en mari normal. On pouvait parfaitement aller voir un de ces ballets dans le sous-sol de la Judson Church, où une bande de jeunes gens se contorsionnaient tout nus sur une scène en se badigeonnant mutuellement de peinture marron, histoire de symboliser la saleté de l'avidité capitaliste, et rentrer ensuite tranquillement à la maison manger une salade de lentilles accompagnée d'un verre de lait, dans la cuisine, tout en parlant à voix basse pour ne pas réveiller les enfants. Guy était un homme doux et sensé…

– Ou de la marmelade et du beurre de cacahuète, l'interrompt Kathryn.

– Pardon ? fait Hope, qui n'a pas suivi, tant elle était absorbée par son tableau domestique et par ce qu'il lui fallait dire de Guy si elle voulait être juste avec lui.

– Ça vient de me rappeler le sandwich que vous m'avez donné, dit Kathryn. C'était vraiment gentil.

– Trop sucré, je suppose, puisque vous ne l'avez pas terminé. Vous avez tous tellement peur du sucré. » Que cette jeune femme puisse plaisanter des goûts apparemment innocents de son aînée déclenche chez Hope une irritation qu'elle refuse de laisser voir, pour la bonne raison que, à ce stade, tout signe de désaccord ou de différence à aplanir risquerait de prolonger indûment le séjour déjà trop long de l'autre. Hope fait une nouvelle tentative : « Un homme doux et sensé, disais-je, et il était tellement facile pour nous tous d'oublier qu'il était célèbre, qu'il représentait une force majeure de l'art américain, à une époque où celui-ci était numéro un dans le monde, et que, derrière cette façade de père de famille dévoué, c'était sa vie qui était en jeu. Il lui arrivait de se réveiller la nuit et de ne pas pouvoir se rendormir, moi je me contentais de me tourner de l'autre côté et de rajuster mon masque sur les yeux, le laissant veiller à la clarté de la lampe de chevet, pour le retrouver au matin à la table du petit déjeuner avec le *Times* déjà lu de bout en bout et soigneusement replié, et, sur le visage, des rides que je n'y avais encore jamais vues. Avec cette intuition naturelle qui le caractérisait, il sentait bien qu'il était en train de lâcher prise, qu'il était en passe de se laisser distancer. À la fin des années soixante, l'heure n'en était plus simplement au pop et à l'op et aux dernières manifestations de l'expressionnisme abstrait, de nouvelles formes d'art surgissaient un peu partout – minimalisme, *scatter art, earthworks*, art conceptuel qui ne se servait que de mots, sous prétexte que c'était mentir que de faire comme si toute perception n'était pas affaire de langage ou de théorie. Guy ne cessait de dire que l'Europe nous expédiait ses théories critiques pour tuer notre créativité. On en est arrivés à un point tel que tout art qui produisait encore des peintures ou des *combine paintings* qui, même encombrants, pouvaient s'accrocher à un mur, et des sculptures susceptibles de trouver leur place dans un salon pas nécessairement prétentieux courait le risque d'être considéré comme rétrograde. Guy avait beau travailler dur, avait beau se montrer inventif, le pop commençait, avec toutes ses piles de boîtes de céréales et tous ses drapeaux que des gamins en colère brûlaient au même moment dans les rues, à avoir l'air, c'est triste à dire, apprivoisé, et c'est pourquoi je ne me formalisais pas trop de la drogue à l'Hospice, ou de ces films pornos qui nous paraissent si flous et si drôles aujourd'hui, c'était pour Guy un moyen de garder à son entreprise – appelons-la comme ça – un air branché, comme vous diriez, une façon pour lui de préserver son aura d'artiste *maudit**. Pour des raisons tout à fait égoïstes, et pour le bien des enfants, ce qui est aussi une manière d'égoïsme, je tenais à ce qu'il mène une vie aussi bourgeoise que possible, mais pour lui, en tant qu'artiste, ce n'était pas sain, on ne peut plus avoir des Vermeer et des Chardin, on ne peut plus glorifier la vie bourgeoise, en tout cas on ne le pouvait pas quand on estimait que c'était elle qui, d'une certaine façon, était responsable du Vietnam, des événements de Birmingham, du colonialisme et du reste, et, comme je l'ai dit, c'était pour Guy une contrainte permanente que de jouer au bourgeois et de prétendre que l'art était un business comme un autre. Je m'en veux un peu d'être entrée dans son jeu pour préserver mon propre confort de bourgeoise, et c'est pourquoi, quand il est parti, j'ai protesté avec si peu de conviction. Dot l'a bien senti, et elle m'en veut encore d'avoir été aussi faible. S'il vous plaît, n'incluez pas cela dans ce que vous écrirez. Mais que pouvais-je faire d'autre ? Je me disais que ce serait peut-être mieux pour lui, pour son art.

– Je ne vois pas pourquoi l'art ne serait pas un business comme un autre, dit Kathryn d'un air songeur.

Dans le temps, c'était un commerce, et il n'y avait pas de honte à ça.

– Sans doute pour la même raison que la religion ne saurait être un business, ou n'être que cela. Si ce n'est que le commerce de la religion, lui, repose sur un produit tout à fait fiable, notre peur et notre solitude, alors que l'art doit arriver à convaincre les gens qu'ils ont besoin de lui, qu'ils ont besoin de quelque chose de plus pur et de plus authentique que ce qu'ils peuvent trouver ailleurs, dans les autres activités de leur vie. Cette pureté, cette authenticité, c'est bien d'en faire l'expérience soi-même, mais c'est déjà quelque chose de les observer à l'œuvre chez un autre. L'âme – le mot est-il trop fort pour vous ? – ne saurait être souillée par les soucis et l'intérêt. Guy, quand je l'ai rencontré, faisait preuve d'un superbe désintéressement, tranquille et très productif, dans ce loft plein des cochonneries qu'il ramassait dans la rue, mais au fur et à mesure que sont arrivés argent, flatteries et récompenses, il a senti que cette pureté, cette insouciance qui seule permet de créer du neuf lui échappait. Il s'est mis à accorder trop d'attention au reste, parce qu'il le fallait bien, parce tous autant que nous étions nous dépendions de lui ; et ça, c'était cruel. Mais il n'a jamais non plus rien fait d'important – j'entends par là quelque chose qui aurait témoigné de suffisamment d'âme et de désintéressement pour l'être – pendant le temps qu'il a passé avec Miss Cals-aux-Fesses. Et la voilà maintenant transformée en infirmière à plein temps d'un homme qui n'a pas la moindre idée de ce qu'elle est ni de ce qu'il est lui-même.

– Il faut que nous avancions, dit Kathryn, non sans culot, dans la mesure où c'est à cause de sa question idiote que Hope s'est embarquée dans son monologue. Parlez-moi de Jerry. Quand est-ce que vous vous êtes rencontrés, tous les deux ? Vous vous souvenez des circonstances ?

– Oh, c'était à un des vernissages de Guy. Contrairement à la plupart des gens présents, il essayait, lui, de regarder les œuvres et, moi, j'en avais assez de faire la conversation ; c'est ainsi que nous nous sommes retrouvés côte à côte devant une vieille machine à écrire toute molle, agrandie deux fois, en vinyle blanc très brillant, avec des touches rondes tout emmêlées, touches et chariot pendouillant comme les petites jambes fragiles d'un agneau nouveau-né, et nous avons dit, ensemble : "Superbe." Superbe. Qu'est-ce que je pourrais bien dire de Jerry que tout le monde ne sache déjà ? Il était adorable. En tout cas il l'a été avec moi, allant jusqu'à divorcer pour m'épouser, faveur que ne m'avait jamais faite Bernie. Non pas que je l'aurais acceptée. Bernie était bien trop… "urbanisé", si j'ose dire, lui et Jeanette formaient une équipe bien trop soudée. Comme nous le disions un peu plus tôt, dans la décennie qui a suivi notre… liaison, tout a marché comme sur des roulettes pour lui, il s'est vu baptiser père de ceci, père de cela, alors même qu'ils n'avaient jamais eu d'enfants, père du *color field*, du *hard edge*, et même père putatif de certains *earthworks*, ces lignes de craie de trois kilomètres de long que quelqu'un a tracées dans le désert mohave à la fin des années soixante, si je me souviens bien, en utilisant le désert à la façon d'une des grandes toiles monochromes de Bernie. Ces grandes peintures planes que tout le monde avait eues en horreur pendant des années – Peggy les détestait, tout comme Betty – se sont soudain révélées comme la voie de l'avenir, alors que les énormes trucs verticaux de Jarl commençaient à embarrasser sérieusement les musées qu'il avait un peu bousculés pour les acheter, car ils occupaient trop de place sur les murs, le peintre exigeant de plus en plus de salles pour lui tout seul, et que Zack était en quelque sorte figé dans sa gloire passée, élevé au rang de classique comme Ryder ou Bierstadt, mais désastreux à imiter, en fait personne ne savait comment s'y prendre, ne savait comment diluer la peinture émail ni quel genre de bâton utiliser. Bernie a même été considéré comme étant à l'origine de la première manière de Guy, planéité et absence d'empâtement, et Guy en a été horriblement vexé, comme s'il me reprochait le rôle, bien mineur pourtant, qu'avait joué Bernie dans ma vie, parce que, bien entendu, je lui en avais parlé, mais ce genre de jalousie sexuelle très conventionnelle était bien la dernière chose que Guy aurait admis ressentir.

– Est-ce qu'il n'y a pas eu, même quand vous étiez encore mariée, quelques jeunes gens ? demande Kathryn sur ce ton prudent, comme retenu, avec lequel elle espère pénétrer l'intimité de Hope sans effraction. Des artistes spécialistes de l'*action painting* ? »

De jeunes corps mâles, un peu flous, masses musculaires arrondies des épaules et des cuisses, ventres plats assortis de leurs fragiles pendentifs, remuent dans son esprit comme des corps englués dans la boue, dotés de visages sans expression bien nette. Jeb, Randy. Ils avaient un nom, une adresse, une philosophie, des aspirations. Ils espéraient se servir d'elle, mais on ne se servait pas d'elle aussi facilement, elle-même avait du mal à le faire pour son propre profit. Les Noirs avaient été pour elle une révélation, les danseurs surtout, leurs pieds noueux si touchants dans leur agilité. Henry, Kyle. Ils étaient différents des Blancs en ce sens que, dès qu'on commençait à leur parler, ils pensaient savoir ce qu'on voulait, et ne se trompaient pas. Ce qu'elle recherchait, c'était à se détendre. Ils étaient faciles à approcher et faciles à abandonner, bien trop pour leur propre bien, mais c'était une époque où le don désintéressé était à la mode, même en politique. « Voyons, ma chère, proteste-t-elle, j'avais la cinquantaine, à ce moment-là. J'étais une *grande dame* [1].

1. En français dans le texte *(NdT)*.

– Mais encore très séduisante. J'ai vu pas mal de photos. Et je vous ai vue aussi, poursuit Kathryn devant le silence de Hope, décrite comme une disciple de Bernie. À cause des bandes.

– Mes bandes sont bien plus petites et plus nombreuses que les siennes, dit Hope, dont la voix est plus ferme maintenant qu'elle se retrouve sur ce terrain. Personnellement, je me vois davantage comme une disciple de Hochmann, une des derniers. J'essaye toujours d'appliquer le principe du *push and pull* qu'il nous enseignait, mais dans une atmosphère plus calme, un plan moins profond. » De ses doigts recourbés, Hope mesure dans l'air un espace d'à peine deux centimètres de large, pour montrer le degré de subtilité auquel elle aspire dans ses brumes grises. « Comme le *push and pull*, à peine perceptible, de la respiration. »

Ses infidélités avaient-elles blessé Guy ? À l'époque elle pensait, ou s'arrangeait pour penser, qu'il ne demandait que cela, poussé par cet obscur instinct qui le faisait se fondre dans de multiples identités, se dissimuler sous d'innombrables masques, se réfugier dans un art qui ne se réclamait pas d'une unique personnalité. Sa petite troupe d'amants était son Hospice à elle, son temple de l'oubli.

Kathryn décide de ne pas pousser plus loin dans cette direction. « Et pendant tout ce temps, dit-elle, vous vous accrochiez encore aux Flats, à la ferme que vous et Zack aviez achetée. » La remarque est faite sur un ton quasi accusateur. Bien que Hope ait essayé de vendre Guy à son interlocutrice, lui faisant une description touchante de son aisance naturelle, de son flair et, pour finir, de l'impasse douloureuse dans laquelle il s'était trouvé acculé par un monde de l'art prompt à faire apparaître démodé même le plus enjoué des talents, c'est Zack qui est au cœur des préoccupations de Kathryn ; c'est Zack qui a permis aux deux femmes de se rencontrer. Ce qu'implique la remarque, en fait, c'est que Hope a trahi son deuxième et son troisième mari en conservant une maison où elle avait vécu avec le premier.

Hope, d'ailleurs, ne cherche pas à le nier. « Je pense que c'était pour moi une sécurité que d'avoir une propriété à mon nom, et toute à moi. Au début il y avait les toiles de Zack, dont il fallait que je m'occupe. Par la suite, quand elles sont devenues trop chères pour que je puisse encore les protéger et que je passais davantage de temps en ville, j'ai trouvé plus facile de tout laisser en place, les vieux meubles auraient fait triste figure dans le riche décor où nous vivions, Guy et moi. Nous y allions en été, les enfants adoraient l'endroit – les plages, l'impression un peu étrange d'être au bout du monde sur cette pointe de Long Island –, même si, au fil du temps, Guy nous accompagnait de moins en moins souvent, sous prétexte qu'il détestait les soirées des riches et le sable dans les chaussures. En fait, je crois qu'il sentait l'ombre de Zack peser sur lui. Le monde de l'art se retrouvait maintenant davantage à Fire Island qu'à East Hampton. Hors saison je louais la maison, pour trois fois rien si le locataire m'était sympathique, parfois un ancien copain de Zack du temps du Lemon Drop, ou un des protégés de Guy qui avait besoin d'un endroit pour recharger ses batteries, ce qui importait n'était pas l'argent, mais le fait que la maison ne se détériore pas ou ne tombe pas en ruine. Quand Jerry est entré dans ma vie, il avait déjà une propriété à Southampton, mais il n'a jamais vu la nécessité de revendre les Flats, qu'il appelait mon atout de réserve. En réalité, les lieux intéressaient beaucoup le collectionneur qu'il était ; il a engagé un gardien pour les habiter, étant donné qu'avec mon système il arrivait que des choses soient cassées ou volées, et nous comprenions très bien l'un et l'autre qu'il fallait les conserver, surtout la grange, dans l'état où elles étaient à l'époque où Zack y vivait.

– Et aujourd'hui, c'est un musée.

– Sur rendez-vous, uniquement. Des classes y viennent, en sortie, et des documentaristes utilisent parfois la maison. Je suis la seule à savoir encore ce qui n'est pas exactement comme avant, les meubles qui manquent, ce genre de choses, mais ce n'est pas très différent. Il y a des gens pour qui Zack est devenu un mythe, pas tout à fait dans les proportions d'un Elvis ou d'une Marilyn, mais disons comme James Dean ; il a été bien plus important comme peintre que Dean comme acteur, mais, malgré tout, ces accidents de voiture, cet air buté, un peu embarrassé... Il faut que ces gens aient un endroit à aller visiter, et le meilleur n'est-il pas là où il a réalisé ses œuvres les plus importantes ?

– Bien sûr, dit Kathryn. Et ça vous permet à vous de garder intacte une partie de votre vie.

– Vous y trouveriez à redire ?

– Au contraire, je vous envie. La plupart d'entre nous, vous savez, nous habitons quelque part, puis nous déménageons, et le propriétaire nous remplace par d'autres locataires.

– Ne m'enviez pas, ma chère. Vous avez votre vie devant vous, la mienne est derrière moi. Vous ne resteriez pas dans mon corps une minute, tant il est perclus de douleurs que j'ai appris à ignorer, mais auxquelles vous, vous seriez immédiatement sensible ; vous les trouveriez insupportables. » Il serait déplacé et impoli de contredire une telle affirmation, et pourtant, Hope le voit bien, Kathryn est tentée de discuter, elle a rejeté la tête en arrière comme pour fuir une odeur déplaisante ou prêter l'oreille à la pluie qui frappe les fenêtres et produit ce tintement sourd et plaintif dans la gouttière, et, pour la première fois, Hope remarque que l'extrémité du nez de l'autre n'est pas sans une certaine beauté : l'arrondi se termine en une pointe où se rejoignent deux petits surfaces planes, dont la face inférieure prolonge la chair de la cloison, laquelle descend plus bas que la normale, si bien que la narine, de profil, apparaît retroussée, tendre, avide, rougie par le sang. Cet aperçu de chair bien vivante confère à l'ensemble des traits une beauté sauvage : les prunes sombres des yeux avec leur curieux aspect vitreux, les lèvres sans maquillage pincées sous la tension de l'interview, les petites oreilles, légèrement hémisphériques et étrangement blanches, petites par rapport à la mâchoire et totalement dégagées par les peignes en argent qui aplatissent les cheveux sur le crâne, cheveux qui, s'ils n'étaient pas disciplinés, s'étaleraient majestueusement sur l'oreiller. Hope voit en elle une femme qu'un homme pourrait adorer, et en qui il répandrait sa semence comme s'il accomplissait là l'œuvre de sa vie. L'étrange idée, qu'elle vient tout juste de s'entendre formuler, suivant laquelle cette jeune étrangère assise en face d'elle pourrait venir habiter son corps à elle, avec ses doigts déformés par l'arthrose, ses douleurs occasionnelles dans la poitrine, son souffle souvent court, ses problèmes digestifs dus à un estomac qui, à mesure qu'il rétrécit, résiste aux repas quotidiens qu'elle veut lui faire ingurgiter de force, fait naître d'autres fantasmes – visions à peine ébauchées d'un esprit las –, images d'interpénétration, de scorpions dans une bouteille, cette fille l'envahissant avec ses questions, tandis qu'elle-même essaie d'imaginer à son tour la vie intime de Kathryn, la créature d'instinct qui vit sous les boucles huileuses du pubis.

« Ainsi donc, arrive la question suivante, votre relation avec Jerome Chafetz a commencé alors que vous étiez encore mariée à Guy Holloway ?

– En effet, et même plusieurs années avant notre séparation, mais en tout bien tout honneur. Jerry avait acheté quelques-unes des sculptures en vinyle blanc de Guy juste au moment où le marché non seulement du pop mais de l'art en général était en perte de vitesse », déclare

Hope. Elle est tout heureuse de montrer que, grâce à son troisième mariage, elle connaît le langage de la finance : « Les Arabes avaient mis l'embargo sur les livraisons de pétrole aux États-Unis parce que nous avions aidé Israël dans la guerre de Kippour, et l'économie était entrée dans une période de stagflation, comme on dit, qui allait durer jusqu'à la fin de la décennie.

– Mais Jerome Chafetz ne s'est pas retrouvé sur la paille.

– Vous pouvez l'appeler Jerry si vous voulez. Tout le monde le faisait, même ses employés et les domestiques que nous avions ici. Bien avant que je devienne sa femme, Jerry avait déjà atteint ce seuil enviable où son argent ne pouvait que créer davantage d'argent. Il avait été agent de change, puis consultant boursier pour une des sociétés d'investissement les plus en vue ; au début des années soixante, il s'est mis à son compte en créant sa propre société, dans l'idée d'attirer aussi bien les petits épargnants que les responsables de fonds de pension. Il a démarré très simplement, avec seulement trois fonds de placement : Super-Gro, Sur-Gro et Slo-Gro. Curieusement, c'est Slo-Gro, le moins spectaculaire et le plus sûr, qui a attiré le plus de souscripteurs – les gens qui avaient de l'argent n'avaient guère l'esprit d'aventure à l'époque. L'idée suivant laquelle tout le monde était riche ou n'allait pas tarder à le devenir n'est apparue que sous la présidence de Reagan.

– Jerry, dit Kathryn d'un ton hésitant, avec un froncement de ce nez impérial, est mort en 86.

– Oui. Nous nous sommes mariés en 77. Neuf années merveilleuses. Nous avons bien dû avoir des mots de temps à autre, mais je ne m'en souviens pas. Il avait onze ans de plus que moi, et je crois que j'étais pour lui la compagne avec laquelle il allait enfin pouvoir prendre un peu de bon temps avant que sa vie n'arrive à son terme. Les fonds étaient entre les mains de jeunes fondés de pouvoir, et nous étions sans arrêt partis : l'Europe, les Caraïbes, ou ici, dans le Vermont. Nous avons acheté la propriété en 1980. Jerry avait toujours été un enfant de la ville, et tout à coup il a découvert qu'il aimait la terre, l'herbe, les rochers – il a monté des dizaines de mètres de murs de pierre, de ses propres mains, qui avaient fini par devenir calleuses. Il était tout fier de me les montrer.

– C'était un collectionneur d'art, donc sans doute un artiste rentré.

– Pas si rentré que ça, il disait toujours que la Bourse était un art et pas une science. C'est à cette époque que je me suis dit que les gens de la finance étaient plus heureux que les gens de l'art. Ils ne sont pas constamment préoccupés, ils peuvent se détendre sans se soûler à mort. Jerry jouait au tennis, lisait des romans et même de la poésie, il aimait cuisiner, en consultant des livres et en respectant scrupuleusement les proportions, là où Guy se fichait complètement de la nourriture, tant qu'il ne s'agissait pas de faire un hamburger en plâtre ou de peindre une rangée de gâteaux dans une vitrine de pâtissier. Quant à Zack je n'en parle même pas, il serait tombé la tête la première sur la cuisinière. »

Les mots n'ont pas plutôt franchi ses lèvres que Hope se dit qu'elle est injuste : Zack faisait des steaks au barbecue lors de leurs premiers étés à Long Island et certains matins, quand il se réveillait plus tôt qu'elle avec la gueule de bois, il préparait des œufs brouillés ou une omelette avec les légumes qu'il trouvait dans le frigo, ou dans le jardin, sortant pieds nus dans la rosée. La clôture autour du potager ou les travaux de menuiserie réalisés dans la maison quand ils s'étaient installés aux Flats témoignaient chez Zack d'un amour de l'ordre, d'un instinct en lutte contre sa tendance à l'autodestruction.

« Je suis désolée, avoue-t-elle à Kathryn, mais je ne suis pas tout à fait juste à l'égard de Zack, il avait un côté bricoleur, en fait ; il reste que Jerry a été ma première expérience d'un homme capable de se consacrer à ce qu'on pourrait appeler l'art de vivre. Mon sang de quaker se méfiait instinctivement de tout ce qui relevait de la chair…

– La chair ?

– Oui, l'enveloppe charnelle de notre être. La couleur, le sexe, l'ostentation. Le péché, quoi. Vous savez ce que c'est, le péché ?

– Évidemment », dit Kathryn, qui tourne la tête comme si elle prenait la question pour une gifle.

Hope regrette, essaie de s'expliquer, d'expliquer son rapport à Jerry. « Les artistes au milieu desquels j'avais vécu savaient faire preuve de bonne humeur et d'humour quand ils se réunissaient, mais il y avait toujours une sorte de tension inquiète, beaucoup de jalousie et des plaisanteries parfois cruelles – Zack en faisait souvent les frais, mais il faut dire qu'il lui arrivait de tout casser dans leurs salons par pure animosité – et, comment dire, une outrance dans le divertissement, comme s'ils ne savaient pas vraiment que faire de la vie, je veux dire de cette partie de leur vie où ils ne s'employaient pas à rechercher l'immortalité, les petits plaisirs de tous les jours qui sont les seuls que connaissent la plupart des gens. Jerry, lui, m'a fait découvrir tout ça, les joies du quotidien. Il m'a fait comprendre qu'une journée considérée comme perdue ne l'était pas forcément. »

Un souvenir de Jerry lui revient : son tennis. Hope avait beaucoup joué au tennis à Ardmore et dans le Maine, et à Long Island il y avait parfois des parties dans lesquelles, comparée à la plupart des femmes ou des petites amies ou même des hommes – intellectuels qui ne s'entretenaient guère physiquement et n'avaient pas comme elle un passé de country-club –, elle paraissait avoir beaucoup de style et se sentait à l'aise ; mais quand elle jouait avec Jerry, sur le court en terrasse de son club du centre-ville, son service, qu'il s'appliquait pourtant à retenir, rebondissait très haut et lui arrivait à hauteur du visage. « Oh, ma pauvre ! » s'exclamait-il quand il la voyait une fois de plus manquer son retour. Il était capable de donner à la balle un effet devant lequel elle restait impuissante, c'était embarrassant, mais excitant aussi, si bien qu'elle se souvient encore aujourd'hui de ce souffle puissant précipitant sur elle sans effort apparent, depuis l'autre côté du filet, ce projectile duveteux qui lui rebondissait entre les yeux ; c'était typique de lui. Où avait-il bien pu apprendre, avec son passé de juif new-yorkais, qui n'avait connu ni les courts en terre battue du grand Philadelphie ni les équipes de tennis universitaires, à frapper de cette façon ? Elle a un petit sourire intérieur, et refuse de partager ce souvenir avec Kathryn. Jerry avait une musculature noueuse – mollets durs et renflés, ventre plat et couvert d'un duvet laineux –, cachée sous ses costumes de ville gris. Il était en excellente condition physique, fait pour la compétition.

« Comment vos enfants se sont-ils entendus avec Jerry ?

– On ne peut mieux. Il était plus chaleureux que leur père, en tout cas moins préoccupé. Il organisait des sorties, achetait des billets pour les matchs des Rangers ou des Knicks pendant les vacances scolaires, ou emmenait Dot voir les ballets d'Alvin Ailey, elle était dans une phase d'intense activisme progressiste et parlait de laisser tomber ses études à Brearley pour aider les déshérités, il l'écoutait pendant des heures, alors que moi-même je n'en avais pas la patience, je trouvais ça très prétentieux et j'étais rebutée par cette violence à peine voilée à l'égard des élus de la nation, qui me rappelait le fascisme, et ce mépris pour un pauvre gouvernement faillible pas assez bien pour de beaux esprits comme le sien. Sans compter qu'elle était végétarienne, ce qui faisait de chaque repas un vrai casse-tête. Je ne vous cache pas que j'étais soulagée quand elle partait passer une partie de l'été chez Guy et Gretchen. Les garçons avaient dans les dix-sept, dix-huit ans, l'âge d'entrer en fac, et nous les voyions de moins en moins, même pendant l'été, mais l'intérêt sincère que leur portait Jerry ne s'est jamais démenti ; les enfants qu'il avait eus de sa première femme, Pearl – il disait n'épouser que des femmes à prénom monosyllabique –, étaient grands et mariés à l'époque, et engagés dans des activités plutôt floues qui ne semblaient mener nulle part, genre thèse universitaire sur le mandarin, start-up informatiques, médecine holiste ou agriculture biologique dans le Colorado, et je crois qu'il a été ravi quand mes fils ont commencé à venir lui poser des questions sur le monde de la finance. N'allez pas croire pourtant que les enfants de son premier mariage étaient tous des ratés – ils ont fini par retomber sur leurs pieds, comme le font d'ordinaire les gamins qui ne se sont pas pourri le cerveau avec la drogue, ce qui serait certainement arrivé à l'enfant que j'aurais eu avec Zack, si j'en avais eu un, mais nos rejetons à Guy et à moi sont nés trop tard pour ce genre de naïveté typique des années soixante, et ils avaient de toute façon une trop forte dose du solide bon sens que nous avions tous deux hérité de notre éducation protestante. Il se trouve que le mandarin était en fait un excellent choix, le garçon en question vit maintenant à Taiwan et passe une partie de son temps sur le continent, en Chine, pour le compte de différentes compagnies, quant à son frère cadet il a fort bien réussi dans les start-up informatiques, jusqu'à ce ralentissement d'activité l'an dernier. Mais vous n'avez que faire de tous ces détails domestiques, ma chère enfant, toutes ces histoires de *Küche und Kinder*, vous ne vous intéressez qu'à la peinture, tout comme moi quand j'avais votre bel âge.

– Justement, que pensait Jerry de votre peinture ?

– Il était très enthousiaste. Et prêt à m'aider par tous les moyens. Il exigeait que je m'y mette tous les matins, et si nous avons acheté cette propriété, c'était entre autres pour échapper à la sonnerie du téléphone et à cette stupide vie mondaine new-yorkaise. L'exposition dont je vous parlais tout à l'heure, celle que j'avais faite quand j'étais encore mariée à Guy, avait été accueillie si fraîchement que j'avais besoin d'encouragement ; je ne m'étais pas servie d'un pinceau pendant des années, et quand je me suis enfin décidée, en arrivant ici, j'ai essayé d'oublier tout ce que Hochmann nous avait enseigné et j'ai fait des natures mortes de cuisine, casseroles et bouilloires sur des étagères, le rebord de l'étagère tout ce qu'il y a de plus horizontal et au niveau de l'œil du spectateur, dans des gris beige, rien de brillant, le tout uniformément mat, comme une poterie non vernissée. Et encore des fenêtres, sauf que maintenant c'étaient des fenêtres de campagne, qui ne donnaient pas sur grand-chose, nuages de pluie aux contours flous, nuances de gris à peine différenciées, mais dont les meneaux et le mastic étaient soigneusement reproduits, comme s'ils étaient vus en premier plan par quelqu'un, hors champ, en train de méditer, ça m'a fait rire de voir que j'en étais venue à faire du Wyeth, peintre que tout le monde s'était toujours accordé à mépriser, mais j'essayais d'abord de me laver de l'abstraction avant de me replonger pour de bon dans la peinture. Je voulais que les choses aient l'air d'avoir été faites à la main, mais en même temps j'avais cette faim du rectiligne et des couleurs voilées. Jerry, qui m'avait fait construire l'atelier et qui se serait damné plutôt que de me tenir des propos décourageants, m'a tout de même demandé un jour si je n'aurais pas intérêt à faire preuve d'un peu plus de violence. Zack, bien entendu, avait été violent, témoin ces fantastiques éclaboussures dans lesquelles on sent le pinceau fouetter l'air comme pour démolir un obstacle, et puis il y avait eu toutes les coulures et tous les barbouillages qui permettaient à Guy d'unifier ses *combines* et de ridiculiser l'idée du fini en art, sans oublier ce qu'il avait pu y avoir de violent dans la peinture de Hochmann, longues coulées et rectangles de couleur brute en conflit les uns avec les autres dans les limites de la toile, mais moi maintenant, avec à mes côtés un Jerry qui me donnait le sentiment d'être à nouveau chérie, un peu comme je l'avais été du temps de mon grand-père, j'étais peut-être enfin libre d'exprimer ma défiance de la violence, ma peur de la couleur, que j'ai appelée l'habit de bouffon du diable dans la pompeuse déclaration dont vous m'avez lu un extrait au début de notre entretien. Ou alors, s'empresse de poursuivre Hope, en voyant que Kathryn est sur le point de l'interrompre, je le faisais pour satisfaire Jerry, tout comme je m'étais efforcée de satisfaire mes peintres de maris en les imitant, mais cette fois-ci c'était en lui donnant quelque chose à collectionner – des toiles sages, sans grand relief et de format modeste, qui s'intégreraient facilement à notre décor. Voyez-vous, Kathryn, il y avait de moins en moins de choses à collectionner. L'art, comme disait Jerry, avait déserté les murs. Comment voulez-vous collectionner des *earthworks* ? On ne peut même pas y avoir accès, à moins de faire des heures et des heures de voiture en Arizona. Et que dire de l'*art-action* ? Avec ces flots d'hémoglobine et toute la saleté que ça fait : une jeune femme se met toute nue et trempe ses longs cheveux dans un pot de peinture – une peinture latex, espérons-le –, puis elle recule à quatre pattes sur une longue bande de papier en laissant traîner ses cheveux, histoire de symboliser le flux menstruel, ou les obsessions sexistes du mâle, ou des choses de ce genre. La performance finie, qu'en reste-t-il qu'on puisse conserver ? La longue bande de peinture séchée n'a aucun sens si l'on ignore qu'elle a été réalisée avec la chevelure d'une femme. Dans les années soixante-dix, il y avait une artiste gestuelle japonaise qui à l'occasion s'enfonçait le manche d'un pinceau dans le vagin et s'accroupissait pour peindre quelques symboles, mais on ne peut pas dire qu'elle arrivait à grand-chose, un cercle peut-être, ou une croix, ou quelques mouvements de va-et-vient comme on peut en apprendre à un éléphant à qui on a mis un pinceau dans la trompe, à la suite de quoi on nous faisait comprendre ce que cela signifiait : toute création prend sa source dans le vagin. J'ai vu Zack traité de père de l'art gestuel – toujours ces films que cet Allemand autoritaire a faits de lui en ce jour de sinistre mémoire, il faisait bien trop froid pour être dehors, surtout vêtu d'un T-shirt noir, un débardeur, comme on dirait aujourd'hui –, mais ses soi-disant performances, les danses qu'il accomplissait autour de la toile quand il était seul, étaient autant de chemins vers un produit fini, un tableau abstrait absolument superbe, aussi explosif, élaboré, aussi vide et plein à la fois que le cosmos lui-même. Zack réinventait le sublime. Ce qu'il visait, c'était la durée. Il se voyait comme un fresquiste de la Renaissance, travaillant pour l'éternité. Mais la permanence, c'est précisément ce que les nouveaux artistes ne supportaient pas, et le National Endowment for the Arts n'arrêtait pas d'engouffrer de l'argent dans toutes ces performances, ces vidéos, ces spectacles de lumières et ces installations en toc démontées et mises au rebut au bout de quelques jours. Oh, mon Dieu, on croirait entendre Jesse Helms, non ?

– Ou un artiste d'un autre genre. Mais pourquoi faudrait-il que l'art soit permanent alors que rien d'autre ne l'est ? Pourquoi devrait-il se privilégier lui-même ? Vous croyez que les auteurs des peintures rupestres avaient autre chose en tête que la chasse du lendemain ? Et regardez un peu dans quel état sont aujourd'hui la plupart des fresques de la Renaissance – Piero della

Francesca est pratiquement tout entier en cours de restauration, quant à *La Cène*, elle est réduite à quelques fragments maladroitement recollés dans une salle vide d'un couvent de Milan. »

C'est là le discours le plus long dans lequel se soit lancée Kathryn jusqu'ici. Elle sort ses griffes, dévoile l'intellect qui rôde derrière la déférence. Et ce verbe de la critique déconstructionniste, donc, « privilégier ». Les deux femmes sont lasses. Les deux chevelures, l'une auburn et grisonnante, l'autre colorée d'un noir de jais, sont en train de se défaire dans l'humidité ambiante, tandis que la pluie tambourine au-dehors. La lumière s'est retirée des fenêtres ; les carreaux lavande renvoient dans la pièce des reflets brisés de meubles, des ronds de lumière sur des surfaces en céramique, des ombres blêmes et tremblantes qui sont des visages et des mains. La première fois que Hope s'est rendue à un cours de Hochmann, il y avait cette nature morte éclairée de biais à travers de la Cellophane qui réfractait la lumière. Hope relève le menton et repousse l'envahisseur dans un sursaut d'énergie : « Comment voulez-vous ajouter à une collection un énorme écheveau de corde tendu d'un bout à l'autre d'une salle de musée ? Ou un tas de vieilles briques ou quatre mètres carrés de plaques de zinc posées au sol ? Ou une feuille de plomb d'une dizaine de mètres enroulée sur elle-même – chef d'œuvre de quelque artiste dont j'ai oublié le nom, peut-être cette espèce de brute qui a installé une grande plaque de fer rouillé sur toute la largeur d'un joli petit parc du bas de Manhattan. Jerry possédait tout de même quelques pièces minimalistes, de très jolis cubes en Plexiglas, sur lesquels les gens n'arrêtaient pas de poser leur verre. Comment voulez-vous collectionner ce que l'on appelle la sculpture lumineuse ? Ou les graffitis à la bombe sur tout un côté d'un wagon de métro ? De l'activisme branché, tout ça, de l'art populaire bidon. Sans parler de toutes ces photos que les artistes se sont mis à prendre d'eux-mêmes, Cindy Sherman et tous les autres, en train de faire des grimaces, de recracher de l'eau, de se rouler dans du verre cassé ou d'exposer un corps couvert de piercings, comment mettre ça sur un mur et garder son sérieux ? Ou des ballons de basket en suspension dans un réservoir d'eau Perrier, ou des vaches débitées en tranches nageant dans le formol ? Qui aurait envie d'avoir ça chez soi ?

– Ça se discute, dit Kathryn d'une voix qui s'adoucit à nouveau après son sursaut d'agressivité, on pourrait très bien dire que l'art n'est pas obligé d'honorer le concept de propriété. Qu'il n'est pas fait pour être possédé, mais simplement pour *être*.

– Et qui va *payer* pour qu'il existe ? À quoi ça sert qu'il existe, s'il n'a pour but que d'exprimer les rancœurs et les névroses de l'artiste ? Voulez-vous me dire où est la *transaction* là-dedans ? »

La jeune femme, qui n'a sans doute aucune envie de voir son interview dégénérer en querelle, ou se dissoudre dans un débat d'école ou dans une version XXIe siècle des discussions qui se tenaient sur les banquettes en similicuir au fond du Cedar Tavern, refuse de répondre et revient à des questions personnelles ; elle recroise ses longues jambes habillées de leur mystérieux tissu à côtes noires, s'éclaircit la voix et considère un instant ses pages imprimées déjà souvent feuilletées et désormais passablement froissées avant de demander d'une voix raffermie: « Pourrait-on dire que Jerry, frustré de ne plus rien trouver à collectionner, vous a collectionnée, vous ? »

Hope laisse échapper un rire admiratif devant cette manifestation de culot et d'insensibilité juvéniles. « On l'a dit, en effet, mais jamais en ma présence, jusqu'ici.

– Ça me semble pourtant évident, dit Kathryn, comme si Hope était un objet à disséquer froidement et non une personne capable d'émotions, quelqu'un qui a d'abord été une enfant puis une adulte, et qui a une vision personnelle et sentimentale de sa propre valeur. Zack, Guy – en vous, Jerry avait les deux en un, des artistes de premier plan qu'il comprenait, des habilleurs de murs. Vous, vous habilliez la maison.

– Comme vous êtes dure, ma chère petite. Nous nous entendions pourtant bien. »

Le visage pâle de sa visiteuse, comme une feuille de papier photosensible, s'assombrit sous l'effet de la consternation. Les jeunes ne soupçonnent pas la capacité qu'ils ont à blesser les gens plus âgés, plus riches ou plus célèbres qu'eux, persuadés qu'ils sont que même la célébrité la plus minime habite un royaume virtuel qui leur est inaccessible. « Mais j'ai beaucoup d'amitié pour vous, dit piteusement Kathryn, et c'est peut-être ce qui fait que j'ai du mal à m'exprimer comme je devrais. Et puis je me sens coupable de vous avoir pris toute une journée. J'essaie simplement de vous voir, vous et Jerry.

– Pourquoi vous acharner à vouloir voir ? C'était un homme vieillissant, j'étais moi-même une femme vieillissante, et nous nous amusions l'un l'autre. Et nous réconfortions aussi ; c'est le seul de mes maris en qui je dirais que j'ai trouvé du réconfort. Il savait toujours ce que je voulais dire, même si j'avais du mal à le dire.

– Quels étaient les sentiments de Dorothy à son égard ?

– Il aurait difficilement pu être plus gentil avec elle, mais je ne pense pas qu'elle l'aimait. Sa loyauté allait à Guy, c'était sa manière à elle de me blesser, même si c'est Jerry, et pas Guy, qui lui a permis d'aller à Stanford et qui a financé toutes ces années de troisième cycle quand elle "se cherchait". Quoi que cela ait pu signifier – les gens, dans le temps, ne se perdaient pas, on était ce qu'on était, un point c'est tout –, elle menait sa recherche de façon fort dispendieuse, me semblait-il, elle et les minettes dont elle s'entourait. Et n'allez pas penser qu'en dépit de toute son "indépendance" elle ne jouait pas du fait qu'elle était la fille de Guy.

– Votre propre éducation d'autodidacte ne s'est pas faite non plus sans financement extérieur, je me trompe ? »

Nouvelle gifle. Décidément, cette fille est furieuse. Hope prend le temps de la réflexion avant de répondre : « Je vois où vous voulez en venir. Pouvoir s'adonner à ses instincts créateurs, se consacrer à la quête du beau, est un luxe que la majorité des gens ne peuvent pas s'offrir. Ma fille et moi sommes des garces, c'est ça ? Mes pauvres parents, si épris de respectabilité – Philadelphiens purs et durs, l'élite la plus terne de la côte Est, mon père ne supportait pas de voir son nom dans les journaux même quand c'était en relation avec un débat de prétoire –, il ne m'est jamais venu à l'idée que je devais terriblement les embarrasser, une fille partie seule à New York mener une vie dissolue, pour finir par épouser une brute d'alcoolo, sortie de Dieu sait où. Je suppose que je pensais, si toutefois je pensais, qu'ils m'aimaient, et que si j'étais heureuse ils le seraient aussi.

– Et c'était le cas ? Je veux dire, vous étiez effectivement heureuse ?

– Absolument, ma chère enfant. Autant qu'on peut l'être, compte tenu de cette habitude que nous avons tous de vouloir toujours plus que ce qui nous est donné. J'aimerais être vraiment célèbre, au lieu de n'être qu'une sorte d'appendice qui n'en finit plus de vivre.

– Vous n'avez rien d'un appendice, je vous assure, lance Kathryn avec une fermeté surprenante. Pas à mes yeux, en tout cas, ni à ceux d'un tas de jeunes femmes. Votre œuvre – si équilibrée et paisible, et pourtant si nerveuse et féminine – compte énormément pour nous. C'est la raison pour laquelle je suis ici.

– Vraiment ? C'est très flatteur. Je croyais que si vous étiez ici, c'était pour partager Zack avec moi. Et Guy. Pas Jerry, bien sûr, qui était un homme d'argent. Mais l'argent est le moteur de l'art, voyez-vous. » Les éloges ont tendance à irriter Hope, à réveiller en elle l'esprit de contradiction, en l'occurrence le malin génie judéo-chrétien du rabaissement de soi.

« L'art des graffitis ? Le jazz ? contre-attaque Kathryn.

– Oui, même ça, au bout du compte. Tout n'est qu'une question de promotion, de marketing, de recherche d'un produit nouveau à lancer. L'argent a rattrapé ces pauvres gamins qui faisaient des graffitis et les a complètement perturbés, avant de les lâcher froidement quand le genre est passé de mode et de les livrer à la drogue et au sida. C'est l'argent de Jerry qui m'a permis d'aller en Europe, là où ces génies qu'étaient mes précédents maris n'avaient presque jamais pris la peine de m'emmener. Nous y sommes retournés des dizaines de fois et dans les meilleurs hôtels, Venise, Paris, Londres, mais aussi la Grèce et le Portugal, le Danemark et la Norvège, et très souvent l'Angleterre et la Hollande. J'ai enfin compris ce que voulait dire Henry James – où que vous soyez en Europe, vous sentez toujours autour de vous quelque chose de médité et d'achevé, un témoin de tous ces siècles qui ont apporté leur pierre à l'édifice, simples détails parfois, un escalier en colimaçon, une vieille place ornée d'un puits, une maison biscornue qui s'est contentée de l'espace dont elle disposait, et cette manière qu'ont les villes italiennes de pousser sur leurs collines comme des arbres sur une falaise, et ces centres-ville où les bâtiments ne dépassaient pas une certaine hauteur avant l'invention de l'ascenseur, comportant seulement le nombre d'étages susceptibles d'être gravis par une personne en bonne santé ; tout était resté à dimension humaine, et la beauté résultait simplement du désir chez ces gens du passé d'avoir une vie décente, tandis qu'ils polissaient de la semelle de leurs chaussures les vieux pavés de leurs villes, comme l'avaient fait leurs parents avant eux, et comme le feraient leurs enfants après. Je sais bien que l'Amérique n'est plus aussi jeune qu'elle l'a été et qu'elle a désormais beaucoup de choses comparables, qui plus est sans cette tyrannie et ce système de classe qui ont permis la construction des palais européens, mais tout ici reste comparativement bâclé, sans grâce, et devient si vite miteux et démodé, me semble-t-il ; l'Europe me faisait l'impression, quand nous y faisions de longs séjours (il nous arrivait de louer une villa ou un appartement), d'une vieille forêt, majestueuse, où tout a poussé ensemble, les vignobles, les villes et les musées, même si aujourd'hui, bien sûr, tout est en passe d'être noyé par une américanisation de la pire espèce, la pire parce qu'ils n'ont pas eu la seule chose que nous, nous avons eue, cette confrontation si particulière avec les grands espaces sauvages, ce vide angoissant. Et les gens donc, les manières qu'ils ont avec vous et entre eux, les femmes de Florence avec leurs grands yeux d'actrice, toujours en train de jouer un rôle, les petites Françaises, toujours si vives, même les agents de la circulation, avec leurs talons hauts, leurs bas et leurs élégants tailleurs sombres, leurs gestes décidés et cette façon d'utiliser toujours les mêmes mots, même cette façon qu'ont les Européens de vous snober et de vous estamper, qui paraît si humaine, si *pratique*, pourrait-on dire, comme si tout avait été fait des milliers de fois auparavant et qu'il n'y avait plus rien à inventer. À l'école, on nous disait que c'étaient les Américains qui avaient tout inventé, et bien que ce soit faux, évidemment, on voit bien pourquoi ce devrait être vrai. *Mon Dieu, et alors ?* me direz-vous. Mais mon propos est toujours l'art et l'argent, là-bas vous voyez encore les églises et les palais, le marché officiel de l'art que nous n'avons jamais eu, on sent qu'il a été tissé au fur et à mesure, au lieu d'être plaqué comme il l'a toujours été chez nous, une sorte d'ajout vaguement ridicule. »

L'intervieweuse n'a rien écouté, c'est le magnétophone qui s'en est chargé pendant qu'elle feuilletait ses pages, à la recherche de questions égarées. « J'ai une question personnelle à vous poser, si je puis me permettre. Pourquoi votre maison, autant que je puisse en juger, renferme-t-elle aussi peu d'exemples de l'art de l'après-guerre – qui est l'art de votre vie, d'une certaine manière ? Et qu'en est-il de la collection de Jerry ? Même si vous dites qu'il n'y avait plus rien à collectionner, je sais qu'il possédait quelques toiles de David Salle et d'Eric Fischl, qu'il n'a jamais cessé d'acheter Wayne Thiebaud, et qu'il avait également quelques petites sculptures de Jeff Koons et de Martin Puryear – la production des années soixante et soixante-dix n'était pas qu'art de musée et propagande, même si on pouvait avoir l'impression… » Kathryn laisse sa phrase inachevée. Pauvre fille, venir de si loin pour finir dans le vague, la dispersion, l'attente déçue.

Hope lui dit d'un ton vif, histoire de lui redonner un peu de tonus : « Pour répondre à votre question : Jerry a laissé toute la collection acquise avant son mariage avec moi aux enfants qu'il avait eus de sa première femme. Nous en avions discuté, et c'est ce qui semblait s'imposer. Ses meilleures pièces, celles qui avaient pris le plus de valeur, faisaient partie du lot. Et puis il y a eu les droits de succession, qui se montaient pratiquement à la moitié de la valeur des biens, et il a fallu de l'argent, on a procédé à une liquidation quand il est mort – il n'y avait pas que les droits de succession à couvrir, mais aussi des dettes dont on ignorait l'existence, entre autres plus d'un million de dollars dus à des marchands d'art. Des procès à n'en plus finir ! Je suis devenue une défenderesse expérimentée. Au bout du compte, une fois réglés les honoraires des avocats, ce qui restait était inférieur aux prévisions les plus pessimistes. J'ai dû vendre mon appartement en copropriété de la 79e rue Est, la propriété de Jerry à Southampton et sa part dans l'immeuble en copropriété de Saratosa que lui et Pearl s'étaient partagé au moment du divorce – de toute façon, je ne voyais pas ce que j'aurais pu faire de tout ça. Et je suis venue habiter ici à l'année. Et où conserver dans cette maison des œuvres d'art à l'abri d'éventuels cambrioleurs ? Une alarme antivol n'aurait servi à rien, vu le temps qu'il aurait fallu à la police locale pour arriver sur les lieux. J'ai donc vendu les quelques McCoy que j'avais encore en ma possession, et les Holloway qui m'étaient revenus au moment du partage, et avec l'argent j'ai institué un fidéicommis à l'intention de Dorothy, au cas où une intrigante lui mettrait le grappin dessus, les femmes peuvent se montrer aussi rapaces que les hommes – que dis-je, plus rapaces puisqu'elles ont l'excuse d'être désavantagées dans la société patriarcale qui est la nôtre. Les deux garçons n'ont pas besoin de mon argent, ils s'en sortent très bien tout seuls – les salaires et les primes qui ont cours à Wall Street ont de quoi laisser rêveur et on se demande comment il peut encore rester quelque chose à verser aux investisseurs. D'ailleurs, souvent il ne reste rien. Ainsi donc, dit Hope, mettant un terme à cette révélation éclair de ses cessions et possessions, j'ai fait de ma fille une femme qui sera riche un jour prochain, quand moi-même je ne serai plus là pour entendre ses remerciements. Je suppose qu'il vaudrait mieux ne pas parler de cela non plus dans votre article. Laissons la surprise à Dot.

– Mon article ne sera malheureusement pas aussi long que je le souhaiterais. Je vais devoir laisser beaucoup de choses de côté.

– Je sais, je sais », la rassure Hope. Mais elle ne s'est toujours pas faite à l'idée que le monde nous demande si peu et que sa beauté est indifférente, froide, autosuffisante. Elle n'a pas su contrôler ses paroles et elles ont fini par la blesser : elles ont donné à sa mort une réalité qui l'effraie, cette mort qui fera de Dot une femme riche, encore que la petite risque d'interpréter son geste d'une manière sarcastique, en y voyant comme une sorte de retour sur investissement, une nouvelle tentative de la part de sa mère pour l'amadouer et la faire sortir de son silence vertueux, une tentative de corruption depuis la tombe, destinée à lui prouver que sa mère se reconnaissait coupable des faits qui lui étaient reprochés. Mais quels étaient donc ces faits ? Hope n'arrive pas à s'en souvenir, toutes ces années elle s'est sentie la cible d'une colère dont la cause ne se trouvait pas en elle, mais dans quelque substance chimique présente chez l'enfant à sa naissance, ce quelque chose qui l'empêchait de dormir et avait fini par la braquer contre une mère qui n'était pas aussi obsédée par sa fille que celle-ci l'était par elle, dont le seul péché, pour autant que Hope puisse honnêtement en juger, était de ne pas rejeter le monde mais de l'accepter avec trop d'empressement, de croire en la liberté que promettait l'Amérique, de voir en sa sexualité un autre de ses atouts et de penser, ce qui devient de plus en plus difficile pour les jeunes, à mesure que les preuves scientifiques contraires grignotent les acquis de la religion, que l'on n'est jamais tout à fait seul, que la voix intérieure qui vous parle est une compagne de tous les instants. Père distrait et peu convaincu, Guy était venu, puis reparti, tandis qu'elle, toujours présente dans l'appartement, s'était fait reprocher d'être elle-même, le seul péché qu'elle ne pouvait s'empêcher de commettre à chaque minute de son existence. L'ingrate enfant n'était jamais allée le ventre vide ni sans vêtements sur le dos. Et pourtant, le fantôme de cette séparation d'avec sa fille hante le marais de culpabilité dans lequel Hope vient de plonger en évoquant sa propre mort, si proche désormais, et le souvenir de celle de Jerry, dont elle a été témoin. Il aimait la vie, Jerry, tout autant qu'elle, et avait fait preuve d'une belle vigueur, pourtant, quand la mort l'avait rattrapé, sous la forme d'un dysfonctionnement rénal et d'une usure du cœur, il s'était docilement abandonné à son étreinte, alors qu'il avait à peine soixante-quinze ans. Elle avait été offensée de le voir opposer si peu de résistance, elle aurait voulu qu'il se batte davantage pour rester plus longtemps avec elle. Il aurait fallu qu'il se mette sur les rangs pour une greffe de rein : l'attente pouvait durer un an et les médecins n'étaient pas sûrs que son cœur supporte l'opération. On pouvait toujours procéder à un pontage en attendant, mais Jerry était sceptique et étrangement peu intéressé, ne voyant là qu'une source de tracas, dont les principaux bénéficiaires seraient les médecins et qui le laisserait, lui, avec un corps réclamant des soins constants de sa part. Elle s'était rendu compte qu'en fait il avait peur de l'opération, lui qui avait redouté si peu de choses, qui s'était lancé hardiment dans toute nouvelle expérience, y compris celle de son union avec elle. Ils avaient fait l'amour dès leur deuxième rendez-vous, et leur premier, qui méritait à peine le nom de rendez-vous, avait eu lieu alors qu'elle venait tout juste de se séparer de Guy et ne s'était pas encore persuadée qu'ils ne revivraient jamais ensemble, elle s'était souvenue de la fois où, debout devant la même machine à écrire en vinyle blanc, ils l'avaient tous les deux déclarée superbe, des fois aussi où, lors d'autres vernissages, ils s'étaient retrouvés attirés l'un vers l'autre, si bien qu'elle avait commencé à sentir cette attirance mutuelle dessiner un halo lumineux au-dessus de leurs têtes, comme une bulle éclairée au néon dans un tableau de Kienholz, et finalement, elle l'avait appelé, oui, c'était elle qui avait fait le premier pas, elle lui avait téléphoné à son bureau et non chez lui pour lui dire que sa situation changeait et qu'elle risquait d'avoir besoin de quelques conseils financiers, il l'avait emmenée déjeuner au rez-de-chaussée du Lutèce, avec ses deux marches à descendre pour accéder à la salle du fond, à sa verrière et sa luminescence tachetée comme un extérieur de Bonnard, et il avait posé sur la sienne une main douce et tiède, poilue sur le dessus, une main brunie par le tennis et le soleil de la plage de Southampton, une fois que le repas avait été terminé et qu'elle avait eu fini de pleurer et de donner libre cours à ses sentiments de révolte et d'abandon, rejetée qu'elle était alors qu'elle n'avait rien fait de mal, qu'elle avait simplement vieilli et veillé au bien-être des enfants, même Zack dans ses pires moments n'aurait jamais fait une chose pareille, lui qui lui avait fait envoyer des fleurs à Venise… La main de Jerry avait pressé la sienne, dans un geste qui aurait pu n'être que de sympathie. Mais il y avait dans ses yeux une lueur attentive et franchement amusée – son histoire de femme en détresse, abandonnée, l'avait fait rire en plusieurs endroits où elle n'avait nullement eu l'intention d'être drôle –, qu'elle avait perçue comme une garantie sur l'avenir, même s'il devait s'écouler des mois avant leur deuxième rendez-vous ; il avait attendu pour cela que la nouvelle de sa séparation avec Guy soit officielle et l'affaire placée entre les mains des avocats, et que sa propre femme parte passer l'hiver, comme d'habitude, à Sarasota, où il la rejoignait le week-end par avion. Cette lueur d'intérêt, de malice, dans ses yeux bleu acier, rares chez un juif, s'était voilée à l'hôpital, comme mêlée à une poussière de cendres, tandis que ses reins et son cœur se détérioraient inexorablement et que les médecins venaient vers lui tels les consolateurs importuns de Job, ou des vendeurs vantant leur marchandise auprès d'un client obstinément muet, ou sourd, et la vie dans ses yeux, ses oreilles, sa bouche charnue avec sa petite cicatrice ironique semblait s'éteindre peu à peu, à mesure qu'il s'abandonnait au monde de l'hôpital, ses chambres blanches immaculées, ses bruits nocturnes apaisants, ses petits signaux d'appel clignotants qui évoquaient le pont d'un grand navire glissant sur l'océan, ses jeunes infirmières et ses internes qui s'activaient comme s'ils voulaient donner l'impression que leur jeunesse et leur santé pouvaient être distribuées aux malades avec autant d'impartialité et de facilité que les repas diététiques, les cachets et les formulaires d'autorisation d'opérer, là-bas, là-haut, au-dessus de l'East River. Sa chambre donnait du haut du huitième étage sur le fleuve, sillages en triangle des remorqueurs et des péniches débordant de ferraille rouillée, des bateaux chargés de touristes faisant le tour de Manhattan, des vedettes de la police lancées à vive allure et, de temps à autre, d'un yacht, moteur au ralenti, voiles roulées, avec à son bord deux jeunes femmes pratiquement nues en train de prendre le soleil à l'avant, tandis que défilaient les gratte-ciel et les yeux de leurs fenêtres. Jerry aimait l'hôpital parce que c'était une ville dans la ville et qu'il bourdonnait vingt-quatre heures sur vingt-quatre d'une activité impersonnelle, typiquement urbaine ; Hope lui en voulait terriblement de se sentir comme chez lui dans un tel univers, de refuser de se battre pour rester avec elle à l'extérieur de cette séduisante usine à fabriquer la mort, de se laisser si passivement récupérer par la ville, apportant ainsi un démenti à cette idylle du Vermont qu'elle avait si patiemment construite, peut-être en souvenir de sa jeunesse, de l'époque où elle avait emmené Zack à Long Island, pour l'amener jusqu'aux Flats inondés de lumière, au bout du monde civilisé, là où il avait besoin d'être pour travailler à sa gloire, là où ils avaient passé cinq années de labeur mais aussi de grandes joies, le chef-d'œuvre de Hope en tant qu'épouse, là-bas, près de Gardiners Bay, en vue de McGonicle's Harbor. La baie mêlait ses eaux à celles du chenal de Long Island, lesquelles se rétrécissaient finalement pour former l'East

River, qui ne méritait le nom de fleuve qu'autant qu'il empruntait ses courants à l'Hudson. Mais Zack avait été un garçon de la campagne, il avait les grands espaces sauvages dans le sang, là où Jerry avait été un enfant du pavé et des bruits incessants de l'activité humaine.

« Jerry. Ne me quitte pas.

– Quoi ? » Cette prière murmurée l'avait arraché à quelque paradis intérieur, une somnolence provoquée par les calmants ; ses paupières brunes, dont les capillaires éclatés faisaient penser aux filaments bleus et rouges tissés dans le papier d'un billet de banque, recouvraient une portion plus grande du globe oculaire maintenant que son visage se ratatinait, la peau collée aux os.

La voix de Hope s'était faite insistante. « Je disais, Jerry, il faut que tu te battes, je t'en prie, pour moi. Pour nous. N'abandonne pas. »

Il luttait pour rester éveillé ; ses paupières découvraient le bleu cendré de ses iris et ne cessaient de cligner. « J'ai eu un bon parcours, avait-il dit. Et cette dernière étape a été la meilleure. Mille mercis, Tiger. » Il l'avait surnommée Tiger, lors d'une des premières fois où ils avaient couché ensemble, et où elle avait été surprise autant que lui par sa propre voracité. Le surnom ne cadrait pas avec l'image qu'elle avait eue de ses cheveux, qui commençaient à se clairsemer même s'ils restaient épais et odorants, compacts comme la toison d'un mouton, même si en neuf ans ils étaient devenus plus raides, plus blancs. Il avait toujours gardé une certaine docilité. Elle l'avait enlevé à Pearl, et la mort, aujourd'hui, le lui enlevait à son tour.

« Les médecins veulent te donner un cœur tout neuf, Jerry. Et te mettre sous dialyse, jusqu'à ce qu'un rein soit disponible.

– Tu n'as pas l'impression, avait-il dit, s'obligeant à garder les yeux ouverts, l'effort lui extorquant un sourire timide, déformé par cette cicatrice laissée par une bataille de rue, que ce serait vouloir mettre un nouveau moteur sur un châssis rouillé ? Puis un nouveau carburateur. Un homme bionique de plus, en somme, au risque de mettre le système de santé en faillite.

– Jerry, tu n'as pas envie de voir ton prochain petit-fils ? Et de voir Piet devenir associé à part entière dans sa société ? » La femme de Paul, Kay, était à nouveau enceinte et espérait une fille cette fois-ci. Jerry témoignait d'un intérêt aussi grand pour les enfants de Hope que pour les siens – plus grand même, dans la mesure où ses relations avec eux, même avec Dorothy, étaient moins tendues que celles qu'il avait avec ses propres enfants. Les enfants de Hope, il pouvait s'en faire des amis, tandis que ses enfants n'étaient qu'une extension douloureuse de lui-même, quand il prenait conscience de leur existence, ce qu'il faisait rarement, s'évitant ainsi des contrariétés. Hope le pressait d'avoir avec eux davantage de contacts, mais il ne voulait pas l'écouter : « Nous nous comprenons fort bien, rassure-toi, ils savent où me trouver s'ils ont besoin de moi. » Elle se faisait l'impression d'avoir ouvert l'Ancien Testament sur un passage – descendances ; interdictions alimentaires ; Dieu vengeur et barbare – qui n'avait rien à voir avec l'enseignement reçu par une jeune quakeresse. En Amérique, s'ils communiquaient de façon souvent exubérante avec le monde des gentils qui les entourait, les juifs ne se livraient jamais totalement, il y avait toujours une pièce qu'ils gardaient fermée, et c'est là qu'ils menaient leurs transactions entre eux et, du moins le supposait-elle, qu'étaient conservés leurs secrets comme dans un tabernacle. Ils ne voyaient que rarement les enfants de Jerry ; c'étaient les siens, leurs nouveaux appartements et leurs nouveaux emplois, les naissances et les promotions qui, pendant ces neuf ans de vie commune, avaient maintenu le couple vieillissant en contact avec les événements de base de la vie, tandis qu'ils voyageaient à l'étranger, allaient dans le Vermont, rentraient à New York et s'acquittaient du peu qu'ils avaient à faire pour conserver leur position, elle en tant que peintre, lui en tant que collectionneur, dans un monde de l'art de plus en plus diffus et dispersé. Maintenant elle était au chevet de Jerry, couché dans son lit d'hôpital, faisant miroiter devant ses yeux ces quelques morceaux choisis de vies vécues par d'autres, et il n'arrivait pas à cacher son ennui. Il avait les yeux fermés, la courbe du globe oculaire bien visible sous la peau fragile de la paupière, striée des filaments rouges et bleus des capillaires éclatés. Elle s'était mise à pleurer devant son impuissance face aux limites de la créature humaine, parmi lesquelles figurait, elle le voyait bien, celle qui bornait sa relation avec cet homme, la plus pleine, la moins abîmée de toutes celles qu'elle avait connues. Sans se départir de sa bienveillance coutumière, Jerry la quittait. Se pouvait-il que sa bonne humeur n'ait jamais été exempte d'une certaine condescendance : un refus un peu dédaigneux de lui accorder l'honneur d'un combat, d'égal à égal, comme elle-même l'avait fait avec Zack, et, sans doute, Pearl avec lui ? Il semblait décidé à en terminer avec cette dernière affaire et à endosser lui-même les éventuels déficits. Conscient de son silence, il avait ouvert les yeux, et elle y avait vu cet éclat vitreux des poissons qu'elle avait déjà surpris dans les yeux de Zack et de Guy, au moment où elle s'était rendu compte que tout ce qu'une femme peut faire pour un homme, tous ses soins, son amour, est peine perdue, parce que secondaire, pas vital pour lui. L'art, voilà ce qu'avaient aimé ces hommes – autrement dit, eux-mêmes. Jerry l'avait eue pour pas cher, avec pourtant de beaux antécédents. À force de si peu compter pour Zack et pour Guy, elle était devenue à leurs yeux sans substance, comme elle l'était en ce moment aux yeux de Jerry. Elle l'ennuyait, l'énervait, à pleurer comme ça et à le supplier de vivre pour elle. Mais il n'avait pas la force de chasser cette mouche importune. « Laisse tomber, Tiger, lui avait-il dit. On verra bien comment les choses se présentent demain. »

« J'ai tout de même quelques belles pièces, mais à l'étage, dit Hope à Kathryn. Je n'ai pas envie que quelqu'un regarde par la fenêtre du bas et voie quelque chose à voler. Encore qu'à mon avis il n'y ait pas grand monde par ici capable d'apprécier. Je crois que les gens du coin ont décidé il y a longtemps, quand nous faisions nos va-et-vient avec Jerry, que nous n'avions rien qu'ils puissent revendre. En fait, dans cette pièce, ainsi que dans la salle à manger qui est juste derrière, il y a surtout des tableaux qui se trouvaient dans la maison de mes grands-parents à Germantown. L'aquarelle aux capucines, par exemple, à côté du téléphone, et la nature morte à l'huile sur le mur du fond, et ce vieux certificat de mariage au-dessus de la pendule, sur la cheminée.

– Je me suis demandé ce que ça pouvait bien être.

– De la *fraktur*, style Pennsylvania Dutch. Un certificat de mariage en allemand. Quand j'étais petite, j'aimais examiner les deux petits mariés aux allures de poupée. Ils semblent si peu prêts pour le mariage, vous ne trouvez pas ? Ils ressemblent aux poupées en papier que les petites filles habillaient avec des vêtements en papier, eux aussi. Il y a quelques miniatures du XIXe de mes ancêtres Ouderkirk dans la salle à manger, pièce que je n'utilise plus – des miniatures ovales dans des cadres doublés de velours. Joues roses, yeux bleu clair, le bleu des yeux de deux de mes maris. Le travail du pinceau et du pointillé est assez extraordinaire ; ils peignaient sur de minces plaques d'ivoire, vous savez, un matériau précieux finement poli, sur lequel les couleurs à l'eau ne prenaient pas facilement. Cela vous dirait d'aller à la salle à manger pour les voir ?

– Je ne pense pas que cela soit nécessaire. Vous les décrivez tellement bien.

– A l'étage, dans les différentes chambres… attendez que je réfléchisse. Dans la chambre d'amis, il y a quelques vieilles gravures, passées, sans grande valeur. Le *Pinkie* de Lawrence, dans un cadre en cuivre terni, et la *Femme à la cruche* de Vermeer, celui qui est au Metropolitan, avec cette merveilleuse coulée de lumière bleue à l'arrière-plan, un peu à l'écart de la fenêtre – du bleu partout, en fait, même sur la baguette au bas de la carte, on se demande même s'il n'a pas mangé certains autres pigments qui ont fini par perdre toute couleur. Et sur le mur du palier à l'étage, le seul mur de la maison sans livres ni fenêtre, est accrochée une grande huile, plutôt fouillis, représentant une forêt, un tableau qui était à l'origine dans le bureau de mon grand-père ; quand ma grand-mère lui disait ne pas comprendre comment il pouvait passer son temps à regarder quelque chose d'aussi sinistre, il lui répondait invariablement : "Mais c'est comme ça une forêt, plein de bois mort. Ce peintre au moins était honnête." Dans ma chambre j'ai quelques pièces modernes, qui auraient une certaine valeur, je suppose, pour un connaisseur – la première version, assez fruste, du pastel que Ruk avait fait de moi et qui se trouve au Corcoran, et une sérigraphie dont Bernie m'avait fait cadeau, une version intime de l'une de ses huiles héroïques, un pan de bleu presque carré, aussi glacé que le dessous d'un iceberg, avec une seule bande, nettement décalée sur un côté, d'un rouge garance, et exécutée en touches rageuses, légèrement inégales. Voulez-vous monter les voir ?

– Ce ne sera pas nécessaire, dit Kathryn, qui, craignant de paraître peut-être indifférente, ajoute aussitôt : vous devez être fatiguée.

– Vous aussi, ma petite. »

Sa chambre – elle aurait aimé montrer à cette jeune intruse aux cheveux noirs le cadre de sa capitulation quotidienne devant le sommeil, sa cellule aérée, le lit au cordeau, la couette amish bordée de rose retournée sur le dernier tiers du lit avec une précision toute géométrique, une maniaquerie de vieux. La première tâche dont s'acquitte Hope le matin, une fois vidée sa vessie, qui a perdu son élasticité d'antan, et ses dents brossées – couronnes et implants pour la plupart ; son sourire n'a rien d'authentique –, c'est de faire son lit, après s'être branchée sur la chaîne de musique classique de Burlington, filiale de la WNYC. Elle n'a jamais peint en musique, contrairement à Zack, avec son jazz assourdissant – une fois l'électricité installée dans la grange il avait pu mettre ses disques à fond, comme pour mieux la tenir à distance –, mais elle a besoin de musique pour faire son lit, pour oublier ses doigts aux articulations douloureuses, oublier l'ignominie de ces corvées quotidiennes, soins nécessaires à l'entretien du corps, rites fastidieux de l'hygiène. C'est souvent qu'elle fait son lit toute nue au sortir de la douche, son vieux corps osseux, flasque, protubérant par endroits et couvert de taches jetant un éclat blême dans la lumière neuve du matin, avec pour seul témoin le Seigneur, lequel, lui semble-t-il, doit apprécier ses allures à la Schongauer ; l'art protestant, c'était ça, Dieu qui nous regarde plutôt que l'inverse, chacun des Hollandais et des juifs des Pays-Bas métamorphosé en saint de l'ombre par le pinceau pipé de Rembrandt.

« N'allez pas croire, dit Hope à Kathryn, qui une fois de plus se penche, l'air inquiet, son corps semblable à un couteau de poche noir replié, pour vérifier que le Sony fonctionne toujours, même si je vous ai donné l'impression d'une béotienne grincheuse, que Jerry et moi ayons dédaigné tout ce qui s'est fait après 1975. Ces sculptures au réalisme photographique qui nous désarçonnaient au Whitney parce qu'elles ressemblaient tant à des gens en chair et en os, grandeur nature, en fibre de verre, avec des yeux en verre, des vrais cheveux et des vrais vêtements, l'une d'elles représentait un gardien du musée, et les visiteurs n'arrêtaient pas de lui poser des questions, oh, mais comment s'appelait-il donc, cet artiste ? Hanson. Duane Hanson. Je devrais m'en souvenir parce qu'il est mort il n'y a pas très longtemps, et il était plus jeune que moi. Je devrais même dire beaucoup plus jeune. Et puis il y avait ce jeune artiste britannique, ou peut-être bien australien, si toutefois cela fait une différence, Ron quelque chose, qui était dans cette exposition au Brooklyn Museum qui a tant perturbé le maire, Giuliani, il a un nom allemand, Monk ou Munck, il travaille dans le même esprit, mais pas grandeur nature, il a réalisé une petite réplique absolument parfaite de son père sur son lit de mort, pas plus grande qu'un chat, et après une autre, énorme, de son visage à lui, où était reproduit le moindre pore de la peau, le moindre poil de barbe. J'ai toujours remercié le ciel – pas vous ? – de ne pas avoir à commencer la journée en me rasant, je crois que les féministes ne se rendent pas suffisamment compte de ce que les hommes ont à supporter, même s'il est vrai que ce ne sont pas eux qui portent les enfants et qui ont ces horribles peines d'amour. À voir tous ces Moyen-Orientaux avec leur barbe de cinq jours qui leur donnent des airs de terroriste, même chose pour les lanceurs de base-ball maintenant – dans le but d'impressionner le batteur, j'imagine –, moi, du moins, je rends grâce au ciel. Tiens, Mueck, son nom vient juste de me revenir. M-U-E-C-K, je crois bien. »

Continue-t-elle à discourir ainsi pour faire fuir la fille, ou bien parce qu'elle ne peut s'empêcher de se déverser dans une oreille retenue captive ?

« Elles me touchent, ces sculptures littérales, poursuit-elle. Elles nous parlent de notre humanité, de notre vulnérabilité, surtout. L'individu réduit à une peau – si nue, si facile à transpercer, même sans l'aide d'une arme. Les ongles, les cils, le cérumen, tous ces détails infimes qui apparemment, à un moment ou à un autre de l'évolution de l'espèce, ont permis à certains de ses représentants de survivre, ou de trouver une femelle ou un mâle, encore que je ne voie pas très bien ce que vient faire le cérumen là-dedans, sans parler de tous ces subtils arrangements de molécules dont nous ne prenons conscience que quand ils sont perturbés et que s'installe la maladie. Quand j'y repense, avoue Hope, j'ai du mal à me rappeler pourquoi nous tenions la représentation dans un tel mépris – nous refusions que la peinture soit *anecdotique*, l'anecdote, c'était l'épouvantail, Clem en devenait blême rien qu'à l'idée, et il lui fallait chaque fois un autre verre pour se remettre, même chose pour Hochmann, qui n'avait pas de mots assez cinglants pour l'anecdote, rejetée de cette manière catégorique qu'ont les Allemands de rayer une chose de l'existence, mais je me demande maintenant si le propre de la peinture n'est pas justement d'être anecdotique, d'être une histoire que le peintre tient à raconter. L'histoire de ce qu'il ne veut pas faire, de ce que, à l'inverse, il tient absolument à faire, de ce qu'il meurt d'envie d'essayer, de ce qu'il s'efforce de sortir de lui-même pour tendre vers – quoi donc ? – disons une sorte d'équilibre final. La toile est une aventure, Clem avait raison à ce propos, et l'artiste est un aventurier, qui raconte son histoire au fur et à mesure. Je suis désolée, Kathryn, de ne pas pouvoir mieux me faire comprendre, c'est plus clair si l'on remonte pratiquement aux origines, à Giotto, à Cimabue, et aux peintres de l'École siennoise, au moment où ils commencent à saisir la perspective et à s'attacher à l'expression humaine, et si ensuite on voit comment ces techniques ont été maîtrisées lors de la Renaissance classique, quand l'artiste ne cesse de se vanter de ce qu'il est en mesure d'accomplir, Michel-Ange qui dit pouvoir faire n'importe quoi, Raphaël aussi, quoique d'une voix plus discrète, et puis arrive le moment où ces techniques sont si répandues que l'art finit par s'en lasser, pensez à Ingres et à Copley, à leur obsession du fini, et puis, dans les années vingt et trente, les illustrations de magazine et le réalisme social soviétique, formes d'expression terriblement habiles, pour tout dire, et manifestant cette espèce de perspicacité de mauvais aloi que l'on voit par exemple chez Rockwell, lequel, Dieu nous préserve, investit en ce moment même les musées du pays, tandis que le courant dominant, depuis l'impressionnisme, allait dans la direction inverse, brouillant l'image, estompant ses contours jusqu'à la dissoudre, pour en arriver finalement à Zack, Onno et Bernie, sans plus aucune voie à emprunter en dehors de l'imitation. Je sais que vous avez beaucoup réfléchi à la décadence – comment ne pas le faire de nos jours ? un millénaire vient de tomber en déliquescence –, mais il semble que l'art doive faire de son mieux pour ne pas être décadent, il faut qu'il reste à la pointe extrême du possible, faute de quoi nous ne pourrons le recevoir comme quelque chose… cela vous choque si je dis : quelque chose qui vient du cœur ? Il faut que l'art nous parle de nous, qu'une épaisseur de peau, rien de plus, sépare du néant. Peut-être pas du néant, je ne sais pas si vous croyez en quelque chose, mais de la culbute dans le rayonnement cosmique. »

Les fenêtres noires disent aux deux femmes que, derrière le rideau de pluie continue, le jour a basculé dans la nuit. Les aiguilles presque invisibles de la pendule sur le manteau de la cheminée indiquent sept heures moins vingt. Si elle partait maintenant, la jeune femme serait chez elle au mieux aux environs de minuit, les yeux larmoyants et douloureux à force de cligner les paupières pour voir à travers le pare-brise noyé d'eau, assourdie par le va-et-vient des essuie-glaces, le chuintement des pneus mouillés sur l'asphalte et le tintement de la radio, chose que n'avait pas Michel-Ange pour lui tenir compagnie sur son échafaudage, voix et chansons diffusées depuis une petite cavité fermée, hermétiquement isolée, ondes électromagnétiques qui sont tout ce que nous avons en guise d'anges messagers, disc-jockeys berçant la visiteuse de Hope, les sens engourdis, des crampes dans les jambes, les épaules raides à force de s'agripper au volant de ses longues mains blanches – des mains à la Mona Lisa, dont on peut voir les premières études dans le portrait dit de Ginevra de' Benci qui se trouve à la National Gallery et dans celui de Cecilia Gallerani à Cracovie, mais sans les ongles noirs ou, mieux, aubergine, de Kathryn. Comme si elle sentait déjà l'inconfort de la voiture, Kathryn change de position dans le grand fauteuil à larges bras et à nouveau fixe le Sony. La technologie de demain sera numérique, d'après ce qu'a lu Hope, avec une capacité de stockage pratiquement infinie, mais qui sera prêt à écouter ? Qui transcrira et lira cette infinité de chiffres ?

« Il faut que vous y alliez, lui dit Hope.

– Oui, mais nous n'avons pas vraiment parlé des quinze années écoulées depuis la mort de Jerry et de la façon remarquable dont vous vous êtes reconstruite, grâce à votre peinture, j'entends. Vous vous êtes fait une nouvelle célébrité.

– Croyez-vous ? Que dit Shakespeare déjà ? “Cette bulle d'air qu'est la célébrité” ? Ça amuse les gens de voir que la vieille dame ne veut pas décrocher. Les critiques parlent de la douce atmosphère quaker de mes abstractions, mais ce que je ressens surtout, c'est ce sur quoi insistait Bernie, la passion. Ces grandes toiles monotones qu'il faisait, avec simplement une bande ou deux d'une couleur différente, parfois à peine différente, les gens se demandaient comment il pouvait y avoir là-dedans une quelconque passion, moi aussi d'ailleurs, mais elle était bel et bien là, la passion, sous la forme d'une extraordinaire tension, la toile pareille à la surface créée quand on remplit d'eau à ras bord un grand bassin de pierre, ou à cette œuvre d'un néominimaliste – sur la côte Ouest, je crois – qui avait rempli un cube noir d'encre noire qui semblait former la face supérieure de l'objet, parfaitement solide, où l'on était tenté de mettre le doigt, sans oser bien sûr. Vous savez quoi, mon jeune ophtalmologiste – ils sont tous jeunes maintenant, tous ceux qui, dans le temps, étaient vieux, les médecins, les avocats –, mon ophtalmo m'a expliqué, et j'ai trouvé ça fascinant, que si nos yeux ont un tel pouvoir de résolution, c'est parce que, en plus de l'humeur aqueuse qui lisse certaines des irrégularités microscopiques de la cornée, de minuscules glandes sébacées situées au bord des paupières, littéralement des centaines, sécrètent une pellicule huileuse qui affine le travail de lissage. L'œil du faucon est capable d'un pouvoir de résolution cinq fois supérieur au nôtre – peut-être parce qu'il est cinq fois plus huileux. La vue, c'est par définition le sens du prédateur, non ? Nous écoutons et nous reniflons pour nous protéger, mais pour capturer et tuer, il faut voir. »

Elle n'a pas plus tôt fini de parler qu'elle se demande si ce qu'elle a dit est bien vrai, mais son interlocutrice, toujours penchée en avant, la voix anxieuse, met aussitôt fin à ses doutes en lui posant une autre question. « Croyez-vous que les hommes et les femmes voient de la même manière ? Est-ce qu'ils peignent de la même manière ? »

Hope accuse le coup, elle commence à être ébranlée par cette confrontation. La dernière question est une question de féministe, pas forcément idiote, d'ailleurs ; elle voudrait y répondre avec un maximum d'honnêteté et ferme les yeux, comme si ce que les Élisabéthains appelaient les rayons de ses yeux pouvait se frayer un chemin dans l'obscurité rougeâtre vers une réponse honnête. « Nous faisons attention, dit-elle, à ce qui nous intéresse, à ce qui se rapporte à nous. Une femme, par exemple, en entrant dans une pièce, va remarquer, parce qu'elle est maîtresse de maison, la poussière qu'un homme ne verra pas. Elle va remarquer la manière dont les autres femmes sont habillées et dont elles se maquillent pour se mettre en valeur. Les femmes ont davantage à se protéger que les hommes, et de multiples côtés, et c'est pourquoi il y a sans doute moins de, comment dire, de *frontalité* dans leurs œuvres. En théorie, les femmes devraient s'intéresser au phallus, et c'est vrai qu'il y a dans notre vie – corrigez-moi si je me trompe – un stade physiologique où nous nous y intéressons, il n'empêche qu'il y a davantage d'images phalliques dans la peinture des hommes que dans celle des femmes. Sauf que depuis O'Keeffe et ses foutues fleurs, c'est plutôt le contraire. Nous, les femmes, nous nous peignons nous-mêmes. Si bien que ma réponse à votre question serait, non, pas tout à fait de la même manière, mais presque. L'espèce humaine est moins différenciée par le genre que beaucoup d'autres – le mâle et la femelle de certains parasites intestinaux, par exemple, ne se ressemblent absolument pas. Nous autres, hommes et femmes, sommes également faits pour courir, nous pendre aux arbres, manger des baies et des fruits secs.

– Comme c'est intéressant.

– Vous trouvez ? Depuis que vous m'avez asséné au début de notre entretien cette déclaration que j'ai faite il y a cinq ans, je n'arrête pas de penser à ma peinture. Je devais à ce moment-là être dans une humeur particulièrement religieuse. La couleur, c'est le diable – quelle parole déraisonnable ! Je mélange des tas et des tas de couleurs pour obtenir des gris, pour produire des teintes suggérant le lilas, le beige, le rose même, et créer cette vibration entre les bandes, cette activité, ce tourbillon d'atomes qui est en toute chose, même dans les surfaces apparemment les plus planes, si l'on en croit le microscope, ce bouillonnement, comme dans les éclaboussures et les entrelacs de Zack, ou les coulures de Guy à l'époque où je me suis sentie attirée par lui, c'est-à-dire avant qu'il se transforme en usine et qu'il déclare qu'on ne saurait éliminer de l'art l'imperfection, élément indispensable à sa perfection.

– Diriez-vous que vos dernières toiles constituent une sorte de testament artistique ? Elles donnent l'impression d'être plus riches, plus sombres aussi.

– Je suppose qu'elles renferment la terreur et la tristesse des choses ultimes et, pourquoi ne pas le dire, de la mort. Même si tout ça reste impossible à saisir, donc à représenter. » Involontairement elle se représente sa chambre, où elle aimerait bien être en ce moment. Sur la table de nuit, une paire de lunettes de rechange dans leur étui chamarré, un exemplaire du dernier roman de Muriel Spark, un réveil Braun noir et carré, le cadran tourné de l'autre côté pour lui éviter de voir les aiguilles lumineuses au cas où elle se réveillerait la nuit et ne pourrait plus se rendormir, un masque pour ne pas être dérangée dans son sommeil par la lumière du printemps qui filtre de plus en plus tôt à travers les stores, des boules Quies dans une boîte en plastique – quatre petits pâtés de cire bien alignés et serrés les uns contre les autres comme dans une toile de Roger Merebien – pour ne pas entendre les chouettes du Vermont, les coyotes de plus en plus envahissants et la rumeur de la circulation sur la nationale 89, nettement audible la nuit, comme si elle s'était soudain rapprochée. Sur sa commode, un nécessaire de toilette, brosses en argent ayant appartenu à sa mère, et des photos en couleurs de ses petits-enfants, dont les trois qui sont nés depuis la mort de Jerry. Et puis celle de la petite Vietnamienne que Dot et sa géante de Hollandaise ont adoptée dans les années quatre-vingt-dix ; c'est Paul qui le lui a appris et qui lui a donné une copie d'une photo couleurs que Dot n'a pas jugé bon d'envoyer à sa mère. La gamine, qui doit avoir dans les quatre ans, a l'air maigre et semble aveuglée par l'éclair du flash, mais elle sourit bravement comme la petite Américaine qu'elle va devenir. « D'un autre côté, poursuit Hope, quand je suis devant mon chevalet, il ne me vient jamais à l'idée que la toile sur laquelle je travaille puisse être ma dernière, absolument pas, au contraire, je vois en imagination toute une série de toiles à venir, une rangée sans fin de dominos.

– Comme c'est charmant », dit Kathryn, après avoir attendu un instant que l'image se poursuive. *Comme c'est intéressant, comme c'est charmant* – décidément, la fille ne trouve plus grand-chose à dire, comme beaucoup d'hommes. Un homme fait ce pour quoi il est venu, puis s'en va, ce qui pendant très longtemps a semblé à Hope d'une cruauté sans bornes.

« Il faudrait que vous partiez, maintenant, dit-elle à son invitée.

– Vous avez raison. Mais c'est tellement agréable ici, j'ai une telle impression…

– D'inertie.

– Exactement.

– Il faut que vous alliez retrouver votre vie. Dites donc de ma part à votre jeune ami qu'il s'ouvre un peu au monde la prochaine fois qu'il vous accompagnera dans une galerie. S'il n'arrive pas à y prendre du plaisir, alors c'est peut-être qu'il n'est pas fait pour vous.

– Je crois que c'est difficile pour Alec de trouver du plaisir à quoi que ce soit en ce moment, il y a tant de choses dans sa vie, sa carrière et tout ça, qui sont encore en pointillé.

– Quand tout sera décidé, il sera trop tard. Le seul moment qui vaille, c'est aujourd'hui. Il n'y a pas d'après, croyez-moi. Tout ce qui existe vraiment n'existe que dans le présent.

– Allez donc le lui dire, dit Kathryn.

– Je ne demanderais pas mieux. Je suis née il y a trop

longtemps pour avoir honte d'apprendre des hommes, mais nous aussi, nous avons certaines choses à leur apprendre, et les plus futés ne l'ignorent pas. Les hommes ont tendance à voir ce qu'ils ont sous le nez, mais pas toujours le reste. » Hope a l'impression qu'Alec ne se rend pas vraiment compte que Kathryn pourrait ne pas être toujours là, sous ses yeux, ni que c'est maintenant qu'elle est mûre, prête à être cueillie.

Les deux femmes hésitent devant le pas qu'il leur reste à franchir : la fin des mots, le retour à leur fardeau respectif. « Avant que j'arrête le magnéto, y a-t-il quelque chose que vous voudriez ajouter ? »

Hope, la bouche ouverte, fixe des yeux le bord lointain du plafond légèrement affaissé et décoloré par endroits, comme si elle y voyait quelque chose de surprenant. « J'ai l'impression que oui, mais je n'arrive pas à mettre le doigt dessus. J'ai eu beaucoup de chance, ajoute-t-elle. Je ne crois pas vraiment que le monde appartienne au diable. En tout cas, pas uniquement à lui. »

Kathryn se penche en avant avec cet empressement emprunté qui lui est propre, donnant l'impression qu'elle doit combattre une prédisposition naturelle à l'ankylose, et réduit au silence le minuscule Sony, cette troisième présence dans la pièce, immobile, toujours en éveil et aux aguets. Avec un soupir et un reniflement, la visiteuse se met debout et Hope se laisse aller dans son fauteuil à bascule pour contempler à loisir la splendeur de ce déploiement – longues jambes noires, cuisses moulées dans le pantalon à fines côtes qui s'évase au-dessus des bottes, veste courte en similicuir noir et souple, que la jeune femme n'a jamais ôtée, commentaire silencieux sur le froid qui règne dans la pièce, comparé à la chaleur d'un appartement new-yorkais. Le col roulé blanc qui lui protège la gorge offre un contraste saisissant avec tout ce noir, les deux peignes argentés et recourbés plaquent les longs cheveux brillants teintés de henné contre le crâne au-dessus des oreilles. Des semelles de ses bottes à bouts carrés jusqu'au sommet du crâne, elle doit bien faire un mètre soixante-quinze ; si Alec a de l'emprise sur elle, c'est sans doute en partie parce qu'il est aussi grand, voire plus grand qu'elle. Hope, qui est petite, n'a jamais eu de problème pour choisir ses hommes. Les deux femmes arborent les coiffures à la diable des sympathisants de l'art, de ceux qui se livrent, à travers le maquis du commerce et les imbroglios de la passion, à une activité désintéressée, radieuse, incorruptible. Kathryn fourre le Sony et ses notes dans son grand sac noir, qui a attendu sagement sur le tapis, au pied du fauteuil.

« Voulez-vous que je vous emballe votre moitié de sandwich pour le voyage ? demande Hope. Je pourrais aussi vous mettre dans un sachet en plastique des noix, des raisins et des fruits secs. Je me fais du souci pour vous ; il n'y a vraiment pas beaucoup d'endroits où s'arrêter entre ici et le New York Thruway en dehors de ces horribles petites supérettes qui n'ont à proposer que des biscuits poussiéreux et de vieux numéros du *National Enquirer*. Qu'est-ce que vous dites de leurs gros titres ? “Le grand amour de Julia kidnappé par des extraterrestres.” “Whitney perd du poids : ses fans s'affolent.”

– Non, je vous assure, Hope, ça ira très bien. C'est la voiture d'Alec, et s'il retrouve son volant tout collant je vais me faire incendier.

– Mon Dieu, il n'a pas l'air commode.

– Il est adorable, au fond. Mais comme je vous l'ai expliqué, il traverse une passe difficile.

– N'est-ce pas notre cas à tous, et tout le temps ? À quoi ressemblerait un moment de vie facile ? Eh bien, au revoir, Kathryn. C'est bête, mais j'ai oublié votre nom de famille.

– D'Angelo. Avec une apostrophe.

– Mais oui, bien sûr. » Le nom lui rappelle quelque

chose, comme un lointain souvenir de leur première conversation au téléphone. Comment a-t-elle pu être assez bête pour rester là toutes ces heures à croire que cette fille était juive ? En fait, c'est une enfant de la Méditerranée, cette mer carrefour, mère du vin, des peuples à la peau olivâtre et de toutes les idées qui gouvernent encore notre vie, à nous, enfants des brumes du Nord.

« Je ne sais comment vous remercier, dit l'intruse. Vous m'avez tellement donné, bien plus que ce que je pourrai jamais utiliser. Je regrette vraiment de vous avoir pris toute votre journée.

– Ne vous inquiétez pas, j'ai fait mes deux petites heures devant mon chevalet avant votre arrivée. Après ça, je ne fais pas grand-chose de mon temps, et du temps, j'en ai à revendre. J'ai bien peur de vous avoir cassé les oreilles. Il se passe des jours entiers sans que je parle à personne, sauf au téléphone, et encore, il ne sonne pas tous les jours.

– Vous devriez prendre un animal de compagnie. »

Le conseil la prend complètement au dépourvu, mais peut-être ne devrait-elle pas s'en étonner, vu l'impression qu'elle a donnée de souffrir de la solitude. « Jerry et moi, nous avions des chiens dans le temps, de beaux retrievers, d'excellente composition, nous les traînions avec nous quand nous allions à New York et les laissions dans un chenil du côté de Bolton quand on partait en voyage en Europe. Ils avaient l'air épouvantablement malheureux quand nous les quittions, et ils étaient tellement fous de joie de nous revoir que je me demandais si leur cœur n'allait pas se briser de bonheur, parlez-moi de la passion des hommes, à côté de ça… Après la mort de Jerry, le dernier d'entre eux, Jupiter, est mort lui aussi, il a dépéri à force d'aller attendre son maître à la porte. Les chiens n'ont pas pour les femmes le respect qu'ils ont pour les hommes. J'ai bien pensé à prendre un chat à un moment, mais j'ai finalement décidé que c'était plus simple de ne pas avoir d'animal domestique du tout, et de ne pas laisser à mes garçons le problème de savoir qu'en faire quand je ne serais plus là. Ce sont les animaux sauvages qui sont mes familiers. Même les ours, encore que je n'aime pas trop voir les marques de leurs griffes dans les bois trop près de la maison. Vous ne le croirez peut-être pas, mais il y a davantage d'ours aujourd'hui dans les bois du Vermont qu'il n'y en a jamais eu depuis le début du XIXe siècle.

– Je l'ignorais. »

Hope s'apprêtait à dire quelque chose quand la remarque de l'autre l'a stoppée dans son élan. « C'est une aubaine pour moi que d'avoir pu raconter autant de choses. D'avoir passé ainsi en revue ma pauvre petite vie. »

Kathryn rend à Hope la monnaie de sa pièce en y allant à son tour d'une déclaration quelque peu pompeuse. « C'est tellement inhabituel pour quelqu'un de ma génération de parler avec une personne qui se déclare heureuse de la vie qu'elle a eue. Mes amis, par exemple, ils ne manquent de rien, gagnent bien leur vie, du moins certains d'entre eux, ont leur content de sexe, j'imagine, et pour autant on ne peut pas dire qu'ils soient satisfaits. Ils n'ont pas cette aptitude. Mais vous, vous l'êtes, n'est-ce pas ? »

Hope éclate de rire ; curieusement, leur échange est redevenu très formel. « J'ai été satisfaite de vous rencontrer vous, Miss D'Angelo. Et satisfaite aussi, je dois dire, de constater que chaque fois que je me suis retrouvée seule dans la vie, j'ai eu une bonne raison de vouloir continuer. L'art, pourvu qu'on en ait un tant soit peu la passion, ne vous abandonne jamais. Il est toujours disposé à flirter avec vous. Bon, maintenant, avant que vous partiez, il faut absolument que vous alliez aux toilettes. C'est tellement difficile, même quand il ne pleut pas, de trouver sur la route des toilettes qui ne vous obligent pas à vous abaisser à demander la clé. »

Hope n'a pas fini de parler que Kathryn a déjà traversé le salon à grandes enjambées pour rejoindre le hall d'entrée et d'un seul mouvement ample et rapide s'est enveloppée de la cape en cachemire violet qu'elle avait abandonnée en arrivant sur la banquette au dossier fuselé. Le capuchon lui donne un air sinistre qui n'est pourtant pas dénué de grâce, long nez saillant qui sort de la pénombre, grand sac noir qui pend à son bras replié. Elle réfléchit une seconde avant de se décider. « Oui, ça, je veux bien. Merci. »

Une nouvelle fois, donc, elle s'en va, perchée sur ses bottes bruyantes, rendre visite aux toilettes sous l'escalier. Dans la cuisine, Hope tire furtivement et à la hâte un sac en plastique de sa boîte dans un tiroir et, ayant ouvert le réfrigérateur, sélectionne dans une série de récipients en plastique placés dans la porte une modeste quantité de noix du Brésil, de cacahuètes, de noix de pécan légèrement salées, de raisins secs, de petits bretzels au yoghourt et d'abricots séchés. Elle referme le sachet d'une pression de ses doigts douloureux ; Kathryn accepte le sachet gonflé sans un mot de protestation ni de remerciement, comme un enfant pressé qui part pour l'école. Elle pense déjà au trajet qui l'attend ; ses yeux regardent déjà à travers le pare-brise, au-delà des essuie-glaces en mouvement. « Vous avez été vraiment très gentille, dit-elle, dans l'hébétude du départ. Voulez-vous que je vous envoie le texte de l'interview quand j'en aurai fait faire une transcription ?

– Oh, Seigneur, surtout pas. Je ne supporterais pas de relire tout ça.

– Aimeriez-vous revoir les citations dont je serai amenée à me servir dans mon article ? Comme je vous l'ai dit, vous m'avez donné beaucoup plus de matière que je ne saurais en utiliser.

– Pas vraiment, ma chère enfant. Je suis sûre que vous ne les déformerez pas trop. Vous aviez votre magnétophone, de toute façon. Et puis, honnêtement, je me demande qui va bien pouvoir lire cet article.

– Oh, il se pourrait même qu'on le publie par la suite, tout dépend de l'orientation que je vais retenir. Mon agent est optimiste, les possibilités ne manquent pas, d'après lui.

– Je n'ai jamais eu d'agent, pour ma part, mais j'imagine que c'est leur travail de se montrer optimiste. Si vous sentez la fatigue vous gagner et vos yeux se fermer, et qu'un abricot sec ne vous permet pas de tenir le coup, promettez-moi, ma chère petite, de vous arrêter, et pas simplement au bord de la route ou sur une de ces immenses aires de repos pour routiers où il arrive toujours des choses abominables, mais à côté d'un restaurant bien éclairé, avec des gens qui entrent et qui sortent.

– Ça ira très bien, je vous assure. Au revoir, Mrs Chafetz. » Kathryn tire sur la poignée de la porte d'entrée, mais sans succès ; Hope, qui connaît tous les caprices du loquet, par temps sec ou humide, ouvre la porte d'un coup sec. La bête est là, qui attend les deux femmes, avec son souffle de créature vivante, son bruit et son agitation dans l'obscurité, ses fines cordes verticales illuminées de reflets dans la lumière de la porte, sa présence imposante qui se perd dans les ténèbres d'où elle tombe : la pluie est là, qui noie l'horizon. Les lampes du salon n'éclairent que quelques mètres de pelouse hivernale, ainsi que les sommets pailletés des buissons plantés près de la maison, et les toiles d'araignée blanches et trempées qui s'étalent sur l'if taillé ras comme des napperons sur une table. Les dalles irrégulières de l'allée tracent un chemin obscur dans l'ombre bruissante et tambourinante qui cache la voiture de la visiteuse. « Oh, non, ne sortez pas ! » crie Kathryn, au moment où Hope quitte avec elle l'abri du petit auvent, au-dessus des quelques dalles qui vingt ans plus tôt ont remplacé les planches pourries d'un porche en bois. « Vous allez vous faire tremper !

– Juste une minute. Ça me fera du bien. Jerry raccompagnait toujours les invités à leur voiture. »

N'ayant plus le choix, à moins de faire usage de sa taille et de sa force de jeune femme pour repousser la vieille dame dans la maison, Kathryn se retourne, accompagnant son mouvement d'un geste ample de son bras noir qui jaillit de la cape, geste empreint peut-être d'une impuissance amusée, et s'engage sur les dalles d'un pas d'abord ferme, puis plus hésitant quand elle se retrouve dans la pénombre. Hope, qui connaît la moindre irrégularité de l'allée, saisit Kathryn par le bras, sent la chair ferme et résistante de l'autre à travers le cachemire, une chair durcie par la musculation, la course sur le pavé des villes ; poussée par le vent, la pluie froide imprègne le visage de Hope d'une délicieuse sensation. Sous le hêtre, les gouttes sont plus grosses, collectées et relâchées par les branches dénudées de l'arbre. Elles résonnent bruyamment sur le métal ; le véhicule emprunté, avec son aile plus claire, forme dans l'obscurité une masse bien moins distincte à l'œil qu'à l'oreille, au moment où Kathryn arrive à sa hauteur et tâtonne avec sa clé, ayant bêtement, par la force de l'habitude, comme elle le fait en ville, verrouillé la portière, sur cette colline du Vermont où il passe rarement plus de six voitures dans la journée. C'est un véhicule bon marché, déjà vieux, qui ne dispose pas d'une fermeture centralisée des portes à distance, comme la Caravan bleu roi de Hope. Oh, certes, elle sait que son monospace consomme énormément d'essence, mais l'habitacle, suffisamment grand pour recevoir des toiles d'un cinquante sur un quatre-vingts, et l'ivresse qu'il y a ainsi à dominer la route sont des luxes qu'elle estime pouvoir se permettre à la fin de sa vie : que les jeunes se débrouillent avec un monde aux ressources diminuées. Et puis le méthane arrive, ainsi que l'hydrogène extrait de l'eau grâce au courant né de l'énergie éolienne, elle a entendu ça sur NPR, au cours de l'émission du vendredi consacrée à la science.

Sous le hêtre, elle sent une vague de pitié et d'envie l'envahir soudain et lui colorer le visage, comme si là, dans l'obscurité dégoulinante, elle se trouvait soudain face à une version plus jeune d'elle-même ; quand Kathryn se retourne, après avoir enfin déverrouillé la portière, pour prendre d'elle un congé cérémonieux, en lui tendant une longue main blanche, froide et humide, Hope la prend dans ses bras et l'embrasse, mais comme elle est beaucoup plus petite, ses lèvres atterrissent non pas sur la joue de l'autre, mais sur l'arc osseux de sa mâchoire. Elle ne relâche pourtant pas son étreinte, goûte le contact de cet autre corps emmitouflé et impatient, mais nu et savoureux sous ses vêtements, moins froid que l'air ambiant : à travers les hachures de la pluie, un parfum de cheveux noirs épais. « Vivez votre vie à vous, dit-elle dans un murmure qui monte du plus profond d'elle-même comme un cri, vivez-la à fond, chère petite. Ce ne sera pas la mienne, ça ne peut pas l'être, nous avons tous été tellement naïfs en nous croyant importants aux yeux du monde, mais ce sera la vôtre, elle vous appartiendra en propre. N'hésitez pas. Et ne laissez pas Alec ni aucun autre homme vous l'enlever. »

Kathryn, qui s'est raidie une seconde, rend finalement son étreinte à Hope, avec peut-être plus de fermeté qu'elle n'en avait l'intention, et baisse la tête pour murmurer : « C'est promis, j'essaierai. » La bise que donne son visage mouillé au visage mouillé de la vieille femme a l'austérité statuaire qu'a eue sa bouche tout au long, raidie par le sérieux, par la concentration réclamée par l'interview, ne s'abandonnant que rarement au sourire.

Elle semble pourtant bel et bien sourire en ce moment, sous la capuche de laine détrempée. « Merci encore de m'avoir donné tant de votre temps, et merci de votre franchise. Maintenant, je vous en prie, rentrez vite.

– C'est moi qui vous remercie de m'avoir laissée bavarder comme ça, de m'avoir permis de revivre ainsi ma vie. » A-t-elle vraiment été franche ? À propos de Dot ? De Zack ? Peu importe, après tout. Si peu de choses ont de l'importance. Pourquoi fait-on d'ordinaire tant d'histoires ? Hope relâche son étreinte ; la pluie pénètre sa grosse chemise de laine épaisse jusqu'à la peau, et plus loin encore, jusqu'à cette couche intime que la mort pénétrera un jour. « Tu vas attraper la mort », c'était une expression de son enfance, utilisée par les adultes à propos des rhumes, qui rôdaient dans l'air au même titre que les fantômes, la polio ou les ondes hertziennes. Nos ancêtres africains croyaient que nous vivions entourés d'esprits, or il s'avère que nous évoluons au milieu de micro-organismes invisibles.

Kathryn trouve la poignée de la portière ; la pluie et l'obscurité transmettent le déclic de l'ouverture comme à contrecœur, mais n'en laissent pas moins voir une flaque de lumière qui se déverse sur les bottes de Kathryn, le sol juste en dessous réduit à une plaque de boue, sur quelques brins d'herbe aplatis en bordure de la pelouse et quelques cailloux disséminés çà et là, chacun dessinant une ombre bien nette, comme une de ces choses que Mr Hartz aurait absolument voulu que Hope arrive à voir. Que penserait-il, son pauvre professeur de dessin, s'il la voyait maintenant, alors qu'elle approche de son soixante-dix-neuvième anniversaire et qu'elle voit toujours aussi peu qu'à dix ans ! N'osant pas courir, elle refait le chemin en sens inverse sur les dalles de l'allée, dont elle connaît la position par cœur, contente tout de même d'y voir davantage à mesure qu'elle se rapproche des fenêtres éclairées de la maison. Kathryn allume ses phares, puis braque pour entamer un demi-tour, si bien que le sol sous les pieds de Hope lui donne l'impression de se mettre à courir, de s'incliner sur une vague de lumière rasante qui donne du relief à chaque contour et creuse chaque poche d'ombre sur la pelouse ; il monte vers elle comme le sol de la lune vers un astronaute, mais redescend quand la voiture continue de tourner avant de changer de vitesse et de s'engager sur le chemin de terre privé qui mène à la route, ses feux arrière clignant comme les yeux rouges d'un dragon en colère. Un coup de klaxon, les pinceaux des phares qui s'immobilisent une seconde, étincelants dans la pluie, et la voiture disparaît derrière le mur de pierre sur la route goudronnée. Hope atteint le porche, adresse un geste d'adieu à l'obscurité et rentre dans la maison.

Vous devriez pendre un animal de compagnie. Un chat tuerait les oiseaux qui viennent jusqu'à la mangeoire. Un chien lui infligerait son affection étouffante et il lui faudrait le sortir, le nourrir, lui passer ses caprices, l'accepter comme une personne à part entière quoique souvent perplexe. Après avoir autant parlé, Hope se sent écœurée, comme après avoir trop mangé. Il n'y a rien d'autre à faire qu'attendre que son organisme ait évacué tout ça, ce qui prendra peut-être des jours. Les fines aiguilles de la pendule sur le manteau de la cheminée indiquent sept heures quarante-sept, un peu tôt pour aller se coucher, même pour elle, mais sa chemise vert mousse est trempée, tout comme ses cheveux, ses Birkenstock et ses chaussettes écrues, et elle n'a pas envie d'attraper la mort. La pneumonie s'attrape comme ça, si un cancer ou une embolie pulmonaire n'a pas raison de vous avant. Quand elle essaie de se représenter la mort sous des traits humains, c'est un galeriste qui lui vient à l'esprit, un homme qui a toujours l'avantage, si petit, bossu et plein de déférence qu'il soit. Elle passe la main derrière sa tête, enlève l'élastique d'une couleur acidulée qu'elle a acheté au tout à dix sous de Montpelier et qui maintient en place son fantôme de queue-de-cheval grise, et le glisse machinalement à son poignet gauche tout en entrant dans la cuisine, où elle se frictionne vigoureusement les cheveux au-dessus de l'évier à l'aide d'un torchon à carreaux bleus. Elle déboutonne la chemise en laine, alourdie par la pluie, et se retrouve dans son col roulé jaune paille, qui n'est mouillé qu'au cou, puis, s'appuyant d'une main sur le plan de travail, elle enlève ses Birkenstock et ses chaussettes trempées. Elle monte le thermostat de deux degrés. Puis elle ouvre le réfrigérateur, sa petite ampoule obéissante qui s'allume automatiquement lui rappelant la flaque de lumière qui a inondé les bottes de prix, mais inconfortables, de Kathryn. Après avoir inspecté la maigre chère sur les barres chromées des clayettes, elle s'empare de la moitié de sandwich qu'elle avait enveloppée dans du papier d'aluminium à l'intention de Kathryn, mais que la fille a dédaignée. Tandis que Hope déplie le papier, les reflets du Reynolds Wrap froissé glissent sur les panneaux de Placoplâtre du faux plafond avec ses spots halogènes intégrés. Elle a dédaigné le sandwich, se dit-elle, dédaigné le café soluble, laissé entendre qu'elle aimait Zack plus qu'elle ne l'aimait elle-même, et, au terme d'une journée d'attaques incessantes, s'est contentée d'un remerciement du bout des lèvres. Hope mord dans le sandwich, goûtant d'abord la marmelade sucrée, puis le beurre de cacahuète oléagineux, avant d'emprunter le couloir qui mène à son atelier, faisant des miettes sur son passage. De quoi nourrir les souris. Un chat tuerait aussi les souris, autre désagrément, car il ne manquerait pas de lui apporter les petits corps soyeux et mâchonnés pour recueillir des compliments ou lui apprendre à elle aussi à tuer les souris, comme si elle était un chaton. Après avoir donné à cette fille une journée entière du peu de temps qu'il lui reste à passer sur la planète Terre, elle peut bien abandonner quelques miettes aux souris. Mildred Warren vient faire le ménage demain. Demain est une journée fertile en événements – la femme de ménage, et un rendez-vous chez le dentiste, le Dr Weiss, à Burlington, une carie sur le côté d'une prémolaire couronnée et un risque d'infection de la racine. Un plombage lui permettra peut-être de se débarrasser de ce mauvais goût dans la bouche ; elle a beau se brosser les dents et multiplier les bains de bouche, rien n'y fait. À l'intérieur, ce n'est qu'un patchwork de couronnes, de dents dévitalisées et d'implants ; à toute autre époque elle aurait été une de ces vieilles femmes grotesques semblables à celles dessinées d'un trait froid, quasi surnaturel par Léonard de Vinci, et arborant quelques chicots et un profil aux joues creusées, comme aspirées de l'intérieur. Pauvre homme que ce génie suprême, le premier depuis les Grecs et les Romains à avoir osé tout regarder en face, le corps, son squelette et ses boyaux, et les tire-bouchons aqueux des vents et des courants, mais, de toute évidence, à n'avoir jamais vu un vrai vagin ; celui qui figure dans ses carnets appartient manifestement à un cadavre de femme, béant, sans vie.

Hope a oublié d'éteindre les néons de son atelier lors de sa brève visite en ces lieux en compagnie de son invitée. Les tubes déversent une lumière bleue intense jusque dans les recoins de la vaste pièce, une lumière froide, artificielle, à laquelle elle n'aime pas peindre ; même quand le temps est couvert, la lumière du nord qui tombe, avec son arc-en-ciel caché, par les deux hautes fenêtres et la lucarne en dôme, est meilleure, plus vraie. Le bruit de la pluie qui tambourine sur le Plexiglas est comme le monologue d'un fou parlant tout seul. Elle a toujours eu peur qu'il y ait des fuites à la lucarne, ce qui ne s'est pas encore produit, confirmant les assurances de Jerry au moment de la construction de l'atelier. Il l'avait installée dans un maximum de confort.

Il savait qu'elle serait à nouveau seule. Mais c'est un espace trop grand, Jerry ne comprenait pas que sa peinture à elle prenait naissance dans les quelques centimètres qui séparent la main de l'œil, elle se serait accommodée de la chambre d'amis à l'étage, comme elle l'avait fait aux Flats avant de s'approprier la grange. Le long des murs, derrière elle, plusieurs chevalets : elle aime bien travailler sur deux ou trois toiles en même temps, chacune dotée de sa musique grise propre, comme des cordes de harpe pincées dans le brouillard, gris de la mine de plomb, des plumes de pigeon, de l'argent et de la pierre, de l'eau de lessive ; contre les murs, des toiles, châssis tourné vers l'extérieur, sèches depuis peu, qui attendent de partir pour New York et sa prochaine exposition, une rétrospective en l'honneur de son quatre-vingtième anniversaire en 2002, et quelques œuvres de ses deux premiers maris : de Zack, des morceaux de carton aux *drips* si peu élaborés qu'elle n'a même jamais songé à les mettre en vente, à sa manière chaotique c'était un perfectionniste qui détruisait tout ce qu'il considérait comme raté, c'est-à-dire tout ce qui manquait de cet élan venu des profondeurs du moi, et de Guy, quelques compositions mineures assez drôles, papier et pastel, dont une en acrylique, bois, fil de fer et papier de couleur formant un bouquet pop où s'entrelacent sur un ruban les mots SPRINGS ETERNAL, qui lui ont été offertes à l'occasion de fêtes de famille ou d'anniversaires, au cours de leurs dix-sept années de vie commune. Guy autant que Zack, se prend-elle à penser, croyaient que l'ordre et la beauté étaient affaires d'homme, et ne pouvaient être atteints qu'au prix d'un effort conscient et titanesque, comme celui qui est à l'origine des peintures murales tout en muscles des années trente chargées de diffuser la vision tragique d'un socialisme humaniste, là où elle-même espérait, en restant modestement et tranquillement assise devant son chevalet, pouvoir saisir les accents d'une musique d'ordinaire étouffée sous le bruit des hommes. Ridicule, sans doute. Mais les excuses données au nom de l'art sont peu convaincantes et vite oubliées : seul perdure l'art lui-même et la peinture reste intacte, quels que soient les espoirs ou les intentions qui aient présidé à cette périlleuse entreprise.

Elle a oublié un peu plus tôt d'éteindre l'éclairage généreux dû aux bons soins de Jerry, et voilà qu'elle oublie maintenant la raison de sa venue ici, mouillée, lasse, regrettant quelque peu l'absence de sa visiteuse, cette fille courageuse, tenace et souvent exaspérante. Puis elle se rappelle : il lui faut replacer le téléphone mural sur son socle. Elle a un téléphone avec répondeur dans la cuisine, mais elle se doutait qu'elle aurait passé son temps à tendre l'oreille depuis le salon pour écouter les messages éventuels ; et il aurait été tout aussi impoli de le décrocher, ou de décrocher celui du salon, imposant ainsi à sa visiteuse ce croassement périodique qui préside à l'annonce par la compagnie du téléphone que votre appareil est mal raccroché. Il était préférable de laisser la voix croasser tout son soûl dans l'atelier, au milieu des toiles retournées, où personne ne l'entendrait. Le combiné – tellement plus petit que les anciens, lesquels descendaient de l'oreille jusqu'à la bouche, comme dans les dessins de pin-up de George Petty, tandis que les nouveaux, sans parler des portables à rabat pivotant, donnent l'impression d'avoir à se trouver simplement dans le voisinage approximatif de la bouche, décalés de plusieurs centimètres sur le côté, autre exemple, peut-être, d'une dispersion généralisée de l'attention, comme dans les films et les programmes de télé où les répliques cruciales sont délivrées selon la technique du *Method acting* ou sur l'écran de CNN, qui essaie de vous donner des nouvelles sous trois formes différentes, présentateur, dérouleur affichant ses titres, et résultats sportifs – le combiné qu'elle replace sur son socle vertical lui rappelle certains des vieux téléphones mous de Guy réalisés en vinyle, aussi flasques que les lapins morts de Chardin, même si à l'époque où il les fabriquait elle était trop inconsidérément occupée à vivre pour se demander s'il fallait y voir une métaphore de la mort, et aujourd'hui il est, lui, bien trop gâteux, son cerveau durci en un réseau de nerfs morts, comme on dit dans les revues médicales, pour pouvoir fournir une réponse si elle lui posait la question. S'observant sans arrêt pour déceler en elle les signes de cette maladie, elle se demande souvent quelle impression cela fait d'en savoir de moins en moins, et se retrouve toujours dans la même impasse : on ne saura jamais ce que l'on ne sait pas, pas plus qu'un chien ne peut comprendre les superstructures du langage, de la politique ou de l'économie à l'œuvre derrière les présences humaines auxquelles l'animal réagit pourtant si bien, capable qu'il est de reconnaître une infinité d'odeurs. Nous sommes devant ce mystère comme devant l'esprit de Dieu : nous n'avons pas idée de ce qu'il peut être, nous n'avons au mieux que de vagues intuitions.

Le téléphone rebranché, la voilà à nouveau reliée au monde, à Mildred, qui aurait pu appeler pour prévenir qu'elle ne venait pas demain – elle est très amicale, Mildred, entre ses commérages glanés dans la vallée, ses cadeaux sous forme de pâtés et de compote, à la saison des pommes, et ses offres répétées d'un chiot pour trois fois rien, mais elle a son propre calendrier à respecter, et sa fierté, qui fait qu'elle traite Hope comme une égale à qui elle rend un service –, et à ses fils, qui auraient pu éprouver le besoin de partager quelque nouvelle avec elle ou de soulager leur conscience filiale, encore qu'ils aient plutôt tendance à appeler pendant le week-end ; Hope est à nouveau potentiellement reliée aux démarcheurs du télémarketing, aux collecteurs de fonds, prêcheurs d'apocalypse et médisants de tout poil, aux quelques femmes du troisième âge qui vivent dans la région, partagent avec elle un passé et des goûts de citadine, et prennent de temps en temps des nouvelles les unes des autres, virtuellement reliée aussi à des voix plus jeunes, et plus occasionnelles, opportunistes empressés, enfants et petits-enfants de vieux amis – la petite-fille de Jarl Anders est venue la voir l'été dernier, tenant de lui son teint de Scandinave, mais de Frieda ses traits fins et aigus, et affichant pour tout vestige des terribles transports prophétiques de Jarl un vague air de philanthrope –, ou étudiants des Beaux-Arts entreprenants espérant mettre à profit la moindre parcelle d'attention ou la moindre parole favorable de quiconque ayant eu sa petite heure de gloire. La voilà donc rebranchée, même si elle doute que le téléphone sonne encore après huit heures du soir. Tout en éteignant les néons trop violents de Jerry et en abandonnant ses toiles à l'obscurité et au monologue monocorde de la pluie sur la lucarne, Hope se sent délivrée d'un fardeau, maintenant que la grande fille sombre est partie, avalée par l'orage, perdue dans le tourbillon, qu'est passé le moment où elle a senti ce corps ferme dans ses bras – comme elle sentait celui de Dot à cette époque lointaine où l'enfant se tortillait dans son couffin solitaire mourant d'envie d'être soulevée de terre – et où elle a donné ce baiser humide et froid qui a fait se raidir Kathryn à côté de l'aile pâle de la voiture; Hope est effectivement soulagée de se retrouver seule, mais la longue interview lui a laissé l'impression pénible que les événements de sa vie se sont tassés, comme comprimés en une seule tranche de temps colorée, au lieu de se dérouler en une lente procession organique, une alternance sacrée de nuits et de jours, de phases de solitude, d'incertitude et de désespoir, mais aussi de rêverie féconde, de rêves éveillés entrecoupés de plages d'activité, de vie sociale, et de séances consacrées à danser pour séduire un bel homme et à dépenser l'énergie accumulée au cours d'une oisiveté stérile.

Quand Jerry avait fait construire l'aile où se trouve l'atelier, il avait ajouté une petite buanderie, et c'est dans cet espace minuscule, qui évoque un bac à glaçons contenant deux gros cubes, les deux appareils blancs, et des rayons de détergents, d'ampoules de rechange, d'amidon en bombe, de produits assouplissants, que Hope enlève sa chemise de bûcheron mouillée, son pull jaune, dont le col imbibé d'eau lui fait penser à un garrot gluant, et son pantalon marron en velours côtelé que la pluie a fini de déformer, avant de tout enfourner dans la machine, mais sans attraper sur le rayon le bidon de lessive ni manipuler les boutons – le cycle de lavage ne prendrait guère que vingt-cinq minutes, et le séchage quarante ou quarante-cinq, mais si elle laisse ses affaires passer la nuit dans le sèche-linge elles vont se froisser, et elle n'a pas envie de redescendre ni de s'obliger à rester éveillée au cas où le petit roman de Muriel Spark l'inciterait au sommeil. Mildred fera tourner une lessive demain, pendant qu'elle passera l'aspirateur là où elle en a envie et fera la poussière sur les surfaces les plus faciles d'accès, sans jamais déranger les toiles d'araignée autour des barreaux de chaise ou dans les angles du plafond. Elle fume encore, Mildred, comme tant de ces « vrais » Vermontois, et l'odeur râpeuse et agressive de la cigarette rappelle à Hope, non sans nostalgie, l'époque où tout le monde fumait, au Cedar sur University Place ou à la cafétéria du Waldorf sur la 6e Avenue, aux soirées de l'Artists Union dans les lofts au coin de la 16e rue et de la 6e Avenue, nuages épais de fumée, effets atmosphériques à la Whistler, vapeurs conjuguées de la dépression, de la guerre et des folles ambitions artistiques du moment. L'air froid sur sa peau nue donne à Hope la chair de poule. Si un rôdeur ou un ours à longues griffes vient à jeter un coup d'œil par la fenêtre, il n'aura que ce qu'il mérite : le spectacle d'une vieille dame pieds nus en sous-vêtements – culotte blanche, le style ample aux antipodes du bikini et du string, soutien-gorge pas franchement pigeonnant, soi-disant couleur chair, mais rien à voir avec la couleur chair du Titien, de Fragonard, Bonnard ou Modigliani.

Elle a la bouche sèche, la mâchoire lourde d'avoir trop parlé. Elle aspire la salive entre ses dents pour savoir si elle a vraiment mauvaise haleine ; elle a toujours du mal à juger. Elle se lèche les doigts, encore collants de marmelade, prend deux biscottes dans la boîte à pain, se verse un petit verre de lait écrémé, après avoir vérifié qu'il en restera assez pour ses céréales du lendemain et pour accompagner la tasse de thé qu'elle emporte avec elle tous les matins dans l'atelier. L'image de ce rite est si nette dans son esprit que c'est presque comme si la nuit était déjà passée. Cette sensation de télescopage est toujours présente en elle, comme perdure au matin, après une nuit passée à boire et à fumer de l'herbe, l'impression que le cerveau est décalé, l'impression d'une gueule de bois qui a viré de bord. C'est par peur de s'esquinter le cerveau qu'elle et Guy avaient fini par arrêter la drogue, du moins dans l'appartement de la 79e rue pour ce qui le concernait lui, car, comme l'avait méchamment insinué Jeanette Nova, il se passait vraisemblablement beaucoup plus de choses à l'Hospice qu'elle ne le soupçonnait, des choses qui ne se voyaient pas, comme ces infiltrations qui finissent par saper les fondations d'une maison. Elle et Guy, en bons descendants d'une morale protestante stricte, rejetaient également toute tentative visant à renchérir sur la perfection de l'existence terrestre, le seul fait d'être en vie leur paraissait un trip suffisant. Dans son souvenir, Zack semble plus lointain que Guy et a pris l'allure d'un ogre malheureux, renversant les tables et accidentant les voitures, relégué dans ce coin perdu de Long Island où elle l'avait emmené ; elle devrait pourtant se sentir proche de lui, puisqu'il a laissé des empreintes claires et dynamiques de sa main dans ses *drips*, mais toutes ces toiles couvertes de coulures et d'éclaboussures au cours d'une transe chamaniste sont devenues des monuments aussi pétrifiés que ceux de l'ancienne Égypte, faits de blocs de pierre lissés par la main de l'homme.

Dans le salon, où Hope va errer avec la dernière poignée d'amandes non salées de la journée, son attention se fixe sur les objets récupérés dans les maisons de Germantown et d'Ardmore, ceux que son frère survivant n'avait pas réclamés. Sur une petite table à ouvrage en érable, carrée et très simple, elle voit un vieux chemin de table usé bleu et rouge dont les fils passés figurent encore deux oiseaux stylisés, dont ses yeux d'enfant avaient du mal à saisir précisément l'anatomie, un cendrier en cuivre martelé qui garde encore les traces des mégots de Chesterfield que son père y écrasait, et un bougeoir grossier en céramique au vernis céladon et aux anses décollées qui rappellent les bras d'un homme les mains sur les hanches : un sens s'était attaché à ces objets bien avant qu'elle dispose de mots pour l'appauvrir, ses mains et ses yeux les avaient explorés dans l'antichambre silencieuse où elle avait séjourné avant sa véritable entrée dans le monde. Au fond de l'avant-dernier rayon d'une vitrine à contour brisé se trouvent deux vases bizarres qu'elle avait essayé de peindre à l'époque où elle prenait des leçons avec Rudolph Hartz. L'un, lourd et marron, si lourd qu'il donnait l'impression d'être plein alors qu'il était toujours vide, avait une taille épaisse et un vernis aux reflets violets, l'autre, cylindrique, était strié de rayures en diagonale, un peu comme une enseigne de coiffeur sauf qu'elles étaient plutôt ternes, qui lui rappelaient les pages de garde marbrées d'un livre luxueux, mais qui, aujourd'hui, lui suggèrent plutôt les couleurs des ailes de l'ange agenouillé dans l'Annonciation peinte par Fra Angelico sur le mur de la galerie en haut de l'escalier du couvent de San Marco. Œuvre immortelle mais un peu tape-à-l'œil, avec ses plumes, ses piliers et ses fleurs, dans laquelle le peintre cloîtré semblait avoir cédé à la facilité ; quand elle avait visité le couvent avec Jerry, il y a une vingtaine d'années de cela, Hope avait préféré l'Annonciation plus sévère que l'on peut voir dans une des cellules, deux créatures féminines figées sur place dans une pièce nue.

Ce qu'elle avait pu les regarder, ces vases, dans la lumière de la véranda de la maison d'Ardmore ! Les regarder encore et encore, et mélanger les couleurs dans les godets du couvercle de sa boîte, l'arc-en-ciel qu'elles formaient brisé en petits carrés concaves, prélevant de son pinceau mouillé ici une touche de rouge, là une goutte tremblante de bleu, et les mélangeant dans l'espoir de retrouver le brun-violet luisant du vase à taille épaisse, ou les multiples nuances de la spirale qui courait autour du vase cylindrique. Le monde n'était que couleurs, mais jamais des couleurs pures. Cet univers disparu contenait des meubles qu'elle revoit encore très bien – une encoignure en pin taché de rouge ; une cuisinière à charbon sur laquelle sa grand-mère avait fait la cuisine dans la maison de Germantown, retirant à l'aide d'une grosse manique à fleurs une plaque de cookies aux raisins du ventre noir et plein d'échos métalliques de l'appareil ; un lit à baldaquin dont le matelas reposait sur des cordes et grinçait au lieu de rebondir quand on sautait dessus ; le pouf, avec les longues parts de tarte triangulaires de son dessus en cuir multicolore, qui « vivait », telle était l'expression, dans la véranda de Grand-Père, en compagnie des philodendrons en pot et du porte-revues en érable, divisé en son milieu par une séparation percée non loin du bord d'un trou permettant de passer les doigts et de le soulever. Encombré de magazines défunts depuis un bon demi-siècle, il était placé à côté du fauteuil à carreaux de son grand-père ; celui-ci lisait consciencieusement *The Saturday Evening Post*, sans rien omettre, pas même les feuilletons à l'eau de rose, la tête légèrement rejetée en arrière pour tirer le meilleur parti de ses doubles foyers.

Toujours en sous-vêtements, Hope s'assied sur le large bras recouvert de son tissu écossais et pose une main, doigts écartés, sur le chêne légèrement incurvé. Elle recouvre aisément la largeur de l'accoudoir. Le dos de sa main est marbré et crevassé par le soleil et l'âge, comme s'il avait été ébouillanté, les veines les plus saillantes dessinant des réseaux de lettres biscornues qu'elle pourrait presque déchiffrer, petits ruisseaux fantasques restés fidèles à leur cours durant toute sa vie. L'enflure due à l'arthrose qui affecte certaines de ses articulations a fait dévier la dernière phalange de ses doigts. Elle s'étonne que cette main noueuse de vieille femme soit la sienne.

Son grand-père entre dans la pièce de son pas silencieux et furtif. Il se déplace dans sa grande maison en catimini, se faisant plus petit qu'il n'est, simple ruse du maître des lieux pour apparaître comme le plus doux des hommes. Hope sursaute, coupable à l'idée de se voir ainsi découverte dans *son* fauteuil, mais il semble amusé, ses yeux s'ouvrant de plus en plus grand à mesure qu'il agite sa tête grise de bas en haut tout en l'examinant. Il lui semble à elle uniformément gris, ses cheveux raides poivre et sel partagés par une raie au milieu, son gilet en laine grise au-dessus de sa chemise à rayures sans col, son pantalon jadis noir mais si souvent repassé et déformé aux genoux qu'il s'est décoloré, ses chaussures montantes si plissées que seules brillent les boursouflures du cuir. On voit la boutonnière où s'attache le faux col, et les bras de sa chemise à longues manchettes sont retenus par des élastiques noirs au-dessus du coude. Il se dégage de lui une odeur comparable à celle des vêtements d'hiver remisés tout l'été dans la haute armoire en cèdre. Avec une solennité comique, il lève la main comme pour arrêter le cours des pensées de Hope et permettre à ses propres paroles de passer. « Ne laisse pas le trouble t'envahir. Que mesurais-tu donc avec tes doigts ? »

L'enfant qu'elle était il y a si longtemps ne disposait pas des mots qui lui auraient permis de s'expliquer. « Je voulais juste voir…, commença-t-elle, avant de s'arrêter.

– C'est là un siège fort plaisant, dit-il au bout d'un moment de silence, d'où examiner la Création. J'avais dans l'idée de m'asseoir avec l'*Evening Bulletin* d'hier pour voir s'il ne restait pas quelque nouvelle qui m'aurait échappé, en attendant le courrier de l'après-midi. Ce bon Mr Brubaker passe en principe à trois heures et demie, s'il ne s'attarde pas en chemin à potiner avec la veuve Kendall au bout de la rue. Manifestement, il est écrit dans la Constitution que le premier devoir du service des postes est de collecter tous les ragots possibles et imaginables.

– Ah bon ?

– C'était une façon de parler, mon enfant. J'ai fait ce qu'en langage courant on appelle une plaisanterie. Mais, dis-moi, n'y aurait-il aujourd'hui, pour certaine petite fille, ni jeux ni visites de camarades ? »

Il lisait en elle à livre ouvert. Flattée, Hope fit un rapport complet. « Freddy Traphagen est passé, mais il a dû rentrer chez lui. Grand-Maman est allée à la boucherie acheter un rôti et du hachis, mais je n'ai pas eu envie de l'accompagner. Je n'aime pas tout ce sang, et puis je n'aime pas non plus la façon dont l'homme au grand tablier me sourit. Maman fait la sieste et a dit que je ne devais pas faire de bruit. On pourrait jouer à Fish, tous les deux. » Elle avait le feu aux joues, à force d'essayer d'être à la hauteur de l'attention, si sérieuse, si courtoise, qu'il lui prêtait.

« Nous le pourrions, en effet, ce qui supposerait que je modifie mes plans susmentionnés. Je propose que nous jouions plutôt à la chasse au trésor.

– La chasse au trésor ?

– Si je ferme les yeux, j'ai déjà une petite idée de l'endroit où l'on pourrait en trouver un. Mais tu vas devoir, toi, modifier ta position sur notre fauteuil. Il va falloir te mettre à genoux à côté. Ta main est si fine et si petite comparée à la mienne : tu vas me rendre un service, chère petite, et l'enfoncer entre les deux coussins. »

Elle regarda la main de son grand-père, qui pendait à moitié repliée au niveau de sa poche de pantalon renfermant son canif à manche en os, avec lequel il épluchait les pommes et les pêches en longs tortillons, mais se coupait aussi les ongles ; quand il se livrait à cette opération, sa bouche, plus flexible que celle de Hope grâce à ses dents qu'il pouvait enlever à tout moment, se plissait sous l'effet de la concentration, et ses yeux se faisaient énormes dans la moitié inférieure de ses verres de lunettes. Elle vit qu'il avait raison : sa main était ridée et pleine de bosses, brunie comme ces journaux qu'on garde des années au fond d'un tiroir, et les bords de ses doigts étaient arrondis comme le dos d'un livre ou ces biscuits au chocolat qui ont durci sur la plaque du pâtissier. Hope avait eu l'occasion, en faisant les courses avec Maman dans Chelten Avenue, de voir comment on fabriquait ces biscuits en regardant dans la vitrine à côté du magasin de chaussures ; le chocolat sortait de la grande marmite fumant et onctueux, mais durcissait très vite, laissant à peine le temps à la grosse dame qui trônait au milieu de toute cette douceur fondante d'imprimer un motif à la surface à l'aide de sa cuiller.

Obéissante, Hope s'agenouilla à côté du fauteuil et enfonça sa main, menue et potelée, dans le creux au bas du dossier, effrayée d'abord de sentir l'ouverture si étroite. Elle tâtonna un instant dans ces profondeurs ouatées, priant le ciel qu'une araignée ne vienne pas la piquer ou un mille-pattes s'accrocher à sa main de ses horribles pattes onduleuses. Sous le tissu tendu, elle sentait l'armature métallique qui le maintenait en place et sur un côté, au moment où elle s'apprêtait à renoncer, parce qu'elle avait l'impression que son bras était comme pris dans un étau, ses doigts rencontrèrent les bords incurvés et durs d'un, puis de deux petits objets circulaires. Elle s'en saisit avec précaution, les ressortit et les montra, à plat sur la paume de sa main : deux pièces, la première, grosse et argentée, l'autre, petite et brune. La petite était un penny, elle le savait, mais la grosse, elle n'en avait jamais vu de pareille. « Qu'est-ce que c'est ? demanda-t-elle à son grand-père.

– Tu ne sais donc pas lire ?

– Les mots, pas encore. À la maternelle, la maîtresse nous a dit que c'était pour l'année prochaine, à la grande école. » Miss Fox avait de grandes dents qui se chevauchaient et gâtaient un peu sa beauté naturelle, disait Maman. Elle s'y connaissait en beauté, Maman, et elle avait dit à Hope qu'elle ne serait jamais belle, mais qu'une âme rayonnante pouvait compenser ce handicap.

« Pas même les chiffres, ou l'alphabet ?

– Peut-être, un peu, dit-elle, ne sachant trop si elle disait vrai.

– Allez donc regarder la grosse pièce à la lumière de la fenêtre, jeune fille, dit son grand-père d'une voix soudain essoufflée, et dites-moi ce qu'y déchiffrent vos yeux. »

L'air, à cet endroit, empruntait une teinte bleutée aux hortensias qui se pressaient, tête contre tête, devant la fenêtre, comme s'ils se bousculaient pour regarder à l'intérieur, et pour se protéger du soleil qui délavait leur bleu. « Il y a une dame qui entre dans une boule toute ronde, le soleil se couche…

– Certains diraient qu'il se lève.

– Et sous ses pieds, il y a des petits chiffres… un, neuf, deux, deux.

– C'est l'année où la pièce a été émise, la même que celle de ta naissance. Et que vois-tu de l'autre côté ?

– Un oiseau effrayant, qui fait comme la dame.

– Un aigle à l'air martial. L'emblème de notre pays. Benjamin Franklin pensait pour sa part que le dindon sauvage aurait mieux fait l'affaire.

– Il y a beaucoup de mots autour de l'aigle.

– Peux-tu épeler les lettres qui sont en dessous de l'oiseau ? »

Ça, ce n'était pas facile. Pourquoi fallait-il qu'ils fassent des pièces qui aient l'air si démodées et si embrouillées ? Elle avait l'impression qu'une divinité mauvaise pesait sur le dessin pour le rendre incompréhensible. « "H", je crois, comme dans mon nom, et "A", et… c'est celle avec une seule jambe…

– "L", dit-il. Mais dans ce mot, la lettre ne se prononce pas, de cette manière illogique propre à la langue anglaise. Un *half dollar*, petite. Une pièce de cinquante cents, annonça son grand-père, dont la voix, à nouveau changée, était plus posée maintenant. Elle est à toi, avec ma bénédiction. »

Toujours debout à la fenêtre, Hope se retourna et constata qu'il s'était assis dans le fauteuil aux larges bras. C'était pour ça que sa voix lui avait donné l'impression de changer. Il lui avait pris sa place. Déjà, il avait posé ses chaussures fatiguées sur le pouf aux triangles de cuir en parts de tarte, même si Hope avait plus d'une fois entendu Grand-Mère lui dire de ne pas le faire, parce que ça mettait de la saleté dans les coutures. « Dis donc, dit-elle, c'était *mon* fauteuil. »

Son grand-père n'eut pas l'air de l'entendre. Il opposa à sa protestation un regard gris-bleu serein, coupé en deux par les doubles foyers, dans lequel l'enfant lut une totale approbation, un amour à double foyer opérant aussi bien de près que de loin, tout proche et éternel.

Hope sourit au souvenir du tour que lui a joué le vieil homme et comprend qu'il avait placé à dessein les pièces à cet endroit, pour qu'elle les découvre le jour où il le jugerait bon. La pièce de cinquante cents et celle d'un penny témoignaient d'une symétrie suspecte ; la date sur la plus grosse des deux n'avait rien de fortuit. À partir de ce jour, elle avait consciencieusement fouillé entre les coussins, trop souvent sans doute, car il arrivait qu'il n'y eût pas de pièce – elles n'avaient pas eu le temps de pousser –, et quand il y en avait une, c'était rarement plus de dix cents. Parfois elle trouvait un trombone, ou une pastille noire Smith Brothers pour la toux avec son étoile en relief, et une fois, elle avait trouvé son canif, qui avait glissé de sa poche dans le creux du fauteuil. Quand elle le lui avait rapporté, ses sourcils gris et broussailleux s'étaient levés de surprise, et il l'avait récompensée d'une pièce de vingt-cinq cents. Hope a presque envie, là, maintenant, d'aller fouiller entre les deux gros coussins écossais, mais elle a mal au dos et à la hanche rien qu'à l'idée de l'effort à fournir pour se mettre à genoux sur le tapis ovale, et elle a peur… peur de ne rien trouver.

DU MÊME AUTEUR

Cœur de lièvre
Seuil, 1962
et « Points », n° P183

Les Plumes du pigeon
Seuil, 1964
et « Points Roman », n° R375

Le Centaure
Seuil, 1965
« Points Roman », n° R352
et « Points », n° P2053

La Ferme
Seuil, 1968
et « Points Roman », n° R393

Couples
Gallimard, 1969
et « Folio », n° 43

Les Quatre Faces d'une histoire
Seuil, 1971
et « Points », n° P228

Bech voyage
Gallimard, 1972
et « Folio », n° 1630

Rabbit rattrapé
Gallimard, 1973
et « Folio », n° 2372

Des musées et des femmes
et autres nouvelles
Gallimard, 1975

Un mois de dimanches
Gallimard, 1977
et « Folio », n° 2613

Épouse-moi
Gallimard, 1978
et « Folio », n° 1687

La Vie littéraire
Gallimard, 1979

Le Putsch
Gallimard, 1980
et « Folio », n° 1590

La Concubine de Saint-Augustin
et autres nouvelles
Gallimard, 1981
et « Folio », n° 2611

Rabbit est riche
Gallimard, 1983
et « Folio », n° 2476

Bech est de retour
Gallimard, 1984
et « Folio », n° 2612

La Navigation littéraire
Gallimard, 1986

Les Sorcières d'Eastwick
Gallimard, 1986
et « Folio », n° 2240

Trop loin : Les Maple
Gallimard, 1986
et « Folio », n° 1757

Ce que pensait Roger
Gallimard, 1988

La Condition naturelle
Gallimard, 1988

Confiance, confiance…
Gallimard, 1989

Un simple regard
Horay, 1990

S
Gallimard, 1991

Être soi à jamais : mémoires
Gallimard, 1992

Rabbit en paix
Gallimard, 1993

La Parfaite Épouse
Gallimard, 1994
et « Folio », n° 2886

Jour de fête à l'hospice
Julliard, 1994
et « Pavillons poche », 2009

Brésil
Seuil, 1996
et « Points », n° P331

Rêves de golf
Albin Michel, 1997

L'Après-Vie
Seuil, 1997

Dans la splendeur des lis
Seuil, 1998

Aux confins du temps
Seuil, 2000

Bech aux abois
Seuil, 2002

Gertrude et Claudius
Seuil, 2004

Solos d'amour

Seuil, 2005
et « Points », n° P1518

Terroriste

Seuil, 2008
et « Points », n° P2166

Villages

Seuil, 2009

COMPOSITION : PAO ÉDITIONS DU SEUIL

CPI Bussière

Cet ouvrage a été imprimé en France par
CPI Bussière
à Saint-Amand-Montrond (Cher)
en juin 2009.
N° d'édition : 97364-2. - N° d'impression : 90983.
Dépôt légal : mars 2008.